本書原名為《四世同堂》
現為從俗起見，改為《四代同堂》

經典新版

四代同堂

中

老舍

老舍——著

四代同堂【中】目錄

第三十四章　餓死事小，失節事大

剩下他一個人，他忽然覺得屋子非常的大了，空洞得甚至於有點可怕。屋中原來就什麼也沒有，現在顯著特別的空虛，彷彿丟失了些什麼東西。他閉上了眼。他舒服了一些。在他的心中，地上還是躺著那個中年人，牆角還坐著那一對青年男女。有了他們，他覺得有了些倚靠。他細細的想他們的聲音、相貌，與遭遇。由這個，他想到那個男青年的將來——他將幹什麼去呢？是不是要去從軍？還是——不管那個青年是幹什麼去，反正他已給了他最好的勸告。假若他的勸告被接受，那個青年就必定會像仲石那樣去對付敵人。

是的，敵人是傳染病，仲石和一切的青年們都應當變成消毒劑！想到這裡，他睜開了眼。屋子不那麼空虛了，它還是那麼小，那麼牢固；它已不是一間小小的囚房，而是抵抗敵人，消滅敵人的發源地。敵人無緣無故的殺死那個中年人與美貌的姑娘，真的；可是只有那樣的任意屠殺才會製造仇恨和激起報復。敵人作得很對！假若不是那樣，憑他這個只會泡點茵陳酒，玩玩花草的書呆子，怎會和國家的興亡發生了關係呢？

他的心平了下去。他不再為敵人的殘暴而動怒。這不是講理的時候，而是看誰殺得過誰的時候了。不錯，他的腳上是帶著鐐，他的牙已有好幾個活動了，他的身體是被關在這間製造死亡的小屋裡；可是，他的心裡從來沒有像現在這樣充實過。身子被囚在小屋裡，他的精神可是飛到歷史中去，飛到中國一切作戰的地方去。他手無寸鐵，但是還有一口氣。他已說服了一個青年，他將在這裡等候著更多的人，用他的一口氣堅強他們，鼓勵他們，直到那口氣被敵人打斷。假若他還能活著走出去，他希望他的骨頭將和敵人的碎在一處，像仲石那樣！

他忘記了他的詩、畫、酒、花草，和他的身體，而只覺得他是那一口氣。他甚至於覺得那間小屋很美麗。它是他自己的，也是許多人的，監牢，而也是個人的命運與國運的聯繫點。看著腳上的鐐，摸著臉上的傷，他笑了。他決定吞食給他送來的飯糰，好用它所給的一點養分去抵抗無情的鞭打。他須活著；活著才能再去死！他像已落在水裡的人，抓住一塊木頭那樣把希望全寄託給它。他不能，絕對不能，再想死。他以前並沒有真的活著過；什麼花呀草呀，那才真是像一把沙子，隨手兒落出去。現在他才有了生命，這生命是真的，會流血，會疼痛，會把重如泰山的責任肩負起來。

有五六天，他都沒有受到審判。最初，他很著急；慢慢的，他看明白：審問與否，權在敵人，自己著急有什麼用呢？他壓下去他的怒氣。從門縫送進一束稻草來，他把它墊在地上，沒事兒就抽出一兩根來，纏弄著玩。在草心裡，他發現了一條小蟲，他小心把蟲放在地上，好像得到一個新朋友。蟲老老實實的臥在那裡，只把身兒蜷起一點。他看著牠，想不出任何足以使蟲更活潑，高興，一點的辦法。像道歉似的，他向蟲低語：「你以為稻草裡很安全，可是落在了我的手裡！我從前也覺得很安全，可是我的一切不過是根稻草！別生氣吧，你的生命和我的生命都一邊兒大；不過，咱們若能保護自己，咱們的生命才更大一些！對不起，我驚動了你！可是，誰叫你信任稻草呢？」

就是在捉住那個小蟲的當天晚上，他被傳去受審。審問的地方是在樓上。很大的一間屋子，像是課堂。屋裡的燈光原來很暗，可是他剛剛進了屋門，極強的燈光忽然由對面射來，使他瞎了一會兒。他被拉到審判官的公案前，才又睜開眼；一眼就看見三個發著光的綠臉——它們都是化裝過的。三個綠臉都不動，六隻眼一齊凝視著他，像三隻貓一齊看著個老鼠那樣。忽然的，三個頭一齊向前一探，一齊露出白牙來。

他看著他們，沒動一動。他是中國的詩人，向來不信「怪力亂神」，更看不起玩小把戲。他覺得日本人的鄭重其事玩把戲，是非常的可笑。他可是沒有笑出來，因為他也佩服日本人的能和魔鬼一樣真誠！

把戲都表演過，中間坐的那個綠小鬼向左右微一點頭，大概是暗示：「這是個厲害傢伙！」他開始問，用生硬的中國語問：

「你的是什麼？」

他脫口而出的要說：「我是個中國人！」可是，他控制住自己。他要愛護自己的身體，不便因快意一時而招致皮骨的損傷。同時，他可也想不起別的，合適的答話。

「你的是什麼？」小鬼又問了一次。

緊跟著，他說明了自己的意思：「你，共產黨？」

他搖了搖頭。他很想俏皮的反問：「抗戰的南京政府並不是共產黨的！」可是，他又控制住了自己。

左邊的綠臉出了聲：「八月一號，你的在那裡？」

「在家裡！」

「在家作什麼？」

想了想：「不記得了！」

左邊的綠臉向右邊的兩張綠臉遞過眼神：「這傢伙厲害！」右邊的綠臉把脖子伸出去，像一條蛇似的口裡嘶嘶的響：「你！你要大大的打！」緊跟著，他收回脖子來，把右手一揚。

他——錢老人——身後來了一陣風，皮鞭像燒紅的鐵條似的打在背上，他往前一栽，把頭碰在桌子上。他不能再控制自己，他像怒了的虎似的大吼了一聲。他的手按在桌子上：「打！打！我沒的說！」

三張綠臉都咬著牙微笑。他們享受那嗖嗖的鞭聲與老人的怒吼。他們與他毫無仇恨，他們找不出他的犯罪行為，他們只願意看他受刑，喜歡聽他喊叫；他們的職業，宗教，與崇高的享受，就是毒打無辜的人。

皮鞭像由機器管束著似的，均勻的，不間斷的，老那麼準確有力的抽打。慢慢的，老人只能哼了，像一匹折了腿的馬那樣往外吐氣，眼珠子努出多高。又挨了幾鞭，他一陣噁心，昏了過去。

醒過來，他仍舊是在那間小屋裡。他口渴，可是沒有水喝。他的背上的血已全定住，可是每一動彈，就好像有人撕扯那一條條的傷痕似的。他忍著渴，忍著痛，雙肩靠在牆角上，好使他的背不至於緊靠住牆。他一陣陣的發昏。每一發昏，他就覺得他的生命像一些蒸氣似的往外發散。他已不再去想什麼，只在要昏過的時候呼著自己的名字。

他已經不辨晝夜，忘了憤怒與怨恨，他只時時的呼叫自己，好像是提醒自己：「活下去！活下去！」這樣，當他的生命像一股氣兒往黑暗中飛騰的時候，就能遠遠的聽見自己的呼喚而又退回來。他於是咬上牙，閉緊了眼，把那股氣兒關在身中。生命的蕩漾減少了他身上的苦痛；在半死的時候，他得到安靜與解脫。可是，他不肯就這樣釋放了自己。他寧願忍受苦痛，而緊緊的抓住生命。他須活下去，活下去！

日本人的折磨人成了一種藝術。他們第二次傳訊他的時候，是在一個晴美的下午。審官只有一個，穿著便衣。他坐在一間極小的屋子裡，牆是淡綠色的；窗子都開著，陽光射進來，射在窗檯上的一盆丹紅的四季繡球上。他坐在一個小桌旁邊，桌上舖著深綠色的絨毯，放著一個很古雅的小瓶，瓶中插著一枝秋花。瓶旁邊，有兩個小酒杯，與一瓶淡黃的酒。他手裡拿著一卷中國古詩。

當錢先生走進來的時候，他還看著那卷詩，彷彿他的心已隨著詩飛到很遠的地方，而忘了眼前的一切。及至老人已走近，他才一驚似的放下書，趕緊立起來。他連連的道歉，請「客人」坐下。他的中國話說得非常的流利，而且時時的轉文。

老人坐下。那個人口中連連的吸氣，往杯中倒酒，倒好了，他先舉起杯：「請！」

開口。

老人一揚脖，把酒喝下去。那個人也飲乾，又吸著氣倒酒。

乾了第二杯，他笑著說：「都是一點誤會，誤會！請你不必介意！」

「什麼誤會？」老人在兩杯酒入肚之後，滿身都發了熱。他本想一言不發，可是酒力催著他開口。

日本人沒正式的答覆他，而只狡猾的一笑；又斟上酒。看老人把酒又喝下去，他才說話：「你會作詩？」

老人微一閉眼，作為回答。

「新詩？還是舊詩？」

「新詩還沒學會！」

「好的很！我們日本人都喜歡舊詩！」

老人想了想，才說：「中國人教會了你們作舊詩，新詩你們還沒學了去！」

日本人笑了，笑出了聲。他舉起杯來：「我們乾一杯，表示日本與中國的同文化，共榮辱！四海之內皆兄弟也，而我們差不多是同胞弟兄！」

老人沒有舉杯。

「兄弟？假若你們來殺戮我們，你我便是仇敵！兄弟？笑話！」

「誤會！誤會！」那個人還笑著，笑得不甚自然。「他們亂來，連我都不盡滿意他們！」

「他們是誰？」

「他們──」日本人轉了轉眼珠。「我是你的朋友！我願意和你作最好的朋友，只要你肯接受我的善意的勸告！你看，你是老一輩的中國人，喝喝酒，吟吟詩。我最喜歡你這樣的人！他們雖然是不免亂來，可是他們也並不完全閉著眼瞎撞，他們不喜歡你們的青年人，那會作新詩和愛讀新詩的青年人；這些人簡直不很像中國人，他們受了英美人的欺騙，而反對日本。這極不聰明！日本的武力是天下無敵的，你們敢碰碰它，便是自取滅亡。因此，我雖攔不住他們動武，也勸不住你們的青年人反抗，可是我還立志多交中國朋友，像你這樣的朋友。只要你我能推誠相見，我們便能慢慢的展開我們的勢力與影響，把日華的關係弄好，成為真正相諒相助，共存共亡的益友！你願意作什麼？你說一聲，沒有辦不到的！我有力量釋放了你，叫你達到學優而仕的願望！」多大半天，老人沒有出聲。

「怎樣？」日本人催問。「嘔，我不應當催促你！真正的中國人是要慢條斯理的！你慢慢去想一想吧？」

「我不用想！願意釋放我，請快一點！」

「放了你之後呢？」

「我不答應任何條件！餓死事小，失節事大！」

「你就不為我想一想？我憑白無故的放了你，怎麼交代呢？」

「那隨你！我很愛我的命，可是更愛我的氣節！」

「什麼氣節？我們並不想滅了中國！」

「那麼，打仗為了什麼呢？」

「那是誤會！」

「誤會？就誤會到底吧！除非歷史都是說謊，有那麼一天，咱們會曉得什麼是誤會！」

「好吧！」日本人用手慢慢的摸了摸臉。他的右眼合成了一道細縫，而左眼睜著。「餓死事小，你說的，好，我餓一餓你再看吧！三天內，你將得不到任何吃食！」

老人立了起來，頭有點眩暈；扶住桌子，他定了神。日本人伸出手來，「我們握握手不好嗎？」

老人沒任何表示，慢慢的往外走。已經走出屋門，他又被叫住：「你什麼時候想明白了，什麼時候通知我，我願意作你的朋友！」

回到小屋中，他不願再多想什麼，只堅決的等著飢餓。是的，日本人的確會折磨人，打傷外面，還要懲罰內裡。他反倒笑了。

當晚，小屋裡又來了三個犯人，全是三四十歲的男人。由他們的驚恐的神色，他曉得他們也都沒有罪過；真正作了錯事的人會很沉靜的等待判決。他不願問他們什麼，而只低聲的囑咐他們：「你們要挺刑！你們認罪也死，不認罪也死，何苦多饒一面呢？用不著害怕，國亡了，你們應當受罪！挺著點，萬一能挺過去，你們好知道報仇！」

三天，沒有他的東西吃。三天，那三個新來的人輪流著受刑，好像是打給他看。飢餓、疼痛，與眼前的血肉橫飛，使他閉上眼，不出一聲。他不願死，但是死亡既來到，他也不便躲開。他始終不曉得到底犯了什麼罪，也不知道日本人為什麼偏偏勸他投降，他氣悶。可是，餓了三天之後，他的腦子更清楚了；他看清：不管日本人要幹什麼，反正他自己應當堅定！日本人說他有罪，他便是有罪，他須破著血肉去接取毒刑，日本人教他投降，他便是無罪，他破出生命保全自己的氣節。把這個看清，他覺得事情非常的簡單了，根本用不著氣悶。他給自己設了個比喻：假若你遇見一隻虎，你用不著和牠講情理，而須決定你自己敢和牠去爭鬥不敢！不用思索虎為什麼咬你，或不咬你，你應當設法還手打牠！

他想念他的小兒子，仲石。他更想不清楚為什麼日本人始終不提起仲石來。莫非仲石並沒有作了那件光榮的事？莫非冠曉荷所報告的是另一罪行？假若他真是為仲石的事而被捕，他會毫不遲疑的承認，而安心等著死刑。

是的，他的確願意保留著生命，去作些更有意義的事；可是，為了補充仲石的壯烈，他是不怕馬上就死去的。日本人，可是，不提起仲石，而勸他投降。什麼意思呢？莫非在日本人眼中，他根本就像個只會投降的人？

這麼一想，他發了怒。真的，他活了五十多歲，並沒作出什麼有益於國家與社會的事。可是，消極的，他也沒作過任何對不起國家與社會的事。為什麼日本人看他像漢奸呢？嘔！嘔！他想出來了：那山水畫中的寬衣博帶的人物，只會聽琴看花的人物，不也就是對國事袖手旁觀的人麼？日本人當然喜歡他們。他們至多也不過會退隱到山林中去，「不食周粟」；他們決不會和日本人拚命！

「好！好！好！」他對自己說：「不管仲石作過還是沒作過那件事，我自己應當作個和國家緊緊拴在一處的新人，去贖以前袖手旁觀國事的罪過！我不是被國事連累上，而是因為自己偷閒取懶誤了國事；我罪有應得！從今天起，我須把生死置之度外的去保全性命，好把性命完全交給國家！」

這樣想清楚，雖然滿身都是污垢和傷痕，他卻覺得通體透明，像一塊大的水晶。

日本人可是並不因為他是塊水晶而停止施刑；即使他是金鋼鑽，他們也要設法把他磨碎。

他挺著，挺著，不哼一聲。到忍受不了的時候，他喊：「打！打！我沒的說！」他咬著牙，可是牙被敲掉。他暈死過去，他們用涼水噴他，使他再活過來。他們灌他涼水，整桶的灌，而後再教他吐出來。他們用槓子軋他的腿，甩火絨炙他的頭。他忍著挺受。他的日子過得很慢，當他清醒的時候；他的日子過得很快，當他昏迷過去的工夫。他決定不屈服，他把生命像一口唾液似的，在要啐出去的時節，又吞嚥下去。

審問他的人幾乎每次一換。不同的人用不同的刑，問不同的話。他已不再操心去猜測到底他犯了什麼罪。他看出來：假若他肯招認，他便是犯過一切的罪，隨便承認一件，都可以教他身首分離。反之他若是決心挺下去，他便沒犯任何罪，只是因不肯誣賴自己而受刑罷了。他也看明白：日本人也不一定準知道他犯了什麼罪，可是既然把他捉來，就不便再隨便放出去；隨便打著他玩也是好的。貓不只捕鼠，有時候捉到一隻美麗無辜的小鳥，也要玩弄好大半天！

他的同屋的人，隨來隨走，他不記得一共有過多少人。他們走，是被釋放了，還是被殺害了，他也無從知道。有時候，他昏迷過去好大半天；再睜眼，屋中已經又換了人。看著他的血肉模糊的樣子，他們好像都不敢和他交談。他可是只要還有一點力氣，便鼓舞他們，教他們記住仇恨和準備報仇。這，好似成了他還須生活下去的唯一的目的與使命。他已完全忘了自己，而只知道他是一個聲音；只要有一口氣，他就放出那個聲音——不是哀號與求憐，而是教大家都挺起脊骨，豎起眉毛來的信號。

到最後，他的力氣已不能再支持他。他沒有了苦痛，也沒有了記憶；有好幾天，他死去活來的昏迷不醒。

在一天太陽已平西的時候，他甦醒過來。睜開眼，他看見一個很體面的人，站在屋中定睛看著他。他又閉上了眼。恍恍惚惚的，那個人似乎問了他一些什麼，他怎麼答對的，已經想不起來了。他可是記得那個人極溫和親熱的拉了拉他的手，他忽然清醒過來；那隻手的熱氣好像走到了他的心中。他聽見那個人說：「他們錯拿了我，一會兒我就會出去。我能救你。我在幫，我就說你也在幫，好不好？」以後的事，他又記不清了，恍惚中他好像在一本冊子上按了斗箕，答應永遠不向別人講他所受過的一切折磨與苦刑。在燈光中，他被推在一座大門外。他似醒似睡的躺在牆根。

秋風兒很涼，時時吹醒了他。他的附近很黑，沒有什麼行人，遠處有些燈光與犬吠。他忘了以前的一切，也不曉得他以後要幹什麼。他的殘餘的一點力氣，只夠使他往前爬幾步的。他拚命往前爬，不知道往哪裡去，也不管往哪裡去。手一軟，他又伏在地上。他還沒有死，只是手足都沒有力氣再動一動。像將要入睡似的，他恍忽的看見一個人——冠曉荷。

像將溺死的人，能在頃刻中看見一生的事，他極快的想起來一切。冠曉荷是這一切的頭兒。一股不知道哪裡得的力氣，使他又揚起頭來。他看清：他的身後，也就是他住過那麼多日子的地方，是北京大學。他決定往西爬，冠曉荷在西邊。他沒想起家，而只想起在西邊他能找到冠曉荷！冠曉荷把他送到獄中，冠曉荷也會領他回去。他須第一個先教冠曉荷看看他，他還沒死！

他爬，他滾，他身上流著血汗，汗把傷痕醃得極痛，可是他不停止前進；他的眼前老有個冠曉荷。冠曉荷笑著往前引領他。

他回到小羊圈，已經剩了最後的一口氣。他爬進自己的街門。他不曉得怎樣進了自己的屋子，也不認識自己的屋子。醒過來，他馬上又想起冠曉荷。傷害一個好人的，會得到永生的罪惡。他須馬上去宣佈冠曉荷的罪惡——慢慢的，他認識了人，能想起一點過去的事。他幾乎要感激冠曉荷。假若不是冠曉荷，他或者就像一條受了傷的野狗似的死在路上。當他又會笑了以後，他常常為這件事發笑——一個害人的會這麼萬想不到的救了他所要害的人！

對瑞宣，金三爺，和四大媽的照應與服侍，他很感激。可是，他的思想卻沒以感激他們為出發點，而想怎樣酬答他們。只有一樁事，盤旋在他的腦海中——他要想全了自從被捕以至由獄中爬出來的整部經過。他天天想一遍。病越好一些，他就越多想起一點。不錯，其中有許多許多小塊的空白，可是，漸漸的他已把事情的經過想出個大致。漸漸的，他已能夠一想起其中的任何一事件，就馬上左右逢源的找到與它有關的情節來，好像幼時背誦《大學》、《中庸》那樣，不論先生抽提哪一句，他都能立刻接答下去。這個背熟了的故事，使他不因為身體的漸次痊好，和親友們的善意深情，而忘了他所永不應忘了的事——報仇。

瑞宣屢屢的問他，他總不肯說出來，不是為他對敵人起過誓，而是為把它存在自己的心中，像保存一件奇珍似的，不願教第二個人看見。把它嚴嚴的存在自己心中，他才能嚴密的去執行自己的復仇的計劃；書生都喜歡紙上談兵，只說而不去實行；他是書生，他知道怎樣去矯正自己。

在他入獄的經過中，他引為憾事的只有他不記得救了他的人是誰。他略略的記得一點那個人的模樣；姓名，職業，哪裡的人，他已都不記得；也許他根本就沒有詢問過。他並不想報恩；報仇比報恩更重要。雖然如此，他還是願意知道那是誰；至少他覺得應當多交一個朋友，說不定那個人還會幫助他去報仇的。

對他的妻與兒，他也常常的想起，可是並不單獨的想念他們。他把他們和他入獄的經過放在一處去想，好增加心中的仇恨。他不該入獄，他們不該死。可是，他入了獄，他們死掉。這都不是偶然的，而是因為日本人要捉他，要殺他們。他是讀書明理的人，他應當辨明恩怨。假若他只把毒刑與殺害看成「命該如此」，他就沒法再像個人似的活著，和像個人似的去死！

想罷了入獄後的一切，他開始想將來。

對於將來，他幾乎沒有什麼可顧慮的，除了安置兒媳婦的問題。她，其實，也好安置。不過，她已有了孕；他可以忘了一切，而不輕易的忘了自己的還未出世的孫子或孫女。他可以犧牲了自己，而不能不管他的後代。他必須去報仇，可是也必須愛護他孫子。仇的另一端是愛，它們的兩端是可以折回來碰到一處，成為一個圈圈的。

「少奶奶！」他輕輕的叫。

她走進來。他看見了她半天才說：「你能走路不能啊？我要教你請你的父親去。」

她馬上答應了。她的健康已完全恢復，臉上已有了點紅色。她心中的傷痕並沒有平復，可是為了腹中的小兒，和四大媽的誠懇的勸慰，她已決定不再隨便的啼哭或暗自發愁，免得傷了胎氣。

她走後，他坐起來，閉目等候著金三爺。他切盼金三爺快快的來到，可是又後悔沒有囑咐兒媳不要走得太慌，而自己嘟囔著：「她會曉得留心的！她會！可憐的孩子！」嘟囔了幾次，他又想笑自己：這麼婆婆媽媽的怎像個要去殺敵報仇的人呢！

少奶奶去了差不多一個鐘頭才回來。金三爺的發光的紅腦門上冒著汗，不是走出來的，而是因為隨著女兒一步一步的蹭，急出來的。到了屋中，他歎了口氣：「要隨著她走一天的道兒，我得急死！」

少奶奶向來不大愛說話，可是在父親跟前，就不免撒點嬌：「我還直快走呢！」

「好！好！你去歇會兒吧！」錢老人的眼中發出點和善的光來。在平日，他說不上來是喜愛她，還是不喜愛她。他彷彿只有個兒媳，而公公與兒媳之間似乎老隔著一層帳幕。現在，他覺得她是個最可憐最可敬的人。一切將都要滅亡，只有她必須活著，好再增多一條生命，一條使死者得以不死的生命。

「三爺！勞你駕，把桌子底下的酒瓶拿過來！」他微笑著說。

「剛剛好一點，又想喝酒！」金三爺對他的至親好友是不鬧客氣的。可是，他把酒瓶找到，並且找來兩個茶杯。倒了半杯酒，他看了親家一眼，「夠了吧？」

錢先生頗有點著急的樣子：「給我！我來倒！」

金三爺吸了口氣，把酒倒滿了杯，遞給親家。

「你呢？」錢老人拿著酒杯問。

「我也得喝？」

錢老人點了點頭：「也得是一杯！」

金三爺只好也給自己倒了一杯。

「喝！」錢先生把杯舉起來。

「慢點喲！」金三爺不放心的說。

「沒關係！」錢先生分兩氣把酒喝乾。

亮了亮杯底，他等候著親家喝。一見親家也喝完，他叫了聲：「三爺！」而後把杯子用力的摔在牆上，摔得粉碎。

「怎麼回事？」金三爺莫名其妙的問。

「從此不再飲酒！」錢先生閉了閉眼。

「那好哇！」金三爺眨巴著眼，拉了張小凳，坐在床前。

錢先生看親家坐好，他猛的由床沿上出溜下來，跪在了地上；還沒等親家想出主意，他已磕了一個頭。金三爺忙把親家拉了起來。「這是怎回事？這是怎回事？」一面說，他一面把親家扶到床沿上坐好。

「三爺，你坐下！」看金三爺坐好，錢先生繼續著說：「三爺，我求你點事！雖然我給你磕了頭，你可是能管再管，不要勉強！」

「說吧，親家，你的事就是我的事！」金三爺掏出煙袋來，慢慢的擰煙。

「這點事可不算小！」

「先別嚇唬我！」金三爺笑了一下。

「少奶奶已有了孕。我，一個作公公的，沒法照應她。我打算——」

「教她回娘家，是不是？你說一聲就是了，這點事也值得磕頭？她是我的女兒呀！」金三爺覺得自己既聰明又慷慨。

「不，還有更麻煩的地方！她無論生兒生女，你得替錢家養活著！我把兒媳和後代全交給了你！兒媳還年輕，她若不願守節，任憑她改嫁，不必跟我商議。她若是改了嫁，小孩可得留給你，你要像教養親孫子似的教養他。別的我不管，我只求你必得常常告訴他，他的祖母，父親，叔父，都是怎樣死的！三爺，這個麻煩可不小，你想一想再回答我！你答應，我們錢家歷代祖宗有靈，都要感激你；你不答應，我決不惱你！你想想看！」

金三爺有點摸不清頭腦了，吧唧著煙袋，他楞起來。他會算計，而不會思想。女兒回家，外孫歸他養活，都作得到；家中多添兩口人還不至於教他吃累。不過，親家這是什麼意思呢？他想不出！為不願多發楞，他反問了句：「你自己怎麼辦呢？」

酒勁上來了，錢先生的臉上發了點紅。他有點急躁。「不用管我，我有我的辦法！你若肯把女兒帶走，我把這些破桌子爛板凳，託李四爺給賣一賣。然後，我也許離開北平，也許租一間小屋，自己瞎混。反正我有我的辦法！我有我的辦法！」

「那，我不放心！」金三爺臉上的紅光漸漸的消失，他的確不放心親家。在社會上，他並沒有地位。比他窮的人，知道他既是錢狠子，手腳又厲害，都只向他點頭哈腰的敬而遠之。比他富的人，只在用著他的時候才招呼他；把事辦完，他拿了佣錢，人家就不再理他。他只有錢先生這麼個好友，能在生意關係之外，還和他喝酒談心。他不能教親家離開北平，也不能允許他租一間小屋子去獨自瞎混。「那不行！連你，帶我的女兒，都歸了我去！我養活得起你們！你五十多了，我快奔六十！讓咱們天天一塊兒喝兩杯吧！」

「三爺！」錢先生只這麼叫了一聲，沒有說出別的來。他不能把自己的計劃說出來，又覺得這是違反了「事無不可對人言」的道理。他也知道金三爺的話出於一片至誠，自己不該狠心的不說出實話來。沉默了好久，他才又開了口：「三爺，年月不對了，我們應當各奔前程！乾脆一點，你答應我的話不答應？」

「我答應！你也得答應我，搬到我那裡去！」

很難過的，錢先生扯謊：「這麼辦，你先讓我試一試，看我能獨自混下去不能！不行，我一定找你去！」金三爺楞了許久才勉強的點了頭。

「三爺，事情越快辦越好！少奶奶願意帶什麼東西走，隨她挑選！你告訴她去，我沒臉對她講！三爺，你幫了我的大忙！我，只要不死，永遠，永遠忘不了你的恩！」

金三爺要落淚，所以急忙立起來，把煙袋鍋用力磕了兩下子。而後，長嘆了一口氣，到女兒屋中去。

錢先生還坐在床沿上，心中說不出是應當高興，還是應當難過。妻，孟石，仲石，都已永不能再見；現在，他又訣別了老友與兒媳——還有那個未生下來的孫子！他至少應當等著看一看孫子的小臉；他相信那個小臉必定很像孟石。同時，他又覺得只有這麼狠心才對，假若他看見了孫子，也許就只顧作祖父而忘了別的一切。「還是這樣好！我的命是白揀來的，不能只消磨在抱孫子上！我應當慶祝自己有這樣的狠心——敵人比我更狠得多呀！」看了看酒瓶，他想再喝一杯。可是，他沒有去動它。只有酒能使他高興起來，但是他必須對得起地上破碎的杯子！他嚥了一大口唾沫。

正這樣呆坐，野求輕手躡腳的走進來。老人笑了。按著他的決心說，多看見一個親戚或朋友與否，已經都沒有任何關係。可是，他到底願意多看見一個人；野求來的正是時候。

「怎麼？都能坐起來了？」野求心中也很高興。

錢先生笑著點了點頭。「不久我就可以走路了！」

「太好了！太好了！」野求揉著手說。

野求的臉上比往常好看多了，雖然還沒有多少肉，可是顏色不發綠了。他穿著件新青布棉袍，腳上的棉鞋也是新的。一邊和姐丈閒談，他一邊掏胸前盡裏邊的口袋。掏了好大半天，他掏出來十五張一塊錢的鈔票來。笑著，他輕輕的把錢票放在床上。

「幹嗎？」錢先生問。

野求笑了好幾氣，才說出來：「你自己買點什麼吃！」說完，他的小薄嘴唇閉得緊緊的，好像很怕姐丈不肯接受。

「你哪兒有富餘錢給我呢？」

「我，我，找到個相當好的事！」

「在哪兒？」

野求的眼珠停止了轉動，楞了一會兒。「新政府不是成立了嗎？」

「哪個新政府？」

野求歎了口氣。「姐丈！你知道我，我不是沒有骨頭的人！可是，八個孩子，一個病包兒似的老婆，教我怎辦呢？難道我真該瞪著眼看他們餓死嗎？」

「所以你在日本人組織的政府裡找了差事！」錢先生不錯眼珠的看著野求的臉。

野求的臉直抽動。「我沒去找任何人！我曉得廉恥！他們來找我，請我去幫忙。我的良心能夠原諒我！」

錢先生慢慢的把十五張票子拿起來，而極快的一把扔在野求的臉上：「你出去！永遠永遠不要再來，我沒有你這麼個親戚！走！」他的手顫抖著指著屋門。

野求的臉又綠了。他的確是一片熱誠的來給姐丈送錢，為是博得姐丈的歡心，誰知道結果會是碰了一鼻子灰。他不能和姐丈辯駁，姐丈責備的都對。他只能求姐丈原諒他的不得已而為之，可是姐丈既不肯原諒，他就沒有一點辦法。他也不好意思就這麼走出去，姐丈有病，也許肝火旺一點，他應當忍著氣，把這一場和平的結束過去，省得將來彼此不好見面。姐丈既是至親，又是他所最佩服的好友，他不能就這麼走出去，絕了交。他不住的舔他的薄嘴唇。坐著不妥，立起來也不合適，他不知怎樣才好。

「還不走？」錢先生的怒氣還一點也沒減，催著野求走。野求含著淚，慢慢的立起來。「默吟！咱們就——」羞愧與難過截回去了他的話。他低著頭，開始往外走。

「等等！」錢先生叫住了他。

他像個受了氣的小媳婦似的趕緊立住，仍舊低著頭。

「去，開開那只箱子！那裡有兩張小畫，一張石谿的，一張石谷的，那是我的鎮宅的寶物。我買得很便宜，才一共花了三百多塊錢。光是石谿的那張，賣好了就可以賣四五百。你拿去，賣幾個錢，去作個小買賣也好；哪怕是去賣花生瓜子呢，也比投降強！」

把這些話說完，錢先生的怒氣已去了一大半。他愛野求的學識，也知道他的困苦，他要成全他，成全一個好友是比責罵更有意義的。「去吧！」他的聲音像平日那麼柔和了。「你拿去，那只是我的一點小玩藝兒，我沒心程再玩了！」

野求顧不得去想應當去拿畫與否，就急忙去開箱子。他只希望這樣的服從好討姐丈的歡喜。箱子裡沒有多少東西，所有的一些東西也不過是些破書爛本子。他願意一下子就把那兩張畫找到，可是又不敢慌忙的亂翻；他尊重圖書，特別尊重姐丈的圖書；書越破爛，他越小心。找了好久，他看不到所要找的東西。

「沒有嗎？」錢先生問。

「找不到！」

「把那些破東西都拿出來，放在這裡！」他拍了拍床。「我找！」

野求輕輕的，像挪動一些珍寶似的，一件件的往床上放那些破書。錢先生一本本的翻弄。他們找不到那兩張畫。

「少奶奶！」錢先生高聲的喊，「你過來！」

他喊的聲音是那麼大，連金三爺也隨著少奶奶跑了過來。

看到野求的不安的神氣，親家的急躁，與床上的破紙爛書，金三爺說了聲：「這又是那一齣？」

少奶奶想招呼野求，可是公公先說了話：「那兩張畫兒呢？」

「哪兩張？」

「在箱子裡的那兩張，值錢的畫！」

「我不知道！」少奶奶莫名其妙的回答。

「你想想看，有誰開過那個箱子沒有！」

少奶奶想起來了。

金三爺也想起來了。

少奶奶也想起丈夫與婆婆來，心中一陣發酸，可是沒敢哭出來。

「是不是一個紙卷喲？」金三爺說。

「是！是！沒有裱過的畫！」

「放在孟石的棺材裡了！」

「誰？」

「親家母！」

錢先生楞了好半天，歎了口氣。

第二部 偷生

第三十五章　大人們的淚

春天好似不管人間有什麼悲痛，又帶著它的溫暖與香色來到北平。地上與河裡的冰很快的都化開，從河邊與牆根都露出細的綠苗來。柳條上綴起鵝黃的碎點，大雁在空中排開隊伍，長聲的呼應著。一切都有了生意，只有北平的人還凍結在冰裡。

苦了小順兒和妞子。這本是可以買幾個模子，磕泥餑餑的好時候。用黃土泥磕好了泥人兒，泥餅兒，都放在小凳上，而後再從牆根採來葉兒還捲著的香草，擺在泥人兒的前面，就可以唱了呀：「泥泥餑餑，泥泥人兒耶，老頭兒喝酒，不讓人兒耶！」這該是多麼得意的事呀！可是，媽媽不給錢買模子，而當挖到了香草以後，唱著「香香蒿子，辣辣罐兒耶」的時候，父親也總是不高興的說：「別嚷！別嚷！」

他們不曉得媽媽近來為什麼那樣吝嗇，連磕泥餑餑的模子也不給買。爸爸就更奇怪，老那麼橫虎子似的，說話就瞪眼。太爺爺本是他們的「救主」，可是近來他老人家也彷彿變了樣子。在以前，每逢柳樹發了綠的時候，他必定帶著他們到護國寺去買赤包兒秧子、葫蘆秧子，和什麼小盆的「開不夠」與各種花仔兒。今年，他連蘿蔔頭、白菜腦袋，都沒有種，更不用說是買花秧去了。

爺爺不常回來，而且每次回來，都忘記給他們帶點吃食。這時候不是正賣豌豆黃、愛窩窩、玫瑰棗兒、柿餅子，和天津蘿蔔麼？怎麼爺爺總說街上什麼零吃也沒有賣的呢？小順兒告訴妹妹：「爺爺準是愛說瞎話！」

祖母還是待他們很好，不過，她老是鬧病，哼哼唧唧的不高興。她常常念叨三叔，盼望他早回來，可是當小順兒自告奮勇，要去找三叔的時候，她又不准。小順兒以為只要祖母准他去，他必定能把三叔找回來。他有把握！妞子也很想念三叔，也願意陪著哥哥去找他。因為這個，他們小兄妹倆還常拌嘴。小順兒說：「妞妞，你不能去！你不認識路！」妞子否認她不識路：「我連四牌樓，都認識！」

一家子裡，只有二叔滿面紅光的怪精神。可是，他也不是怎麼老不回來。他只在新年的時候來過一次，大模大樣的給太爺爺和祖母磕了頭就走了，連一斤雜拌兒也沒給他們倆買來。所以他們倆拒絕了給他磕頭拜年，媽媽還直要打他們；臭二叔！胖二嬸根本沒有來過，大概是，他們猜想，肉太多了，走不動的緣故。

最讓他們羨慕的是冠家。看人家多麼會過年！當媽媽不留神的時候，他們倆便偷偷的溜出去，在門口看熱鬧。哎呀，冠家來了多少漂亮的姑娘呀！每一個都打扮得那麼花哨好看，小妞子都看呆了，嘴張著，半天也閉不上！她們不但穿得花哨，頭和臉都打扮得漂亮，她們也都非常的活潑，大聲的說著笑著，一點也不像媽媽那麼愁眉苦眼的。她們到冠家來，手中都必拿著點禮物。小順兒把食指含在口中，連連的吸氣。小妞子「一、二、三，」的數著；她心中最大的數字是「十二」，一會兒她就數到了「十二個瓶子！十二包點心！十二個盒子！」她不由的發表了意見：「他們過年，有多少好吃的呀！」

他們還看見一次，他們的胖嬸子也拿著禮物到冠家去。他們最初以為她是給他們買來的好吃食，而跑過去叫她，她可是一聲也沒出便走進冠家去。因此，他們既羨慕冠家，也恨冠家——冠家奪去他們的好吃食。他們回家報告給媽媽：敢情胖嬸子並不是胖得走不動，而是故意的不來看他們。媽媽低聲的囑咐他們，千萬別對祖母和太爺爺說。他們不曉得這是為了什麼，而只覺得媽媽太奇怪；難道胖二嬸不是他們家的人麼？難道她已經算是冠家的人了麼？但是，媽媽的話是不好違抗的，他們只好把這件氣人的事存在心裡。小順兒告訴妹妹：「咱們得聽媽媽的話喲！」說完他像小大人似的點了點頭，彷彿增長了學問似的。

是的，小順兒確是長了學問。你看，家中的大人們雖然不樂意聽冠家的事，可是他們老嘀嘀咕咕的講論錢家。錢家，他由大人的口中聽到，已然只剩了一所空房子，錢少奶奶回了娘家，那位好養花的老頭兒忽然不見了。他上哪兒去了呢？沒有人知道。太爺爺沒事兒就和爸爸嘀咕這回事。有一回，太爺爺居然為這個事而落了眼淚。小順兒忙著躲開，大人們的淚是不喜歡教小孩子看見的。媽媽的淚不是每每落在廚房的爐子上麼？

更教小順兒心裡跳動而不敢說什麼的事，是，聽說錢家的空房子已被冠先生租了去，預備再租給日本人。日本人還沒有搬了來，房屋可是正在修理——把窗子改矮，地上換木板好擺日本的

「榻榻密」。小順兒很想到一號去看看，又怕碰上日本人。他只好和了些黃土泥，教妹妹當泥瓦匠，建造小房子。他自己作監工的。無論妹妹把窗子蓋得多麼矮，他總要挑剔：「還太高！還太高！」他捏了個很小的泥人，也就有半寸高吧。「你看看，妹，日本人是矮子，只有這麼高呀！」

這個遊戲又被媽媽禁止了。媽媽彷彿以為日本人不但不是那麼矮，而且似乎還很可怕；她為將要和日本人作鄰居，愁得什麼似的。小順兒看媽媽的神氣不對，不便多問；他只命令妹妹把小泥屋子毀掉，他也把那個不到半寸高的泥人揉成了個小球，扔在門外。

最使他們倆和全家傷心的是常二爺在城門洞裡被日本人打了一頓，而且在甕圈兒裡罰跪。

常二爺的生活是最有規律的，而且這規律是保持得那麼久，倒好像他是大自然的一個鐘擺，老那麼有規律的擺動，永遠不倦怠與停頓。因此，他雖然已經六十多歲，可是他自己似乎倒不覺得老邁；他的年紀彷彿專為給別人看的，像一座大鐘那樣給人們報告時間。因此，雖然他吃的是粗茶淡飯，住的是一升火就像磚窯似的屋子，穿的是破舊的衣裳，可是他，自青年到老年，老那麼活潑結實，直像剛挖出來的一個紅蘿蔔，雖然帶著泥土，而鮮伶伶的可愛。

每到元旦，他在夜半就迎了神，祭了祖，而後吃不知多少真正小磨香油拌的素餡餃子——他的那點豬肉必須留到大年初二祭完財神，才作一頓元寶湯的。吃過了素餡餃子，他必須熬一通夜。他不賭錢，也沒有別的事情，但是他必須熬夜，為是教灶上老有火亮，貼在壁上的灶王爺面前老燒著一線高香。這是他的宗教。他並不信灶王爺與財神爺真有什麼靈應，但是他願屋中有點光亮與溫暖。他買不起鞭炮，與成斤的大紅燭，他只用一線高香與灶中的柴炭，迎接新年，希望新年與他的心地全是光明的。後半夜，他發睏的時候，他會出去看一看天上的星；經涼風兒一吹，他便又有了精神。進來，他抓一把專為過年預備的鐵蠶豆，把它們嚼得崩崩的響。

他並不一定愛吃那些豆子，可是真滿意自己的牙齒。天一亮，他勒一勒腰帶，順著小道兒去「逛」大鐘寺。沒有人這麼早來逛廟，他自己也並不希望看見什麼豆汁攤子、大糖葫蘆、沙雁、風車與那些紅男綠女。他只是為走這麼幾里地，看一眼那座古寺；只要那座廟還存在，世界彷彿就並沒改了樣，而他感到安全。

看見了廟門，他便折回來，沿路去向親戚朋友拜年。到十點鐘左右，他回到家，吃點東西，便睡一個大覺。大年初二，很早的祭了財神，吃兩三大碗餛飩，他便進城去拜年，祁家必是頭一家。

今年，他可是並沒有到大鐘寺去，也沒到城裡來拜年。他的世界變了，變得一點頭腦也摸不著。夜裡，遠處老有槍聲，有時候還打炮。他不知道是誰打誰，而心裡老放不下去。像受了驚嚇的小兒似的，睡著睡著他就猛的一下子嚇醒。有的時候，他的和鄰居的狗都拚命的叫，叫得使人心裡發顫。第二天，有人告訴他：夜裡又過兵來著！什麼兵？是我們的，還是敵人的？沒人知道。

假若夜裡睡不消停，白天他心裡也不踏實。謠言很多。儘管他的門前是那麼安靜，可是只要過來一輛大車或一個行人，便帶來一片謠言。有的說北苑來了多少敵兵，有的說西苑正修飛機場，有的說敵兵要抓幾千名伕子，有的說沿著他門前的大道要修公路。抓伕？他的兒子正年輕力壯啊！他得設法把兒子藏起去。修公路？他的幾畝田正在大道邊上；不要多，只佔去他二畝，他就受不了！他決定不能離開家門一步，他須黑天白日盯著他的兒子與田地！

還有人說：日本人在西苑西北屠了兩三個村子，因為那裡窩藏著我們的游擊隊。這，常二爺想，不能是謠言；半夜裡的槍聲炮響不都是在西北麼？他願意相信我們還有游擊隊，敢和日本鬼子拚命。同時，他又怕自己的村子也教敵人給屠了。想想看吧，德勝門關廂的監獄不是被我們的游擊隊給砸開了麼？他的家離德勝門也不過七八里路呀！屠村子是可能的！

他不但聽見，也親眼看見了：順著大道，有許多人從西北往城裡去，他們都扶老攜幼的，挑著或背著行李。他打聽明白：這些人起碼都是小康之家，家中有房子有地。他們把地像白給似的賣出去，放棄了房子，搬到城裡去住。他們怕屠殺。這些人也告訴他：日本人將來不要地稅，而是要糧食，連稻草與麥桿兒全要。你種多少地，收多少糧，日本人都派人來監視；你收糧，他拿走！你不種，他照樣的要！你不交，他治死你！

常二爺的心跳到口中來。背著手在他的田邊上繞，他須細細的想一想。他有智慧，可是腦子很慢。是不是他也搬進城去住呢？他向西山搖了搖頭。山、他、他的地，都永遠不能動！不能動！真的，他的幾畝地並沒給過他任何物質上的享受。他一年到頭只至多吃上兩三次豬肉，他的唯一的一件禮服是那件洗過不知多少次的藍布大褂。可是，他還是捨不得離開他的地。離開他的地，即使吃喝穿住都比現在好，他也不一定快活。有地，才有他會作的事；有地，他才有了根。

不！不！什麼都也許會遇見，只有日本人來搶莊稼是謠言，地道的謠言！他不能先信謠言，嚇唬自己。看著土城，他點了點頭。他不知道那是金元時代的遺蹟，而只曉得他自幼兒就天天看見它，到如今它也還未被狂風吹散。他也該像這土城，永遠立在這裡。由土城收回眼神，他看到腳前的地，麥苗兒，短短的，黑綠的麥苗兒，一畦一畦的一直通到鄰家的地，而後又連到很遠很遠的地，又——他又看到西山。謠言！謠言！這是他的地，那是王家的，那是丁家的，那是——西山；這才是實在的！別的都是謠言！

不過，萬一敵人真要搶糧來，怎辦呢？即使不來搶，而用兵馬給踐踏壞了，怎辦呢？他想不出辦法！他的背上有點癢，像是要出汗！他只能晝夜的看守著他的地。有人真來搶劫，他會拚命！這麼決定了，他又高興一點，開始順著大道去揀馬糞。揀著一堆馬糞，他就回頭看一看他的地，而後告訴自己：都是謠言，地是丟不了的！金子銀子都容易丟了，只有這黑黃的地土永遠丟不了！

快到清明了，他更忙了一些。一忙，他心裡反倒踏實了好多。夜裡雖還時時聽到槍聲，可是敵人並沒派人來要糧。麥苗已經不再趴在地上，都隨著春風立起來，油綠油綠的。一行行的綠麥，鑲著一條條的黃土，世界上還有什麼比這更好看呢？再看，自己的這一塊地，收拾得多麼整齊，麥壠有多麼直溜！這塊地的本質原不很好，可是他的精神與勞力卻一點不因土壤而懈怠。老天爺不下雨，或下雨太多，他都無法挽救旱澇；可是只要天時不太壞，他就用上他的全力去操作，不省下一滴汗。看看他的地，他覺得應當驕傲，高興！他的地不僅出糧食，也表現著他的人格。他和地是一回事。有這塊地，連日月星辰也都屬於他了！

對祁家那塊墳地，他一點也不比自己的那塊少賣力氣。「快清明了！」他心中說：「應當給他們拍一拍墳頭！誰管他們來不來燒紙呢！」他給墳頭添了土，拍得整整齊齊的。一邊拍，一邊他想念祁家的人，今年初二，他沒能去拜年，心中老覺得不安。他盼望他們能在清明的時節來上墳。假若他們能來，那就說明了城裡的人已不怕出城，而日本人搶糧的話十之八九是謠言了。

離他有二里地的馬家大少爺鬧嗓子，已經有一天多不能吃東西。馬家有幾畝地，可是不夠吃的，多虧大少爺在城裡法院作法警，月間能交家三頭五塊的。大少爺的病既這麼嚴重，全家都慌了，所以來向常二爺要主意。常二爺正在地裡忙著，可是救命的事是義不容辭的。他不是醫生，但是憑他的生活經驗與人格，鄰居們相信他或者比相信醫生的程度還更高一些。他記得不少的草藥偏方，從地上挖巴挖巴就能治病，既省錢又省事。在他看，只有城裡的人才用得著醫生，唯一的原因是城裡的人有錢。對馬家少爺的病，他背誦了許多偏方，都覺得不適用。鬧嗓子是重病。最後，他想起來六神丸。他說：

「這可不是草藥，得上城裡買去，很貴！」

貴也沒辦法呀，救命要緊！馬家的人從常二爺的口中聽到藥名，彷彿覺得病人的命已經可以保住。他們絲毫不去懷疑六神丸。只要出自常二爺之口，就是七神丸也一樣能治病的。問題只在哪兒去籌幾塊錢，和託誰去買。

七拼八湊的，弄到了十塊錢。誰去買呢？當然是常二爺。大家的邏輯是：常二爺既知道藥名，就也必知道到哪裡去買；而且，常二爺若不去買，別人即使能買到，恐怕也會失去效驗的！

「得到前門去買呀！」常二爺不大願意離開家，可又不便推辭，只好提出前門教大家考慮一下。前門，在大家的心中，是個可怕的地方。那裡整天整夜的擁擠著無數的人馬車輛，動不動就會碰傷了人。還有，鄉下的土財主要是想進城花錢，不是都花在前門外麼？那裡有穿著金線織成的衣服的女人，據說這種女人「吃」土財主十頃地像吃一個燒餅那麼容易！況且，前門離西直門還有十多里路呢。

不過，唯其因為前門這樣的可怕，才更非常二爺出馬不行。嘴上沒有鬍鬚的人哪能隨便就上前門呢！

常二爺被自己的話繞在裏邊了！他非去不可！眾望所歸，還有什麼可說的呢？揣上那十塊錢，他勒了勒腰帶，準備進城。已經走了幾步，有人告訴他，一進西直門就坐電車，一會兒就到前門。他點了點頭，而心中很亂；他不曉得坐電車都有多少手續與規矩。他一輩子只曉得走路，坐車已經是個麻煩，何況又是坐電車呢！不，他告訴自己，不坐車，走路是最妥當的辦法！

剛一進西直門，他就被日本兵攔住了。他有點怕，但是決定沉住了氣。心裡說：「我是天字第一號的老實人，怕什麼呢？」

日本人打手式教他解開懷。他很快的就看明白了，心中幾乎要高興自己的沉著與聰明。在解鈕釦之前，他先把懷中掖著的十塊錢票子取了出來，握在手中。心裡說：「除了這個，準保你什麼也搜不著！有本事的話，你也許能摸住一兩個虱子！」

日本人劈手把錢搶過去，回手就是左右開弓兩個嘴巴。常二爺的眼前飛起好幾團金星。

「大大的壞，你！」日本兵指著老人的鼻子說。說罷，他用手捏著老人的鼻子，往城牆上拉；老人的頭碰在了牆上，日本兵說：「看！」

老人看見了，牆上有一張告示。可是，他不認那麼多的字。對著告示，他噈了幾口氣。怒火燒著他的心，慢慢的他握好了拳。他是個中國人，北方的中國人，北平郊外的中國人。他不認識多少字，他可是曉得由孔夫子傳下來的禮義廉恥。他吃的是糠，而道出來的是仁義。他一共有幾畝地，而他的人格是頂得起天來的。他是個最講理的，知恥的，全人類裡最拿得出去的，人！他不能這麼白白的挨打受辱，他可以不要命，而不能隨便丟棄了「理」！

可是，他也是世界上最愛和平的人。慢慢的，他把握好的拳頭又放開了。他的鄰居等著吃藥呢！他不能只顧自己的臉面，而忘了馬少爺的命！慢慢的，他轉過身來，像對付一條惡狗似的，他忍著氣央求：「那幾塊錢是買藥的，還給我吧！那要是我自己的錢，就不要了，你們當兵的也不容易呀！」日本兵不懂他的話，而只向旁邊的一個中國警察一努嘴。警察過來拉住老人的臂，往甕圈裡拖。老人低聲的問：「怎麼回事？」

警察用很低的聲音，在老人耳邊說：「不准用咱們的錢啦，一律用他們的！帶著咱們的錢，有罪！好在你帶的少，還不至於有多大的罪過。得啦，」他指著甕圈內的路旁，「老人家委屈一會兒吧！」

「幹什麼？」老人問。

「跪一會兒！」

「跪？」老人從警察手中奪出胳臂來。

「好漢不吃眼前虧！你這麼大的年紀啦，招他捶巴一頓，受不了！沒人笑話你，這是常事！

多喒咱們的軍隊打回來，把這群狗養的都殺絕。」

「我不能跪！」老人挺起胸來。

「我可是好意呀，老大爺！論年紀，你和我父親差不多！這總算說到家了吧？我怕你再挨打！」

老人沒了主意，日本兵有槍，他自己赤手空拳。即使他肯拚命，馬家的病人怎麼辦呢？極慢極慢的，眼中冒著火，他跪了下去。他從手到腳都哆嗦著。除了老親和老天爺，他沒向任何人屈過膝。今天，他跪在人馬最多的甕圈兒中。他不敢抬頭，而把牙咬得山響，熱汗順著脖子往下流。

雖然沒抬頭，他可是覺得出，行人都沒有看他；他的恥辱，也是他們的；他是他們中間的老人。跪了大概有一分鐘吧，過來一家送殯的，鬧喪鼓子乒乒乓乓的打得很響。音樂忽然停止。一群人都立在他身旁，等著檢查。他抬起頭來看了一眼，那些穿孝衣的都用眼盯著日本人，沉默而著急，彷彿很怕棺材出不了城。他歎了口氣，對自己說：「連死人也逃不過這一關！」

日本兵極細心的檢查過了一切的人，把手一揚，鑼鼓又響了。一把紙錢，好似撒的人的手有點哆嗦，沒有揉好，都三三兩兩的還沒分開，就落在老人的頭上。日本兵笑了。那位警察乘著機會走過來，假意作威的喊：「你還不滾！留神，下次犯了可不能這麼輕輕的饒了你！」

老人立起來，看了看巡警，看了看日本兵，看了看自己的磕膝。他好像不認識了一切，呆呆的楞在那裡。他什麼也不想，只想過去擰下敵兵的頭來。一輩子，他老承認自己的命運不好，所以永遠連抱怨老天爺不下雨都覺得不大對。今天他所遇到的可並不是老天爺，而是一個比他年輕許多的小兵。他不服氣！人都是人，誰也不應當教誰矮下一截，在地上跪著！

「還不走哪？」警察很關心的說。

老人用手掌使勁的擦了擦嘴上的花白短鬍，噓了口氣，慢慢的往城裡走。

他去找瑞宣。進了門，他沒敢跺腳和拍打身上的塵土，他已經不是人，他須去掉一切人的聲勢。走到棗樹那溜兒，帶著哭音，他叫了聲：「祁大哥！」

祁家的人全一驚，幾個聲音一齊發出來：「常二爺！」

他立在院子裡。「是我喲！我不是人！」

小順兒是頭一個跑到老人的跟前，一邊叫，一邊扯老人的手。

「別叫了！我不是太爺，是孫子！」

「怎麼啦？」祁老人越要快而越慢的走出來。「老二，你進來呀！」

瑞宣夫婦也忙著跑過來。小妞兒慌手忙腳的往前鑽，幾乎跌了一跤。

「老二！」祁老人見著老友，心中痛快得彷彿像風雪之後見著陽光似的。「你大年初二沒有來！不是挑你的眼，是真想你呀！」

「我來？今天我來了！在城門上挨了打，罰了跪！憑我這個年紀，罰跪呀！」他看著大家，用力往回收斂他的淚。可是，面前的幾個臉都是那麼熟習和祥，他的淚終於落了下來。

「怎麼啦？常二爺爺！」瑞宣問。

「先進屋來吧！」祁老人雖然不知是怎回事，可是見常二爺落了淚，心中有些起急。「小順兒的媽，打水，泡茶去！」

進到屋中，常二爺把城門上的一幕學說給大家聽。「這都是怎回事呢？大哥，我不想活著了，快七十了，越活越矮，我受不了！」

「是呀！咱們的錢也不准用了！」祁老人歎著氣說。

「城外頭還照常用啊！能怪我嗎？」常二爺提出他的理由來。

「罰跪還是小事，二爺爺！不准用咱們的錢才厲害！錢就是咱們的血脈，把血脈吸乾，咱們還怎麼活著呢？」瑞宣明知道這幾句話毫無用處，可是已經憋了好久，沒法不說出來。常二爺沒聽懂瑞宣的話，可是他另悟出點意思來：「我明白了，這真是改朝換代了，咱們的錢不准用，還教我在街上跪著！」

瑞宣不願再和老人講大事，而決定先討他個歡心。「得啦，還沒給你老人家拜年，給你拜個晚年吧！」說完，他就跪在了地上。

這，不但教常二爺笑了笑，連祁老人也覺得孫子明禮可愛。祁老人心中一好受，馬上想出了主意：「瑞宣，你給買一趟藥去！小順兒的媽，你給二爺爺作飯！」常老人不肯教瑞宣跑一趟前門。瑞宣一定要去：「我不必跑那麼遠，新街口有一家舖子就帶賣！我一會兒就回來！」

「真的呀？別買了假藥！」常二爺受人之託，唯恐買了假藥。

「假不了！」瑞宣跑了出去。

飯作好，常二爺不肯吃。他的怒氣還未消。大家好說歹說的，連天祐太太也過來勸慰，他才勉強的吃了一碗飯。飯後說閒話，他把鄉下的種種謠言說給大家聽，並且下了註解：「今天我不敢不信這些話了，日本人是什麼屎都拉得出來的！」瑞宣買來藥，又勸慰了老人一陣。老人拿著藥告辭：「大哥，沒有事我可就不再進城了！反正咱們心裡彼此想念著就是了！」

小順兒與妞子把常二爺的事聽明白了差不多一半。常二爺走後，他開始裝作日本人，教妹妹裝常二爺，在台階下罰跪。媽媽過來給他屁股上兩巴掌，「你什麼不好學，單學日本人！」小順兒抹著淚，到祖母屋中去訴苦。

第三十六章　台兒莊大捷

杏花開了。台兒莊大捷。

程長順的生意完全沒了希望。日本人把全城所有的廣播收音機都沒收了去，而後勒令每一個院子要買一架日本造的，四個燈的，只能收本市與冀東的收音機。冠家首先遵命，晝夜的開著機器，翼東的播音節目比北平的遲一個多鐘頭，所以一直到夜裡十二點，冠家還鑼鼓喧天的響著。六號院裡，小文安了一架，專為聽廣播京戲。這兩架機器的響聲，前後夾攻著祁家，吵得瑞宣時常的咒罵。瑞宣決定不買，幸而白巡長好說話，沒有強迫他。

「祁先生你這麼辦，」白巡長獻計：「等著，等到我交不上差的時候，你再買。買來呢，你怕吵得慌，就老不開開好了！這是日本人作一筆大生意，要講聽消息，誰信——」

李四爺也買了一架，不為聽什麼，而只為不惹事。他沒心聽戲，也不會鼓逗那個洋玩藝。他的兒子，胖牛兒，可是時常把它開開，也不為聽什麼，而是覺得花錢買來的，不應當白白的放著不用。

七號雜院裡，沒有人願意獨力買一架，而大家合夥買又辦不到，因為誰出了錢都是物主，就不便聽別人的支配，而這個小東西又不是隨便可以亂動的。後來，說相聲的黑毛兒方六有一天被約去廣播，得了一點報酬，買來一架，為是向他太太示威。他的理由是：「省得你老看不起我，貧嘴惡舌的說相聲！瞧吧，我方六也到廣播電台去露了臉！我在那兒一出聲，九城八條大街，連天津三不管，都聽得見！不信，你自己聽聽好嘍！」

四號裡，孫七和小崔當然沒錢買，也不高興買。「累了一天，晚上得睡覺，誰有工夫聽那個！」小崔這麼說。孫七完全同意小崔的話，可是為顯出自己比小崔更有見識，就提出另一理由來：「還不光為了睡覺！誰廣播？日本人！這就甭說別的了，我反正不花錢聽小鬼子造謠言！」

他們倆不肯負責，馬寡婦可就慌了。明明的白巡長來通知，每家院子都得安一架，怎好硬不聽從呢？萬一日本人查下來，那還了得！同時她又不肯痛痛快快的獨自出錢。她出得起這點錢，但是最怕人家知道她手裡有積蓄。她決定先和小崔太太談一談。就是小崔太太和小崔一樣的不肯出錢，她也得教她知道知道她自己手中並不寬綽。

「我說崔少奶奶，」老太太的眼睛眨巴眨巴的，好像心中有許多妙計似的。「別院裡都有了響動，咱們也不能老耗著呀！我想，咱們好歹的也得弄一架那會響的東西，別教日本人挑出咱們的錯兒來呀！」

小崔太太沒從正面回答，而扯了扯到處露著棉花的破襖，低著頭說：「天快熱起來，棉衣可是脫不下來，真愁死人！」

是的，袷衣比收音機重要多了。馬老太太再多說豈不就有點不知趣了麼？她歎了口氣，回到屋中和長順商議。長順嗚囔著鼻子，沒有好氣。「這一下把我的買賣揍到了底！家家有收音機，有錢的沒錢的一樣可以聽大戲，誰還聽我的話匣子？誰？咱們的買賣吹啦，還得自己買一架收音機？真！日本人來調查，我跟他們講講理！」

「他們也得講理呀！他們講理不就都好辦了嗎？長順，我養你這麼大，不容易，你可別給我招災惹禍呀！」

長順很堅決，一定不去買。為應付外婆，他時常開開他的留聲機。「日本人真要是來查的話，咱們這兒也有響動就完了！」同時，他不高興老悶在家裡，聽那幾張已經聽過千百次的留聲機片。他得另找個營生。這又使外婆晝夜的思索，也想不出辦法來。教外孫去賣花生瓜子什麼的，未免有失身分；作較大的生意吧，又沒那麼多的本錢；賣力氣，長順是嬌生慣養的慣了，吃不了苦；要手藝，他又沒有任何專長。她為了大難。

為這個，她半夜裡有時候睡不著覺。聽著外孫的呼聲，她偷偷的咒罵日本人。她本來認為她和外孫是連個蒼蠅也不得罪的人，日本人就絕對不會來欺侮他們。不錯，日本人沒有殺到他們頭上來；可是，長順沒了事作，還不是日本人搗的鬼？她漸漸的明白了孫七和小崔為什麼那樣恨日本人。雖然她還不敢明目張膽的，一答一和的，對他們發表她的意見，可是，趕到他們倆在院中談論日本人的時候，她在屋中就注意的聽著；若是長順不在屋裡，她還大膽的點一點頭，表示同意他們的話語。

長順不能一天到晚老聽留聲機。他開始去串門子。他知道不應當到冠家去。外婆所給他的一點教育，使他根本看不起冠家的人。他很想到文家去，學幾句二簧，可是他知道外婆是不希望他成為「戲子」，而且也必定反對他和小文夫婦常常來往的。外婆不反對他和李四爺去談天，但是他自己又不大高興去，因為李四爺儘管是年高有德的人，可是不大有學問。他自己雖然也不過只能連嚼帶糊的念戲本兒，可是覺得有成為學者的根底——能念唱本兒，慢慢的不就能念大書了麼？一來二去，他去看丁約翰，當約翰休假的時候，他想討換幾個英國字，好能讀留聲機片上的洋字。他以為一切洋字都是英文，而丁約翰是必定精通英文的。可是，使他失望的是約翰並不認識那些字！

不過，丁約翰有一套理論：「英文也和中文一樣，有白話，有文言，寫的和說的大不相同，大不相同！我在英國府作事，有一口兒英國話就夠了；唸英國字，那得有幼工，我小時候可惜沒下過工夫！英國話，我差不多！你就說黃油吧，叫八特兒；茶，叫踢；水，是窩特兒！我全能聽能說！」

長順聽了這一套，雖然不完全滿意，可是究竟不能不欽佩丁約翰。他記住了八特兒，並且在家裡把脂油叫作「白八特兒」，氣得外婆什麼似的。

丁約翰既沒能滿足他，又不常回來，所以程長順找到了瑞宣。對瑞宣，他早就想親近。可是，看瑞宣的文文雅雅的樣子，他有點自慚形穢，不敢往前巴結。有一天，看瑞宣拉著妞子在門口看大槐樹上的兩隻喜鵲，他搭訕著走過來打招呼。不錯，瑞宣的確有點使人敬而遠之的神氣，可是也並不傲氣凌人。因此，他搭訕著跟了進去。在瑞宣的屋中，他請教了留聲機片上的那幾個英國字。瑞宣都曉得，並且詳細的給他解釋了一番。他更佩服了瑞宣，心中說：人家是下過幼工的！

長順的求知心很盛，而又不敢多來打擾瑞宣，所以每一來到的時候，他的語聲就嗚囔的特別的厲害，手腳都沒地方放。及至和瑞宣說過了一會兒話，聽到了他所沒聽過的話，他高了興，開始極恭敬誠懇的問瑞宣許多問題。他相當的聰明，又喜歡求知。瑞宣看出來他的侷促不安與求知的懇切，所以告訴他可以隨便來，不必客氣。這樣，他才敢放膽的到祁家來。

瑞宣願意有個人時常來談一談。年前，在南京陷落的時節，他的心中變成一片黑暗。那時候，他至多也不過能說：反正中日的事情永遠完不了；敗了，再打就是了！及至他聽到政府繼續抗戰的宣言，他不再悲觀了。他常常跟自己說：「只要打，就有出路！」一冬，他沒有穿上皮袍，因為皮袍為錢先生的病送到當舖裡去，而沒能贖出來。他並沒感覺到怎樣不舒服。每逢太太催他去設法贖皮袍的時候，他就笑一笑：「心裡熱，身上就不冷！」

趕到過年的時候，家中什麼也沒有，他也不著急，彷彿已經忘了過年這回事。韻梅的心中可不會這麼平靜，為討老人們的喜歡，為應付兒女們的質問，她必須好歹的點綴點綴；若光是她自己，不過年本是無所不可的。她不敢催他，於是心中就更著急。忍到無可忍了，她才問了聲：「怎麼過年呀？」瑞宣又笑了笑。他已經不願再為像過年這路的事體多費什麼心思，正像他不關心冬天有皮袍沒有一樣。他的心長大了。他並無意變成個因悲觀而冷酷的人，也不願意因憤慨而對生活冷淡。他的忽略那些生活中的小事小節，是因為心中的堅定與明朗。他看清楚，一個具有愛和平的美德的民族，敢放膽的去打斷手足上的鎖鐐，它就必能剛毅起來，而和平與剛毅揉到一起才是最好的品德。他還愁什麼呢？看見山的，誰還肯玩幾塊小石卵呢？皮袍的有無，過年不過，都是些小石子，他已經看到了大山。

被太太催急了，他建議去把她那件出門才穿的灰鼠袍子送到當舖中去。韻梅生了氣：「你怎麼學得專會跑當舖呢？過日子講究添置東西，咱們怎麼專把東西往外送呢？」說真的，那雖然是她唯一的一件心愛的衣服，可是她並不為心疼它而生氣。她所爭的是家庭過日子的道理。

瑞宣沒有因為這不客氣的質問而發脾氣。他已決定不為這樣的小事動他的感情。苦難中的希望，洗滌了他的靈魂。結果，韻梅的皮袍入了當舖。

轉過年開學，校中有五位同事不見了。他們都逃出北平去。瑞宣不能不慚愧自己的無法逃走，同時也改變了在北平的都是些糟蛋的意見。他的同事，還另外有許多人，並不是糟蛋，他們敢冒險逃出去。他們逃出去，絕不為去享受，而是為不甘心作奴隸。北平也有「人」！

由瑞豐口中，他聽到各學校將要有日本人來作秘書，監視全校的一切活動。他知道這是必然的事，而決定看看日本秘書將怎麼樣給學生的心靈上刑。假若可能，他將在暗中給學生一些鼓勵，一些安慰，教他們不忘了中國。這個作不到，他再辭職，去找別的事作。為了家中的老小，他須躲避最大的危險。可是，在可能的範圍內，他須作到他所能作的，好使自己不完全用慚愧寬恕自己。

錢先生忽然不見了，瑞宣很不放心。可是，他很容易的就想到，錢先生一定不會隱藏起來，而是要去作些不願意告訴別人的事。假若真要隱藏起去，他相信錢先生會告訴他的；錢先生是個爽直的人。爽直的人一旦有了不肯和好友說的話，他的心中必定打算好了一個不便連累朋友的計劃。想到這裡，他不由的吐出一口氣來，心裡說：「戰爭會創造人！壞的也許更壞，而好的也會更好！」他想像不出來，錢詩人將要去作些什麼，和怎麼去作，他可是絕對相信老人會不再愛惜生命，不再吟詩作畫。錢老人的一切似乎都和抗戰緊緊的聯繫在一處。他偷偷的喝了一盅酒，預祝老詩人的成功。

同事們與別人的逃走，錢老人的失蹤，假若使他興奮，禁止使用法幣可使他揪心。他自己沒有銀行存款，用不著到銀行去調換偽幣，可是他覺得好像有一條繩子緊緊的勒在他與一切人的脖子上。日本人收法幣去套換外匯，同時只用些紙來欺騙大家。華北將只要弄一些紙片，而沒有一點真的「財」。華北的血脈被敵人吸乾！那些中國的銀行還照常的營業，他想不出它們會有什麼生意，和為什麼還不關門。看著那些好看的樓房，他覺得它們都是紙糊的「樓庫」。假若他弄不十分清楚銀行裡的事，他可是從感情上高興城外的鄉民還照舊信任法幣。法幣是紙，偽幣也是紙，可是鄉下人拒絕使用偽鈔。這，他以為，是一種愛國心的表現。這是心理的，而不是經濟的。他越高興鄉民這種表現，就越看不起那些銀行。

和銀行差不多，是那些賣新書的書店。它們存著的新書已被日本人拿去燒掉，它們現在印刷的已都不是「新」書。瑞宣以為它們也應當關門，可是它們還照常的開著。瑞宣喜歡逛書鋪和書攤。看到新書，他不一定買，可是翻一翻它們，他就覺得舒服。新書彷彿是知識的花朵。出版的越多，才越顯出文化的榮茂。現在，他看見的只是《孝經》，《四書》，與《西廂記》等等的重印，而看不到真的新書。日本人已經不許中國人發表思想。

是的，北平已沒了錢財，沒了教育，沒了思想！但是，瑞宣的心中反倒比前幾個月痛快的多了。他並不是因看慣了日本人和他們的橫行霸道而變成麻木不仁，而是看到了光明的那一面。只要我們繼續抵抗，他以為，日本人的一切如意算盤總是白費心機。中央政府的繼續抗戰的宣言像一劑瀉藥似的洗滌了他的心；他不再懷疑這次戰爭會又像九一八與一二八那樣糊裡糊塗的結束了。有了這個信心，他也就有了勇氣。

他把日本人在教育上的，經濟上的，思想上的侵略，一股攏總都看成為對他這樣不能奔赴國難的人的懲罰。他須承認自己的不能盡忠國家的罪過，從而去勇敢的受刑。同時，他決定好，無論受什麼樣的苦處，他須保持住不投降不失節的志氣。不錯，政府是遷到武漢去了。可是，他覺得自己的心離政府更近了一些。是的，日本人最厲害的一招是堵閉了北平人的耳朵，不許聽到中央的廣播，而用評戲，相聲與像哭號似的日本人歌曲，麻醉北平人的聽覺。可是，瑞宣還設法去聽中央的廣播，或看廣播的紀錄。

他有一兩位英國朋友，他們家裡的收音機還沒被日本人拿了去。聽到或看到中央的消息，他覺得自己還是個中國人，時時刻刻的分享著在戰爭中一切中國人的喜怒哀樂。就是不幸他馬上死亡，他的靈魂也會飛奔了中央去的。他覺得自己絕不是犯了神經病，由喜愛和平改為崇拜戰爭，絕不是。他讀過托爾司泰、羅素、羅曼羅蘭的非戰的文字，他也相信人類的最大的仇敵是大自然，人類最大的使命是征服自然，使人類永遠存在。人不應當互相殘殺。可是，中國的抗戰絕不是黷武喜殺，而是以抵抗來為世界保存一個和平的，古雅的，人道的，文化。這是個極大的使命。每一個有點知識的人都應當挺起胸來，擔當這個重任。愛和平的人而沒有勇敢，和平便變成屈辱，保身便變為偷生。

看清了這個大題目，他便沒法不注意那些隨時發生的小事：新民報社上面為慶祝勝利而放起的大氣球，屢次被人們割斷了繩子，某某漢奸接到了裝著一顆槍彈的信封，在某某地方發現了抗日的傳單——這些事都教他興奮。他知道抗戰的艱苦，知道這些小的表現絕不足以嚇倒敵人，可是他沒法不感覺到興奮快活，因為這些小事正是那個大題目下的小註解；事情雖小，而與那最大的緊緊的相聯，正像每一細小的神經都通腦中樞一樣。

台兒莊的勝利使他的堅定變成為一種信仰。西長安街的大氣球又升起來，北平的廣播電台與報紙一齊宣傳日本的勝利。日本的軍事專家還寫了許多論文，把這一戰役比作但能堡的殲滅戰。瑞宣卻獨自相信國軍的勝利。他無法去高聲的呼喊，告訴人們不要相信敵人的假消息。他無法來放起一個大氣球，扯開我們勝利的旗幟。他只能自己心中高興，給由冠家傳來的廣播聲音一個輕蔑的微笑。

真的，即使有機會，他也不會去高呼狂喊，他是北平人。他的聲音似乎專為吟詠用的。北平的莊嚴肅靜不允許狂喊亂鬧，所以他的聲音必須溫柔和善，好去配合北平的靜穆與雍容。雖然如此，他心中可是覺得憋悶。他極想和誰談一談。長順兒來得正好。長順年輕，雖然自幼兒就受外婆的嚴格管教，可是年輕人到底有一股不能被外婆消滅淨盡的熱氣。他喜歡聽瑞宣的談話。假若外婆的話都以「不」字開始——不要多說話！不要管閒事！不要——瑞宣的話便差不多都以「我們應當」起頭兒。外婆的話使他的心縮緊，好像要縮成一個小圓彈子，攥在手心裡才好。瑞宣的話不然，它們使他興奮，心中發熱，眼睛放亮。他最喜歡聽瑞宣說：「中國一定不會亡！」瑞宣的話有時候很不容易懂，但是懂不懂的，他總是細心的聽。他以為即使有一兩句不懂，那又有什麼關係呢，反正有「中國不亡」打底兒就行了！

長順聽了瑞宣的話，也想對別人說；知識和感情都是要往外發洩的東西。他當然不敢和外婆說。外婆已經問過他，幹嗎常到祁家去。他偷偷的轉了轉眼珠，扯了個謊：「祁大爺教給我唸洋文呢！」外婆以為外國人都說同樣的洋文，正如同北平人都說北平話那樣。那麼，北平城既被日本人佔據住，外孫子能說幾句洋文，也許有些用處；因此，她就不攔阻外孫到祁家去。

可是，不久他就露了破綻。他對孫七與小崔顯露了他的知識。論知識的水準，他們三個原本都差不多。但是，年歲永遠是不平等的。在平日，孫七與小崔每逢說不過長順的時候，便搬出他倆的年歲來壓倒長順。長順心中雖然不平，可是沒有反抗的好辦法。外婆不是常常說，不准和年歲大的人拌嘴嗎？現在，他可是說得頭頭是道，叫孫七與小崔的歲數一點用處也沒有了。況且，小崔不過比他大著幾歲，長順簡直覺得他幾乎應當管小崔叫老弟了。

不錯，馬老太太近來已經有些同情孫七與小崔的反日的言論；可是，聽到自己的外孫滔滔不絕的發表意見，她馬上害怕起來。她看出來：長順是在祁家學「壞」了！

她想應當快快的給長順找個營生，老這麼教他到處去搖晃著，一定沒有好處。有了正當的營生，她該給外孫娶一房媳婦，攏住他的心。她自己只有這麼個外孫，而程家又只有這麼一條根，她絕對不能大撒手兒任著長順的意兒愛幹什麼就幹什麼。這是她最大的責任，無可脫卸！日本人儘管會橫行霸道，可是不能攔住外孫子結婚，和生兒養女。假如她自己這輩子須受日本人的氣，長順的兒女也許就能享福過太平日子了。只要程家有了享福的後代，他們也必不能忘了她老婆子的，而她死後也就有了焚香燒紙的人！

老太太把事情都這麼想清楚，心中非常的高興。她覺得自己的手已抓住了一點什麼最可靠的東西，不管年月如何難過，不管日本人怎樣厲害，都不能勝過她。她能克服一切困難。她手裡彷彿拿到了萬年不易的一點什麼，從漢朝——她的最遠的朝代是漢朝——到如今，再到永遠，都不會改變——她的眼睛亮起來，顴骨上居然紅潤了一小塊。

在瑞宣這方面，他並沒料到長順會把他的話吸收得那麼快，而且使長順的內心裡發生了變動。在學校裡，他輕易不和學生們談閒話，即使偶一為之，他也並沒感到他的話能收到多大的效果。學校裡的教師多，學生們聽的話也多，所以學生們的耳朵似乎已變硬，不輕易動他們的感情。長順沒入過中學，除了簡單數目的加減，與眼前的幾個字，他差不多什麼也不知道。因此，他的感情極容易激動，就像一個粗人受人家幾句煽惑便馬上敢去動武打架那樣。有一天，他扭捏了半天，而後說出一句話來：「祁先生！我從軍去好不好？」

瑞宣半天沒能回出話來。他沒料到自己的閒話會在這個青年的心中發生了這麼大的效果。他忽然發現了一個事實：知識不多的人反倒容易有深厚的情感，而這情感的泉源是我們的古遠的文化。一個人可以很容易獲得一些知識，而性情的深厚卻不是一會兒工夫培養得出的。上海與台兒莊的那些無名的英雄，他想起來，豈不多數是沒有受過什麼教育的鄉下人麼？他們也許寫不上來「國家」兩個字，可是他們都視死如歸的為國家犧牲了性命！

同時，他也想到，有知識的人，像他自己，反倒前怕狼後怕虎的不敢勇往直前；知識好像是情感的障礙。他正這樣的思索，長順又說了話：「我想明白了：就是日本人不勒令家家安收音機，我還可以天天有生意作，那又算得了什麼呢？國要是亡了，幾張留聲機片還能救了我的命嗎？我很捨不得外婆，可是事情擺在這兒，我能老為外婆活著嗎？人家那些打仗的，誰又沒有家，沒有老人呢？人家要肯為國家賣命，我就也應當去打仗！是不是？祁先生！」

瑞宣還是回不出話來。在他的理智上，他知道每一個中國人都該為保存自己的祖墳與文化而去戰鬥。可是，在感情上，因為他是中國人，所以他老先去想每個人的困難。他想：長順若是拋下他的老外婆，而去從軍，外婆將怎麼辦呢？同時，他又不能攔阻長順，正如同他不能攔阻老三逃出北平那樣。

「祁先生，你看我去當步兵好，還是砲兵好？」長順嗚嗚囔囔的又發了問。「我願意作砲兵！你看，對準了敵人的大隊，忽隆一炮，一死一大片，有多麼好呢！」他說得是那麼天真，那麼熱誠，連他的嗚囔的聲音似乎都很悅耳。

瑞宣不能再楞著。笑了一笑，他說：「再等一等，等咱們都詳細的想過了再談吧！」他的話是那麼沒有力量，沒有決斷，沒有意義，他的口中好像有許多鋸末子似的。

長順走了以後，瑞宣開始低聲的責備自己：「你呀，瑞宣，永遠成不了事！你的心不狠，永遠不肯教別人受委屈吃虧，可是你今天眼前的敵人卻比毒蛇猛獸還狠毒著多少倍！為一個老太婆的可憐，你就不肯教一個有志的青年去從軍！」

責備完了自己，他想起來：這是沒有用處的，長順必定不久就會再來問他的。他怎麼回答呢？

第三十七章　大赤包的成功

大赤包變成全城的妓女的總乾娘。高亦陀是她的最得力的「太監」。高先生原是賣草藥出身，也不知怎的到過日本一趟，由東洋回來，他便掛牌行醫了。他很謹慎的保守他的出身的秘密，可是一遇到病人，他還沒忘了賣草藥時候的胡吹亂侃；他的話比他的道高明著許多。嘴以外，他仗著「行頭」鮮明，他永遠在出門的時候穿起過分漂亮的衣服鞋襪，為是十足的賣弄「賣像兒」；在江湖上，「賣像兒」是非常重要的。

一個古老的文化本來就很複雜，再加上一些外來的新文化，便更複雜得有點莫名其妙，於是生活的道路上，就像下過大雨以後出來許多小徑那樣，隨便那個小徑都通到吃飯的處所。在我們老的文化裡，我們有很多醫治病痛的經驗，這些經驗的保留者與實行者便可以算作醫生。趕到科學的醫術由西方傳來，我們又知道了以阿司匹靈代替萬應錠，以兜安氏藥膏代替凍瘡膏子藥；中國人是喜歡保留古方而又不肯輕易拒絕新玩藝兒的。因此，在這種時候要行醫，頂好是說中西兼用，舊藥新方，正如同中菜西吃，外加叫條子與高聲猜拳那樣。高亦陀先生便是這種可新可舊，不新不舊，在文化交界的三不管地帶，找飯吃的代表。

他的生意可惜並不甚好。他不便去省察自己的本事與學問，因為那樣一來，他便會完全失去自信，而必不可免的摘下「學貫中西」的牌匾。他只能怨自己的運氣不大好，同時又因嫉妒而輕視別的醫生；他會批評西醫不明白中國醫道，中醫又不懂科學，而一概是殺人的庸醫。

大赤包約他幫忙，他不能不感激知遇之恩。假若他的術貫中西的醫道使他感到抓住了時代的需要，去作妓女檢查所的秘書就更是天造地設的機遇。他會說幾句眼前的日本語，他知道如何去逢迎日本人，他的服裝打扮足以「唬」得住妓女，他有一張善於詞令的嘴。從各方面看，他都覺得勝任愉快，而可以大展經綸。他本來有一口兒大煙癮，可是因為收入不怎麼豐，所以不便天天有規律的吸食。現在，他看出來他的正規收入雖然還不算很多，可是為大赤包設法從妓女身上搾取油水的時候，他會，也應當，從中得些好處的。於是，他也就馬上決定天天吸兩口兒煙，一來是日本人喜歡中國的癮士，二來是常和妓女們來往，會抽口兒煙自然是極得體的。

對大赤包，在表面上，他無微不至的去逢迎。他幾乎「長」在了冠家。大家打牌，他非到手兒不夠的時候，決不參加。他的牌打得很好，可是他知道「喝酒喝厚了，賭錢賭薄了」的格言，不便於天天下場。不下場的時候，他總是立在大赤包身後，偶爾的出個主意，備她參考。他給她倒茶，點煙，拿點心，並且有時候還輕輕的把鬆散了的頭髮替她整理一下。他的相貌，風度，姿態，動作，都像陪闊少爺冶遊，幫吃幫喝的「篾片兒」。大赤包完全信任他，因為他把她伺候得極舒服。每當大赤包上車或下車，他總過去攙扶。每當她要「創造」一種頭式，或衣樣，他總從旁供獻一點意見。她的丈夫從來對她沒有這樣慇勤過。他是西太后的李蓮英。可是，在他的心裡，他另有打算。他須穩住了大赤包，得到她的完全的信任，以便先弄幾個錢。等到手裡充實了以後，他應當去直接的運動日本人，把大赤包頂下去，或者更好一點把衛生局拿到手裡。他若真的作了衛生局局長，哼，大赤包便須立在他的身後，伺候著他打牌了。

對冠曉荷，他只看成為所長的丈夫，沒放在眼裡。他非常的實際，冠曉荷既還賦閒，他就不必分外的客氣。對常到冠家來的人，像李空山、藍東陽、瑞豐夫婦，他都儘量的巴結，把主任，科長叫得山響，而且願意教大家知道他是有意的巴結他們。他以為只有被大家看出他可憐，大家才肯提拔他；到他和他們的地位或金錢可以肩膀齊為兄弟的時候，他再拿出他的氣派與高傲來。他的氣派與高傲都在心中儲存著呢！把主任與科長響亮的叫過之後，他會冰涼的叫一聲冠「先生」，叫曉荷臉上起一層小白疙疸。

冠曉荷和東陽，瑞豐拜了盟兄弟。雖然他少報了五歲，依然是「大哥」。他羨慕東陽與瑞豐的官運，同時也羨慕他們的年輕有為。當初一結拜的時候，他頗高興能作他們的老大哥。及至轉過年來，他依然得不到一官半職，他開始感覺到一點威脅。雖然他的白髮還是有一根便拔一根，可是他感到自己或者真是老得不中用了；要不然，憑他的本事、經驗、風度，怎麼會幹不過了那個又臭又醜的藍東陽，和傻蛋祁瑞豐呢？他心中暗暗的著急。高亦陀給他的刺激更大，那聲冰涼的「先生」簡直是無情的匕首，刺著他的心！他想回敬出來一兩句俏皮的，教高亦陀也顫抖一下的話，可是又不便因快意一時而把太太也得罪了；高亦陀是太太的紅人啊。他只好忍著，心中雖然像開水一樣翻滾，臉上可不露一點痕跡。他要證明自己是有涵養的人。他須對太太特別的親熱，好在她高興的時候，給高亦陀說幾句壞話，使太太疏遠他。反正她是他的太太，儘管高亦陀一天到晚長在這裡，也無礙於他和太太在枕畔說話兒呀。為了這個，他已經不大到桐芳屋裡去睡。

大赤包無論怎樣像男人，到底是女子，女子需要男人的愛，連西太后恐怕也非例外。她不但看出高亦陀的辦事的本領，也感到他的慇勤。憑她的歲數與志願，她已經不再想作十八九歲的姑娘們的春夢。可是，她平日的好打扮似乎也不是偶然的。她的心愛的紅色大概是為補救心中的灰暗。她從許多年前，就知道丈夫並不真心愛她。

現在呢，她又常和妓女們來往，她滿意自己的權威，可是也羡慕她們的放浪不拘。她沒有工夫去替她們設身處地的去想她們的苦痛；她只理會自己的存在，永遠不替別人想什麼。她只覺得她們給她帶來一股像春風的什麼，使她渴想從心中放出一朵鮮美的花來。她並沒看得起高亦陀，可是高亦陀的慇勤到底是慇勤。想想看，這二三十年來，誰給過她一點慇勤呢？她沒有過青春。不管她怎樣會修飾打扮，人們彷彿總以為她像一條大狗熊，儘管是一條漂亮的大狗熊。她知道客人們的眼睛不是看高第與招弟，便是看桐芳，誰也不看她。他們若是看她，她就得給他們預備茶水或飯食，在他們眼中，她只是主婦，而且是個不大像女人的主婦！

在初一作所長的時節，她的確覺得高興，而想拿出最大的度量，寬容一切的人，連桐芳也在內。趕到所長的滋味已失去新鮮，她開始想用一點什麼來充實自己，使自己還能像初上任時那麼得意。第一個她就想到了桐芳。不錯，以一個婦女而能作到所長，她不能不承認自己是個女中的豪傑。但是，還沒得到一切。她的丈夫並不完全是她的。她應當把這件事也馬上解決了。平日，她的丈夫往往偏向著桐芳；今天她已是所長，她必須用所長的威力壓迫丈夫，把那個眼中釘拔了去。

趕到曉荷因為抵制高亦陀而特別和她表示親密，她並沒想出他的本意來；她的所作所為是無可批評的。她以為他是看明白了她的心意，而要既承認君臣之興，又恢復夫妻之愛；她開始向桐芳總攻。

這次的對桐芳攻擊，與從前的那些次大不相同。從前，她的武器只是叫罵吵鬧。這樣的武器，桐芳也有一份兒，而且比她的或者更銳利一點。現在，她是所長，她能指揮窯子裡的魚兵蝦將作戰。有權的才會狠毒，而狠毒也就是威風。她本來想把桐芳趕出門去就算了，可是越來越狠，她決定把桐芳趕到窯子裡去。一旦桐芳到了那裡，大赤包會指派魚兵蝦將監視著她，教她永遠困在那裡。把仇敵隨便的打倒，還不如把仇敵按著計劃用在自己指定的地方那麼痛快；她看準了窯子是桐芳的最好的牢獄。

大赤包不常到辦公處去，因為有一次她剛到妓女檢查所的門口，就有兩三個十五六歲的男孩子大聲的叫她老鴇子。她追過去要打他們，他們跑得很快，而且一邊跑一邊又補上好幾聲老鴇子。她很想把門外的牌子換一換，把「妓女」改成更文雅的字眼兒。可是，機關的名稱是不能隨便改變的。她只好以不常去保持自己的尊嚴。有什麼公文，都由高亦陀拿到家來請她過目；至於經常的事務，她可以放心的由職員們代辦，因為職員們都清一色的換上了她的娘家的人；他們既是她的親戚，向來知道她的厲害，現在又作了她的屬員，就更不敢不好好的效力。

決定了在家裡辦公，她命令桐芳搬到瑞豐曾經要住的小屋裡去，而把桐芳的屋子改為第三號客廳。北屋的客廳是第一號，高第的臥室是第二號。凡是貴客，與頭等妓女，都在第一號客廳由她自己接見。這麼一來，冠家便每天都貴客盈門，因為貴客們順便的就打了茶圍。第二號客廳是給中等的親友，與二等妓女預備著的，由高第代為招待。窮的親友與三等妓女都到第三號客廳去，桐芳代為張羅茶水什麼的。

一號和二號客廳裡，永遠擺著牌桌。麻雀、撲克、押寶、牌九，都隨客人的便；玩的時間與賭的大小，也全無限制。無論玩什麼，一律抽頭兒。頭兒抽得很大，因為高貴的香煙一開就是十來筒，在屋中的每一角落，客人都可以伸手就拿到香煙；開水是晝夜不斷，高等的香片與龍井隨客人招呼，馬上就沏好。「便飯」每天要開四五桌，客人雖多，可是酒飯依然保持著冠家的水準。熱毛巾每隔三五分鐘由漂亮的小老媽遞送一次；毛巾都消過毒──這是高亦陀的建議。

只有特號的客人才能到大赤包的臥室裡去。這裡有由英國府來的紅茶，白蘭地酒，和大砲臺煙。這裡還有一價兒很精美的鴉片煙煙具。

大赤包近來更發了福，連臉上的雀斑都一個個發亮，好像抹上了英國府來的黃油似的。她手指上的戒指都被肉包起來，因而手指好像剛灌好的臘腸。隨著肌肉的發福，她的氣派也更擴大。每天她必細細的搽粉抹口紅，而後穿上她心愛的紅色馬甲或長袍，坐在堂屋裡辦公和見客。她的眼和耳控制著全個院子，她的咳嗽與哈欠都是一種信號──二號與三號客廳的客人們若吵鬧得太凶了，她便像放炮似的咳嗽一兩聲，教他們肅靜下來；她若感到疲倦便放一聲像空襲警報器似的哈欠，教客人們鞠躬告退。

在堂屋坐膩了，她才到各屋裡像戰艦的艦長似的檢閱一番，而二三等的客人才得到機會向她報告他們的來意。她點頭，就是「行」；她皺眉，便是「也許行」；她沒任何的表示，便是「不行」。假若有不知趣的客人，死氣白賴的請求什麼，她便責罵尤桐芳。

午飯後，她要睡一會兒午覺。只要她的臥室的簾子一放下來，全院的人都立刻閉上了氣，用腳尖兒走路。假若有特號的客人，她可以犧牲了午睡，而精神也不見得疲倦。她是天生的政客。

遇到好的天氣，她不是帶著招弟，便是瑞豐太太，偶爾的也帶一兩個她最寵愛的「姑娘」，到中山公園或北海去散散步，順便展覽她的頭式和衣裳的新樣子——有許多「新貴」的家眷都特意的等候著她，好模仿她的頭髮與衣服的式樣。在這一方面，她的創造力是驚人的：她的靈感的來源最顯著的有兩個，一個是妓女，一個是公園裡的圖畫展覽會。

妓女是非打扮得漂亮不可的。可是，從歷史上看，在民國以前，名妓多來自上海與蘇州，她們給北平帶來服裝打扮的新式樣，使北平的婦女們因羨慕而偷偷的模仿。民國以後，妓女的地位提高了一些，而女子教育也漸漸的發達，於是女子首先在梳什麼頭，作什麼樣的衣服上有了一點自由，她們也就在這個上面表現出創造力來。這樣，妓女身上的俗艷就被婦女們的雅緻給壓倒。在這一方面，妓女們失去了領導的地位。大赤包有眼睛，從她的「乾女兒」的臉上、頭上、身上、腳上，她看到了前幾年的風格與式樣，而加上一番揣摩。出人意料的，她恢復了前幾年曾經時行的頭式，而配以最新式樣的服裝。她非常的大膽，硬使不調和的變成調和。假若不幸而無論如何也不調諧，她會用她的氣派壓迫人們的眼睛，承認她的敢於故作驚人之筆，像萬里長城似的，雖然不美，而驚心動魄。在她這樣打扮了的時節，她多半是帶著招弟去遊逛。招弟是徹底的摩登姑娘，不肯模仿媽媽的出奇制勝。於是，一老一少，一常一奇，就更顯出媽媽的奇特，而女兒反倒平平常常了。當她不是這樣怪裡怪氣的時候，她就寧教瑞豐太太陪著她，也不要招弟，因為女兒的年輕貌美天然的給她不少威脅。

每逢公園裡有畫展，她必定進去看一眼。她不喜歡山水花卉與翎毛，而專看古裝的美人。遇到她喜愛的美人，她必定購一張。她願意教「冠所長」三個字長期的顯現在大家眼前，所以定畫的時節，她必囑咐把這三個字寫在特別長的紅紙條上，而且字也要特別的大。畫兒定好，等到「取件」的時節，她不和畫家商議，而自己給打個八折。她覺得若不這樣辦，就顯不出所長的威風，好像妓女檢查所所長也是畫家們的上司似的。畫兒取到家中之後，她到夜靜沒人的時候，才命令曉荷給她展開，她詳細的觀賞。古裝美人衣服上的邊緣如何配色，頭髮怎樣梳，額上或眉間怎樣點「花子」，和拿著什麼樣的扇子，她都要細心的觀摩。看過兩三次，她發明了寬袖寬邊的衣服，或像唐代的長髻垂髮，或眉間也點起「花子」，或拿一把絹製的團扇。她的每一件發明，都馬上成為風氣。

假若招弟專由電影上取得裝飾的模範，大赤包便是溫故知新，從古舊的本位的文化中去發掘，而後重新改造。她並不懂得什麼是美，可是她的文化太遠太深了，使她沒法不利用文化中的色彩與形式。假若文化是一條溪流，她便是溪水的泡沫，而泡沫在遇上相當合適的所在，也會顯出它的好看。她不懂得什麼叫文化，正像魚不知道水是什麼化合的一樣。但是，魚若是會浮水，她便也會戲弄文化。

在她的心裡，她只知道出風頭，與活得舒服。事實上，她卻表現著一部分在日本轄制下的北平人的精神狀態。這一部分人是投降給日本人的。在投降之後，他們不好意思愧悔，而心中又總有點不安，所以他們只好鬼混，混到哪裡是哪裡，混到幾時是幾時。這樣，物質的享受與肉慾的放縱成了他們發洩感情的唯一的出路。假若「氣節」令他們害怕，他們會以享受與縱慾自取滅亡，作個風流鬼。他們吸鴉片，喝藥酒，捧戲子，玩女人；他們也講究服裝打扮。在這種心理下，大赤包就成了他們的女人的模範。

大赤包的成功是她誤投誤撞的碰到了漢奸們的心理狀態。在她，她始終連什麼亡國不亡國都根本沒有思索過。她只覺得自己有天才，有時運，有本領，該享受，該作大家的表率。她使大家有了事作，有了出風頭的機會與啟示。她看不起那模仿她的女人們，因為她們缺乏著創造的才智。況且，她們只能模仿她的頭髮、衣裝，與團扇，而模仿不了她作所長。她是女英雄，能抓住時機自己陞官發財，而不手背朝下去向男人要錢買口紅與鑽石。站在公園或屋裡，她覺得她的每一個腳指頭都嘎登嘎登的直響！

在她的客廳裡，她什麼都喜歡談，只是不談國事。南京的陷落與武漢的成為首都，已使她相信她可以高枕無憂的作她的事情了。她並不替日本人思索什麼，她覺得日本人的佔據北平實在是為她打開一個天下。她以為若沒有她，日本駐北平的軍隊便無從得到花姑娘，便無法防止花柳病的傳播，而連冠家帶她娘家的人便不會得到一切享受。她覺得她比日本人還更重要。她與日本人的關係，她以為，不是主與僕的，而是英雄遇見了好漢，相得益彰。因此，北平全城只要有集會她必參加，而且在需要錦標與獎品的時候，她必送去一份。這樣，她感到她是與日本人平行的，並不分什麼高低。

趕到她宴請日本人的時候，她也無所不盡其極的把好的東西拿出來，使日本人不住的吸氣。她要用北平文化中的精華，教日本人承認她的偉大。她不是漢奸，不是亡國奴，而是日本人在吃喝穿戴等等上的導師。日本人，正如同那些妓女，都是她的寶貝兒，她須給他們好的吃喝，好的娛樂。她是北平的皇后，而他們不過是些鄉下孩子。

假如大赤包像吃了順氣丸似的那麼痛快，冠曉荷的胸中可時時覺得憋悶。他以為日本人進了北平，他必定要走一步好運。可是，他什麼也沒得到。他奔走得比誰都賣力氣，而成績比誰都壞。他急躁，他不平。他的過去的經歷與資格不但不足以幫助他，反倒像是一種障礙。高不成，低不就，他落了空。他幾乎要失去自信，而懷疑自己已經控制不住環境與時代了。他不曉得自己是時代的渣滓，而以為自己是最會隨機應變抓住時機的人。照著鏡子，他問自己：「你有什麼缺點呢？怎麼會落在人家後頭了呢？」他不明白，他覺得日本人的攻佔北平一定有點錯誤，要不然，怎會沒有他的事作呢？對於大赤包的得到職位，他起初是從心裡真的感覺快活。他以為連女人還可以作官，他自己就更不成問題了。可是，官職老落不到他的頭上來，而太太的氣焰一天高似一天，他有點受不住了。他又不能不承認事實，太太作官是千真萬確的，而凡是官就必有官的氣派，太太也非例外。他只好忍氣吞聲的忍耐著。他知道，太太已經是不好隨便得罪的，況且是有官職的太太呢。他不便自討無趣的和她表示什麼。反之，他倒應該特別的討太太的喜歡，表示對她的忠誠與合作。因此，他心裡明明喜愛桐芳，可也沒法不冷淡她。假若他還照以前那樣寵愛桐芳，他知道必定會惹起大赤包的反感，而自己也許碰一鼻子灰。他狠心的犧牲了桐芳，希望在他得到官職以後，再恢復舊日的生活秩序。他聽到太太有把桐芳送到窯子去的毒計，也不敢公開的反對；他絕對不能得罪太太，太太是代表著一種好運與勢力。雞蛋是不便和石頭相碰的；他很自傲，但是時運強迫他自認為雞蛋。

他可是仍然不灰心。他還見機會就往前鑽；時運可以對不起他，他可不能對不起自己。在鑽營而外，他對於一些小的事情也都留著心，表現出自己的才智。租下錢家的房子是他的主意。這主意深得太太的嘉獎。把房子租下來，轉租給日本人，的確是個妙計。自從他出賣了錢先生，他知道，全胡同的人都對他有些不敬。他不願意承認作錯了事，而以為大家對他的不敬純粹出於他的勢力不足以威鎮一方的。

當大赤包得了所長的時候，他以為大家一定要巴結他了。可是他們依舊很冷淡，連個來道喜的也沒有。現在，他將要作二房東，日本人，連日本人，都要由他手裡租房住！二房東雖然不是什麼官銜，可是房客是日本人，這個威風可就不小。他已經板著面孔訓示了白巡長：「我說，白巡長，」他的眼皮眨巴的很靈動，「你曉得一號的房歸了我，不久就有日本人來住。咱們的胡同裡可是髒得很，你曉得日本人是愛乾淨的。你得想想辦法呀！」

白巡長心中十分討厭冠曉荷，可是臉上不便露出來，微笑著說：「冠先生，胡同裡的窮朋友多，拿不出清潔費呀！」

「那是你的事，我沒法管！」冠先生的臉板得有稜有角的說。「你設法辦呢，討日本人的喜歡！你不管呢，日本人會直接的報告上去，我想對你並沒有好處！我看，你還是勸大家拿點錢，僱人多打掃打掃好！大家出錢，你作了事，還不好？」他沒等白巡長再回出話來，就走了進去，心中頗為得意。有日本人租他的房，他便拿住了白巡長，也就是拿住了全胡同的人。

當大赤包贈送銀杯、錦標，或別的獎品的時候，冠曉荷總想把自己的名字也刻上，繡上，或寫上。大赤包不許：「你不要這樣子呀！」她一點不客氣的說。「寫上你算怎回事呢？難道還得註明了你是我的丈夫？」

曉荷心裡很不好受，可是他還盡心的給她想該題什麼字樣。他的學問有限的很；唯其如此，他才更能顯出絞盡腦汁的樣子，替她思索。他先聲明：「我是一片忠心，凡事決不能馬馬虎虎！」然後，他皺上眉，點上香煙，研好了墨，放好了紙，把《寫信不求人》，《春聯大全》之類的小冊子堆在面前，作為參考書，還囑咐招弟們不要吵鬧，他才開始思索。他假嗽，他喝茶，他閉眼，他背著手在屋中來回的走。這樣鬧哄了許久，他才寫下幾個字來。寫好，他放開輕快的步子，捧著那張紙像捧著聖旨似的，去給大赤包看。她氣派很大的瞇著眼看一看，也許看見了字，也許根本沒看見，就微微一點頭：「行啦！」事實上，她多半是沒有看見寫的是什麼。在她想，只要杯或盾是銀的，旗子是緞子的，弄什麼字就都無所不可。為表示自己有學問，曉荷自己反倒微笑著批評：「這還不十分好，我再想想看！」

遇到藍東陽在座，曉荷必和他斟酌一番。藍東陽只會作詩與小品文，對編對聯與題字等等根本不懂。可是他不便明說出來，而必定用黃牙啃半天他的黑黃的指甲，裝著用腦子的樣子。結果，還是曉荷勝利，因為東陽的指甲已啃到無可再啃的時節總是說：「我非在夜間極安靜的時候不能用腦子！算了吧，將就著用吧！」這樣戰勝了東陽，曉荷開始覺得自己的確有學問，也就更增加了點懷才不遇之感——一種可以自傲的傷心。

一個懷才不遇的人特別愛表現他的才。曉荷，為表現自己的才氣，給大赤包造了一本名冊。名冊的「甲」部都是日本人，「乙」部是偽組織的高官，「丙」部是沒有什麼實權而聲望很高，被日本人聘作諮議之類的「元老」，「丁」部是地方上有頭臉的人。

他管這個名冊叫做四部全書，彷彿堪作四庫全書的姐妹著作似的。每一個名下，他詳細的注好：年齡、住址、生日，與嗜好。只要登在名冊上，他便認為那是他的友人，設法去送禮。送禮，在他看，是征服一切人之特效法寶。為送禮，他和瑞豐打過賭；瑞豐輸了。瑞豐以為曉荷的辦法是大致不錯的，不過，他懷疑日本人是否肯接受曉荷的禮物。他從給日本人作特務的朋友聽到：在南京陷落以後，日本軍官們已得到訓令——他們應當鼓勵中國人吸食鴉片，但是不論在任何場合，他們自己不可以停留在有鴉片煙味的地方，免得受鴉片的香味的誘惑；他們不得接受中國人的禮物。瑞豐報告完這點含有警告性的消息，曉荷閉了閉眼，而後噗哧一笑。「瑞豐！你還太幼稚！我告訴你，我親眼看見過日本人吸鴉片！命令是命令，命令改變不了鴉片的香美！至於送禮，咱們馬上打個賭！」他打開了他的四部全書。「你隨便指定一個日本人，今天既不是他的生日，也不是中國的或日本的節日，我馬上送過一份禮去，看他收不收，他收下，你輸一桌酒菜，怎樣？」

瑞豐點了頭。他知道自己要輸，可是不便露出怕輸一桌酒席的意思。

曉荷把禮物派人送出去，那個人空著手回來，禮物收下了。

「怎樣？」曉荷極得意的問瑞豐。

「我輸了！」瑞豐心疼那桌酒席，但是身為科長，不便說了不算。

「為這種事跟我打賭！你老得輸！」曉荷微笑著說。也不僅為贏了一桌酒席得意，而也更得意日本人接受了他的禮物。「告訴你，只要你肯送禮，你幾乎永遠不會碰到搖頭的人！只要他不搖頭，他──無論他是怎樣高傲的人──便和你我站得肩膀一邊齊了！告訴你，我一輩子專愛懲治那些挑著眉毛，自居清高的人。怎麼懲治，給他送禮。禮物會堵住一切人的嘴，會軟化一切人的心，日本人也是人；既是人，就得接我的禮；接了我的禮，他便什麼威風也沒有了！你信不信？」

瑞豐只有點頭，說不上什麼來。自從作了科長，他頗有些看不起冠大哥。可是冠大哥的這一片話實在教他欽佩，他沒法不恢復以前對冠先生的尊敬。冠先生雖然現在降了一等，變成了冠大哥，到底是真有「學問」！他想，假若他自己也去實行冠大哥的理論，大概會有那麼一天，他會把禮物送給日本天皇，而天皇也得拍一拍他的肩膀，叫他一聲老弟的。

因為研究送禮，曉荷又發現了日本人很迷信。他不單看見了日本軍人的身上帶著神符與佛像，他還聽說：日本人不僅迷信神佛，而且也迷信世界上所有的忌諱。日本人也忌諱西洋人的禮拜五，十三，和一枝火柴點三枝香煙。他們好戰，所以要多方面的去求保佑。他們甚至於討厭一切對他們的預言。

英國的威爾斯預言過中日的戰爭，並且說日本人到了湖沼地帶便因瘟疫而全軍覆沒。日本人的「三月亡華論」已經由南京陷落而不投降，和台兒莊的大捷而成了夢想。他們想起來威爾斯的預言，而深怕被傳染病把他們拖進墳墓裡去。因此，他們不惜屠了全村，假若那裡發現了霍亂或猩紅熱。他們的武士道精神使他們不怕死，可是知道了自己準死無疑，他們又沒法不怕死。他們怕預言，甚至也怕說「死」。根據著這個道理，曉荷送給日本人的禮物總是三樣。他避免「四」，因為「四」和死的聲音相近。這點發現使他名聞九城，各報紙不單有了記載，而且都有短評稱讚他的才智。

這些小小的成功，可是並沒能完全減去他心中的苦痛。他已是北平的名人，東方畫藝研究會，大東亞文藝作家協會（這是藍東陽一手創立起來的），三清會（這是道門的一個新組織，有許多日本人參加）；還有其他的好些個團體，都約他入會，而且被選為理事或幹事。他幾乎得天天去開會，在會中還要說幾句話，或唱兩段二簧，當有遊藝節目的時候。可是，他作不上官！他的名片上印滿了理事，幹事等等頭銜，而沒有一個有份量的。他不能對新朋友不拿出名片來，而那些不支薪的頭銜只招人家對他翻白眼！當他到三清會或善心社去看扶乩或拜神的時候，他老暗暗的把心事向鬼神們申訴一番：「對神仙，我決不敢扯假話！論吃喝穿戴，有太太作所長，也就差不多了。不過，憑我的經驗與才學，沒點事作，實在不大像話呀！我不為金錢，還能不為身分地位嗎？我自己還是小事，你們作神佛的總得講公道呀；我得不到一官半職的，不也是你們的羞恥嗎？」閉著眼，他虔誠的這樣一半央求，一半譏諷，心中略為舒服一點。可是申訴完了，依然沒有用處，他差不多要恨那些神佛了。神佛，但是，又不可以得罪；得罪了神佛也許要出點禍事呢！他只好輕輕的歎氣。歎完了氣，他還得有說有笑的和友人們周旋。他的胸口有時候一窩一窩的發痛！胸口一痛，他沒法不低聲的罵了：「白亡了會子國，他媽的連個官兒也作不上，邪！」

第三十八章　北平通

一晃兒已是五月節。祁老人的幾盆石榴，因為冬天保護的不好，只有一棵出了兩三個小蓇葖。南牆根的秋海棠與玉簪花連葉兒也沒出，代替它們的是一些兔兒草。祁老人忽略了原因——冬天未曾保護它們——而只去看結果，他覺得花木的萎敗是家道衰落的惡兆；他非常的不高興。他時常夢見「小三兒」，可是「小三兒」連封信也不來；難道「小三兒」已經遇到什麼不幸了嗎？他問小順兒的媽，她回答不出正確的消息，而只以夢解夢。

近來，她的眼睛顯著更大了，因為臉上掉了不少的肉。把許多笑意湊在眼睛裡，她告訴老人：「我也夢見了老三，他甭提多麼喜歡啦！我想啊，他一定在外邊混得很好！他就根兒就是有本事的小夥子呀！爺爺，你不要老掛唸著他，他的本事、聰明，比誰都大！」其實，她並沒有作過那樣的夢。一天忙到晚，她實在沒有工夫作夢。可是，她的「創造的」夢居然使老人露出一點點笑容。他到底相信夢與否，還是個問題。但是，到了無可奈何的時候，他只好相信那虛渺的謊言，好減少一點實際上的苦痛。

除了善意的欺騙老人之外，小順兒的媽還得設法給大家籌備過節的東西。她知道，過節並不能減少他們的痛苦，可是鴉雀無聲的不點綴一下，他們就會更難過。

在往年，到了五月初一和初五，從天亮，門外就有喊：「黑白桑葚來大櫻桃」的，一個接著一個，一直到快吃午飯的時候，喊聲還不斷。喊的聲音似乎不專是為作生意，而有一種淘氣與湊熱鬧的意味，因為賣櫻桃桑葚的不都是職業的果販，而是有許多十幾歲的兒童。他們在平日，也許是拉洋車的，也許是賣開水的，到了節，他們臨時改了行——家家必須用粽子、桑葚、櫻桃，供佛，他們就有一筆生意好作。

今年，小順兒的媽沒有聽到那種提醒大家過節的呼聲。北城的果市是在德勝門裡，買賣都在天亮的時候作。隔著一道城牆，城外是買賣舊貨的小市，趕市的時候也在出太陽以前。因為德勝門外的監獄曾經被劫，日本人怕游擊隊乘著趕市的時候再來突擊，所以禁止了城裡和城外的早市，而且封鎖了德勝門。至於櫻桃和桑葚，本都是由北山與城外來的，可是從西山到北山還都有沒一定陣地的戰事，沒人敢運果子進城。

「唉！」小順兒的媽對灶王爺歎了口氣：「今年委屈你嘍！沒有賣櫻桃的呀！」這樣向灶王爺道了歉，她並不就不努力去想補救的辦法；「供幾個粽子也可以遮遮羞啊！」

可是，粽子也買不到。北平的賣粽子的有好幾個宗派：「稻香村」賣的廣東粽子，個兒大，餡子種類多，價錢貴。這種粽子並不十分合北平人的口味，因為餡子裡面硬放上火腿或脂油；北方人對糯米已經有些膽怯，再放上火腿什麼的，就更害怕了。可是，這樣的東西並不少賣，一來是北平人認為廣東的一切都似乎帶著點革命性，所以不敢公然說它不好吃，二來是它的價錢貴，送禮便顯著體面——貴總是好的，誰管它好吃與否呢。

真正北平的正統的粽子是（一）北平舊式滿漢餑餑舖賣的，沒有任何餡子，而只用頂精美的糯米包成小，很小的，粽子；吃的時候，只撒上一點白糖。這種粽子也並不怎麼好吃，可是它潔白，嬌小，擺在彩色美麗的盤子裡顯著非常的官樣。（二）還是這樣的小食品，可是由沿街吆喝的賣蜂糕的帶賣，而且用冰鎮過。（三）也是沿街叫賣的，可是個子稍大，裡面有紅棗。這是最普通的粽子。

此外，另有一些鄉下人，用黃米包成粽子，也許放紅棗，也許不放，個兒都包得很大。這，專賣給下力的人吃，可以與黑麵餅子與油條歸併在一類去，而內容與形式都不足登大雅之堂的。

小順兒的媽心中想著的粽子是那糯米的，裡面有紅棗子的。她留心的聽著門外的「小棗兒大粽子唦！」的呼聲。可是，她始終沒有聽到。她的北平變了樣子：過端陽節會沒有櫻桃、桑葚，與粽子！她本來不應當拿這當作一件奇事，因為自從去年秋天到如今，北平什麼東西都缺乏，有時候忽然一關城，連一棵青菜都買不到。

可是，今天她沒法不感覺著彆扭，今天是節日呀。在她心裡，過節不過節本來沒有多大關係；她知道，反正要過節。她自己就須受勞累；她須去買辦東西，然後抱著火爐給大家烹調；等大家都吃得酒足飯飽，她已經累得什麼也不想吃了。可是，從另一方面想，這就是她的生活，她彷彿是專為給大家操作而活著的。假若家中沒有老的和小的，她自然無須乎過節，而活著彷彿也就沒有任何意義了。她說不上來什麼是文化，和人們只有照著自己的文化方式——像端陽節必須吃粽子、櫻桃，與桑葚——生活著才有樂趣。她只覺得北平變了，變得使她看著一家老小在五月節瞪著眼沒事作。她曉得這是因為日本人佔據住北平的結果，可是不會扼要的說出：亡了國便是不能再照著自己的文化方式活著。她只感到極度的彆扭。

為補救吃不上粽子什麼的，她想買兩束蒲子、艾子，插在門前，並且要買幾張神符貼在門楣上，好表示出一點「到底」有點像過節的樣子。她喜愛那些神符。每年，她總是買一張大的，黃紙的，印著紅的鍾馗，與五個蝙蝠的，貼在大門口；而外，她要買幾張黏在白紙上的剪刻的紅色「五毒兒」圖案，分貼在各屋的門框上。她也許相信，也許根本不相信，這些紙玩藝兒有什麼避邪的作用，但是她喜愛它們的色彩與花紋。她覺得它們比春聯更美觀可愛。

可是，她也沒買到。不錯，她看見了一兩份兒賣神符的，可是價錢極貴，因為日本人不許亂用紙張，而顏料也天天的漲價。她捨不得多花錢。至於賣蒲子艾子的，因為城門出入的不便，也沒有賣的。

小順兒的小嘴給媽媽不少的難堪：「媽，過節穿新衣服吧？吃粽子吧？吃好東西吧？腦門上抹王字不抹呀？媽，你該上街買肉去啦！人家冠家買了多少多少肉，還有魚呢！媽，冠家門口都貼上判兒啦，不信，你去看哪！」他的質問，句句像是對媽媽的譴責！

媽媽不能對孩子發氣，孩子是過年過節的中心人物，他們應當享受，快活。但是，她又真找不來東西使他們高聲的笑。她只好慚愧的說：「初五才用雄黃抹王字呢！別忙，我一定給你抹！」

「還得帶葫蘆呢？」葫蘆是用各色的絨線纏成的櫻桃、小老虎、桑葚、小葫蘆——聯繫成一串兒，供女孩子們佩帶的。

「你臭小子，戴什麼葫蘆？」媽媽半笑半惱的說。

「給小妹戴呀！」小順兒的理由老是多而充實的。妞子也不肯落後，「媽！妞妞戴！」

媽媽沒辦法，只好抽出點工夫，給妞子作一串兒「葫蘆」。只纏得了一個小黃老虎，她就把線笸籮推開了。沒有旁的過節的東西，只掛一串兒「葫蘆」有什麼意思呢？假若孩子們肚子裡沒有一點好東西，而只在頭上或身上戴一串兒五彩的小玩藝，那簡直是欺騙孩子們！她在暗地裡落了淚。

天祐在初五一清早，拿回來一斤豬肉和兩束蒜台。小順兒雖不懂得分兩，也看出那一塊肉是多麼不體面。「爺爺！就買來這麼一小塊塊肉哇？」他笑著問。

爺爺沒回答出什麼來，在祁老人和自己的屋裡打了個轉兒，就搭訕著回了鋪子。他非常的悲觀，但是不願對家裡的人說出來。他的生意沒有法子往下作，可是又關不了門。日本人不准任何商店報歇業，不管有沒有生意。天祐知道，自從大小漢奸們都得了勢以後，綢緞的生意稍微有了點轉機。但是，他的鋪子是以布匹為主，綢緞只是搭頭兒；真正講究穿的人並不來照顧他。專賣布匹吧，一般的人民與四郊的老百姓都因為物價的高漲，只顧了吃而顧不了穿，當然也不能來照顧他。

再說，各地的戰爭使貨物斷絕了來源；他既沒法添貨，又不像那些大商號有存貨可以居奇。他簡直沒有生意。他願意歇業，而官廳根本不許呈報。他須開著鋪子，似乎專為上稅與定閱官辦的報紙——他必須看兩份他所不願意看的報紙。他和股東們商議，他們不給他一點好主意，而彷彿都願意立在一旁看他的笑話。他只好裁人。這又給他極大的痛苦。他的舖伙既沒有犯任何的規矩，又趕上這兵荒馬亂理應共患難的時候，他憑什麼無緣無故的辭退人家呢？五月節，他又裁去兩個人。兩個都是他親手教出來的徒弟。他們瞭解他的困難，並沒說一句不好聽的話。他們願意回家，他們家裡有地，夠他們吃兩頓棒子麵的。可是，他們越是這樣好離好散的，他心中才越難過。他覺得他已是個毫無本領，和作事不公平的人。他們越原諒他，他心中便越難受。

更使他揪心的是，據說，不久日本人就要清查各舖戶的貨物，而後由他們按照存貨的多少，配給新貨。他們給你多少是多少，他們給你什麼你賣什麼。他們也許只給你三匹布，而配上兩打雨傘。你就須給買主兒一塊布，一把或兩把雨傘，不管人家需要雨傘與否！

天祐的黑鬍子裡露出幾根白的來，在表面上，他要裝出沉得住氣的樣子，一聲不哼不響。他是北平舖子的掌櫃的，不能當著店夥與徒弟們胡說亂罵。可是，沒有人在他面前，他的鬍子嘴兒就不住的動：「這算麼買賣規矩呢？布舖嗎，賣雨傘！我是這兒的掌櫃呢，還是日本人是掌櫃呢？」叨嘮完了一陣，他沒法兒不補上個「他媽的！」他不會罵人撒村，只有這三個字是他的野話，而也只有這三個字才能使他心中痛快一下。

這些委屈為難，他不便對舖子的人說，並且決定也不教家裡的人知道。對老父親，他不單把委屈圈在心裡，而且口口聲聲的說一切都太平了，為是教老人心寬一點。就是對瑞宣，他也不願多說什麼，他知道三個兒子走了兩個，不能再向對家庭最負責的長子拉不斷扯不斷的發牢騷。父子見面，幾乎是很大的痛苦。瑞宣的眼偷偷的瞄著父親，父親的眼光碰到了兒子的便趕緊躲開。兩個人都有多少多少被淚浸漬了許久的話，可是不便連話帶淚一齊傾倒出來。一個是五十多的掌櫃，一個是三十多歲的中學教師，都不便隨便的把淚落下來。而且，他們都知道，一暢談起來，他們就必定說到國亡家必破的上頭來，而越談就一定越悲觀。所以，父子見面，都只那麼笑一笑，笑得虛偽，難堪，而不能不笑。因此，天祐更不願回家了。鋪子中缺人是真的，但是既沒有多少生意，還不致抽不出點回家看看的工夫來。他故意的不回家，一來是為避免與老親，兒孫，相遇的痛苦，二來也表示出一點自己的倔強——鋪子既關不了門，我就陪它到底；儘管沒有生意，我可是應盡到自己的責任！

一家人中，最能瞭解天祐的是瑞宣。有祁老人在上面壓著，又有兒子們在下面比著，天祐在權威上年紀上都須讓老父親一步，同時他的學問與知識又比不上兒子們，所以他在家中既須作個孝子，又須作個不招兒子們討厭的父親。因此，大家都只看見他的老實，而忽略了他的重要。只有瑞宣明白：父親是上足以承繼祖父的勤儉家風，下足以使兒子受高等教育的繼往開來的人。

他尊敬父親，也時常的想給父親一些精神的安慰。他是長子，他與父親的關係比老二與老三都更親密；他對父親的認識，比弟弟們要多著幾年的時光。特別在近幾個月中，他看出父親的憂鬱和把委屈放在肚子裡的剛強，也就更想給父親一些安慰。可是，怎麼去安慰呢？父子之間既不許說假話，他怎能一面和老人家談真話，還能一面使老人家得到安慰呢；真話，在亡國的時候，只有痛苦！且先不講國家大事吧，只說家中的事情已經就夠他不好開口的了。他明知道父親想念老三，可是他有什麼話可以教老人不想念老兒子呢？他明知道父親不滿意老二，他又有什麼話使老人改為喜歡老二呢？這些，都還是以不談為妙。不過，連這些也不談，父子還談什麼呢？他覺得父子之間似乎隔上了一段紗幕，彼此還都看得見，可是誰也摸不著誰了。侵略者的罪惡不僅是把他的兄弟拆散，而且使沒有散開的父子也彼此不得已的冷淡了！

大家馬馬虎虎的吃過午飯，瑞豐不知在哪裡吃得酒足飯飽的來看祖父。不，他不像是來看祖父。進門，他便向大嫂要茶：「大嫂！泡壺好茶喝喝！酒喝多了點！有沒有好葉子呀，沒有就買去！」他是像來表現自己的得意與無聊。

小順兒的媽話都到嘴邊上了，又控制住自己。她想說：「連祖父都喝不著好茶葉，你要是懂人事，怎麼不買來點兒呢？」可是，想了一想，她又告訴自己：「何必呢，大節下的！再說，他無情，難道我就非無義不可嗎？」這麼想開，她把水壺坐在火爐上。

瑞宣躲在屋裡，假裝睡午覺。可是，老二決定要討厭到底。「大哥呢？大哥！」他一邊叫，一邊拉開屋門。「吃了就睡可不好啊！」他明明見哥哥在床上躺著，可是決定不肯退出來。瑞宣只好坐了起來。

「大哥，你們學校裡的日本教官怎樣？」他坐在個小凳上，酒氣噴人的打了兩個長而有力的嗝兒。

瑞宣看了弟弟一眼，沒說什麼。

瑞豐說下去：「大哥，你要曉得，教官，不管是教什麼，都必然的是太上校長。人家掙的比校長還多，權力也自然比校長大。校長若是跟日本要人有來往呢，教官就客氣點；不然的話，教官可就不好伺候了！近來，我頗交了幾個日本朋友。我是這麼想，萬一我的科長丟了，我還能——憑作過科長這點資格——來個校長作作，要作校長而不受日本教官的氣，我得有日本朋友。這叫作有備無患，大哥你說是不是？」他眨巴著眼，等大哥誇讚他。

瑞宣還一聲沒出。

「噢，大哥，」老二的腦子被酒精催動的不住的亂轉，「聽說下學期各校的英文都要裁去，就是不完全裁，也得撥出一大半的時間給日文。你是教英文的，得乘早兒打個主意呀！其實，你教什麼都行，只要你和日本教官說得來！我看哪，大哥，你別老一把死拿，老板著臉作事；這年月，那行不通！你也得活動著點，該應酬的應酬，該送禮的別怕花錢！日本人並不像你想的那麼壞，只要你肯送禮，他們也怪和氣的呢！」瑞宣依舊沒出聲。

老二，心中有那點酒勁兒，沒覺出哥哥的冷淡。把話說完，他覺得很夠個作弟弟的樣子，把好話都不取報酬的說給了大哥。他立了起來，推開門，叫：「大嫂！茶怎樣了？勞駕給端到爺爺屋來吧！」他走向祁老人的屋子去。

瑞宣想起學校中的教官——山木——來。那是個五十多歲的矮子，長方臉，花白頭髮，戴著度數很深的近視鏡。山木教官是個動物學家，他的著作——華北的禽鳥——是相當有名的。他不像瑞豐所說的那種教官那樣，除了教日語，他老在屋裡讀書或製標本，幾乎不過問校務。他的中國話說得很好，可是學生罵他，他只裝作沒有聽見。學生有時候把黑板擦子放在門上，他一拉門便打在頭上，他也不給學生們報告。這，引起瑞宣對他的注意，因為瑞宣聽說別的學校裡也有過同樣的事情，而教官報告上去以後，憲兵便馬上來捉捕學生，下在監牢裡。瑞宣以為山木教官一定是個反對侵略，反對戰爭的學者。

可是，一件事便改變了瑞宣的看法。有一天，教員們都在休息室裡，山木輕輕的走進來。向大家極客氣的鞠了躬，他向教務主任說，他要對學生們訓話，請諸位先生也去聽一聽。他的客氣，使大家不好意思不去。學生全到了禮堂，他極嚴肅的上了講台。他的眼很明，聲音低而極有勁，身子一動也不動的，用中國話說：「報告給你們的一件事，一件大事。我的兒子山木少尉在河南陣亡的了！這是我最大的，最大的，光榮！中國、日本，是兄弟之邦；日本在中國作戰不是要滅中國，而是要救中國。中國人不明白，日本人有見識，有勇氣，敢為救中國而犧牲性命。我的兒子，唯一的兒子，死在中國，是最光榮的！我告訴你們，為是教你們知道，我的兒子是為你們死了的！我很愛我的兒子，可是我不敢落淚，一個日本人是不應當為英雄的殉職落淚的！」

他的聲音始終是那麼低而有力，每個字都是控制住了的瘋狂。他的眼始終是乾的，沒有一點淚意。他的唇是乾的，縮緊的，像兩片能開能閉的刀片兒。他的話，除了幾個不大妥當的「的」字，差不多是極完美簡勁的中國話——他的感情好像被一種什麼最大的壓力壓緊，所以能把瘋狂變為理智，而有系統的，有力量的，能用別國的言語說出來。說完，他定目看著下面，好像是極輕視那些人，極厭惡那些人。可是，他又向他們極深，極規矩的，鞠了躬。而後慢慢的走下台來。仰起臉，笑了笑，又看了看大家，他輕輕的，相當快的，走出去。

瑞宣很想獨自去找山木，跟他談一談。他要告訴山木：「你的兒子根本不是為救中國而犧牲了的，你的兒子和幾十萬軍隊是來滅中國的！」他也想對山木說明白：「我沒想到你，一個學者，也和別的日本人一樣的糊塗！你們的糊塗使你們瘋狂，你們只知道你們是最優秀的，理當作主人的民族，而不曉得沒有任何一個民族甘心作你們的奴隸。中國的抗戰就是要打明白了你們，教你們明白你們並不是主人的民族，而世界的和平是必定仗著民族的平等與自由的！」

他還要告訴山木：「你以為你們已經征服了我們，其實，戰爭還沒有結束，你們還不能證明是否戰勝！你們的三月亡華論已經落了空，現在，你們想用漢奸幫助你們慢慢的滅亡中國；你們的方法變動了一點，而始終沒有覺悟你們的愚蠢與錯誤。漢奸是沒有多大用處的，他們會害了我們，也會害了你們！日本人亡不了中國，漢奸也亡不了中國，因為中國絕對不向你們屈膝，而中國人也絕不相信漢奸！你們須及早的覺悟，把瘋狂就叫作瘋狂，把錯誤就叫作錯誤，不要再把瘋狂與錯誤叫作真理！」

可是，他在操場轉了好幾個圈子，把想好了的話都又嚥回去。他覺得假若一個學者還瘋狂到那個程度，別的沒有什麼知識的日本人就更可想而知了。即使他說服了一個山木，又有什麼用處呢？況且，還不見得就能說服了他呢。

要想解決中日的問題，他看清楚，只有中國人把日本人打明白了。我們什麼時候把「主人」打倒，他才會省悟，才會失去自信而另打好主意。說空話是沒有用處的。對日本人，槍彈是最好的宣傳品！

想到這裡，他慢慢的走出校門。一路上，他還沒停止住思索。他想：說服山木或者還是小事，更要緊的倒是怎樣防止學生們不上日本教官的，與偽報紙的宣傳的當。怎樣才不教學生們上當呢？在講堂上，他沒法公開的對學生談什麼，他懷疑學生和教師裏邊會沒有日本的偵探。況且，他是教英文的，他不能信口開河的忽然的說起文天祥史可法的故事，來提醒學生們。同時，假若他還是按照平常一樣，除了教課，什麼閒話也不說，他豈不是只為那點薪水而來上課，在拿錢之外，什麼可以自慰自解的理由也沒有了嗎？他不能那麼辦，那太沒有人味兒了！

今天，聽到瑞豐的一片話，他都沒往心裡放。可是，他卻聽進去了：暑假後要裁減英文鐘點。雖然老二別的話都無聊討厭，這點消息可不能看成耳旁風。假若他的鐘點真的被減去一半或多一半，他怎麼活著呢？他立起來。他覺得應當馬上出去走一走，不能再老這麼因循著。他須另找事作。為家計，他不能一星期只教幾個鐘點的英文。為學生，他既沒法子給他們什麼有益的指導，他就該離開他們——這不勇敢，可是至少能心安一點。去到處奔走事情是他最怕的事。但是，今天，他決定要出去跑跑。

他走在院中，小順兒和妞子正拉著瑞豐從祁老人屋裡出來。

「爸！」小順兒極高興的叫。「我們看會去！」

「什麼會？」瑞宣問。

「北平所有的會，高蹺、獅子、大鼓、開路、五虎棍，多啦！多啦！今兒個都出來！」瑞豐替小順兒回答。「本來新民會想照著二十年前那樣辦，教城隍爺出巡，各樣的會隨著沿路的耍。可是，咱們的城隍爺的神像太破舊了，沒法兒往外抬，所以只在北海過會。這值得一看，多年沒見的玩藝兒，今天都要露一露。日本人有個好處，他們喜歡咱們的舊玩藝兒！」

「爸，你也去！」小順兒央求爸爸。

「我沒工夫！」瑞宣極冷酷的說——當然不是對小順兒。

他往外走，瑞豐和孩子們也跟出來。一出大門，他看見大赤包，高第，招弟，和胖菊子，都在槐蔭下立著，似乎是等著瑞豐呢。她們都打扮得非常的妖艷，倒好像她們也是一種到北海去表演的什麼「會」似的。瑞宣低下頭，匆匆的走過去。他忽然覺得心裡鬧得慌，胃中一酸，吐了一口清水。山木與別的日本人的瘋狂，他剛才想過，是必須教中國人給打明白的。可是，大赤包與瑞豐卻另有一種瘋狂，他們把屈膝與受辱看成享受。日本人教北平人吃不上粽子，而只給他們一些熱鬧看，他們也就扮得花花綠綠的去看！

假若日本人到處遇到大赤包與瑞豐，他們便會永久瘋狂下去！他真想走回去，扯瑞豐兩個大嘴巴子。看了看自己的手，那麼白軟的一對手，他無可如何的笑了笑。他不會打人。他的教育與文化和瑞豐的原是一套，他和瑞豐的軟弱只有程度上的差別而已！他和瑞豐都缺乏那種新民族的（像美國人）英武好動，說打就打，說笑就笑，敢為一件事，（不論是為保護國家，還是為試驗飛機或汽車的速度），而去犧牲了性命。想到這裡，他覺得即使自己的手不是那麼白軟，也不能去打瑞豐了；他和瑞豐原來差不多，他看不起瑞豐也不過是以五十步笑百步罷了。

更使他難過的是他現在須託人找事情作。他是個沒有什麼野心的人，向來不肯託人情，拉關係。朋友們求他作事，他永遠盡力而為；他可是絕不拿幫助友人作本錢，而想從中生點利。作了幾年的事，他覺得這種助人而不求人的作風使他永遠有朋友，永遠受友人的尊敬。今天，他可是被迫的無可奈何，必須去向友人說好話了。這教他非常的難過。侵略者的罪惡，他覺得，不僅是燒殺淫掠，而且也把一切人的臉皮都揭了走！

同時，他真捨不得那群學生。教書，有它的苦惱，但也有它的樂趣。及至教慣了書，即使不提什麼教育神聖的話，一個人也不願忽然離開那些可愛的青年的面孔，那些用自己的心血灌溉過的花草！再說，雖然他自己不敢對學生們談論國事，可是至少他還是個正直的，明白的人。有他和學生在一處，至少他可以用一兩句話糾正學生的錯誤，教他們要忍辱而不忘了復仇。脫離學校便是放棄這一點點責任！他難過！

況且，他所要懇求的是外國朋友呢。平日，他最討厭「洋狗」——那種歪戴帽，手插在褲袋裡，口中安著金牙，從牙縫中蹦出外國字的香煙公司的推銷員，和領外國人逛頤和園的翻譯。因此，他自己雖然教英文，而永遠不在平常談話的時候夾上英國字。他也永不穿西裝。他不是個褊狹的國家主義者，他曉得西洋文明與文化中什麼地方值得欽佩。他可是極討厭那只戴上一條領帶便自居洋狗的淺薄與無聊。他以為「狗仗人勢」是最卑賤的。

據他看，「洋狗」比瑞豐還更討厭，因為瑞豐的無聊是純粹中國式的，而洋狗則是雙料的——他們一點也不曉得什麼是西洋文化，而把中國人的好處完全丟掉。連瑞豐還會欣賞好的竹葉青酒，而洋狗必定要把汽水加在竹葉青裡，才咂一咂嘴說：有點像洋酒了！在國家危亡的時候，洋狗是最可怕的人，他們平常就以為中國姓不如外國姓熱鬧悅耳，到投降的時候就必比外國人還厲害的來破壞自己的文化與文物。在鄰居中，他最討厭丁約翰。

可是，今天，他須往丁約翰出入的地方走。他也得去找「洋」事！

他曉得，被日本人佔據了的北平，已經沒有他作事的地方，假若他一定「不食周粟」的話。他又不能教一家老小餓死，而什麼也不去作。那麼，去找點與日本人沒有關係的事作，實在沒什麼不可原諒自己的地方。可是，他到底覺得不是味兒。假若他有幾畝田，或有一份手藝，他就不必為難的去奉養著老親。可是，他是北平人。他須活下去，而唯一的生活方法是掙薪水。他幾乎要恨自己為什麼單單的生在北平了！

走到了西長安街，他看到一檔子太獅少獅。會頭打著杏黃色的三角旗，滿頭大汗的急走，像是很怕遲到了會場的樣子。一眼，他看見了棚匠劉師傅。他的心裡涼了一陣兒，劉師傅怎麼也投降了呢？他曉得劉師傅的為人，不敢向前打招呼，他知道那必給劉師傅以極大的難堪。他自己反倒低下頭去。他不想責備劉師傅，「凡是不肯捨了北平的，遲早都得捨了廉恥！」他和自己嘟囔。

他要去見的，是他最願意看到的，也是他最怕看到的，人。那是曾經在大學裡教過他英文的一位英國人，富善先生。富善先生是個典型的英國人，對什麼事，他總有他自己的意見，除非被人駁得體無完膚，他決不輕易的放棄自己的主張與看法。即使他的意見已經被人駁倒，他還要捲土重來找出稀奇古怪的話再辯論幾回。他似乎拿辯論當作一種享受。他的話永遠極鋒利，極不客氣，把人噎得出不來氣。可是，人家若噎得他也出不來氣，他也不發急。到他被人家堵在死角落的時候，他會把脖子憋得紫裡蒿青的，連連的搖頭。而後，他請那征服了他的人吃酒。他還是不服氣，但是對打勝了的敵人表示出敬重。

他極自傲，因為他是英國人。不過，有人要先說英國怎樣怎樣的好，他便開始嚴厲的批評英國，彷彿英國自有史以來就沒作過一件好事。及至對方也隨著他批評英國了，他便改過來，替英國辯護，而英國自有史以來又似乎沒有作錯過任何一件事。不論他批評英國也罷，替英國辯護也罷，他的行為，氣度，以至於一舉一動，沒有一點不是英國人的。

他已經在北平住過三十年。他愛北平，他的愛北平幾乎等於他的愛英國。北平的一切，連北平的風沙與挑大糞的，在他看，也都是好的。他自然不便說北平比英國更好，但是當他有點酒意的時候，他會說出真話來：「我的骨頭應當埋在西山靜宜園外面！」

對北平的風俗掌故，他比一般的北平人知道的還要多一些。北平人，住慣了北平，有時候就以為一切都平平無奇。他是外國人，他的眼睛不肯忽略任何東西。凡事他都細細的看，而後加以判斷，慢慢的他變成了北平通。他自居為北平的主人，因為他知道一切。他最討厭那些到北平旅行來的外國人：「一星期的工夫，想看懂了北平？別白花了錢而且污辱了北平吧！」他帶著點怒氣說。

他的生平的大志是寫一本《北平》。他天天整理稿子，而始終是「還差一點點！」他是英國人，所以在沒作成一件事的時候，絕對不肯開口宣傳出去。他不肯告訴人他要寫出一本《北平》來，可是在遺囑上，他已寫好——傑作《北平》的著者。

英國人的好處與壞處都與他們的守舊有很大的關係。富善先生，既是英國人，當然守舊。他不單替英國守舊，也願意為北平保守一切舊的東西。當他在城根或郊外散步的時候，若遇上一位提著鳥籠或手裡揉著核桃的「遺民」，他就能和他一談談幾個鐘頭。他，在這種時候，忘記了英國，忘記了莎士比亞，而只注意那個遺民，與遺民的鳥與核桃。從一個英國人的眼睛看，他似乎應當反對把鳥關在籠子裡。但是，現在他忘了英國。他的眼睛變成了中國人的，而且是一個遺民的。他覺得中國有一整部特異的，獨立的，文化，而養鳥是其中的一部分。他忘了鳥的苦痛，而只看見了北平人的文化。

因此，他最討厭新的中國人。新的中國人要革命，要改革，要脫去大衫而穿上短衣，要使女子不再纏足，要放出關在籠子中的畫眉與八哥。他以為這都是消滅與破壞那整套的文化，都該馬上禁止。憑良心說，他沒有意思教中國人停在一汪兒死水裡。可是，他怕中國人因改革而丟失了已被他寫下來的那個北平。他會拿出他收藏著的三十年前的木版年畫，質問北平人：「你看看，是三十年前的東西好，還是現在的石印的好？看看顏色，看看眉眼，看看線條，看看紙張，你們哪樣比得上三十年前的出品！你們已忘了什麼叫美，什麼叫文化！你們要改動，想要由老虎變成貓！」

同年畫兒一樣，他存著許多三十年前的東西，包括著鴉片煙具、小腳鞋、花翎、朝珠。「是的，吸鴉片是不對的，可是你看看，細看看，這煙槍作的有多麼美，多麼精緻！」他得意的這樣說。

當他初一來到北平，他便在使館——就是丁約翰口中的英國府——作事。因為他喜愛北平，所以他想娶一個北平姑娘作太太。那時候，他知道的北平事情還不多，所以急於知道一切，而想假若和中國人聯了姻，他就能一下子明白多少多少事情。可是，他的上司警告了他：「你是外交官，你得留點神！」他不肯接受那個警告，而真的找到了一位他所喜愛的北平小姐。他知道，假若他真娶了她，他必須辭職——把官職辭掉，等於毀壞了自己的前途。可是，他不管明天，而決定去完成他的「東方的好夢」。

不幸，那位小姐得了個暴病兒，死去。他非常的傷心。雖然這可以保留住他的職位，可是他到底辭了職。他以為只有這樣才能對得住死者——雖然沒結婚，我可是還辭了職。在他心情不好的時候，他常常的嘟囔著：「東方是東方，西方是西方，」而加上：「我想作東方人都不成功！」辭職以後，他便在中國學校裡教教書，或在外國商店裡臨時幫幫忙。

他有本事，而且生活又非常的簡單，所以收入雖不多，而很夠他自己花的。他租下來東南城角一個老宅院的一所小花園和三間房。他把三間房裡的牆壁掛滿了中國畫，中國字，和五光十色的中國的小玩藝，還求一位中國學者給他寫了一塊匾——「小琉璃廠」。院裡，他養著幾盆金魚，幾籠小鳥，和不少花草。一進門，他蓋了一間門房，找來一個曾經伺候過光緒皇帝的太監給他看門。每逢過節過年的時候，他必教太監戴上紅纓帽，給他作餃子吃。他過聖誕節、復活節，也過五月節和中秋節。「人人都像我這樣，一年豈不多幾次享受麼？」他笑著對太監說。

他沒有再戀愛，也不想結婚，朋友們每逢對他提起婚姻的事，他總是搖搖頭，說：「老和尚看嫁妝，下輩子見了！」他學會許多北平的俏皮話與歇後語，而時常的用得很恰當。

當英國大使館遷往南京的時候，他又回了使館作事。他要求大使把他留在北平。這時候，他已是六十開外的人了。

他教過，而且喜歡，瑞宣，原因是瑞宣的安詳文雅，據他看，是有點像三十年前的中國人。瑞宣曾幫助他蒐集那或者永遠不能完成的傑作的材料，也幫助他翻譯些他所要引用的中國詩歌與文章。瑞宣的英文好，中文也不錯。和瑞宣在一塊兒工作，他感到愉快。雖然二人也時常的因意見不同而激烈的彼此駁辯，可是他既來自國會之母的英國，而瑞宣又輕易不紅臉，所以他們的感情並不因此而受到損傷。

在北平陷落的時候，富善先生便派人給瑞宣送來信。信中，他把日本人的侵略比之於歐洲黑暗時代北方野蠻人的侵襲羅馬；他說他已有兩三天沒正經吃飯。信的末了，他告訴瑞宣：「有什麼困難，都請找我來，我一定盡我力之所能及的幫助你。我在中國住了三十年，我學會了一點東方人怎樣交友與相助！」瑞宣回答了一封極客氣的信，可是沒有找富善先生去。他怕富善老人責難中國人。他想像得到老人會一方面詛咒日本人的侵略，而一方面也會責備中國人的不能保衛北平。今天，他可是非去不可了。他準知道老人會幫他的忙，可也知道老人必定會痛痛快快的發一頓牢騷，使他難堪。他只好硬著頭皮去碰一碰。無論怎麼說，吃老人的閒話是比伸手接日本人的錢要好受的多的。

果然不出他所料，富善先生劈頭就責備了中國人一刻鐘。不錯，他沒有罵瑞宣個人，可是瑞宣不能因為自己沒挨罵而不給中國人辯護。同時，他是來求老人幫忙，可也不能因此而不反駁老人。

富善先生的個子不很高，長臉，尖鼻子，灰藍色的眼珠深深的藏在眼窩裡。他的腰背還都很直，可是頭上稀疏的頭髮已差不多都白了。他的脖子很長，而且有點毛病——每逢話說多了，便似堵住了氣的伸一伸脖子，很像公雞要打鳴兒似的。

瑞宣看出來，老人的確是為北平動了心，他的白髮比去年又增加了許多根，而且說話的時候不住的伸脖子。雖然如此，他可是不便在意見上故意的退讓。他不能為掙錢吃飯，而先接受了老人的斥責。他必須告訴明白了老人：中國還沒有亡，中日的戰爭還沒有結束，請老人不要太快的下斷語。辯論了有半個多鐘頭，老人才想起來：「糟糕！只顧了說話兒，忘了中國規矩！」他趕緊按鈴叫人拿茶來。送茶來的是丁約翰。看瑞宣平起平坐和富善先生談話，約翰的驚異是難以形容的。

喝了一口茶，老人自動的停了戰。他沒法兒駁倒瑞宣，也不能隨便的放棄了自己的意見，只好等有機會另開一次舌戰。他知道瑞宣必定有別的事來找他，他不應當專說閒話。他笑了笑，用他的稍微有點結巴，而不算不順利的中國話說：「怎樣？找我有事吧？先說正經事吧！」

瑞宣說明了來意。

老人伸了好幾下脖子，告訴瑞宣：「你上這裡來吧，我找不到個好助手；你來，我們在一塊兒工作，一定彼此都能滿意！你看，那些老派的中國人，英文不行啊，可是中文總靠得住。現在的中國大學畢業生，英文不行，中文也不行——你老為新中國人辯護，我說的這一點，連你也沒法反對吧？」

「當一個國家由舊變新的時候，自然不能一步就邁到天堂去！」瑞宣笑著說。

「哦？」老人急忙吞了一口茶。「你又來了！北平可已經丟了，你們還變？變什麼？」

「丟了再奪回來！」

「算了！算了！我完全不相信你的話，可是我佩服你的信念堅定！好啦，今天不再談，以後咱們有的是機會開辯論會。下星期一，你來辦公，把你的履歷給我寫下來，中文的和英文的。」

瑞宣寫完，老人收在衣袋裡。

「好不好喝一杯去？今天是五月節呀！」

第三十九章　留在這裡是陪伴著棺木

由東城往回走，瑞宣一路上心中不是味兒。由掙錢養家上說，他應當至少也感到可以鬆一口氣了；可是從作「洋」事上說，儘管他與丁約翰不同，也多少有點彆扭。往最好裡講，他放棄了那群學生，而去幫助外國人作事，也是一種逃避。他覺得自己是在國家最需要他的時候，作出最對不起國家的事！他低著頭，慢慢的走。他沒臉看街上的人，儘管街上走著許多糊糊塗塗去到北海看熱鬧的人。他自己不糊塗，可是他給國家作了什麼呢？他逃避了責任。

可是，他又不能否認這個機會的確解決了眼前的困難——一家大小暫時可以不挨餓。他沒法把事情作得連一點缺陷也沒有，北平已經不是中國人的北平，北平人也已經不再是可以完全照著自己的意思活著的人。他似乎應當慶祝自己的既沒完全被日本人捉住，而又找到了一個稍微足以自慰自解的隙縫。這樣一想，他又抬起頭來。他想應當給老人們買回一點應節的點心去，討他們一點喜歡。他笑自己只會這麼婆婆媽媽的作孝子，可是這到底是一點合理的行動，至少也比老愁眉不展的，招老人們揪心強一點！他在西單牌樓一家餑餑鋪買了二十塊五毒餅。

這是一家老鋪子，門外還懸著「滿漢餑餑」，「進貢細點」等等的金字紅牌子。鋪子裡面，極乾淨，極雅緻的，只有幾口大朱紅木箱，裝著各色點心。牆上沒有別的東西，只有已經黃暗了的大幅壁畫，畫的是《三國》與《紅樓夢》中的故事。瑞宣愛這種鋪子，屋中充滿了溫柔的糖與蛋糕，還有微微的一點奶油的氣味，使人聞著心裡舒服安靜。屋中的光線相當的暗，可是剛一走近櫃檯，就有頭永遠剃的頂光，臉永遠洗得極亮的店夥，安靜的，含笑的，迎了上來，用極溫和的低聲問：「您買什麼？」

這裡沒有油飾得花花綠綠的玻璃櫃，沒有顏色刺目的罐頭與紙盒，沒有一邊開著玩笑一邊作生意的店夥，沒有五光十色的「大減價」與「二週年紀念」的紙條子。這裡有的是字號、規矩、雅潔，與貨真價實。這是真正北平的舖店，充分和北平的文化相配備。可是，這種鋪子已慢慢的滅絕，全城只剩了四五家，而這四五家也將要改成「稻香村」，把點心、火腿，與茶葉放在一處出售；否則自取滅亡。隨著它滅亡的是規矩，誠實，那群有真正手藝的匠人，與最有禮貌的店夥。

瑞宣問了好幾種點心，店夥都抱歉的回答「沒有」。店夥的理由是，材料買不到，而且預備了也沒有人買。應時的點心只有五毒餅，因為它賣不出去還可以揉碎了作「缸爐」——一種最易消化的，給產婦吃的點心。瑞宣明知五毒餅並不好吃，可只好買了二十塊，他知道明年也許連五毒餅這個名詞都要隨著北平的滅亡而消滅的！

出了店門，他跟自己說：「明年端陽也許必須吃日本點心了！連我不也作了洋事嗎？禮貌、規矩、誠實、文雅，都須滅亡，假若我們不敢拚命去保衛它們的話！」

快到家了，他遇見了棚匠劉師傅。劉師傅的臉忽然的紅起來。瑞宣倒覺得怪難為情的，說什麼也不好，不說什麼也不好。劉師傅本已低下頭去，可又趕緊抬起來，決定把話說明白，他是心中藏不住話的人。「祁先生，我到北海去了，可是沒有給他們耍玩藝，我本來連去也不肯去，可是會頭把我的名字報上去了，我要不去，就得惹點是非！你說我怎麼辦？我只好應了個卯，可沒耍玩藝兒！我——」

他的心中似乎很亂，不知道再說什麼才好，他的確恨日本人，絕不肯去給日本人耍獅子，可是他又沒法違抗會頭的命令，因為一違抗，他也許會吃點虧。他要教瑞宣明白他的困難，而依舊尊敬他。他明知自己丟了臉，而還要求原諒。他也知道，這次他到了場而沒有表演，大概下一次他就非下場不可了，他怎麼辦呢？他曉得「既在矮簷下，怎敢不低頭」的道理，可是他豪橫了一生，難道，就真把以前的光榮一筆抹去，而甘心向敵人低頭嗎？不低頭吧，日本人也許會給他點顏色看看。他只有一點武藝，而日本人有機關鎗！

瑞宣想像得到劉師傅心中的難過與憂慮，可是也找不到什麼合適的話來說。他曾經問過劉師傅，憑他的武藝，為什麼不離開北平。劉師傅那時候既沒能走開，現在還有什麼話好講呢？他想說：「不走，就得把臉皮揭下來，扔在糞坑裡！」可是，這又太不像安慰鄰居——而且是位好鄰居——的話。他也不能再勸劉師傅逃走，劉師傅若是沒有困難，他相信，一定會不等勸告就離開北平的。既有困難，而他又不能幫助解決，光說些空話有什麼用處呢？他的嘴唇動了幾動，而找不到話說。他雖沒被日本人捉去拷打，可是他已感到自己的心是上了刑。

這會兒，程長順由門裡跑出來，他楞頭磕腦的，不管好歹的，開口就是一句：「劉師傅！聽說你也要獅子去啦？」

劉師傅沒還出話來，憋得眼睛裡冒了火。他不能計較一個小孩子，可是又沒法不動怒，他瞪著長順，像要一眼把他瞪死似的。

長順害了怕，他曉得自己說錯了話。他沒再說什麼，慢慢的退回門裡去。

「真他媽的！」劉師傅無聊的罵了這麼一句，而後補上：「再見！」扭頭就走開。

瑞宣獨自楞了一會兒，也慢慢的走進家門。他不知道怎樣判斷劉師傅與程長順才好。論心地，他們都是有點血性的人。論處境，他們與他都差不多一樣。他沒法誇讚他們，也不好意思責備他們。他們與他好像是專為在北平等著受靈魂的凌遲而生下來的。北平是他們生身之地，也是他們的墳地——也許教日本人把他們活埋了！

不過，他的五毒餅可成了功。祁老人不想吃，可是臉上有了笑容。在他的七十多年的記憶裡，每一件事和每一季節都有一組卡片，記載著一套東西與辦法。在他的端陽節那組卡片中，五毒餅正和中秋的月餅與年節的年糕一樣，是用紅字寫著的。他不一定想吃它們，但是願意看到它們，好與腦中的卡片對證一下，而後覺得世界還沒有變動，可以放了心。今年端陽，他沒看見櫻桃、桑葚、粽子，與神符。他沒說什麼，而心中的卡片卻七上八下的出現，使他不安。現在，至少他看見一樣東西，而且是用紅字寫著的一樣東西，他覺得端陽節有了著落，連日本人也沒能消滅了它。他趕緊拿了兩塊分給了小順兒與妞子。

小順兒和妞子都用雙手捧著那塊點心，小妞子樂得直吸氣。小順兒已經咬了一口，才問：「這是五毒餅呀！有毒啊？」

老人歎著氣笑了笑：「上邊的蠍子、蜈蚣，都是模子磕出來的，沒有毒！」

瑞宣在一旁看著，起初是可憐孩子們——自從北平陷落，孩子們什麼也吃不到。待了一會兒，他忽然悟出一點道理來：「怪不得有人作漢奸呢，好吃好喝到底是人生的基本享受呀！有好吃的，小孩子便笑得和小天使一般可愛了！」他看著小順兒，點了點頭。

「爸！」小順兒從點心中挪動著舌頭：「你幹嗎直點頭呀？」小妞子怕大人說她專顧了吃，也莫名其妙的問了聲：「點頭？」

瑞宣慘笑了一下，不願回答什麼。假若他要回答，他必定是說：「可是，我不能為孩子們的笑容而出賣了靈魂！」他不像老二那麼心中存不住事。他不想馬上告訴家中，他已找到了新的位置。假若在太平年月，他一定很高興得到那個位置，因為既可以多掙一點錢，又可以天天有說英語的機會，還可以看到外國書籍雜誌，和聽外國語的廣播。現在，他還看見了這些便利，可是高興不起來。他總覺得放棄了那群學生是件不勇敢不義氣，和逃避責任的事。假若一告訴家中，他猜得到，大家必定非常的歡喜，而大家的歡喜就會更增多他的慚愧與苦痛。

但是，看到幾塊點心會招出老的小的那麼多的笑容，他壓不住自己的舌頭了。他必須告訴他們，使大家更高興一點。

他把事情說了出來。果然，老人與韻梅的喜悅正如同他猜想到的那麼多。三言五語之間，消息便傳到了南屋。媽媽興奮得立刻走過來，一答一和的跟老公公提起她怎樣在老大初作事掙錢的那一天，她一夜沒能閉眼，和怎樣在老二要去作事的時候，她連夜給他趕作一雙黑絨的布底鞋，可是鞋已作好，老二竟自去買了雙皮鞋，使她難受了兩三天。

兒媳婦的話給了老公公一些靈感，祁老人的話語也開了閘。他提起天祐壯年時候的事，使大家好像聽著老年的故事，而忘了天祐是還活著的人。他所講的連天祐太太還有不知道的，這使老人非常的得意，不管故事的本身有趣與否，它的年代已足使兒媳婦的陳穀子爛芝麻減色不少。

韻梅比別人都更歡喜。幾個月來，為了一家大小的吃穿，她已受了不知多少苦處。現在可好了，丈夫有了洋事。她一眼看到還沒有到手的洋錢，而洋錢是可以使她不必再掀心缸裡的米與孩子腳上的鞋襪的。她不必再罵日本人。日本人即使還繼續佔據著北平，也與她無關了！聽著老人與婆婆「講古」，她本來也有些生兒養女的經驗，也值得一說，可是她沒敢開口，因為假若兩位老親講的是古樹，她的那點經驗也不過是一點剛長出的綠苗兒。她想，丈夫既有了可靠的收入，一家人就能和和氣氣的過日子，等再過二三十年，她便也可以安坐炕上，對兒女們講古了。

瑞宣聽著看著，心中難過，而不敢躲開。看著，聽著是他的責任！看別人發笑，他還得陪著笑一下，或點點頭。他想起山木教官。假若山木死了愛子也不能落淚，他自己就必須在城已亡的時候還陪著老人們發笑。全民族的好戰狂使山木像鐵石那樣無情，全民族的傳統的孝悌之道使他自己過分的多情——甚至於可以不管國家的危亡！他沒法一狠心把人倫中的情義斬斷，可是也知道家庭之累使他，或者還有許多人，耽誤了報國的大事！他難過，可是沒有矯正自己的辦法；一個手指怎能撥轉得動幾千年的文化呢？

好容易二位老人把話說到了一個段落，瑞宣以為可以躲到自己屋裡休息一會了。可是祁老人要上街去看看，為是給兒子天祐送個信，教兒子也喜歡喜歡。小順兒與妞子也都要去，而韻梅一勁兒說老人招呼不了兩個淘氣精。瑞宣只好陪了去。他問小順兒：

「你們不是剛剛上過北海嗎？」意思是教孩子們不必跟去了。

「還說呢！」韻梅答了話：「剛才都哭了一大陣啦！二爺願意帶著他們，胖嬸兒嫌麻煩，不准他們去，你看兩個小人兒這個哭哇！」

瑞宣又沒了話，帶孩子們出去也是一種責任！

幸而，老少剛一出門，遇上了小崔。瑞宣實在不願再走一趟，於是把老人和孩子交給了小崔：「崔爺，你拉爺爺去好不好？上鋪子。越慢走越好！小順兒，妞子，你們好好的坐著，不准亂鬧！崔爺，要沒有別的買賣，就再拉他們回來。」

小崔點了頭。瑞宣把爺爺攙上車；小崔把孩子們抱了上去，而後說說笑笑的拉了走。

瑞宣鬆了一口氣。

老太太在棗樹下面，看樹上剛剛結成的像嫩豌豆的小綠棗兒呢。瑞宣由門外回來，看到母親在樹下，他覺得很新奇。棗樹的葉子放著淺綠的光，老太太的臉上非常的黃，非常的靜，他好像是看見了一幅什麼靜美而又動心的畫圖，他想起往日的母親。拿他十幾歲時或二十歲時的母親和現在的母親一比，他好像不認識她了。他楞住，呆呆的看著她。她慢慢的從小綠棗子上收回眼光，看了看他。她的眼深深的陷在眶兒裡，眼珠有點癟而癡呆，可是依然露出仁慈與溫柔——她的眼睛改了樣兒，而神韻還沒有變，她還是母親。瑞宣忽然感到心中有點發熱，他恨不能過去拉住她的手，叫一聲媽，把她的仁慈與溫柔都叫出來，也把她的十年前或二十年前的眼睛與一切都叫回來。假若那麼叫出一聲媽來，他想自己必定會像小順兒與妞子那樣天真，把心中的委屈全一股腦兒傾瀉出來，使心中痛快一回！可是，他沒有叫出來，他的三十多歲的嘴已經不會天真的叫媽了。

「瑞宣！」媽媽輕輕的叫，「你來，我跟你說幾句話兒！」她的聲音是那麼溫柔，好像有一點央求他的意思。

他極親熱的答應了一聲。他不能拒絕媽媽的央求。他知道老二老三都不在家，媽媽一定覺得十分寂寞。他很慚愧自己為什麼早沒想到這一點，而多給母親一點溫暖與安慰。他隨著媽媽進了南屋。

「老大！」媽媽坐在炕沿上，帶著點不十分自然的笑容說：「你找到了事，可是我看你並不怎麼高興，是不是？」

「嗯——」老大為了難，不知怎樣回答好。

「說實話，跟我還不說實話嗎？」

「對啦，媽！我是不很高興！」

「為什麼？」老太太又笑了笑，彷彿是表示，無論兒子怎樣回答，她是不會生氣的。

老大曉得不必說假話了。「媽，我為了家就為不了國，為了國就為不了家！幾個月來，我為了這個就老不高興，現在還是不高興，將來我想我也不會高興。我覺得國家遇到這麼大的事，而我沒有去參加，真是個——是個——」他想不出恰當的字來，而半羞半無聊的笑了一下。

老太太楞了半天，而後點了點頭：「我明白！我和祖父連累了你！」

「我自己還有老婆兒女！他們也得仗著我活著！」

「是不是有人常嘲笑你？說你膽小無能？」

「沒有！我的良心時時刻刻的嘲笑我！」

「嗯！我，我恨我還不死，老教你吃累！」

「媽！」

「我看出來了，日本鬼子是一時半會兒不會離開北平的。有他們在這兒，你永遠不會高興！我天天扒著玻璃瞄著你，你是我的大兒子，你不高興，我心裡也不會好受！」

瑞宣半天沒說出話來。在屋中走了兩步，他無聊的笑了一下：「媽，你放心吧！我慢慢的就高興了！」

「你？」媽媽也笑了一下。「我明白你！」

瑞宣的心疼了一下，什麼也說不來了。

媽媽也不再出聲。

最後，瑞宣搭訕著說了聲：「媽，你躺會兒吧！我去寫封信！」他極困難的走了出來。

回到自己屋中，他不願再想媽媽的話，因為想到什麼時候也總是那句話，永遠沒有解決的辦法。他只會敷衍環境，而不會創造新的局面，他覺得他的生命是白白的糟蹋了。

他的確想寫信，給學校寫信辭職。到了自己屋中，他急忙的就拿起筆來。他願意換一換心思，好把母親的話忘了。可是，拿著筆，他寫不下去。他想應當到學校去，和學生們再見一面。他應當囑告學生們：能走的，走，離開北平！不能走的，要好好的讀書，儲蓄知識；中國是亡不了的，你們必須儲蓄知識，將來好為國家盡力。你們不要故意的招惹日本人，也不要甘心作他們的走狗；你們須忍耐，堅強的沉毅的忍耐，心中永別忘了復仇雪恥！

他把這一段話翻來覆去的說了多少遍。他覺得只有這麼交代一下，他才可以贖回一點放棄了學生的罪過。可是，他怎樣去說呢？假若他敢在講堂上公開的說，他馬上必被捕。他曉得各學校裡都有人被捕過。明哲保身在這危亂的時代並不見得就是智慧，可是一旦他被捉去，祖父和母親就一定會愁死。他放下筆，在屋中來回的走。是的，現在日本人還沒捉了他去，沒給他上刑，可是他的口、手，甚至於心靈，已經全上了鎖鐐！走了半天，他又坐下，拿起筆來，寫了封極簡單的信給校長。寫完，封好，貼上郵票，他小跑著把它投在街上的郵筒裡。他怕稍遲疑一下，便因後悔沒有向學生們當面告別，而不願發出那封信去。

快到吃晚飯的時候，小崔把老少三口兒拉了回來。天氣相當的熱，又加上興奮，小順兒和妞子的小臉上全都紅著，紅得發著光。祁老人臉上雖然沒發紅，可是小眼睛裡窩藏著不少的快活。他告訴韻梅：「街上看著好像什麼事也沒有了，大概日本人也不會再鬧到哪裡去吧？」希望在哪裡，錯誤便也在哪裡。老人只盼著太平，所以看了街上的光景就認為平安無事了。

小崔把瑞宣叫到大槐樹底下，低聲的說：「祁先生，你猜我遇見誰了？」

「誰？」

「錢先生！」

「錢——」瑞宣一把抓住小崔的胳臂，把他扯到了門內；關上門，他又重了一聲：「錢先生？」

小崔點了點頭。「我在布舖的對面小茶館裡等著老人家。剛泡上茶，我一眼看到了他！他的一條腿走路有點不方便，走得很慢。進了茶館，屋裡暗，外面亮，他定了定神，好像看不清哪裡有茶桌的樣子。」

「他穿著什麼？」瑞宣把聲音放得很低的問；他的心可是跳得很快。

「一身很髒的白布褲褂！光著腳，似乎是穿著，又像是拖著，一雙又髒又破的布鞋！」

「噢！」瑞宣一想就想到，錢詩人已經不再穿大褂了；一個北平人敢放棄了大褂，才敢去幹真事！

「他胖了還是瘦了？」

「很瘦！那可也許是頭髮欺的。他的頭髮好像有好幾個月沒理過了！頭髮一長，臉不是就顯著小了嗎？」

「有了白的沒有？」

小崔想了想：「有！有！他的眼可是很亮。平日他一說話，眼裡不是老那麼淚汪汪的，笑不唧兒的嗎？現在，他還是那麼笑不唧兒的，可是不淚汪汪的了。他的眼很亮，很乾，他一看我，我就覺得不大得勁兒！」

「沒問他在哪兒住？」

「問了，他笑了笑，不說！我問他好多事，在哪兒住呀？幹什麼呀？金三爺好呀？他都不答腔！他跟我坐在了一塊，要了一碗白開水。喝了口水，他的嘴就開了閘。他的聲音很低，其實那會兒茶館裡並沒有幾個人。」

「他告訴了你什麼？」

「有好多話，因為他的聲音低，又沒有了門牙，我簡直沒有聽明白。我可聽明白了一件，他教我走！」

「上哪兒？」

「當兵去！」

「你怎麼說？」

「我？」小崔的臉紅了。「你看，祁先生，我剛剛找到了個事，怎能走呢？」

「什麼事？」

「你們二爺教我給他拉包月去！既是熟人兒，又可以少受點累，我不願意走！」

「你可是還恨日本人？」

「當然嘍！我告訴了錢先生，我剛剛有了事，不能走，等把事情擱下了再說？」

「他怎麼說？」

「他說？等你把命丟了，可就晚了！」

「他生了氣？」

「沒有！他教我再想一想！」像唯恐瑞宣再往下釘他似的，他趕緊的接著說：「他還給了我一張神符！」他從衣袋中掏出來一張黃紙紅字的五雷神符。「我不知道給我這個幹嗎？五月節貼神符，不是到晌午就揭下來嗎？現在天已經快黑了！」瑞宣把神符接過來，打開，看了看正面，而後又翻過來，看看背面，除了紅色印的五雷訣與張天師的印，他看不到別的。

「崔爺，把它給我吧？」

「拿著吧，祁先生！我走啦！車錢已經給了。」說完，他開開門，走出去，好像有點怕瑞宣再問他什麼的樣子。

掌燈後，他拿起那張神符細細的看，在背面，他看見了一些字。那些字也是紅的，寫在神符透過來的紅色上；不留神看，那只是一些紅的點子與道子，比透過來的紅色重一些。

就近了燈光，他細細的看，他發現了一首新詩：

用滴著血的喉舌，我向你們懇求：

離開那沒有國旗的家門吧，別再戀戀不捨！

國家在呼喚你們，

像慈母呼喚她的兒女！

去吧，脫去你們的長衫，長衫會使你們跌倒——跌入了墳墓！

在今天，你們的禮服應當是軍裝，你們的國土不是已經變成戰場？

離開這已經死去的北平，你們才會凱旋；

留在這裡是陪伴著棺木！

抵抗與流血是你們的，最光榮的徽章，

為了生存，你們須把它掛在胸上！

要不然，你們一樣的會死亡，死亡在恥辱與饑寒上！

走吧，我向你們央告！

多走一個便少一個奴隸，多走一個便多添一個戰士！

走吧，國家在呼喚你，國——家——在——呼——喚——你！

看完，瑞宣的手心上出了汗。真的，這不是一首好的詩，可是其中的每一個字都像個極鋒利的針，刺著他的心！他就是不肯脫去長衫，而甘心陪伴著棺木的，無恥的，人！那不是一首好詩，可是他沒法把它放下。不大一會兒，他已把它念熟。念熟又怎樣呢？他的臉上發了熱。

「小順兒，叫爸爸吃飯！」韻梅的聲音。

「爸！吃飯！」小順兒尖銳的叫。

瑞宣渾身顫了一下，把神符塞在衣袋裡。

第四十章　文化的真實力量

瑞宣一夜沒有睡好。天相當的熱，一點風沒有，像憋著暴雨似的。躺在床上，他閉不上眼。在黑暗中，他還看見錢老人的新詩，像一群小的金星在空中跳動。他決定第二天到小崔所說的茶館去，去等候錢詩人，那放棄了大褂與舊詩的錢詩人。他一向欽佩錢先生，現在，他看錢先生簡直的像釘在十字架上的耶穌。

真的，耶穌並沒有怎麼特別的關心國事與民族的解放，而只關切著人們的靈魂。可是，在敢負起十字架的勇敢上說，錢先生卻的確值得崇拜。不錯，錢先生也許只看到了眼前，而沒看到「永生」，可是沒有今天的犧牲與流血，又怎能談到民族的永生呢？

他知道錢先生必定會再被捕，再受刑。但是他也想像得到錢先生必會是很快樂——甘心被捕，甘心受刑，只要有一口氣，就和敵人爭鬥！這是個使人心中快活的決定，錢先生找到了這個決定，眼前只有一條道兒，不必瞻前顧後的，徘徊歧路；錢先生有了「信心」，也就必定快活！

他自己呢？沒有決定，沒有信心，沒有可以一直走下去的道路！他或者永遠不會被捕，不會受刑，可是也永遠沒有快樂！他的「心」受著苦刑！他切盼看到錢先生，暢談一回。自從錢先生離開小羊圈，瑞宣就以為他必定離開了北平。他沒想到錢先生會還在敵人的鼻子底下作反抗的工作。是的，他想得到錢先生的腿不甚便利，不能遠行。可是，假若老先生沒有把血流在北平的決心，就是腿掉了一條也還會逃出去的。老人是故意要在北平活動，和流盡他的血。這樣想清楚，他就更願意看到老人。

見到老人，他以為，他應當先給他磕三個頭！老人所表現的不只是一點點報私仇的決心，而是替一部文化史作正面的證據。錢先生是地道的中國人，而地道的中國人，帶著他的詩歌、禮義、圖畫、道德，是會為一個信念而殺身成仁的。藍東陽、瑞豐，與冠曉荷，沒有錢先生的那樣的學識與修養，而只知道中國飯好吃，所以他們只看見了飯，而忘了別的一切。文化是應當用篩子篩一下的，篩了以後，就可以看見下面的是土與渣滓，而剩下的是幾塊真金。錢詩人是金子，藍東陽們是土。

想到這裡，瑞宣的心中清楚了一點，也輕鬆了一點。他看到了真正中國的文化的真實力量，因為他看見一塊金子。不，不，他決定不想復古。他只是從錢老人身上看到了不必再懷疑中國文化的證據。有了這個證據，中國人才能自信。有了自信，才能再進一步去改善——一棵松樹修直了才能成為棟樑，一株臭椿，修直了又有什麼用呢？他一向自居為新中國人，而且常常和富善先生辯論中國人應走的道路——他主張必定剷除了舊的，樹立新的。今天他才看清楚，舊的，像錢先生所有的那一套舊的，正是一種可以革新的基礎。反之，若把瑞豐改變一下，他至多也不過改穿上洋服，像條洋狗而已。有根基的可以改造，一片荒沙改來改去還是一片荒沙！

他願把這一點道理說給錢先生聽。他切盼明天可以見到錢先生。

可是，當他次日剛剛要出去的時候，他被堵在了院中。丁約翰提著兩瓶啤酒，必恭必敬的擋住了瑞宣的去路。約翰的虔敬與謙卑大概足以感動了上帝。「祁先生，」他鞠了個短，硬，而十分恭敬的躬，「我特意的請了半天的假，來給先生道喜！」

瑞宣從心裡討厭約翰，他以為約翰是百年來國恥史的活證據——被外國人打怕，而以媚外為榮！他楞在了那裡，不曉得怎樣應付約翰才好。他不願把客人讓進屋裡去，他的屋子與茶水是招待李四爺，小崔，與孫七爺的；而不願教一位活的國恥玷污了他的椅凳與茶杯。

丁約翰低著頭，上眼皮挑起，偷偷的看瑞宣。他看出瑞宣的冷淡，而一點沒覺得奇怪，他以為瑞宣既能和富善先生平起平坐，那就差不多等於和上帝呼兄喚弟；他是不敢和上帝的朋友鬧氣的。「祁先生，您要是忙，我就不進屋裡去了！我給您拿來兩瓶啤酒，小意思，小意思！」

「不！」瑞宣好容易才找到了聲音。「不！我向來不收禮物！」

丁約翰吞著聲說：「祁先生！以後諸事還都得求您照應呢！我理當孝敬您一點小——小意思！」

「我告訴你吧，」瑞宣的輕易不紅的臉紅起來，「我要是能找到別的事，我決不吃這口洋飯，這沒有什麼可喜的，我倒真的應當哭一場，你明白我的意思？」

丁約翰沒明白瑞宣的意思，他沒法兒明白。他只能想到瑞宣是個最古怪的人，有了洋事而要哭！「您看！您看！」他找不到話說了。

「謝謝你！你拿走吧！」瑞宣心中很難受，他對人沒有這樣不客氣過。

約翰無可如何的打了轉身。瑞宣也往外走。「不送！那不敢當！不敢當！」約翰橫攔著瑞宣。瑞宣也不好意思說：「不是送你，我是要出門。」瑞宣只好停住了腳，立在院裡。

立了有兩分鐘，瑞宣又往外走。迎頭碰到了劉師傅。劉師傅的臉板得很緊，眉皺著一點。「祁先生，你要出去？我有兩句要緊的話跟你講！」他的口氣表示出來，不論瑞宣有什麼要緊的事，也得先聽他說話。

瑞宣把他讓進屋裡來。

剛坐下，劉師傅就開了口，他的話好像是早已擠在嘴邊上的。「祁先生，我有件為難的事！昨天我不是上北海去了嗎？雖然我沒給他們耍玩藝，我心裡可是很不好過！你知道，我們外場人都最講臉面；昨天我姓劉的可丟了人！程長順——我知道他是小孩子，說話不懂得輕重——昨天那一問，我恨不能當時找個地縫鑽了進去！昨天我連晚飯都沒吃好，難過！晚飯後，我出去散散悶氣，我碰見了錢先生！」

「在哪兒？」瑞宣的眼亮起來。

「就在那邊的空場裡！」劉師傅說得很快，彷彿很不滿意瑞宣的打岔。「他好像剛從牛宅出來。」

「從牛宅？」

劉師傅沒管瑞宣的發問，一直說了下去：「一看見我他就問我幹什麼呢。沒等我回答，他就說，你為什麼不走呢？又沒等我開口，他說：北平已經是塊絕地，城裏邊只有鬼，出了城才有人！我不十分明白他的話，可是大概的猜出一點意思來。我告訴了他我自己的難處，我家裡有個老婆。他笑了笑，教我看看他，他說：我不單有老婆，還有兒子呢！現在，老婆和兒子哪兒去了呢？怕死的必死，不怕死的也許能活，他說。末了，他告訴我，你去看看祁先生，看他能幫助你不能。說完，他就往西廊下走了去。走出兩步，他回過頭來說：問祁家的人好！祁先生，我溜溜的想了一夜，想起這麼主意：我決定走！可是家裡必定得一月有六塊錢！按現在的米麵行市說，她有六塊錢就足夠給房錢和吃窩窩頭的。以後東西也許都漲價錢，誰知道！祁先生，你要是能夠每月接濟她六塊錢，我馬上就走！還有，等到東西都貴了的時候，你可以教她過來幫祁太太的忙，只給她兩頓飯吃就行了！這可都是我想出來的，你願意不願意，可千萬別客氣！」劉師傅喘了口氣。「我願意走，在這裡，我早晚得憋悶死！出城進城，我老得給日本兵鞠躬，沒事兒還要找我去耍獅子，我受不了！」

瑞宣想了一會兒，笑了笑：「劉師傅，我願意那麼辦！我剛剛找到了個事情，一月六塊錢也許還不至於太教我為難！不過，將來怎樣，我可不能說準了！」

劉師傅立起來，吐了一大口氣。「以後的事，以後再說吧！只要現在我準知道你肯幫忙，我走著就放心了！祁先生，我不會說什麼，你是我的恩人！」他作了個扯天扯地的大揖。

「就這麼辦啦！只要薪水下來，我就教小順兒的媽把錢送過去！」

「我們再見了！祁先生！萬一我死在外邊，你可還得照應著她呀！」

「我盡我的力！我的問題要像你的這麼簡單，我就跟你一塊兒走！」

劉師傅沒顧得再說什麼，匆匆的走出去，硬臉上發著點光。

瑞宣的心跳得很快。鎮定了一下，他不由的笑了笑。自從七七抗戰起，他覺得只作了這麼一件對得起人的事。他願意馬上把這件事告訴給錢先生。他又往外走。剛走到街門，迎面來了冠曉荷、大赤包、藍東陽、胖菊子，和丁約翰。他知道丁約翰必定把啤酒供獻給了冠家，而且向冠家報告了他的事情。胖菊子打了個極大的哈欠，嘴張得像一個紅的勺。藍東陽的眼角上堆著兩堆屎，嘴唇上裂開不少被煙捲燒焦的皮。他看出來，他們大概又「打」了個通夜。

大赤包首先開了口，她的臉上有不少皺紋，而臨時抹了幾把香粉，一開口，白粉直往下落。她把剩餘的力氣都拿了出來，聲音雄壯的說：「你可真行！祁大爺！你的嘴比蛤蜊還關得緊！找到那麼好的事，一聲兒都不出，你沉得住氣！佩服你！說吧，是你請客，還是我們請你？」

曉荷在一旁連連的點頭，似乎是欣賞太太的詞令，又似乎向瑞宣表示欽佩。等太太把話說完，他恭敬而靈巧的向前趕了一步，拱起手來，笑了好幾下，才說：「道喜！道喜！哼，別看咱們的胡同小啊，背鄉出好酒！內人作了日本官，你先生作了英國官，咱們的小胡同簡直是國際聯盟！」

瑞宣恨不能一拳一個都把他們打倒，好好的踢他們幾腳。可是，他不會那麼撒野。他的禮貌永遠捆著他的手腳。他說不上什麼來，只決定了不往家中讓他們。

可是，胖菊子往前挪了兩步。「大嫂呢？我去看看她，給她道喜！」說完，她擠了過來。

瑞宣沒法不准自家人進來，雖然她的忽然想起大嫂使他真想狠狠的捶她幾捶。

她擠進來，其餘的人也就魚貫而入。丁約翰也又跟進來，彷彿是老沒把瑞宣看夠似的。

藍東陽始終沒開口。他恨瑞豐，現在也恨瑞宣。誰有事情作，他恨誰。可是，恨儘管恨，他可是在發洩恨怨之前要忍氣討好。他跟著大家走進來，像給一個不大有交情的人送殯似的。

祁老太爺和天祐太太忽然的漲了價錢。大赤包與冠曉荷直像鬧洞房似的，走進老人們的屋子，一口一個老爺子與老太太。小順兒與妞子也成了小寶貝。藍東陽在冠家夫婦身後，一勁兒打哈欠，招得大赤包直瞪他。丁約翰照常的十分規矩，而臉上有一種無可形容的喜悅，幾乎使他顯出天真與純潔。胖菊子特意的跑到廚房去慰問韻梅，一聲聲的大嫂都稍微有點音樂化了——她的嗓音向來是怪難聽的。

祁老人討厭冠家人的程度是不減於瑞宣的。可是，今天冠氏夫婦來道喜，他卻真的覺到歡喜。他最發愁的是家人四散，把他親手建築起來的四世同堂的堡壘拆毀，今天，瑞宣有了妥當的事作，雖然老二與小三兒搬了出去，可是到底四世同堂還是四世同堂。只要瑞宣老不離家，四世同堂便沒有拆毀之虞。為了這個，他沒法不表示出心中的高興。

天祐太太明白大兒子的心理，所以倒不願表示出使瑞宣不高興的喜悅來。她只輕描淡寫的和客人們敷衍了幾句，便又躺在炕上。

韻梅很為難。她曉得丈夫討厭冠家的人與胖嬸子，她可是又不便板起臉來得罪人。得罪人，在這年月，是會招來禍患的。即使不提禍患，她也不願欺騙大家，說這是不值得慶賀的。她是主婦，她曉得丈夫有固定的收入是如何重要。她真想和胖嬸子掰開揉碎的談一談家長裡短，說說豬肉怎樣不好買，和青菜怎樣天天漲價兒。儘管胖嬸子不是好妯娌，可是能說一說油鹽醬醋的問題，也許就有點作妯娌的樣兒了。可是，她不敢說，怕丈夫說她膚淺，愛說閒話。她只好把她最好聽的北平話收在喉中，而用她的大眼睛觀察大家的神色，好教自己的笑容與眼神都不出毛病。

瑞宣的臉越來越白了。他不肯和這一夥人多敷衍，而又沒有把他們趕出門去的決心與勇氣。他差不多要恨自己的軟弱無能了。

大赤包把院中的人都慰問完了，又出了主意：「祁大爺！你要是不便好事請客，我倒有個主意。這年月，我們都不該多鋪張，真的！但是，有喜事不熱鬧一下，又太委屈。好不好咱們來它兩桌牌？大家熱鬧一天？這不是我的新發明，不過現在更應該提倡就是啦。兩桌牌抽的頭兒，管保夠大家吃飯喝酒的。你不必出錢，我們也免得送禮，可是還能有吃有喝的玩一天，不是怪好的辦法嗎？」

「是呀！」曉荷趕緊把太太的理論送到實際上來：「我們夫婦，東陽，瑞豐夫婦，已經是五位了，再湊上三位就行了。好啦，瑞宣，你想約誰？」

「老太爺不准打牌，這是我們的家教！」瑞宣極冷靜的說。

大赤包的臉上，好像落下一張幕來，忽然發了暗。她的美意是向來不准別人拒絕的。

曉荷急忙的開了口：「這裡不方便，在我們那兒！瑞宣，你要是在我們那裡玩一天，實在是我們冠家的光榮！」瑞宣還沒回出話來，瑞豐小跑著跑進來。瑞豐的嘴張著，腦門上有點汗，小乾臉上通紅。跑進來，他沒顧得招呼別人，一直奔了大哥去。「大哥！」這一聲「大哥」叫得是那麼動人，大家立刻都沉靜下來，胖菊子幾乎落了淚。

「大哥！」老二又叫了聲，彷彿別的話都被感情給堵塞住了似的。喘了兩口氣，他才相當順利的說出話來：「幸而我今天到鋪子看看父親，要不然我還悶在罐兒裡呢？好傢伙，英國大使館！你真行，大哥！」顯然的，他還有許多話要說，可是感情太豐富了，他的心裡因熱烈而混亂，把話都忘了。瑞宣楞起來。楞了一會兒，他忽然的笑了。對這群人，他沒有別的任何辦法，除了冷笑。他本想抓住老二，給老二兩句極難聽的話，自然，他希望，別人也就「知難而退」了。可是，他把話收住了——他知道甘心作奴隸的人是不會因為一兩句不悅耳的話而釋放了他的，何苦多白費唇舌呢。韻梅看出丈夫的為難與難堪。她試著步兒說：「你不是還得到東城去嗎？」

大赤包首先領略到這個暗示，似惱非惱的說：「得啦，咱們別耽誤了祁先生的正事，走吧！」

「走？」瑞豐像受了一驚似的，「大哥，你真的就不去弄點酒來，大家喝兩口兒？」

瑞宣又沒出聲。他覺得不出聲不單效果大，而且能保持住自己的尊嚴。

「老二，」祁大嫂笑著扯謊：「他真有事！改天我給你烙餡兒餅吃！」

大赤包沒等瑞豐再開口，就往外走。大家都怪不得勁的跟隨著她。瑞宣像陪著犯人到行刑場去似的往外送。小崔頭一天給瑞豐拉包月。他可是沒把車停在祁家門外，他怕遇到冠家的人。把車停在西邊的那株大槐樹下面，他臉朝北坐著。大家由祁家出來，他裝作沒看見。等他們都進了冠家，他箭頭似的奔過瑞宣來。

「祁先生！這倒巧！」他很高興的說：「我剛剛拉上包月，聽說你也找到好事啦！道個喜吧！」他作了個揖。

瑞宣慘笑了一下。他想告訴小崔幾句真話。小崔，在他看，是比冠家那一群強的多，順眼的多了。「崔爺，別喜歡吧！你知道，咱們還是在日本人的手心兒裡哪！」

小崔想了想，又說：「可是，祁先生，要不是因為鬧小日本兒，咱們不是還許得不到好事哪嗎？」

「崔爺！你可別怪我說直話！你的想法差不多跟他們一樣了！」瑞宣指了指冠家。

「我，我，」小崔噎了一口氣，「我跟他們一樣？」

「你慢慢的想一想吧！」瑞宣又慘笑了一下，走進門去。

小崔又坐在車上，伸著頭向綠槐葉發楞。

冠家的客廳中今天沒有客人，連高亦陀與李空山都沒有來。節前，三個招待室都擠滿了人，曉荷立了一本收禮與送禮的賬本，到現在還沒完全登記完畢。今天，已經過了節，客人們彷彿願意教「所長」休息一天。

大赤包一進門便坐在她的寶座上，吐了一口長氣。「瑞豐！他簡直不像是你的同胞弟兄！怎那麼彆扭呢？我沒看見過這樣的人！」

「倒也別說，」曉荷一閉眼，從心中挖出一小塊智慧來。「一龍生九種，種種不同！」

「說真的，」瑞豐感歎著說：「我們老大太那個！我很擔心哪。他的這個好事又混不了好久！他空有那麼好的學問，英文說的和英國人一個味兒，可是社會上的事兒一點都不知道，這可怎麼好！憑他，鬧著玩似的就能拿個教育局局長，他可是老板著臉，見著日本人他就不肯鞠躬！沒辦法！沒辦法！」大家都歎了口氣。藍東陽已咧著嘴昏昏的睡去。

丁約翰輕嗽了一下。大家知道這不僅是輕嗽，於是把眼睛都轉向他來。他微帶歉意的笑了笑，而後說：「不過，祁先生的辦法也有來歷！英國人都是那麼死板板！他是英國派兒，所以才能進了英國府！我不知道，我說的對不對！」

曉荷轉了好幾下眼珠，又點了點頭：「這話對！這話對！唱花臉的要暴，唱花旦的要媚，手法各有不同！」

「嗯！」大赤包把舌頭咂了一下，咂摸出點味道：「要這麼說，我們可就別怪他了！他有他的路子！」

「這，我倒沒想到！」瑞豐坦白的說。「隨他去吧！我反正管不了他！」

「他也管不了你！」胖菊子又打了個哈欠。

「說的好！好！」曉荷用手指尖「鼓掌」。「你們祁家弟兄是各有千秋！」

第四十一章　點起自己心上的燈

在太平年月，北平的夏天是很可愛的。從十三陵的櫻桃下市到棗子稍微掛了紅色，這是一段果子的歷史——看吧，青杏子連核兒還沒長硬，便用拳頭大的小蒲簍兒裝起，和「糖稀」一同賣給小姐與兒童們。慢慢的，杏子的核兒已變硬，而皮還是綠的，小販們又接二連三的喊：「一大碟，好大的杏兒嘍！」這個呼聲，每每教小兒女們口中饞出酸水，而老人們只好摸一摸已經活動了的牙齒，慘笑一下。

不久，掛著紅色的半青半紅的「土」杏兒下了市。而吆喝的聲音開始音樂化，好像果皮的紅美給了小販們以靈感似的。而後，各種的杏子都到市上來競賽：有的大而深黃，有的小而紅艷，有的皮兒粗而味厚，有的核子小而爽口——連核仁也是甜的。最後，那馳名的「白杏」用綿紙遮護著下了市，好像大器晚成似的結束了杏的季節。

當杏子還沒斷絕，小桃子已經歪著紅嘴想取而代之。杏子已不見了。各樣的桃子，圓的，扁的，血紅的，全綠的，淺綠而帶一條紅脊椎的，硬的，軟的，大而多水的，和小而脆的，都來到北平給人們的眼、鼻、口，以享受。紅李、玉李、花紅和虎拉車，相繼而來。人們可以在一個擔子上看到青的紅的，帶霜的發光的，好幾種果品，而小販得以充分的施展他的喉音，一口氣吆喝出一大串兒來——「買李子耶，冰糖味兒的水果來耶；喝了水兒的，大蜜桃呀耶；脆又甜的大沙果子來耶——」

每一種果子到了熟透的時候，才有由山上下來的鄉下人，背著長筐，把果子遮護得很嚴密，用拙笨的，簡單的呼聲，隔半天才喊一聲：大蘋果，或大蜜桃。他們賣的是真正的「自家園」的山貨。他們人的樣子與貨品的地道，都使北平人想像到西邊與北邊的青山上的果園，而感到一點詩意。

梨、棗和葡萄都下來的較晚，可是它們的種類之多與品質之美，並不使它們因遲到而受北平人的冷淡。北平人是以他們的大白棗、小白梨與牛乳葡萄傲人的。看到梨棗，人們便有「一葉知秋」之感，而開始要曬一曬裌衣與拆洗棉袍了。

在最熱的時節，也是北平人口福最深的時節。果子以外還有瓜呀！西瓜有多種，香瓜也有多種。西瓜雖美，可是論香味便不能不輸給香瓜一步。況且，香瓜的分類好似有意的「爭取民眾」——那銀白的，又酥又甜的「羊角蜜」假若適於文雅的仕女吃取，那硬而厚的，綠皮金黃瓤子的「三白」與「哈蟆酥」就適於少壯的人們試一試嘴勁，而「老頭兒樂」，顧名思義，是使沒牙的老人們也不至向隅的。

在端陽節，有錢的人便可以嘗到湯山的嫩藕了。趕到遲一點鮮藕也下市，就是不十分有錢的，也可以嘗到「冰碗」了——一大碗冰，上面覆著張嫩荷葉，葉上托著鮮菱角、鮮核桃、鮮杏仁、鮮藕，與香瓜組成的香、鮮、清、冷的，酒菜兒。就是那吃不起冰碗的人們，不是還可以買些菱角與雞頭米，嘗一嘗「鮮」嗎？

假若仙人們只吃一點鮮果，而不動火食，仙人在地上的洞府應當是北平啊！

天氣是熱的，可是一早一晚相當的涼爽，還可以作事。會享受的人，屋裡放上冰箱，院內搭起涼棚，他就會不受到暑氣的侵襲。假若不願在家，他可以到北海的蓮塘裡去划船，或在太廟與中山公園的老柏樹下品茗或擺棋。「通俗」一點的，什剎海畔藉著柳樹支起的涼棚內，也可以爽適的吃半天茶，咂幾塊酸梅糕，或呷一碗八寶荷葉粥。願意灑脫一點的，可以拿上釣竿，到積水灘或高亮橋的西邊，在河邊的古柳下，作半日的垂釣。好熱鬧的，聽戲是好時候，天越熱，戲越好，名角兒們都唱雙出。

夜戲散台差不多已是深夜，涼風兒，從那槐花與荷塘吹過來的涼風兒，會使人精神振起，而感到在戲園受四五點鐘的悶氣並不冤枉，於是便哼著《四郎探母》什麼的高高興興的走回家去。天氣是熱的，而人們可以躲開它！在家裡，在公園裡，在城外，都可以躲開它。假若願遠走幾步，還可以到西山臥佛寺、碧雲寺，與靜宜園去住幾天啊。就是在這小山上，人們碰運氣還可以在野茶館或小飯舖裡遇上一位御廚，給作兩樣皇上喜歡吃的菜或點心。

就是在祁家，雖然沒有天棚與冰箱，沒有冰碗兒與八寶荷葉粥，大家可也能感到夏天的可愛。祁老人每天早晨一推開屋門，便可以看見他的藍的，白的，紅的，與抓破臉的牽牛花，帶著露水，向上仰著有蕊的喇叭口兒，好像要唱一首榮耀創造者的歌似的。他的倭瓜花上也許落著個紅的蜻蜓。他沒有上公園與北海的習慣，但是睡過午覺，他可以慢慢的走到護國寺。那裡的天王殿上，在沒有廟會的日子，有評講《施公案》或《三俠五義》的；老人可以泡一壺茶，聽幾回書。那裡的殿宇很高很深，老有溜溜的小風，可以教老人避暑。等到太陽偏西了，他慢慢的走回來，給小順兒和妞子帶回一兩塊豌豆黃或兩三個香瓜。小順兒和妞子總是在大槐樹下，一面揀槐花，一面等候太爺爺和太爺爺手裡的吃食。

老人進了門，西牆下已有了蔭涼，便搬個小凳坐在棗樹下，吸著小順兒的媽給作好的綠豆湯。晚飯就在西牆兒的蔭涼裡吃。菜也許只是香椿拌豆腐，或小蔥兒醃王瓜，可是老人永遠不挑剔。他是苦裡出身，覺得豆腐與王瓜是正合他的身分的。飯後，老人休息一會兒，就拿起瓦罐和噴壺，去澆他的花草。作完這項工作，天還沒有黑，他便坐在屋簷下和小順子們看飛得很低的蝙蝠，或講一兩個並沒有什麼趣味，而且是講過不知多少遍數的故事。這樣，便結束了老人的一天。

天祐太太在夏天，氣喘得總好一些，能夠磨磨蹭蹭的作些不大費力的事。當吃餃子的時候，她端坐在炕頭上，幫著包；她包的很細緻嚴密，餃子的邊緣上必定捏上花兒。她也幫著曬菠菜，茄子皮，曬乾藏起去，備作年下作餃子餡兒用。吃倭瓜與西瓜的時候，她必把瓜子兒曬在窗檯上，等到雨天買不到糖兒豆兒的，好給孩子們炒一些，估住他們的嘴。這些小的操作使她暫時忘了死亡的威脅。有時候親友來到，看到她正在作事，就必定過分的稱讚她幾句，而她也就懶懶的回答：「唉，我又活啦！可是，誰知道冬天怎樣呢！」

就是小順兒的媽，雖然在炎熱的三伏天，也還得給大家作飯、洗衣服，可也能抽出一點點工夫，享受一點只有夏天才能得到的閒情逸致。她可以在門口買兩朵晚香玉，插在頭上，給她自己放著香味；或找一點指甲草，用白礬搗爛，拉著妞子的小手，給她染紅指甲。

瑞宣沒有嗜好，不喜歡熱鬧，一個暑假他可充分的享受「清」福，他可以借一本書，消消停停的在北平圖書館消磨多半天，而後到北海打個穿堂，出北海後門，順便到什剎海看一眼。他不肯坐下喝茶，而只在極渴的時候，享受一碗冰鎮的酸梅湯。有時候，他高了興，也許到西直門外的河邊上，賃一領席，在柳蔭下讀讀雪萊或莎士比亞。設若他是帶著小順子，小順子就必撈回幾條金絲荷葉與燈籠水草，回到家中好要求太爺爺給他買兩條小金魚兒。

小順子與妞子的福氣，在夏天，幾乎比任何人的都大。第一，他們可以光著腳不穿襪，而身上只穿一件工人褲就夠了。第二，實在沒有別的好耍了，他們還有門外的兩株大槐樹。揀來槐花，他們可以要求祖母給編兩個小花籃。把槐蟲玩膩了，還可以在樹根和牆角搜索槐蟲變的「金剛」；金剛的頭會轉，一問牠哪是東，或哪是西，牠就不聲不響的轉一轉頭！第三，夏天的飯食也許因天熱而簡單一些，可是廚房裡的王瓜是可以在不得已的時候偷取一根的呀。況且，瓜果梨桃是不斷的有人給買來，小順兒聲明過不止一次：「一天吃三百個桃子，不吃飯，我也幹！」

就是下了大雨，不是門外還有吆喝：「牛筋來豌豆，豆兒來乾又香」的嗎？那是多麼興奮的事呀，小順兒頭上蓋著破油布，光著腳，踩著水，到門口去買用花椒大料煮的豌豆。賣豌豆的小兒，戴著斗笠，褲角捲到腿根兒上，捧著笸籮。豌豆是用小酒盅兒量的，一個錢一小酒盅兒。買回來，坐在床上，和妞子分食；妞子的那份兒一定沒有他的那麼香美，因為妞子沒去冒險到門外去買呀！等到雨晴了，看，成群的蜻蜓在院中飛，天上還有七色的虹啊！

可是，可是，今年這一夏天只有暑熱，而沒有任何其他的好處。祁老人失去他的花草，失去他的平靜，失去到天王殿聽書的興緻。小順兒的媽勸他多少次喝會兒茶解解悶去，他的回答老是「這年月，還有心聽閒書去？」

天祐太太雖然身體好了一點，可是無事可作。曬菠菜嗎？連每天吃的菠菜還買不到呢，還買大批的曬起來？城門三天一關，兩天一閉，青菜不能天天入城。趕到一防疫，在城門上，連茄子倭瓜都被灑上石灰水，一會兒就爛完。於是，關一次城，防一回疫，菜蔬漲一次價錢，弄得青菜比肉還貴！她覺得過這樣的日子大可不必再往遠處想了，過年的時候要吃乾菜餡的餃子？到過年的時候再說吧！誰知道到了新年物價漲到哪裡去，世界變成什麼樣子呢！她懶得起床了。小順兒連門外也不敢獨自去耍了。那裡還有那兩株老槐，「金剛」也還在牆角等著他，可是他不敢再出去。

一號搬來了兩家日本人，一共有兩個男人，兩個青年婦人，一個老太婆，和兩個八九歲的男孩子。自從他們一搬來，首先感到壓迫的是白巡長。冠曉荷儼然自居為太上巡長，他命令白巡長打掃胡同，通知鄰居們不要教小孩子們在槐樹下拉屎撒尿，告訴他槐樹上須安一盞路燈，囑咐他轉告倒水的「三哥」，無論天怎麼旱，井裡怎麼沒水，也得供給夠了一號用的——「告訴你，巡長，日本人是要天天洗澡的，用的水多！別家的水可以不倒，可不能缺了一號的！」

胡同中別的人，雖然沒有受這樣多的直接壓迫，可是精神上也都感到很大的威脅。北平人，因為北平作過幾百年的國都，是不會排外的。小羊圈的人決不會歧視一家英國人或土耳其人。可是，對這兩家日本人，他們感到心中不安；他們知道這兩家人是先滅了北平而後搬來的。他們必須承認他們的鄰居也就是他們的征服者！他們多少聽說過日本人怎樣滅了朝鮮，怎樣奪去台灣，和怎樣虐待奴使高麗與台灣人。現在，那虐待奴使高麗與台灣的人到了他們的面前！況且，小羊圈是個很不起眼的小胡同；這裡都來了日本人，北平大概的確是要全屬於日本人的了！他們直覺的感到，這兩家子不僅是鄰居，而也必是偵探！看一眼一號，他們彷彿是看見了一顆大的延時性的爆炸彈！

一號的兩個男人都是三十多歲的小商人。他們每天一清早必定帶著兩個孩子——都只穿著一件極小的褲衩兒——在槐樹下練早操。早操的號令是廣播出來的，大概全城的日本人都要在這時候操練身體。

七點鐘左右，那兩個孩子，背著書包，像箭頭似的往街上跑去，由人們的腿中拚命往電車上擠。他們不像是上車，而像兩個木橛硬往車裡釘。無論車上與車下有多少人，他們必須擠上去。他倆下學以後，便佔據住了小羊圈的「葫蘆胸」：他們賽跑，他們爬樹，他們在地上滾，他們相打——打得有時候頭破血出。他們想怎麼玩耍便怎麼玩耍，好像他們生下來就是這一塊槐蔭的主人。他們願意爬哪一家的牆，或是用小刀宰哪一家的狗，他們便馬上去作，一點也不遲疑。他們家中的婦人永遠向他們微笑，彷彿他們兩個是一對小的上帝。就是在他們倆打得頭破血出的時候，她們也只極客氣的出來給他們撫摸傷痛，而不敢斥責他們。他們倆是日本的男孩子，而日本的男孩子必是將來的殺人不眨眼的「英雄」。

那兩個男人每天都在早晨八點鐘左右出去，下午五點多鐘回來。他們老是一同出入，一邊走一邊低聲的說話。哪怕是遇見一條狗，他們也必定馬上停止說話，而用眼角撩那麼一下。他們都想挺著胸，目空一切的，走著德國式的齊整而響亮的步子；可是一遇到人，他們便本能的低下頭去，有點自慚形穢似的。

他們不招呼鄰居，鄰居也不招呼他們，他們彷彿感到孤寂，又彷彿享受著一種什麼他們特有的樂趣。全胡同中，只有冠曉荷和他們來往。曉荷三天兩頭的要拿著幾個香瓜，或一束鮮花，或二斤黃花魚，去到一號「拜訪」。他們可是沒有給他送過禮。曉荷唯一的報酬是當由他們的門中出來的時候，他們必全家都送出他來，給他鞠極深的躬。他的躬鞠得比他們的更深。他的鞠躬差不多是一種享受。鞠躬已畢，他要極慢的往家中走，為是教鄰居們看看他是剛由一號出來的，儘管是由一號出來，他還能沉得住氣！即使不到一號去送禮，他也要約摸著在他們快要回來的時候，在槐樹下徘徊，好等著給他們鞠躬。

假若在槐樹下遇上那兩個沒人喜愛的孩子，他也必定向他們表示敬意，和他們玩耍。兩個孩子不客氣的，有時候由老遠跑來，用足了力量，向他的腹部撞去，撞得他不住的咧嘴；有時候他們故意用很髒的手抓弄他的雪白的衣褲，他也都不著急，而仍舊笑著拍拍他們的頭。若有鄰居們走過來，他必定搭訕著說：「兩個娃娃太有趣了！太有趣！」

鄰居們完全不能同意冠先生的「太有趣」。他們討厭那兩個孩子，至少也和討厭冠先生的程度一個樣。那兩個孩子不僅用頭猛撞冠先生，也同樣的撞別人。他們最得意的是撞四大媽，和小孩子們。他們把四大媽撞倒已不止一次，而且把胡同中所有的孩子都作過他們的頭力試驗器。他們把小順兒撞倒，而後騎在他的身上，抓住他的頭髮當作韁繩。小順兒，一個中國孩子，遇到危險只會喊媽！

小順兒的媽跑了出去。她的眼，一看到小順兒變成了馬，登時冒了火。在平日，她不是護犢子的婦人；當小順兒與別家孩子開火的時候，她多半是把順兒扯回家來，絕不把錯過安在別人家孩子的頭上。今天，她可不能再那樣辦。小順兒是被日本孩子騎著呢。假若沒有日本人的攻陷北平，她也許還不這麼生氣，而會大大方方的說：孩子總是孩子，日本孩子當然也會淘氣的。現在，她卻想到了另一條路兒上去，她以為日本人滅了北平，所以日本孩子才敢這麼欺侮人。她不甘心老老實實的把小孩兒扯回來。

她跑了過去，伸手把「騎士」的脖領抓住，一掄，掄出去；騎士跌在了地上。又一伸手，她把小順兒抓起來。拉著小順兒的手，她等著，看兩個小仇敵敢再反攻不敢。兩個日本孩子看了看她，一聲沒出的開始往家中走。她以為他們必是去告訴大人，出來講理。她等著他們。他們並沒出來。她鬆了點勁兒，開始罵小順兒：「你沒長著手嗎？不會打他們嗎？你個膿包！」小順兒又哭了，哭得很傷心。「哭！哭！你就會哭！」她氣哼哼的把他扯進家來。

祁老人不甚滿意韻梅這樣樹敵，她更掛了火。對老人們，她永遠不肯頂撞；今天，她好像有一股無可控制的怒氣，使她忘了平日的規矩。是的，她的聲音並不高，可是誰也能聽得出她的頑強與盛怒：「我不管！他們要不是日本孩子，我還許笑一笑就拉倒了呢！他們既是日本孩子，我倒要鬥鬥他們！」

老人見孫媳婦真動了氣，沒敢再說什麼，而把小順兒拉到自己屋中，告訴他：「在院裡玩還不行嗎？幹嗎出去惹事呢？他們厲害呀，你別吃眼前虧呀，我的乖乖！」

晚間，瑞宣剛一進門，祁老人便輕聲的告訴他：「小順兒的媽惹了禍嘍！」瑞宣嚇了一跳。他曉得韻梅不是隨便惹禍的人，而不肯惹事的人若一旦惹出事來，才不好辦。

「怎麼啦？」他急切的問。

老人把槐樹下的一場戰爭詳細的說了一遍。

瑞宣笑了笑：「放心吧，爺爺，沒事，沒事！教小順兒練練打架也好！」

祁老人不大明白孫子的心意，也不十分高興孫子這種輕描淡寫的態度。在他看，他應當領著重孫子到一號去道歉。當八國聯軍攻入北平的時候，他正是個青年人，他看慣了連王公大臣，甚至於西太后與皇帝，都是不敢招惹外國人的。現在，日本人又攻入了北平，他以為今天的情形理當和四十年前一個樣！可是，他沒再說什麼，他不便因自己的小心而和孫子拌幾句嘴。

韻梅也報告了一遍，她的話與神氣都比祖父的更有聲有色。她的怒氣還沒完全消散，她的眼很亮，顴骨上紅著兩小塊。瑞宣聽罷，也笑一笑。他不願把這件小事放在心裡。

可是，他不能不覺到一點高興。他沒想到韻梅會那麼激憤，那麼勇敢。他不止滿意她的舉動，而且覺得應當佩服她。由她這個小小的表現，他看出來：無論怎麼老實的人，被逼得無可奈何的時候，也會反抗。他覺得韻梅的舉動，在本質上說，幾乎可與錢先生、錢仲石、劉師傅的反抗歸到一類去了。不錯，他看見了冠曉荷與瑞豐，可是也看見了錢先生與瑞全。在黑暗中，才更切迫的需要光明。正因為中國被侵略了，中國人才會睜開眼，點起自己心上的燈！

一個夏天，他的心老浸漬在愁苦中，大的小的事都使他難堪與不安。他幾乎忘了怎樣發笑。使館中的暑假沒有學校中的那麼長，他失去了往年夏天到圖書館去讀書的機會，雖然他也曉得，即使能有那個機會，他是否能安心的讀書，還是個問題。當他早晨和下午出入家門的時候，十回倒有八回，他要碰到那兩個日本男人。不錯，自從南京陷落，北平就增加了許多日本人，在什麼地方都可以遇見他們；可是，在自己的胡同裡遇見他們，彷彿就另有一種難堪。遇上他們，他不知怎樣才好。他不屑於向他們點頭或鞠躬，可是也不便怒目相視。他只好在要出門或要進胡同口的時候，先四下裡觀觀風。假若他們在前面，他便放慢了腳步；他們在後面，他便快走幾步。這雖是小事，可是他覺到彆扭；還不是彆扭，而是失去了出入的自由。他還知道，日子一多，他的故意躲避他們，會引起他們的注意，而日本人，不管是幹什麼的，都也必是偵探！

在星期天，他就特別難過。小順兒和妞子一個勁兒吵嚷：「爸！玩玩去！多少日子沒上公園看猴子去啦！上萬牲園也好哇，坐電車、出城、看大象！」他沒法拒絕小兒女們的要求，可是也知道：公園、北海、天壇、萬牲園，在星期日，完全是日本人的世界。日本女的，那些永遠含笑的小磁娃娃，都打扮得頂漂亮，抱著或背著小孩，提著酒瓶與食盒；日本男人，那些永遠用眼角撩人的傢伙，也打扮起來，或故意不打扮起來，空著手，帶著他們永遠作奴隸的女人，和跳跳鑽鑽的男孩子，成群打伙的去到各處公園，佔據著風景或花木最好的地方，表現他們的侵略力量。

他們都帶著酒，酒使小人物覺得偉大。酒後，他們到處發瘋，東倒西晃的把酒瓶擲在馬路當中或花池裡。

同時，那些無聊的男女，像大赤包與瑞豐，也打扮得花花綠綠的，在公園裡擠來擠去。他們穿得講究，笑得無聊，會吃會喝，還會在日本男女佔據住的地方去表演九十度的鞠躬。他們彷彿很高興表示出他們的文化，亡國的文化，好教日本人放膽侵略。最觸目傷心的是那些在亡城以前就是公子哥兒，在亡城以後，還無動於衷的青年，還攜帶著愛人，划著船，或摟著腰，口中唱著情歌。他們的錢教他們只知道購買快樂，而忘了還有個快亡了的國。

瑞宣不忍看見這些現象。他只好悶在家裡，一語不發的熬過去星期日。他覺得很對不起小順兒與妞子，但是沒有好的辦法。

好容易熬過星期日，星期一去辦公又是一個難關。他無法躲避富善先生。富善先生在暑假裡也不肯離開北平。他以為北平本身就是消暑的最好的地方。青島、莫干山、北戴河？「噗！」他先噴一口氣。「那些地方根本不像中國！假若我願意看洋房子和洋事，我不會回英國嗎？」他不走。他覺得中海北海的蓮花，中山公園的芍藥，和他自己的小園中的丁香、石榴、夾竹桃，和雜花，就夠他享受的了。「北平本身就是一朵大花，」他說：「紫禁城和三海是花心，其餘的地方是花瓣和花萼，北海的白塔是挺入天空的雄蕊！它本身就是一朵花，況且它到處還有樹與花草呢！」

他不肯去消暑，所以即使沒有公事可辦，他也要到使館來看一看。他一來，就總給瑞宣的

「心病」上再戳幾個小傷口兒。

「噢喉！安慶也丟了！」富善先生劈面就這麼告訴瑞宣。

富善先生，真的，並沒有意思教瑞宣難堪。他是真關心中國，而不由的就把當日的新聞提供出來。他絕不是幸災樂禍，願意聽和願意說中國失敗的消息。可是，在瑞宣呢，即使他十分瞭解富善先生，他也覺得富善先生的話裡是有個很硬的刺兒。況且，「噢喉！馬當要塞也完了！」「噢喉，九江巷戰了！」「噢喉！六安又丟了！」接二連三的，隔不了幾天就有一個壞消息，真使瑞宣沒法抬起頭來。他得低著頭，承認那是事實，不敢再大大方方的正眼看富善先生。

他有許多話去解釋中日的戰爭絕不是短期間能結束的，那麼，只要打下去，中國就會有極大的希望。每一次聽到富善先生的報告，他就想拿出他的在心中轉過幾百幾千回的話，說給富善先生。可是，他又準知老先生好辯論，而且在辯論的時候，老先生是會把同情中國的心暫時收藏起去，而毒狠的批評中國的一切的。老先生是有為辯論而辯論的毛病的。老先生會把他的——瑞宣的——理論與看法叫作「近乎迷信的成見」！

因此，他嚴閉起口來，攔住他心中的話往外泛溢。這使他憋得慌，可是到底還比和富善先生針鋒相對的舌戰強一些。他知道，一個英國人，即使是一個喜愛東方的英國人，像富善先生，必定是重實際的。像火一樣的革命理論，與革命行為，可以出自俄國、法國，與愛爾蘭，而絕不會產生在英國。英國人永遠不作夢想。這樣，瑞宣心中的話，若是說出來，只能得到富善先生的冷笑與搖頭，因為他的話是一個老大的國家想用反抗的精神，一下子返老還童，也就必定被富善先生視為夢想。他不願多費唇舌，而落個說夢話。

這樣把話藏起來，他就更覺得它們的珍貴。他以為《正氣歌》與岳武穆的《滿江紅》大概就是這麼作出來的——把壓在心裡的憤怒與不便對別人說的信仰壓成了每一顆都有個花的許多塊鑽石。可是，他也知道，在它們成為鑽石之前，他是要感到孤寂與苦悶的。

和平的謠言很多。北平的報紙一致的鼓吹和平，各國的外交界的人們也幾乎都相信只要日本人攻到武漢，國民政府是不會再遷都的。連富善先生也以為和平就在不遠。他不喜歡日本人，可是他以為他所喜愛的中國人能少流點血，也不錯。他把這個意思暗示給瑞宣好幾次，瑞宣都沒有出聲。在瑞宣看，這次若是和了，不久日本就會發動第二次的侵略；而日本的再侵略不但要殺更多的中國人，而且必定把英美人也趕出中國去。瑞宣心裡說：「到那時候，連富善先生也得收拾行李了！」

雖然這麼想，他心中可是極不安。萬一要真和了呢？這時候講和便是華北的死亡。就是不提國事，他自己怎麼辦呢？難道他就真的在日本人鼻子底下苟且偷生一輩子嗎？因此，他喜歡聽，哪怕是極小的呢，抵抗與苦戰的事。就是小如韻梅與兩個日本孩子打架的事，他也喜歡聽。這不是瘋狂，他以為，而是一種不願作奴隸的人應有的正當態度。沒有流血與抵抗是不會見出正義與真理的。因此，他也就想到，他應當告訴程長順逃走，應當再勸小崔別以為拉上了包車便萬事亨通。他也想告訴丁約翰不要拿「英國府」當作鐵桿莊稼；假若英國不幫中國的忙，有朝一日連「英國府」也會被日本炸平的。

七七一週年，他聽到委員長的告全國軍民的廣播。他的對國事的推測與希望，看起來，並不是他個人的成見，而也是全中國的希望與要求。他不再感覺孤寂；他的心是與四萬萬同胞在同一的律動上跳動著的。他知道富善先生也必定聽到這廣播，可是還故意的告訴給他。富善先生，出乎瑞宣意料之外，並沒和他辯論什麼，而只嚴肅的和他握了握手。他不明白富善先生的心中正在想什麼，而只好把他預備好了的一片話存在心中。他是要說：「日本人說三個月可以滅了中國，而我們已打了一年。我們還繼續的抵抗，而繼續抵抗便增多了我們勝利的希望。打仗是兩方面的事，只要被打的敢還手，戰局便必定會有變化。變化便帶來希望，而希望產生信心！」

這段話雖然沒說出來，可是他暗自揣想，或者富善先生也和那位竇神父一樣，儘管表面上是一團和氣，可是挖出根兒來看，他們到底是西洋人，而西洋人中，一百個倒有九十九個是崇拜——也許崇拜的程度有多有少——武力的。他甚至於想再去看看竇神父，看看竇神父是不是也因中國抗戰了一年，而且要繼續抵抗，便也嚴肅的和他握手呢？

他沒找竇神父去，也不知道究竟富善先生是什麼心意。他只覺得心裡有點痛快，甚至可以說是驕傲。他敢抬著頭，正眼兒看富善先生了。由他自己的這點驕傲，他彷彿也看出富善先生的為中國人而驕傲。是的，中國的獨力抵抗並不是奇蹟，而是用真的血肉去和槍炮對拚的。中國人愛和平，而且敢為和平而流血，難道這不是件該驕傲的事麼？他不再怕富善先生的「噢喉」了。

他請了半天的假，日本人也紀念七七。他不忍看中國人和中國學生到天安門前向侵略者的陣亡將士鞠躬致敬。他必須躲在家裡。他恨不能把委員長的廣播馬上印刷出來，分散給每一個北平人。可是，他既沒有印刷的方便，又不敢冒那麼大的險。他歎了口氣，對自己說：「國是不會亡的了，可是瑞宣你自己盡了什麼力氣呢？」

第四十二章　我們都是自取滅亡

星期天也是瑞宣的難關。他不肯出去遊玩，因為無論是在路上，還是在遊玩的地方，都無可避免的遇上許多日本人。日本人的在虛偽的禮貌下藏著的戰勝者的傲慢與得意，使他感到難堪。整個的北平好像已變成他們的勝利品。

他只好藏在家裡，可是在家裡也還不得心靜。瑞豐和胖菊子在星期天必然的來討厭一番。他們夫婦老是匆匆忙忙的跑進來，不大一會兒又匆匆忙忙的跑出去，表示出在萬忙之中，他們還沒忘了來看哥哥。在匆忙之中，瑞豐——老叼著那枝假象牙的煙嘴兒——要屈指計算著，報告給大哥：「今兒個又有四個飯局！都不能不去！不能不去！我告訴你，大哥，我愛吃口兒好的，喝兩杯兒好的，可是應酬太多，敢情就吃不動了！近來，我常常鬧肚子！酒量，我可長多了！不信，多咱有工夫，咱們哥兒倆喝一回，你考驗考驗我！拳也大有進步！上星期天晚飯，在會賢堂，我連贏了張局長七個，七個劈面！」

用食指輕輕彈了彈假象牙的煙嘴兒，他繼續著說：「朋友太多了！專憑能多認識這麼多朋友，我這個科長就算沒有白當。我看得很明白，一個人在社會上，就得到處拉關係，關係越多，吃飯的道兒才越寬，飯碗才不至於起恐慌。我——」他放低了點聲：「近來，連特務人員，不論是日本的，還是中國的都應酬，都常來常往。我身在教育局，而往各處，像金銀藤和牽牛花似的，分散我的蔓兒！這樣，我相信，我才能到處吃得開！你說是不是，大哥？」瑞宣回不出話來，口中直冒酸水。

同時，胖菊子拉著大嫂的手，教大嫂摸她的既沒領子又沒袖子的褂子：「大嫂，你摸摸，這有多麼薄，多麼軟！才兩塊七毛錢一尺！」教大嫂摸完了褂子，她又展覽她的手提包、小綢子傘、絲襪子，和露著腳指頭的白漆皮鞋，並且一一的報出價錢來。

兩個人把該報告的說到一段落，便彼此招呼一聲：「該走了吧？王宅不是還等著咱們打牌哪嗎？」而後，就親密的並肩的匆匆走出去。

他倆走後，瑞宣必定頭疼半點鐘。他的頭疼有時候延長到一點鐘，或更長一些，假若冠曉荷也隨著瑞豐夫婦來訪問他。曉荷的討厭幾乎到了教瑞宣都要表示欽佩的程度，於是也就教瑞宣沒法不頭疼。假若瑞豐夫婦只作「自我宣傳」，曉荷就永不提他自己，也不幫助瑞豐夫婦亂吹，而是口口聲聲的讚揚英國府，與在英國府作事的人。他管自己的來看瑞宣叫作「英日同盟」！

每逢曉荷走後，瑞宣就恨自己為什麼不在曉荷的臉上啐幾口唾沫。可是，趕到曉荷又來到，他依然沒有那個決心，而哼兒哈兒的還敷衍客人。他看出自己的無用。時代是鋼鐵的，而他自己是塊豆腐！

為躲避他們，他偶爾的出去一整天。到處找錢先生。可是，始終沒有遇見過錢先生一次。看到一個小茶館，他便進去看一看，甚至於按照小崔的形容探問一聲。「不錯，看見過那麼個人，可是不時常來。」幾乎是唯一的回答。走得筋疲力盡，他只好垂頭喪氣的走回家來。假若他能見到錢先生，他想，他必能把一夏天所有的惡氣都一下子吐淨。那該是多麼高興的事！可是，錢先生像沉在大海裡的一塊石頭。

比較使他高興，而並不完全沒有難堪的，是程長順的來訪。程長順還是那麼熱烈的求知與愛國，每次來幾乎都要問瑞宣：「我應當不應當走呢？」

瑞宣喜歡這樣的青年。他覺得即使長順並不真心想離開北平，就憑這樣一問也夠好聽的了。可是，及至想到長順的外婆，他又感到了為難，而把喜悅變成難堪。

有一天，長順來到，恰好瑞宣正因為曉荷剛來訪看過而患頭疼。他沒能完全控制住自己，而告訴了長順：「是有志氣的都該走！」

長順的眼亮了起來：「我該走？」

瑞宣點了頭。

「好！我走！」

瑞宣沒法再收回自己的話。他覺到一點痛快，也感到不少的苦痛——他是不是應當這樣鼓動一個青年去冒險呢？這是不是對得起那位與長順相依為命的老太婆呢？他的頭更疼了。長順很快的就跑出去，好像大有立刻回家收拾收拾就出走的樣子。瑞宣的心中更不好過了。從良心上講，他勸一個青年逃出監牢是可以不受任何譴責的，可是，他不是那種慣於煽惑別人的人，他的想像先給長順想出許多困難與危險，而覺得假若不幸長順白白的喪掉性命，他自己便應負全責。他不知怎樣才好。

連著兩三天的工夫，他天天教韻梅到四號去看一眼，看長順是否已經走了。

長順並沒有走。他心中很納悶。三天過了，他在槐蔭下遇見了長順。長順彷彿是怪羞愧的只向他點了點頭就躲開了。他更納悶了。是不是長順被外婆給說服了呢？還是年輕膽子小，又後悔了呢？無論怎樣，他都不願責備長順。可是他也不能因長順的屈服或後悔而高興。

第五天晚上，天有點要落雨的樣子。雲雖不厚，可是風很涼，所以大家都很早的進了屋子；否則吃過晚飯，大家必定坐在院中乘涼的。長順，仍然滿臉羞愧的，走進來。瑞宣有心眼，不敢開門見山的問長順什麼，怕長順難堪。長順可是彷彿來說心腹話，沒等瑞宣發問，就「招」了出來：「祁先生！」他的臉紅起來，眼睛看著自己的鼻子，語聲更嗚囔得厲害了。「我走不了！」

瑞宣不敢笑，也不敢出聲，而只同情的嚴肅的點了點頭。

「外婆有一點錢，」長順低聲的，嗚囔著鼻子說：「都是法幣。她老人家不肯放賬吃利，也不肯放在郵政局去。她自己拿著。只有錢在她自己手裡，她才放心！」

「老人們都是那樣。」瑞宣說。

長順看瑞宣明白老人們的心理，話來得更順利了一些：「我不知道她老人家有多少錢，她永遠沒告訴過我。」

「對！老人家們的錢，沒有第二個人知道藏在哪裡，和有多少。」

「這可就壞了事！」長順用袖口抹了一下鼻子。「前幾個月，日本人不是貼告示，教咱們把法幣都換成新票子嗎？我看見告示，就告訴了外婆。外婆好像沒有聽見。」

「老人們當然不信任鬼子票兒！」

「對！我也那麼想，所以就沒再催她換。我還想，大概外婆手裡有錢也不會很多，換不換的也許沒多大關係。後來，換錢的風聲越來越緊了，我才又催問了一聲。外婆告訴我：昨天她在門外買了一個鄉下人的五斤小米，那個人低聲的說，他要法幣。外婆的法幣就更不肯出手啦。前兩天，白巡長來巡邏，站在門口，和外婆瞎扯，外婆才知道換票子的日期已經過了，再花法幣就圈禁一年。外婆哭了一夜。她一共有一千元啊，都是一元的單張，新的，交通銀行的！她有一千！可是她一元也沒有了！丟了錢，她敢罵日本鬼子了，她口口聲聲要去和小鬼子拚命！外婆這麼一來，我可就走不了啦。那點錢是外婆的全份兒財產，也是她的棺材本兒。丟了那點錢，我們娘兒倆的三頓飯馬上成問題！你看怎麼辦呢？我不能再說走，我要一走，外婆非上吊不可！我得設法養活外婆，她把我拉扯這麼大，這該是我報恩的時候了！祁先生？」

長順的眼角有兩顆很亮的淚珠，鼻子上出著汗，搓著手等瑞宣回答。瑞宣立了起來，在屋中慢慢的走。在長順的一片話裡，他看見了自己。家和孝道把他，和長順，拴在了小羊圈。國家在呼喚他們，可是他們只能裝聾。他準知道，年輕人不走，並救不活老人，或者還得與老人們同歸於盡。可是，他沒有跺腳一走的狠心，也不能勸長順狠心的出走，而教他的外婆上吊。他長嘆了一聲，而後對長順說：「把那一千元交給熟識的山東人或山西人，他們帶走，帶到沒有淪陷的地方，一元還是一元。當然，他們不能一元當一元的換給你，可是吃點虧，總比都白扔了好。」

「對！對！」長順已不再低著頭，而把眼盯住瑞宣的臉，好像瑞宣的每一句話都是福音似的。

「我認識天福齋的楊掌櫃，他是山東人！行！他一定能幫這點忙！祁先生，我去幹什麼好呢？」

瑞宣想不起什麼是長順的合適的營業。「想一想再說吧，長順！」

「對！你替我想一想，我自己也想著！」長順把鼻子上的汗都擦去，立了起來。立了一會兒，他的聲音又放低：「祁先生，你不恥笑我不敢走吧？」

瑞宣慘笑了一下。「咱們都是一路貨！」

「什麼？」長順不明白瑞宣的意思。

「沒關係！」瑞宣不願去解釋。「咱們明天見！勸外婆別著急！」

長順走後，外邊落起小雨來。聽著雨聲，瑞宣一夜沒有睡熟。

長順的事還沒能在瑞宣心裡消逝，陳野求忽然的來看他。

野求的身上穿得相當的整齊，可是臉色比瑞宣所記得的更綠了。到屋裡坐下，他就定上了眼珠，薄嘴唇並得緊緊的。幾次他要說話，幾次都把嘴唇剛張開就又閉緊。瑞宣注意到，當野求伸手拿茶碗的時候，他的手是微顫著的。

「近來還好吧？」瑞宣想慢慢的往外引野求的話。野求的眼開始轉動，微笑了一下：「這年月，不死就算平安！」說完，他又不出聲了。他彷彿是很願用他的聰明，說幾句漂亮的話，可是心中的慚愧與不安又不允許他隨便的說。他只好楞起來。楞了半天，他好像費了很大的力量似的，把使他心中羞愧與不安的話提出來：「瑞宣兄！你近來看見默吟沒有？」按道理說，他比瑞宣長一輩，可是他向來謙遜，所以客氣的叫「瑞宣兄」。

「有好幾位朋友看見了他，我自己可沒有遇見過；我到處去找他，找不到！」

舐了舐嘴唇，野求準備往外傾瀉他的話：「是的！是的！我也是那樣！有兩位畫畫兒的朋友都對我說，他們看見了他。」

「在哪兒？」

「在圖畫展覽會。他們展覽作品，默吟去參觀。瑞宣兄，你曉得我的姐丈自己也會畫？」

瑞宣點了點頭。

「可是，他並不是去看畫！他們告訴我，默吟慢條斯理的在展覽室繞了一圈，而後很客氣的把他們叫出來。他問他們：你們畫這些翎毛，花卉，和煙雲山水，為了什麼呢？你們畫這些，是為消遣嗎？當你們的真的山水都滿塗了血的時候，連你們的禽鳥和花草都被炮火打碎了的時候，你們還有心消遣？你們是為畫給日本人看嗎？噢！日本人打碎了你們的青出，打紅了你們的河水，你們還有臉來畫春花秋月，好教日本人看著舒服，教他們覺得即使把你們的城市田園都轟平，你們也還會用各種顏色粉飾太平！收起你們那些污辱藝術，輕蔑自己的東西吧！要畫，你們應當畫戰場上的血，和反抗侵略的英雄！說完，他深深的給他們鞠了一躬，囑咐他們想一想他的話，而後頭也沒回的走去。我的朋友不認識他，可是他們跟我一形容，我知道那必是默吟！」

「你的兩位朋友對他有什麼批評呢？陳先生！」瑞宣很鄭重的問。

「他們說他是半瘋子！」

「半瘋子？難道他的話就沒有一點道理？」

「他們！」野求趕緊笑了一下，好像代朋友們道歉似的。「他們當然沒說他的話是瘋話，不過，他們只會畫一筆畫，開個畫展好賣幾個錢，換點米麵吃，這不能算太大的過錯。同時，他們以為他要是老這麼到處亂說，遲早必教日本人捉去殺了！所以，所以——」

「你想找到他，勸告他一下？」

「我勸告他？」野求的眼珠又不動了，像死魚似的。他咬上了嘴唇，又楞起來。好大一會兒之後，他歎了口極長的氣，綠臉上隱隱的有些細汗珠。「瑞宣兄！你還不知道，他和我絕了交吧？」

「絕交？」

野求慢慢的點了好幾下頭。「我的心就是一間行刑的密室，那裡有一切的刑具，與施刑的方法。」他說出了他與默吟先生絕交的經過。「那可都是我的過錯！我沒臉再見他，因為我沒能遵照他的話而脫去用日本錢買的衣服，不給兒女們用日本錢買米麵吃。同時，我又知道給日本人作一天的事，作一件事，我的姓名就永遠和漢奸們列在一處！我沒臉去見他，可是又晝夜的想見他，他是我的至親，又是良師益友！見了他，哪怕他抽我幾個嘴巴呢，我也樂意接受！他的掌會打下去一點我的心病，內疚！我找不到他！我關心他的安全與健康，我願意跪著請求他接受我的一點錢，一件衣服！可是，我也知道，他決不會接受我這兩隻髒手所獻給的東西，任何東西！那麼，見了面又怎樣呢？還不是更增加我的苦痛？」

他極快的喝了一口茶，緊跟著說：「只有痛苦！只有痛苦！痛苦好像就是我的心！孩子們不挨餓了，也穿上了衣裳。他們跳，他們唱，他們的小臉上長了肉。但是，他們的跳與唱是毒針，刺著我的心！我怎麼辦？沒有別的辦法，除了設法使我自己麻木，麻木，不斷的麻木，我才能因避免痛苦而更痛苦，等到心中全是痛苦而忘記了痛苦！」

「陳先生！你吸上了煙？」瑞宣的鼻子上也出了汗。野求把臉用雙手遮住，半天沒動彈。

「野求先生！」瑞宣極誠懇的說：「不能這麼毀壞自己呀！」

野求慢慢的把手放下去，仍舊低著頭，說：「我知道！我知道！可是我管不住自己！姐丈告訴過我：去賣花生瓜子，也比給日本人作事強。可是，咱們這穿慣了大褂的人，是寧可把國恥教大褂遮住，也不肯脫了大褂作小買賣去的！因此，我須麻醉自己。吸煙得多花錢，我就去兼事；事情越多，我的精神就越不夠，也就更多吸幾口煙。我現在是一天忙到晚，好像專為給自己找大煙錢。只有吸完一頓煙，我才能迷迷糊糊的忘了痛苦。忘了自己，忘了國恥，忘了一切！瑞宣兄，我完了！完了！」他慢慢的立起來。「走啦！萬一見到默吟，告訴他我痛苦，我吸煙，我完了！」他往外走。

瑞宣傻子似的跟著他往外走。他有許多話要說，而一句也說不出來。

二人極慢的，無語的，往外走。快走到街門，野求忽然站住了，回過頭來：「瑞宣兄！差點忘了，我還欠你五塊錢呢！」他的右手向大褂裡伸。

「野求先生！咱們還過不著那五塊錢嗎？」瑞宣慘笑了一下。

野求把手退回來：「咱們——好，我就依實啦！謝謝吧！」到了門口，野求向一號打了一眼：「現在有人住沒有？」

「有！日本人！」

「噢！」野求噓了一大口氣，而後向瑞宣一點頭，端著肩走去。

瑞宣呆呆的看著他的後影，直到野求拐了彎。回到屋中，他老覺得野求還沒走，即使閉上眼，他也還看見野求的瘦臉；野求的形象好像貼在了他的心上！慢慢的，每一看到那張綠臉，他也就看到自己。除了自己還沒抽上大煙，他覺得自己並不比野求好到哪裡去——凡是留在北平的，都是自取滅亡！

他坐下，無聊的拿起筆來，在紙上亂寫。寫完，他才看清「我們都是自取滅亡！」盯著這幾個字，他想把紙條放在信封裡，給野求寄了去。可是，剛想到這裡，他也想起默吟先生；隨手兒他把紙條兒揉成一個小團，扔在地上。默吟先生就不是自取滅亡的人。是的，錢詩人早晚是會再被捕，被殺掉。可是，在這死的時代，只有錢先生那樣的死才有作用。有良心而無膽氣的，像他和野求，不過只會自殺而已！

第四十三章「別墅」

廣州陷落。我軍自武漢後撤。

北平的日本人又瘋了。勝利！勝利！勝利以後便是和平，而和平便是中國投降，割讓華北！北平的報紙上登出和平的條件：日本並不要廣州與武漢，而只要華北。

漢奸們也都高了興，華北將永遠是日本人的，也就永遠是他們的了！

可是，武漢的撤退，只是撤退；中國沒有投降！

狂醉的日本人清醒過來以後，並沒找到和平。他們都感到頭疼。他們發動戰爭，他們也願極快的結束戰爭，好及早的享受兩天由勝利得來的幸福。可是，他們只發動了戰爭，而中國卻發動了不許他們享受勝利！他們失去了主動。他們只好加緊的利用漢奸，控制華北，用華北的資源、糧草，繼續作戰。

瑞宣對武漢的撤退並沒有像在南京失守時那麼難過。在破箱子底上，他找出來一張不知誰藏的，和什麼時候藏的，大清一統地圖來。把這張老古董貼在牆上，他看到了重慶。在地圖上，正如在他心裡，重慶離他好像並不很遠。在從前，重慶不過是他記憶中的一個名詞，跟他永遠不會發生什麼關係。今天，重慶離他很近，而且有一種極親密的關係。他覺得只要重慶說「打」，北平就會顫動；只要重慶不斷的發出抗戰的呼聲，華北敵人的一切陰謀詭計就終必像水牌上浮記著的賬目似的，有朝一日必被抹去，抹得一乾二淨。看著地圖，他的牙咬得很緊。他必須在北平立穩，他的一思一念都須是重慶的迴響！他須在北平替重慶抬著頭走路，替全中國人表示出：中國人是不會投降的民族！

在瑞宣這樣沉思的時候，冠家為慶祝武漢的撤退，夜以繼日的歡呼笑鬧。第一件使他們高興的是藍東陽又升了官。

華北，在日本人看，是一把拿定了。所以，他們應一方面加緊的肅清反動分子，一方面把新民會的組織擴大，以便安撫民眾。日本人是左手持劍，右手拿著昭和糖，威脅與利誘，雙管齊下的。新民會改組。它將是宣傳部，社會部，黨部，與青年團合起來的一個總機關。它將設立幾處，每處有一個處長。它要作宣傳工作，要把工商界的各行都組織起來，要設立少年團與幼年團，要以作順民為宗旨發動彷彿像一個政黨似的工作。

在這改組的時節，原來在會的職員都被日本人傳去，當面試驗，以便選拔出幾個處長和其他的重要職員。藍東陽的相貌首先引起試官的注意，他長得三分像人，七分倒像鬼。日本人覺得他的相貌是一種資格與保證——這樣的人，是地道的漢奸胎子，永遠忠於他的主人，而且最會欺壓良善。

東陽的臉已足引起注意，恰好他的舉止與態度又是那麼卑賤得出眾，他得了宣傳處處長。當試官傳見他的時候，他的臉綠得和泡乏了的茶葉似的，他的往上吊著的眼珠吊上去，一直沒有回來，他的手與嘴唇都顫動著，他的喉中堵住一點痰。他還沒看見試官，便已鞠了三次最深的躬，因為角度太大，他幾乎失去身體的平衡，而栽了下去。當他走近了試官身前的時候，他感激得落了淚。試官受了感動，東陽得到了處長。

頭一處給他預備酒席慶賀陞官的當然是冠家。他接到了請帖，可是故意的遲到了一個半鐘頭。及來到冠家，他的架子是那麼大，連曉荷的善於詞令都沒能使他露一露黃牙。進門來，他便半坐半臥的倒在沙發上，一語不發。他的綠臉上好像搽上了一層油，綠得發光。人家張羅他的茶水，點心，他就那麼懶而驕傲的坐著，把頭窩在沙發的角兒上，連理也不理。人家讓他就位吃酒，他懶得往起立。讓了三四次，他才不得已的，像一條毛蟲似的，把自己擰咕到首座。屁股剛碰到椅子，他把雙肘都放在桌子上，好像要先打個盹兒的樣子。他的心裡差不多完全是空的，而只有「處長、處長」隨著心的跳動，輕輕的響。他不肯喝酒，不肯吃菜，表示出處長是見過世面的，不貪口腹。趕到酒菜的香味把他的饞涎招出來，他才猛孤丁的夾一大箸子菜，放在口裡，旁若無人的大嚼大嚥。

大赤包與冠曉荷交換了眼神，他們倆決定不住口的叫處長，像叫一個失了魂的孩子似的。他們認為作了處長，理當擺出架子；假若東陽不肯擺架子，他們還倒要失望呢。他們把處長從最低音叫到最高音，有時候二人同時叫，而一高一低，像二部合唱似的。

任憑他們夫婦怎樣的叫，東陽始終不哼一聲。他是處長，他必須沉得住氣；大人物是不能隨便亂說話的。甜菜上來，東陽忽然的立起來，往外走，只說了聲：「還有事！」

他走後，曉荷讚不絕口的誇獎他的相貌：「我由一認識他，就看出來藍處長的相貌不凡。你們注意沒有？他的臉雖然有點發綠，可是你們細看，就能看出下面卻有一層極潤的紫色兒，那叫硃砂臉，必定掌權！」

大赤包更實際一些：「管他是什麼臉呢，處長才是十成十的真貨，我看哪，哼！」她看了高第一眼。等到只剩了她與曉荷在屋裡的時候，她告訴他：「我想還是把高第給東陽吧。處長總比科長大多了！」

「是的！是的！所長所見甚是！你跟高第說去！這孩子，總是別彆扭扭的，不聽話！」

「我有主意！你甭管！」

其實，大赤包並沒有什麼高明的主意。她心裡也知道高第確是有點不聽話。

高第的不聽話已不止一天。她始終不肯聽從著媽媽去「拴」住李空山。李空山每次來到，除了和大赤包算賬，（大赤包由包庇暗娼來的錢，是要和李空山三七分賬的），便一直到高第屋裡去，不管高第穿著長衣沒穿，還是正在床上睡覺。他儼然以高第的丈夫自居。進到屋中，他便一歪身倒在床上。高興呢，他便閒扯幾句；不高興，他便一語不發，而直著兩眼盯著她。他逛慣了窯子，娶慣了妓女；他以為一切婦女都和窯姐兒差不多。

高第不能忍受這個。她向媽媽抗議。大赤包理直氣壯的教訓女兒：「你簡直的是糊塗！你想想看，是不是由他的幫忙，我才得到了所長？自然嘍，我有作所長的本事與資格；可是，咱們也不能忘恩負義，硬說不欠他一點兒情！由你自己說，你既長得並不像天仙似的，他又作著科長，我看不出這件婚事有什麼不配合的地方。你要睜開眼看看事情，別閉著眼作夢！再說，他和我三七分賬，我受了累，他白拿錢，我是啞巴吃黃連有苦說不出！你要是明理，就該牢籠住他；你要是嫁給他，難道他還好意思跟老丈母娘三七分賬嗎？你要知道，我一個人掙錢，可是給你們大家花；我的錢並沒都穿在我自己的肋條骨上！」

抗議沒有用，高第自然的更和桐芳親近了。可是，這適足以引起媽媽對桐芳增多惡感，而想馬上把桐芳趕到妓院裡去。為幫忙桐芳，高第不敢多和桐芳在一塊。她只好在李空山躺到她的床上的時候，氣呼呼的拿起小傘與小皮包走出去，一走就是一天。她會到北海的山石上，或公園的古柏下，呆呆的坐著；到太寂寞了的時節，她會到曉荷常常去的通善社或崇善社去和那些有錢的，有閒的，想用最小的投資而獲得永生的善男善女們鬼混半天。

高第這樣躲開，大赤包只好派招弟去敷衍李空山。她不肯輕易放手招弟，可是事實逼迫著她非這樣作不可。她絕對不敢得罪李空山。惹惱了李空山，便是砸了她的飯鍋。

招弟，自從媽媽作了所長，天天和妓女們在一塊兒說說笑笑，已經失去了她的天真與少女之美。她的本質本來不壞。在從前，她的最浪漫的夢也不過和小女學生們的一樣——小說與電影是她的夢的資料。她喜歡打扮，願意有男朋友，可是這都不過是一些小小的，哀而不傷的，青春的遊戲。她還沒想到過男女的問題和男女間彼此的關係與需要。她只覺得按照小說與電影裡的辦法去調動自己頗好玩——只是好玩，沒有別的。現在，她天天看見妓女。她忽然的長成了人。她從妓女們身上看到了肉體，那無須去想像，而一眼便看清楚的肉體。她不再作浪漫的夢，而要去試一試那大膽的一下子跳進泥塘的行動——像肥豬那樣似的享受泥塘的污濁。

真的，她的服裝與頭髮臉面的修飾都還是摩登的，沒有受娼妓們的影響。可是，在面部的表情上，與言語上，她卻有了很大的變動。她會老氣橫秋的，學著妓女們的口調，說出足以一下子就跳入泥淖的髒字，而嬉皮笑臉的滿意自己的大膽，咂摸著髒字裡所藏蘊著的意味。她所受的那一點學校教育不夠教她分辨是非善惡的，她只有一點直覺，而不會思想。這一點少女的直覺，一般的說，是以嬌羞與小心為保險箱的。及至保險箱打開了，不再鎖上，她便只顧了去探索一種什麼更直接的，更痛快的，更原始的，愉快，而把害羞與小心一齊扔出去，像摔出一個臭雞蛋那麼痛快。她不再運用那點直覺，而故意的睜著眼往泥裡走。她的青春好像忽然被一陣狂風颳走，風過去，剩下一個可以與妓女為伍的小婦人。她接受了媽媽的命令，去敷衍李空山。

李空山看女人是一眼便看到她們的最私秘的地方去的。在這一點上，他很像日本人。見招弟來招待他，他馬上拉住她的手，緊跟著就吻了她，摸她的身上。這一套，他本來久想施之於高第的，可是高第「不聽話」。現在，他對比高第更美更年輕的招弟用上了這一套，他馬上興奮起來，急忙到綢緞莊給她買了三身衣料。

大赤包看到衣料，心裡顫了一下。招弟是她的寶貝，不能隨便就被李空山挖了去。可是，綢緞到底是綢緞，綢緞會替李空山說好話。她不能教招弟謝絕。同時，她相信招弟是聰明絕頂的，一定不會輕易的吃了虧。所以，她不便表示什麼。

招弟並不喜歡空山。她也根本沒有想到什麼婚姻問題。她只是要冒險，嘗一嘗那種最有刺激性的滋味，別人沒敢，李空山敢，對她動手，那麼也就無所不可。她看見不止一次，曉荷偷偷的吻那些妓女。現在，她自己大膽一點，大概也沒有什麼了不起的過錯與惡果。

武漢陷落，日本人要加緊的肅清北平的反動分子，實行清查戶口，大批的捉人。李空山忙起來。他不大有工夫再來到高第的床上躺一躺。他並不忠心於日本主子，而是為他自己弄錢。他隨便的捕人，捕得極多，而後再依次的商議價錢，肯拿錢的便可以被釋放；沒錢的，不管有罪無罪，便喪掉生命。在殺戮無辜的人的時候，他的膽子幾乎與動手摸女人是一邊兒大的。

大赤包見李空山好幾天沒來，很不放心。是不是女兒們得罪了他呢？她派招弟去找他：「告訴你，招弟，乖乖！去看看他！你就說：武漢完了事，大家都在這裡吃酒；沒有他，大家都怪不高興的！請他千萬抓工夫來一趟，大家熱鬧一天！穿上他送給你的衣裳！聽見沒有？」

把招弟打發走，她把高第叫過來。她皺上點眉頭，像是很疲乏了的，低聲的說：「高第，媽媽跟你說兩句話。我看出來，你不大喜歡李空山，我也不再勉強你！」她看著女兒，看了好大一會兒，彷彿是視察女兒領會了媽媽的大仁大義沒有。「現在藍東陽作了處長，我想總該合了你的意吧？他不大好乾淨，可是那都因為他沒有結婚，他若是有個太太招呼著他，他必定不能再那麼邋遢了。說真的，他要是好好的打扮打扮，還不能不算怪漂亮的呢！況且，他又年輕，又有本事；現在已經是處長，焉知道不作到督辦什麼的呢！好孩子，你聽媽媽的話！媽媽還能安心害了你嗎？你的歲數已經不小了，別老教媽媽懸著心哪！媽媽一個人打裡打外，還不夠我操心的？

好孩子，你跟他交交朋友！你的婚事要是成了功，不是咱們一家子都跟著受用嗎？」說完這一套，她輕輕的用拳頭捶著胸口。

高第沒有表示什麼。她討厭東陽不亞於討厭李空山。就是必不得已而接受東陽，她也得先和桐芳商議商議；遇到大事，她自己老拿不定主意。

乘著大赤包沒在家，高第和桐芳在西直門外的河邊上，一邊慢慢的走，一邊談心。河僅僅離城門有一里來地，可是河岸上極清靜，連個走路的人也沒有。岸上的老柳樹已把葉子落淨。在秋陽中微擺著長長的柳枝。河南邊的蓮塘只剩了些乾枯到能發出輕響的荷葉，塘中心靜靜的立著一隻白鷺。魚塘裡水還不少，河身可是已經很淺，只有一股清水慢慢的在河心流動，衝動著一穗穗的長而深綠的水藻。河坡還是濕潤的，這裡那裡偶爾有個半露在泥外的田螺，也沒有小孩們來挖牠們。秋給北平的城郊帶來蕭瑟，使它變成觸目都是秋色，一點也不像一個大都市的外圍了。

走了一會兒。她們倆選了一棵最大的老柳，坐在它的露在地面上的根兒上。回頭，她們可以看到高亮橋，橋上老不斷的有車馬來往，因此，她們不敢多回頭；她們願意暫時忘了她們是被圈在大籠子——北平——的人，而在這裡自由的吸點帶著地土與溪流的香味的空氣。

「我又不想走了！」桐芳皺著眉，吸著一根香煙；說完這一句，她看著慢慢消散的煙。

「你不想走啦？」高第好像鬆了一口氣似的問。「那好極啦！你要走了，剩下我一個人，我簡直一點辦法也沒有！」

桐芳瞇著眼看由鼻孔出來的煙，臉上微微有點笑意，彷彿是享受著高第的對她的信任。

「可是，」高第的短鼻子上縱起一些小褶子，「媽媽真趕出你去呢？教你到——」

桐芳把半截煙摔在地上，用鞋跟兒碾碎，撇了撇小嘴：「我等著她的！我已經想好了辦法，我不怕她！你看，我早就想逃走，可是你不肯陪著我。我一想，斗大的字我才認識不到一石，我幹什麼去呢？不錯，我會唱點玩藝兒；可是，逃出去再唱玩藝兒，我算怎麼一回事呢？你要是同我一道走，那就不同了；你起碼能寫點算點，大小能找個事作；你作事，我願意刷傢伙洗碗的作你的老媽子；我敢保，咱們倆必定過得很不錯！可是，你不肯走；我一個人出去沒辦法！」

「我捨不得北平，也捨不得家！」高第很老實的說了實話。

桐芳笑了笑。「北平教日本人佔著，家裡教你嫁給劊子手，你還都捨不得！你忘了，忘了摔死一車日本兵的仲石，忘了說你是個好姑娘的錢先生！」

高第把雙手摟在磕膝上，楞起來。楞了半天，她低聲的說：「你不是也不想走啦？」

桐芳一揚頭，把一縷頭髮摔到後邊去：「不用管我，我有我的辦法！」

「什麼辦法？」

「不能告訴你！」

「那，我也有我的辦法！反正我不能嫁給李空山，也不能嫁給藍東陽！我願意要誰，才嫁給誰！」高第把臉揚起來，表示出她的堅決。是的，她確是說了實話。假使她不明白任何其他的事，她可是知道婚姻自由。自由結婚成了她的一種信仰。她並說不出為什麼婚姻應當自由，她只是看見了別人那麼作，所以她也須那麼作。她在生命上，沒有任何足以自傲的地方，而時代強迫著她作個摩登小姐。怎樣才算摩登？自由結婚！只要她結了婚，她好像就把生命在世界上拴牢，這，她與老年間的婦女並沒有什麼差別。可是，她必須要和老婦女們有個差別。怎樣顯出差別？她要結婚，可是上面必須加上「自由」！結婚後怎樣？她沒有過問。憑她的學識與本事，結婚後她也許挨餓，也許生了娃娃而弄得稀屎糊在娃娃的腦門上。這些，她都沒有想過。她只需要一段浪漫的生活，由戀愛而結婚。有了這麼一段經歷，她便成了摩登小姐，而後墮入地獄裡去也沒關係！她是新時代的人，她須有新時代的迷信，而且管迷信叫作信仰。她沒有立足於新時代的條件，而坐享其成的要吃新時代的果實。歷史給了她自由的機會，可是她的迷信教歷史落了空。

桐芳半天沒有出聲。

高第又重了一句：「我願意要誰才嫁給誰！」

「可是，你鬥得過家裡的人嗎？你吃著家裡，喝著家裡，你就得聽他們的話！」桐芳的聲音很低，而說得很懇切。「你知道，高第，我以後幫不了你的忙了，我有我的事！我要是你，我就跺腳一走！在我們東北，多少女人都幫著男人打日本鬼子。你為什麼不去那麼辦？你走，你才能自由！你信不信？」

「你到底要幹什麼呢？怎麼不幫忙我了呢？」

桐芳輕輕的搖了搖頭，閉緊了嘴。

待了半天，桐芳摘下一個小戒指來，遞到高第的手裡，而後用雙手握住高第的手：「高第！從今以後，在家裡咱們彼此不必再說話。他們都知道咱倆是好朋友，咱們老在一塊兒招他們的疑心。

以後，我不再理你，他們也許因為咱倆不相好了，能多留我幾天。這個戒指你留著作個紀念吧！」

高第害了怕。「你，你是不是想自殺呢？」

桐芳慘笑了一下：「我才不自殺！」

「那你到底——」

「日後你就明白了，先不告訴你！」桐芳立起來，伸了伸腰；就手兒揪住一根柳條。高第也立了起來：「那麼，我還是沒有辦法呀！」

「話已經說過了，你有膽子就有出頭之日；什麼都捨不得，就什麼也作不成！」

回到家中，太陽已經快落下去。

招弟還沒有回來。

大赤包很想不動聲色，可是沒能成功。她本來極相信自己與招弟的聰明，總以為什麼人都會吃虧，而她與她的女兒是絕對不會的。可是，天已經快黑了，而女兒還沒有回來，又是個無能否認的事實。再說，她並不是不曉得李空山的厲害。她咬上了牙。這時候，她幾乎真像個「母親」了，幾乎要責備自己不該把女兒送到虎口裡去。可是，責備自己便是失去自信，而她向來是一步一個腳印兒的女光棍；光棍是絕對不能下「罪己詔」的！不，她自己沒有過錯，招弟也沒有過錯；只是李空山那小子可惡！她須設法懲治李空山！

她開始在院中慢慢的走遛兒，一邊兒走一邊兒思索對付李空山的方法。她一時想不出什麼方法來，因為她明知道空山不是好惹的。假若，她想，方法想得不好，而自己「賠了夫人又折兵」

那才丟透了臉！這樣一想，她馬上發了怒。她乾嗽了一兩聲，一股熱氣由腹部往上衝，一直衝到胸口，使她的胸中發辣。這股熱氣雖然一勁兒向上衝，可是她的皮膚上反倒覺得有點冷，她輕顫起來。一層小雞皮疙瘩蓋住了她滿臉的雀斑。她不能再想什麼了。只有一個觀念像蟲兒似的鑽動她的心——她丟了人！

作了一輩子女光棍，現在她丟了人！她不能忍受！算了，什麼也無須想了，她去和李空山拚命吧！她握緊了拳，抹著蔻丹的指甲把手心都摳得有點疼。是的，什麼也不用再說，拚命去是唯一的好辦法。曉荷死了有什麼關係呢？高第，她永遠沒喜愛過高第；假若高第隨便的吃了大虧，也沒多大關係呀。桐芳，哼，桐芳理應下窯子；桐芳越丟人才越好！

一家人中，她只愛招弟。招弟是她的心上的肉，眼前的一朵鮮花。而且，這朵鮮花絕不是為李空山預備著的！假若招弟而是和一位高貴的人發生了什麼關係，也就沒有什麼說不通的地方；不幸，單單是李空山搶去招弟，她沒法嚥下這口氣！李空山不過是個科長啊！

她喊人給她拿一件馬甲來。披上了馬甲，她想馬上出去找李空山，和他講理，和他廝打，和他拚命！但是，她的腳卻沒往院外走。她曉得李空山是不拿婦女當作婦女對待的人；她若打他，他必還手，而且他會喝令許多巡警來幫助他。她去「聲討」，就必吃更大的虧，丟更多的臉。她是女光棍，而他恰好是無賴子。

曉荷早已看出太太的不安，可是始終沒敢哼一聲。他知道太太是善於遷怒的人，他一開口，也許就把一堆狗屎弄到自己的頭上來。

再說，他似乎還有點幸災樂禍。大赤包、李空山都作了官，而他自己還沒有事作，他樂得的看看兩個官兒像兩條凶狗似的惡戰一場。他幾乎沒有關切女兒的現在與將來。在他看，女兒若真落在李空山手裡呢，也好。反之，經過大赤包的一番爭鬥而把招弟救了出來呢，也好。他非常的冷靜。丟失了女兒和丟失了國家，他都能冷靜的去承認事實，而不便動什麼感情。

天上已佈滿了秋星，天河很低很亮。大赤包依然沒能決定是否出去找空山和招弟。這激起她的怒氣。她向來是急性子，要幹什麼便馬上去幹。現在，她的心與腳不能一致，她沒法不發氣。她找到曉荷作發氣的目標。進到屋中，她像一大堆放過血的，沒有力量的，牛肉似的，把自己扔在沙發上。她的眼盯住曉荷。

曉荷知道風暴快來到，趕緊板起臉來，皺起點眉頭，裝出他也很關切招弟的樣子。他的心裡可是正在想：有朝一日，我須登台彩唱一回，比如說唱一齣《九更天》或《王佐斷臂》；我很會作戲！

他剛剛想好自己掛上髯口，穿上行頭，應該是多麼漂亮，大赤包的雷已經響了。

「我說你就會裝傻充楞呀！招弟不是我由娘家帶來的，她是你們冠家的姑娘，你難道就不著一點急？」

「我很著急！」曉荷哭喪著臉說。「不過，招弟不是常常獨自出去，回來的很晚嗎？」

「今天跟往常不一樣！她是去看——」她不敢往下說了，而啐了一大口唾沫。

「我並沒教她去！」曉荷反攻了一句。即使招弟真丟了人，在他想，也都是大赤包的過錯，而過錯有了歸處，那丟人的事彷彿就可以變成無關緊要了。

大赤包順手抄起一個茶杯，極快的出了手。嘩啦！連杯子帶窗戶上的一塊玻璃全碎了。她沒預計到茶杯會碰到玻璃上，可是及至玻璃被擊碎，她反倒有點高興，因為玻璃的聲音是那麼大，頗足以助她的聲勢。隨著這響聲，她放開了嗓子：「你是什麼東西！我一天到晚打內打外的操心，你坐在家裡橫草不動，豎草不拿！你長著心肺沒有？」

高亦陀在屋中抽了幾口煙，忍了一個盹兒。玻璃的聲音把他驚醒。醒了，他可是不會馬上立起來。煙毒使他變成懶骨頭。他懶懶的打了個哈欠。揉了揉眼睛，然後對著小磁壺的嘴咂了兩口茶，這才慢慢的坐起來。坐了一小會兒，他才輕挑軟簾扭了出來。

三言兩語，把事情聽明白，他自告奮勇找招弟小姐去。

曉荷也願意去，他是想去看看光景，假若招弟真的落在羅網裡，他應當馬上教李空山拜見老泰山，而且就手兒便提出條件，教李空山給他個拿乾薪不作事的官兒作。他以為自己若能藉此機會得到一官半職，招弟的荒唐便實在可以變為增光耀祖的事了，反之，他若錯過了這個機會，他覺得就有點對不起自己，而且似乎還有點對不起日本人——日本人佔據住北平，他不是理當去效力麼？

可是，大赤包不准他去。她還要把他留在家裡，好痛痛快快的罵他一頓。再說，高亦陀，在她看，是她的心腹，必定比曉荷更能把事情處理得妥當一些。她的脾氣與成見使她忘了詳加考慮，而只覺得能挾制丈夫才見本領。

高亦陀對曉荷軟不唧的笑了笑，像說相聲的下場時那麼輕快的走出去。

大赤包罵了曉荷一百分鐘！

亦陀曾經背著大赤包給李空山「約」過好幾次女人，他曉得李空山會見女人的地方。

那是在西單牌樓附近的一家公寓裡。以前，這是一家專招待學生的，非常規矩的，公寓。公寓的主人是一對五十多歲的老夫婦，男的管賬，女的操廚，另用著一個四十多歲的女僕給收拾屋子，一個十四五歲的小男孩給沏茶灌水和跑跑腿兒。這裡，沒有熟人的介紹，絕對租不到房間；而用功的學生是以在這裡得到一個鋪位為榮的。老夫婦對待住客們幾乎像自己的兒女，他們不只到月頭收學生們的食宿費，而也關心著大家的健康與品行。

學生們一致的稱呼他們老先生和老太太。學生們有了困難，交不上房租，只要說明了理由，老先生會歎著氣給他們墊錢，而且借給他們一些零花。因此，學生們在畢業之後，找到了事作，還和老夫婦是朋友，逢節過年往往送來一些禮物，酬謝他們從前的厚道。

這是北平的一家公寓，住過這裡的學生們，無論來自山南海北，都因為這個公寓而更多愛北平一點。他們從這裡，正如同在瑞蚨祥綢緞莊買東西，和在小飯館裡吃飯，學到了一點人情與規矩。北平的本身彷彿就是個大的學校，它的訓育主任便是每個北平人所有的人情與禮貌。

七七抗戰以後，永遠客滿的這一家公寓竟自空起來。大學都沒有開學，中學生很少住公寓的。老夫婦沒了辦法。他們不肯把公寓改成旅館，因為開旅館是「江湖」上的生意，而他們倆不過是老老實實的北平人。他們也關不了門，日本人不許任何生意報歇業。就正在這個當兒，李空山來到北平謀事。他第一喜愛這所公寓的地點——西單牌樓的交通方便，又是熱鬧的地方。第二，他喜歡這所公寓既乾淨，又便宜。他決定要三間房。為了生計，老夫婦點了頭。

剛一搬進來，李空山便帶著一個女人，和兩三個男人。他們打了一夜的牌。老夫婦過來勸阻，李空山瞪了眼。老夫婦說怕巡警來抄賭，李空山命令帶來的女人把大門開開，教老夫婦看看巡警敢進來不敢。半惱半笑的，李空山告訴老夫婦：「你們知道不知道現在是另一朝代了？日本人喜歡咱們吸煙打牌！」說完，他命令「老先生」去找煙燈。老先生拒絕了，李空山把椅子砸碎了兩張。他是「老」軍人，懂得怎樣欺侮老百姓。

第二天，他又換了個女人。老夫婦由央告而掛了怒，無論如何，請他搬出去。李空山一語不發，堅決的不搬。老先生準備拚命：「老命不要了，我不能教你在這兒撒野！」李空山還是不動，彷彿在這裡生了根。

最後，連那個女人也看不過去了，她說了話：「李大爺，你有的是錢，哪裡找不到房住，何苦跟這個老頭子為難呢？」李空山賣了個面子，對女人說：「你說的對，小寶貝！」然後，他提出了條件，教老夫婦賠償五十元的搬家費。老夫婦承認了條件，給了錢，在李空山走後，給他燒了一股高香。李空山把五十元全塞給了那個女人：「得啦，白住了兩天房，白玩了女人，這個買賣作得不錯！」他笑了半天，覺得自己非常的漂亮，幽默。

在李空山作了特高科的科長以後，他的第一件「德政」便是強佔那所公寓的三間房。他自己沒有去，而派了四名腰裡帶著槍的「幹員」去告訴公寓的主人：「李科長——就是曾經被你攆出去的那位先生，要他原來住過的那三間房！」他再三再四的囑咐「幹員」們，務必把這句話照原樣說清楚，因為他覺得這句話裡含有報復的意思。他只會記著小仇小怨，對小仇小怨，他永遠想著報復。為了報復小仇小怨，他不惜認敵作父。藉著敵人的威風，去欺侮一對無辜的老夫婦，是使他高興與得意的事。

公寓的老夫婦看到四隻手槍，只好含著淚點了頭。他們是北平人，遇到凌辱與委屈，他們會責備自己「得罪了人」，或是歎息自己的運氣不佳。他們既忍受日本人的欺壓，也怕日本人的爪牙的手槍。

李空山並不住在這裡，而只在高興玩玩女人，或玩玩牌的時候，才想起這個「別墅」來。每來一次，他必定命令老夫婦給三間屋裡添置一點東西與器具；在發令之前，他老教他們看看手槍。因此，這三間屋子收拾得越來越體面，在他高興的時候，他會告訴「老先生」：「你看，我住你的房間好不好？器具越來越多，這不是『進步』麼？」趕到「老先生」問他添置東西的費用的時候，他也許瞪眼，也許拍著腰間的手槍說：「我是給日本人作事的，要錢，跟日本人去要！我想，你也許沒有那麼大的膽子吧？」「老先生」不敢再問，而悟出來一點道理，偷偷的告訴了太太：「認命吧，誰教咱們打不出日本人去呢？」

高亦陀的心裡沒有一天忘記了怎樣利用機會打倒大赤包，然後取而代之。因此，他對李空山特別的討好。他曉得李空山好色，所以他心中把李空山與女人拴了一個結。大赤包派他去「製造」暗娼，他便一方面去工作，一方面向李空山獻媚：「李科長，又有個新計劃，不知尊意如何？

每逢有新下海的暗門子，我先把她帶到這裡來，由科長給施行洗禮，怎樣？」

李空山不明白什麼叫「洗禮」，可是高亦陀輕輕挽了挽袖口，又擠了擠眼睛，李空山便恍然大悟了，他笑得閉不上了嘴。好容易停住笑，他問：「你給我盡心，拿什麼報答你呢？是不是我得供給你點煙土？」

高亦陀輕快的躲開，一勁兒擺手：「什麼報酬不報酬呢？憑你的地位，別人巴結也巴結不上啊，我順手兒能辦的事，敢提報酬？科長你要這麼客氣，我可就不敢再來了！」

這一套恭維使李空山幾乎忘了自己的姓氏，拍著高亦陀的肩頭直喊「老弟！」於是，高亦陀開始往「別墅」運送女人。

高亦陀算計得很正確：假若招弟真的落了圈套，她必定是在公寓裡。

他猜對了。在他來到公寓以前，李空山已經和招弟在那裡玩耍了三個鐘頭。

招弟，穿著空山給她的夾袍和最高的高跟鞋，好像身量忽然的長高了許多。挺著她的小白脖子，挺著她那還沒有長得十分成熟的胸口，她彷彿要把自己在幾點鐘裡變成個熟透了的小婦人。她的黑眼珠放著些浮動的光兒，東瞭一下西瞭一下的好似要表示出自己的大膽，而又有點不安。她的唇抹得特別的紅，特別的大，見稜見角的，像是要用它幫助自己的勇敢。她的頭髮燙成長長的鬈兒，一部分垂在項上，每一擺動，那些長鬈兒便微微刺弄她的小脖子，有點發癢。額上的那些髮鬈梳得很高，她時時翻眼珠向上看，希望能看到它們；髮高，鞋跟高，又加上挺著項與胸，她覺得自己是長成了人，應當有膽子作成人們所敢作的事。

她忘了自己是多麼嬌小秀氣。她忘了以前所有的一點生活的理想。她忘了從前的男朋友們。她忘了國恥。假若在北平淪陷之後，她能常常和祁瑞全在一處，憑她的聰明與熱氣，她一定會因反抗父母而表示出一點愛國的真心來。

可是，瑞全走了。她只看到了妓女與父母所作的卑賤無聊的事。她的心被享受與淫蕩包圍住。慢慢的，她忘了一切，而只覺得把握住眼前的快樂是最實際最直截了當的。衝動代替了理想，她願意一下子把自己變成比她媽媽更漂亮，更摩登，也更會享受的女人。假若能作到這個，她想，她便是個最勇敢的女郎，即使天塌下來也不會砸住她，更不用提什麼亡國不亡國了。

她並不喜愛李空山，也不想嫁給他。她只覺得空山怪好玩。她忘了以前的一切，對將來也沒作任何打算。她的家教是荒淫，所以她也只能想到今天有酒今天醉。

在她心的深處，還有一點點光亮，那光亮給她照出，像電影場打「玻片」似的，一些警戒的字句。可是，整個的北平都在烏七八糟中，她所知道的「能人」們，都閉著眼瞎混——他們與她們都只顧了嘴與其他的肉體上的享受，她何必獨自往相反的方向走呢。她看見了那些警戒的語言，而只一撇嘴。她甚至於告訴自己：在日本人手下找生活，只有鬼混。這樣勸告了自己，她覺得一切都平安無事了，而在日本人手下活著也頗有點好處與方便。

沒有反抗精神的自然會墮落。

見了李空山，李空山沒等她說什麼便「打道」公寓。她知道自己是往井裡落呢，她的高跟鞋的後跟好像踩著一片薄冰。她有點害怕。可是，她不便示弱而逃走。她反倒把胸口挺得更高了一些。她的眼已看不清楚一切。而只那麼東一轉西一轉的動。她的嗓子裡發乾，時時的輕嗽一下。嗽完了，她感到無聊，於是就不著邊際的笑一笑。她的心跳動得很快，隨著心的跳動，她感到自己的身體直往上升，彷彿是要飄到空中去。她怕，可也更興奮。她的跳動得很快的心像要裂成兩半兒。她一會兒想往前闖去，一會兒想往後撤退，可是始終沒有任何動作。她不能動了，像一個青蛙被蛇吸住那樣。

到了公寓，她清醒了一點。她想一溜煙似的跑出去。可是，她也有點疲乏，所以一步也沒動。再看看李空山，她覺得他非常的粗俗討厭。他身上的氣味很難聞。兩個便衣已經在院中放了哨。她假裝鎮定的用小鏡子照一照自己的臉，順口哼一句半句有聲電影的名曲。她以為這樣拿出摩登姑娘的大方自然，也許足以阻住李空山的襲擊。她又極珍貴自己了。

可是，她終於得到她所要的。事後，她非常的後悔，她落了淚。李空山向來不管女人落淚不落淚。女人，落在他手裡，便應當像一團棉花，他要把它揉成什麼樣，便揉成什麼樣。他沒有溫柔，而且很自負自己的粗暴無情，他的得意的經驗之語是：「對女人別留情！砸折了她的腿，她才越發愛你！」高亦陀來到。

第四十四章 臭肉才會招來蒼蠅

見高亦陀來到，招弟開始往臉上拍粉，重新抹口紅，作出毫不在乎的樣子。在家中，她看慣了父母每逢丟了臉就故意裝出這種模樣。這樣一作戲，她心中反倒平定下來。她覺得既然已經冒了險，以後的事就隨它的便吧，用不著發愁，也用不著考慮什麼。她自自然然的對亦陀打了招呼，彷佛是告訴他：「你知道也好，不知道也好，反正我一切都不在乎！」

高亦陀的眼睛恰好足夠判斷這種事情的，一眼他便看明白事情的底蘊。他開始誇讚招弟的美貌與勇敢。他一字不提事情的正面，而只誠懇的扯閒話兒，在閒話之中，他可是教招弟知道：他是她的朋友，他會盡力幫她忙，假若她需要幫忙的話。他很愛說話，但是他留著神，不讓他的話說走了板眼。

聽亦陀閒扯了半天，招弟更高興起來，也開始有說有笑，彷佛她從此就永遠和空山住在一處也無所不可了。真的，她還沒想出來她的第二步應當往哪裡走，可是表示出她的第一步並沒有走錯。不管李空山是什麼東西，反正今天她已被他佔有，那麼她要是馬上就想和他斷絕關係，豈不反倒有點太怕事與太無情麼？好吧，歹吧，她須不動聲色的應付一切。假若事情真不大順利，她也還有最後的一招，她須像她媽媽似的作個女光棍。她又用小鏡子照了照自己，她的臉、眼、鼻子、嘴，是那麼美好，她覺得就憑這點美麗，她是絕對不會遇到什麼災難和不幸的。

看和招弟閒談的時間已經夠了，亦陀使了個眼神，把李空山領到另一間屋裡去。一進門，他便扯天扯地的作了三個大揖，給空山道喜。

空山並沒覺得有什麼可喜，因為女人都是女人，都差不多；他在招弟身上並沒找到什麼特殊的地方來。他只說了聲：「麻煩得很！」

「麻煩？怎麼？」高亦陀很誠懇的問。

「她不是混事的，多少有點麻煩！」空山把自己扔在一個大椅子上，顯著疲乏厭倦，而需要一點安慰似的。

「科長！」高亦陀的瘦臉上顯出嚴肅的神氣：「你不是很想娶個摩登太太嗎？那是對的！就憑科長你的地位身分，掌著生殺之權，是該有一位正式的太太的！招弟姑娘呢，又是那麼漂亮年輕，多少人費了九牛二虎的力量都弄不到手，而今居然肥豬拱門落在你手裡，還不該請朋友們痛痛快快的吃回喜酒？」

亦陀這一番話招出空山不少的笑容來，可是他還一勁兒的說：「麻煩！麻煩！」他幾乎已經不知道「麻煩」是指著什麼說的，而只是說順了嘴兒，沒法改動字眼。同時，老重複這兩個字也顯著自己很堅決，像個軍人的樣子，雖然他不曉得為什麼要堅決。

亦陀見科長有了笑容，趕緊湊過去，把嘴放在空山的耳朵上，問：「是真正的處女吧？」

空山的大身子像巨蛇似的扭了扭，用肘打了亦陀的肋部一下：「你！你！」而後，抿著嘴笑了一下，又說了聲：「你！」

「就憑這一招，科長，還值不得請客嗎？」高亦陀又挽了挽袖口，臉上笑得直往下落煙灰。

「麻煩！」李空山的腦子裡仍然沒出現新的字樣。

「不麻煩！」亦陀忽然鄭重起來。「一點都不麻煩！你通知冠家，不論大赤包怎麼霸道，她也不敢惹你！」

「當然！」空山懶不唧的，又相當得意的，點了點頭。「然後，由你們兩家出帖請客，一切都交給曉荷去辦，咱們坐享其成。好在曉荷專愛辦這種事，也會辦這種事。咱們先向冠家要賠嫁。我告訴你，科長，大赤包由你的提拔，已經賺了不少的鈔票，也該教她吐出一點兒來了！把嫁妝交涉好，然後到了吉期，我去管賬。結賬的時候，我把什麼喜聯喜幛的全交給冠家，把現金全給你拿來。大赤包敢說平分的話，咱們亮手槍教她看看就是了。我想，這是一筆相當可觀的收入，而且科長你也應當這麼作一次了。請原諒我的直言無隱，要是別人當了這麼多日子的科長，早就不知道打過多少次秋風啦。科長你太老實，老有點不好意思。你可就吃了虧。這回呢，你是千真萬確的娶太太，難道還不給大家一個機會，教大家孝敬你老一點現款嗎？」

聽完這一片良言，李空山心裡癢了一陣，可是依然只說出：「麻煩！麻煩！」

「一點不麻煩！」亦陀的話越來越有力，可是聲音也越低。聲音低而有力，才足以表示親密，而且有點魔力。「你把事情都交給我，先派我作大媒好了。這裡只有個大赤包不好鬥，不過，咱們說句閒話，她能辦的，我，不才，也能辦。她要是敢鬧刺兒，你把她的所長幹掉就是了。咱們只是閒扯，比方說，科長你要是願意抬舉我，我一定不會跟你三七成分賬，我是能孝敬你多少，就拿出多少，我決不能像大赤包那麼忘恩負義！這可都是閒篇兒，科長你可別以為我要頂大赤包；她是我的上司，我對她也不能忘恩負義！話往回說，你把事情全交給我好了，我一定會辦得使你滿意！」

「麻煩！」李空山很喜歡亦陀的話，可是為表示自己有思想，所以不便立刻完全同意別人的策略——愚人之所以為愚人，就是因為他以為自己很有思想。

「還有什麼麻煩呀？我一個人的爺爺！」高亦陀半急半笑的說。

「有了家，」李空山很嚴肅的提出理由來，「就不自由了！」

高亦陀低聲的笑了一陣。「我的科長，家就能拴住咱們了嗎？別的我不知道，我到過日本。」

空山插了話：「到過日本，你？」

「去過幾天！」亦陀謙恭而又自傲的說：「我知道日本人的辦法。日本男人把野娘們帶到家來過夜，他的太太得給鋪床疊被的伺候著。這個辦法對！她，」亦陀的鼻子向旁邊的屋子一指，「她是摩登小姐，也許愛吃醋；可是，你只須教訓她兩回，她就得乖乖的聽話。砸她，擰她，咬她，都是好的教訓。教訓完了，給她買件衣料什麼的，她就破涕為笑了！這樣，她既不妨礙你的自由，你又可以在大宴會或招待日本人的時候，有個漂亮太太一同出席，夠多麼好！沒有麻煩！沒有一點麻煩！況且，說句醜話，在真把她玩膩了的時候，你滿可以把她送給日本朋友啊！告訴你，科長，有日本人佔住北平，咱們實在有一切的便利！」

空山笑了。他同意亦陀的最後一項辦法——把招弟送給日本人，假如她太不聽話。

「就這麼辦啦，科長！」亦陀跳動著粉碎的小步往外走。隔著窗子，他告訴招弟：「二小姐，我到府上送個話兒，就說今天你不回去了！」沒等招弟開口，他已經走出去。

他僱車回到冠家。一路上，他一直是微笑著。他回憶剛才在公寓裡的經過，像想一齣《蔣幹盜書》那類的戲似的那麼有趣。最得意的地方是李空山已經注意到他到過日本，和他對日本人怎樣對待女子的知識。他感到他的知識已發生了作用，毫無疑義的，他將憑藉著那點知識而騰達起來——他將直接的去伺候日本人，而把大赤包連李空山——連李空山——全一腳踢開！他覺得北平已不是「原根」的花木，而是已接上了日本的種兒。

在這變種的時候，他自己是比任何人都更有把握的得風氣之先，先變得最像日本人，也就得到最多的金錢與勢力。以前，他在天橋兒賣過草藥；將來，他必須在日本人面前去賣草藥，成為一個最偉大的草藥販子。他的草藥將是他的唇舌、機智，與拉攏的手段。他將是今日的蘇秦張儀，在渾水裡摸到最大的一條魚。

一直到進了冠家的大門，他才停止了微笑，換上了一臉的嚴肅。院中很靜。桐芳與高第已經都關門就寢，只有北屋還有燈光。

大赤包還在客廳中坐著呢，臉上的粉已褪落，露出黃暗的皺紋與大顆的黑雀斑，鼻子上冒出一些有光的油。曉荷在屋中來回的走，他的罵已挨夠，臉上露出點風暴過去將要有晴天的微笑。

他的眼時常瞭著大赤包，以便隨時收起微笑，而拿出一點憂鬱來。

在平日，他很怕大赤包。今天，看她真動了氣，他反倒有點高興；不管她怎樣的罵他，反正她是遇到了李空山那樣的一個敵手，這很值得高興。他並沒為招弟思索什麼，而只想招弟若真和李空山結婚，他將得到個機會施展自己的本事。他將要極精細的，耐心的，去給她選擇嫁妝，既要省錢，又要漂亮。他將要去定多少桌喜酒，怎樣把菜碼略微一調動便可以省一元錢，而教一般的客人看不出其中的奧妙。

把這些都想過，他想到自己：在吉期那天，他將穿什麼衣服，好把自己扮成既像老太爺，又能顯出「老來俏」。他將怎樣露出既有點疲倦，而仍對客人們極其周到。他將喝五成酒，好教臉上紅撲撲的，而不至於說話顛三倒四。他將在大家的面前，表演一回盡美盡善的老泰山！

假若日本人的瘋狂是昂首挺胸的，冠曉荷和類似他的北平人的瘋狂是沉溺在煙酒馬褂與千層底緞鞋之間的。日本人的瘋狂是老要試試自己的力氣，冠曉荷的是老要表現自己的無聊。這兩種瘋狂——凡是只知道自己，只關切自己，而不睜眼看看世界的，都可以叫作瘋狂——遇到一處，就正好一個可以拚命的打人，一個死不要臉的低著頭看自己的緞子鞋。

按說，曉荷對招弟應當多少關點心，她是他的親女兒。在一個中國人的心裡，父親是不能把女兒當作一根草棍兒似的隨便扔出去的。可是，曉荷的瘋狂使他心中很平靜。對女兒，正像對他生身之地北平一樣，被別人糟蹋了，他一點也不動心。他的確是北平的文化裡的一個蟲兒，可是他並沒有鑽到文化的深處去，他的文化只有一張紙那麼薄。他只能注意酒食男女，只能分別香片與龍井的吃法，而把是非善惡全付之一笑，一種軟性瘋狂的微笑。

見高亦陀進來，曉荷作出極鎮定而又極懇切的樣子，問了聲「怎樣？」

亦陀沒理會曉荷，而看了看大赤包。她抬了抬眼皮。亦陀曉得女光棍是真著了急，而故意的要「拿捏」她一下；亦陀也是個軟性的瘋子。他故意作出疲乏的樣子，有聲無力的說：「我得先抽一口！」他一直走進內間去。

大赤包追了進去。曉荷仍舊在客廳裡慢慢的走。他不屑於緊追亦陀，他有他的身分！

等亦陀吸了一大口煙之後，大赤包才問：「怎樣？找到他們，啊，她，沒有？」

一邊慢慢的挑煙，亦陀一邊輕聲緩調的說：「找到了。二小姐說，今天不回來了。」

大赤包覺得有多少隻手在打她的嘴巴！不錯，女兒遲早是要出嫁的，但是她的女兒就須按照她的心意去嫁人。招弟這樣不明不白的被李空山搶去，她吃不消。她想不起一點自己的教養女兒的錯誤，而招弟竟敢這麼大膽妄為，她不能不傷心。不過，招弟只是個年輕的女孩子，還有可原諒。李空山是禍首，沒有任何可原諒的地方；假若沒有李空山的誘惑，招弟一定不會那樣大膽。她把過錯全歸到李空山的身上，而咬上了牙。

哼，李空山是故意向她挑戰，假若她低了頭，她就不用再在北平叫字號充光棍了。這一點，比招弟的失足還更要緊。她知道，即使現在把招弟搶救回來，招弟也不能再恢復「完整」。可是，她必須去搶救，不是為招弟的名譽與前途，而是為鬥一鬥李空山。她和李空山，從現在起，已是勢不兩立！

「曉荷！」雷似的她吼了一聲。「叫車去！」

雷聲把亦陀震了起來。「幹嗎？」

一手插腰，一手指著煙燈，大赤包咬著牙說：「我鬥一鬥姓李的那小子！我找他去！」

亦陀立了起來。「所長！是二小姐傾心願意呀！」

「你胡說！我養的孩子，我明白！」大赤包的臉上掛上了一層白霜；手還指著煙燈，直顫。

「曉荷！叫車去！」曉荷向屋門裡探了探頭。

大赤包把指向煙燈的手收回來，面對著曉荷，「你個鬆頭日腦的東西！女兒，女兒，都叫人家給霸佔了，你還王八大縮頭呢！你是人不是？是人不是？說！」

「不用管我是什麼東西吧，」曉荷很鎮定的說：「咱們應當先討論討論怎樣解決這件事，光發脾氣有什麼用呢？」

在他的心裡，他是相當滿意招弟的舉動的，所以他願意從速把事情解決了。他以為能有李空山那麼個女婿，他就必能以老泰山的資格得到一點事作。他和東陽、瑞豐，拜過盟兄弟，可是並沒得到任何好處。盟兄弟的關係遠不如岳父與女婿的那麼親密，他只須一張嘴，李空山就不能不給他盡心。至於招弟的丟人，只須把喜事辦得體面一些，就能遮掩過去，正如同北平陷落而掛起五色旗那樣使人並不覺得太難堪。勢力與排場，是最會遮羞的。

大赤包楞了一楞。

高亦陀趕緊插嘴，唯恐教曉荷獨自得到勸慰住了她的功勞。「所長！不必這麼動氣，自己的身體要緊，真要氣出點病來，那還了得！」說著，他給所長搬過一張椅子來，扶她坐下。

大赤包哼哼了兩聲，覺得自己確是不應動真氣；氣病了自己實在是一切人的損失。

亦陀接著說：「我有小小的一點意見，說出來備所長的參考。第一，這年月是講自由的年月，招弟小姐並沒有什麼很大的過錯。第二，憑所長你的名譽身分，即使招弟小姐有點不檢點，誰也不敢信口胡說，你只管放心。第三，李空山雖然在這件事上對不起所長，可是他到底是特高科的科長，掌著生殺之權。那麼，這件婚事實在是門當戶對，而雙方的勢力與地位，都足以教大家並上嘴的。第四，我大膽說句蠢話，咱們的北平已經不是往日的北平了，咱們就根本無須再顧慮往日的規矩與道理。打個比方說，北平在咱們自己手裡的時候，我就不敢公開的抽兩口兒煙。今天，我可就放膽的去吸，不但不怕巡警憲兵，而且還得到日本人的喜歡。以小比大，招弟小姐的這點困難，也並沒有什麼難解決的地方，或者反倒因為有這麼一點困難，以後才更能出風頭呢。所長請想我的話對不對？」

大赤包沉著臉，眼睛看著鞋上的繡花，沒哼一聲。她知道高亦陀的話都對，但是不能把心中的惡氣全消淨。她有些怕李空山，因為怕他，所以心裡才難過。假若她真去找他吵架，她未必幹得過他。反之，就這麼把女兒給了他，焉知他日後不更囂張，更霸道了呢。她沒法辦。

曉荷，在亦陀發表意見的時候，始終立在屋門口聽著，現在他說了話：「我看哪，所長，把招弟給他就算了！」

「你少說話！」大赤包怕李空山，對曉荷可是完全能控制得住。

「所長！」亦陀用涼茶漱了漱口，啐在痰盂裡，而後這麼叫，「所長，毛遂自薦，我當大媒好了！事情是越快辦越好，睡長夢多！」

大赤包深深的吸了一口氣，用手輕輕的揉著胸口，她的心中憋得慌。

亦陀很快的又呼嚕了一口煙，向所長告辭：「咱們明天再詳談！就是別生氣，所長！」

第二天，大赤包起來的很遲。自從天一亮，她就醒了，思前想後的再也閉不上眼。她可是不願意起床，一勁兒盼望招弟在她起床之前回來，她好作為不知道招弟什麼時候回來的樣子而減少一點難堪。可是，一直等到快晌午了，招弟還沒回來。大赤包又發了怒。她可是沒敢發作。昨天，她已經把曉荷罵了個狗血噴頭，今天若再拿他出氣，似乎就太單調了一些。今天，她理當從高第與桐芳之中選擇出一個作為「罵擋子」。

但是，她不能罵高第，她一向偏疼招弟，而把高第當作個賠錢貨，現在，給她丟人的反倒是她的心上的肉，而不是高第。她不能再激怒了高第，使高第也去胡鬧八光。她只好罵桐芳。但是，桐芳也罵不得。她想像得到：假若她敢挑戰，桐芳必定會立在門外的大槐樹下去向全胡同廣播招弟的醜事。她的怒氣只能憋在心裡。

她巴結上了李空山，得到了所長的職位與她所希冀的金錢與勢力，可是今天她受了苦刑，有氣不敢發洩，有話不敢罵出來！她並沒有一點悔意，也決不想責備自己，可是她感到心中像有塊掏不出來的什麼病。快晌午了，她不能再不起來。假若她還躺在床上，她想那就必定首先引起桐芳的注意，而桐芳會極高興的咒詛她就這麼一聲不響氣死在床上的。她必須起來，必須裝出若無其事的樣子，以無恥爭取臉面。

起來，她沒顧得梳洗，就先到桐芳的小屋裡去看一眼。桐芳沒在屋裡。

高第，臉上還沒搽粉，從屋裡出來，叫了一聲「媽！」

大赤包看了女兒一眼。高第，因為臉上沒有粉，唇上沒有口紅，比往日更難看了些。她馬上就想到：招弟倒真好看呢，可是白白的丟掉了。想到這裡，她以為高第是故意的諷刺她呢！她可是還不敢發脾氣。她問了聲：「她呢？」

「誰？桐芳啊？她和爸爸一清早就出去了，也許是看招弟去了吧？我聽見爸爸說：去看新親！」

大赤包的頭低下去，兩手緊緊的握成拳頭，半天沒說出話來。

高第往前湊了兩步，有點害怕，又很勇敢的說：「媽！先前你教我敷衍李空山，你看他是好人嗎？」

大赤包抬起頭來，很冷靜的問：「又怎樣呢？」

高第怕媽媽發怒，趕緊假笑了一下。「媽！自從日本人一進北平，我看你和爸爸的心意和辦法就都不對！你看，全胡同的人有誰看得起咱們？誰不說咱們吃日本飯？據我瞧，李空山並不厲害，他是狗仗人勢，藉著日本人的勢力才敢欺侮咱們。咱們吃了虧，也是因為咱們想從日本人手裡得點好處。跟老虎討交情的，早晚是餵了老虎！」

大赤包冷笑起來。聲音並不高，而十分有勁兒的說：「嘔！你想教訓我，是不是？你先等一等！我的心對得起老天爺！我的操心受累全是為了你們這一群沒有用的吃貨！教訓我？真透著奇怪！沒有我，你們連狗屎也吃不上！」

高第的短鼻子上出了汗，兩隻手交插在一塊來回的絞。「媽，你看祁瑞宣，他也養活著一大家子人，可是一點也不——」她舐了舐厚嘴唇，沒敢把壞字眼說出來，怕媽媽更生氣。「看人家李四爺，孫七，小崔，不是都還沒餓死嗎？咱們何必單那麼著急，非巴結——不可呢？」

大赤包又笑了一聲：「得啦，你別招我生氣，行不行？行不行！你懂得什麼？」

正在這個時節，曉荷，滿臉的笑容，用小碎步兒跑進來。像蜂兒嗅準了一朵花似的，他一直奔了大赤包去。離她有兩步遠，他立住，先把笑意和慇勤放射到她的眼裡，而後甜美的說：「所長！二姑娘回來了！」

曉荷剛說完，招弟就輕巧的，臉上似乎不知怎樣表情才好，而又沒有一點顯然的慚愧或懼怕的神氣，走進來。她的頂美的眼睛由高第看到媽媽，而後看了看房脊。她的眼很亮，可是並不完全鎮定，浮動著一些隨時可以變動的光兒。先輕快的嚥了一點唾沫，她才勇敢的，微笑著，叫了一聲「媽！」

大赤包沒出聲。

桐芳也走進來，只看了高第一眼，便到自己的小屋裡去。

「姐！」招弟假裝很活潑的過去拉住高第的手，而後咯咯的笑起來，連她自己也不知道笑的什麼。

曉荷看看女兒，看看太太，臉上滿佈著慈祥與愉快，嘴中低聲唸道：「一切不成問題！都有辦法！都有辦法！」

「那個畜生呢？」大赤包問曉荷。

「畜生？」曉荷想了一下才明白過來：「一切都不成問題！所長，先洗洗臉去吧！」

招弟放開姐姐的手，仰著臉，三步併成兩步的，跑進自己屋中去。

大赤包還沒走到屋門口，高亦陀就也來到。有事沒事的，他總是在十二點與下午六點左右，假若不能再早一點的話，來看朋友，好吃人家的飯。趕了兩步，他攙著大赤包上台階，倒好像她是七八十歲的人似的。

大赤包剛剛漱口，祁瑞豐也來到。剛一進屋門，他便向大家道喜。道完喜，他發表了他的說與不說都沒關係的意見：「這太好了！太好了！事情應當這樣！應當這樣！冠家李家的聯姻，簡直是劃時代的一個，一個，」他想不出來到底應當說一個什麼才對，而把話轉到更實際一些的問題上去：「冠大哥！我們什麼時候吃喜酒呢？這回你可非露一手兒不行呀！酒是酒，菜是菜，一點也不能含糊。我去邀大家，單說鮮花花籃，起碼得弄四十對來！還有，咱們得教李科長約些個日本人來助威，因為這是劃時代的一個，一個——」他還是想不出一個什麼來，而覺得自己很文雅，會找字眼，雖然沒有找到。

曉荷得到了靈感，板著臉，眼睛一眨一眨的，像是在想一句詩似的。「是的！是的！一定要請日本朋友們，這是表示中日親善的好機會！我看哪，」他的眼忽然一亮，像貓子忽然看到老鼠那樣，「乾脆請日本人給證婚，豈不更漂亮？」

瑞豐連連的點頭：「難得大哥你想的出，那簡直是空前之舉！」

曉荷笑了：「的確是空前！我冠某辦事，當然得有兩手驚人的！」

「嫁妝呢？」瑞豐靠近了曉荷，極親密的說：「是不是教菊子來住在這兒，好多幫點忙？」

「到時候，我一定去請她來，咱們這樣的交情，我決不鬧客氣！先謝謝你呀！」曉荷說完，輕巧的一轉身，正看見藍東陽進來。他趕緊迎過去：「怎麼！消息會傳得這麼快呢？」

東陽自從升了官，架子一天比一天大。他的架子，不過，可不是趾高氣揚的那一種，而是把骨骼放鬆，彷彿隨時都可以被風吹散。他懶得走，懶得動，屁股老像在找凳子；及至坐下，他就像癱在了那裡，不願再起來。偶爾的要走幾步路，他的身子就很像剛學邁步的小兒，東倒一下，西倒一下的亂擺。他的臉上可不這麼鬆懈，眼睛老是左右開弓的扯動，牙老咬著，表示自己雖然升了官，而仍然有無限的恨意——恨自己沒有一步跳到最高處去，恨天下有那麼多的官兒，而不能由他全兼任過來。越恨，他就越覺得自己重要，所以他的嘴能不漱就不漱，能不張開就不張開，表示出不屑於與凡人交談，而口中的臭氣彷彿也很珍貴，不輕於吐出一口來。

他沒回答曉荷的質問，而一直撲奔了沙發去，把自己扔在上面。對瑞豐，他根本沒理會。他恨瑞豐，因為瑞豐沒有給他運動上中學校長。

在沙發上，扯動了半天他的眼睛，他忽然開了口：「是真的？」

「什麼是真的？」曉荷笑著問。曉荷是一向注意彼此間的禮貌的，可是他並不因此而討厭東陽的沒規矩。凡是能作官的，在他看，就都可欽佩；所以，即使東陽是條驢，他也得笑臉相迎。

「招弟！」東陽從黃牙板中擠出這兩個字。

「那還能是假的嗎，我的老弟台！」曉荷哈哈的笑起來。

東陽不再出聲，用力的啃手指甲。他恨李空山能得到美麗的招弟，而他自己落了空。他想起一共給招弟買過多少回花生米，哼，那些愛的投資會居然打了「水飄兒」！他的大指的指甲上出了血，他的臉緊縮得像個小乾核桃。恨，給了他靈感，他腦中很快的構成了一首詩：

死去吧，你！
白吃了我的花生米，
狗養的！

詩作成，他默唸了兩三遍，以便記牢，好寫下來寄到報社去。

有了詩，也就是多少有了點稿費，他心中痛快了一點。他忽然的立起來，一聲沒出的走出去。

「吃了飯再走啊！」曉荷追著喊。

東陽連頭也沒回。

「這傢伙是怎回事？」瑞豐有點怕東陽，直等東陽走出去才開口。

「他？」曉荷微笑著，好像是瞭解一切人的性格似的說：「要人都得有點怪脾氣！」

好事不出門，壞事行千里。不大的工夫，冠家的醜事就傳遍了全胡同。對這事，祁老人首先向韻梅發表了意見：「小順兒的媽，你看怎樣，應了我的話沒有？小三兒，原先，時常跟她套交情，要不是我橫攔著，哼，把她弄到家來，那比二媳婦還要更糟！什麼話呢，不聽老人言，禍事在眼前，一點也不錯！」

老人非常自傲這點先見之明，說完了，一勁兒的梳弄鬍子，好像是表示鬍子便代表智慧與遠見。小順兒的媽卻另有見解：「其實，老爺子你倒不必操那個心。不管老三當初怎麼往前伸腿，他也不會把她弄到手。她們一家子都是勢利眼！」

老人聽出韻梅的話中有些真理，可是為了維持自己的尊嚴，不便完全同意，於是只輕描淡寫的歎了口氣。

小順兒的媽把自己的意見又向丈夫提出，瑞宣只微微的一皺眉，不願意說什麼。假若他願開口的話，他必告訴她：「這並不只是冠家的羞恥，而是我們大家出了醜，因為冠家的人是活在我們中間的——我們中間為什麼會有這樣的人呢？假若你要只承認冠家的存在是一種事實，你便也承認了日本人的侵略我們是不可避免的，因為臭肉才會招來蒼蠅！反之，你若能看清冠家的存在是我們的一個污點，你才會曉得我們要反抗日本，也要掃除我們內部的污濁。公民們有合理的生活，才會有健康的文化，才會打退侵略者。」他可是沒有開口，一來因為怕太太不瞭解，二來他覺得自己的生活恐怕也不盡合理，要不然他為什麼不去參加抗戰的工作，而只苟延殘喘的在日本旗子下活著呢？

胡同中最熱心給冠家作宣傳的是小崔，孫七，與長順。小崔和大赤包有點私仇，所以他不肯輕易放掉這個以宣傳為報復的機會。他不像瑞宣那樣會思索，而只從事情的表面上取得他的意見：「好吧，你往家裡招窯姐兒，你教人家作暗門子，你的女兒也就會偷人！老天爺有眼睛！」

孫七雖然同意小崔的意見，可是他另有注重之點：「告訴你，小崔，這是活報應！你苟著日本人，得了官兒，弄了錢，哼，你的女兒走桃花運！你看著，小崔，凡是給日本人作事，狐假虎威的人，早晚都得遭報！」

長順對男女的關係還弄不十分清楚，因此他才更注意這件事。他很想把故事中的細節目都打聽明白，以便作為反對冠家的資料，一方面也增長些知識。他刨根問底的向小崔與孫七探問，他們都不能滿足他。他甚至於問李四大媽，李四大媽似乎還不知道這件事，而鄭重的囑咐他：「年輕輕的，可別給人家造謠言哪！那麼俊秀的姑娘，能作出那麼不體面的事？不會！就是真有這麼回事，咱們的嘴上也得留點德喲！」

李四大媽囑咐完了，還不放心，偷偷的把事情告訴了長順的外婆。兩位老太婆對於冠家幾乎沒有任何的批判，而只覺得長順這個小人兒太「精」了。外婆給了長順警告。長順兒表面上不敢反抗外婆，而暗中更加緊的去探問，並且有枝添葉的作宣傳。

李四爺聽到了這件事，而不肯發表任何意見。他的一對老眼睛看過的事情，好的歹的，善的惡的，太多了；他不便為一件特殊的事顯出大驚小怪。

在他的經驗中，他看見過許多次人世上的動亂，在這些動亂裡，好人壞人都一樣的被一個無形的大剪子剪掉，或碰巧躲開剪刀，而留下一條命。因此，他知道性命的脆弱，與善惡的不十分分明。在這種情形下，他只求憑著自己的勞力去掙錢吃飯，使心中平安。同時，在可能的範圍中，他要作些與別人有益的事，以便死後心中還是平安的。

他不為好人遭了惡報而灰心，也不為歹人得了好處而改節。他的老眼睛老盯著一點很遠很遠的光，那點光會教他死後心裡平安。他是地道的中國人，彷彿已經活了幾千年或幾萬年，而還要再活幾千年或幾萬年。他永遠吃苦，有時候也作奴隸。忍耐是他最高的智慧，和平是他最有用的武器。他很少批評什麼，選擇什麼，而又無時不在默默的批評，默默的選擇。他可以喪掉生命，而永遠不放手那點遠處的光。

他知道他會永生，絕不為一點什麼波動而大驚小怪。有人問李四爺：「冠家是怎回事？」他只笑一笑，不說什麼。他好像知道冠家，漢奸們，和日本人，都會滅亡，而他自己永遠活著。

只有丁約翰不喜歡聽大家的意見。說真的，他並不以為招弟的舉動完全合理，可是為表示他是屬於英國府的，他不能隨便的人云亦云的亂說。他仍舊到冠家去，而且送去點禮物。他覺得只有上帝才能裁判他，別人是不應干涉他，批評他的。

「輿論」開始由孫七給帶到附近的各舖戶去，由小崔帶到各條街上去。每逢大赤包或招弟出來，人們的眼睛都射出一點好像看見一對外國男女在街上接吻那樣的既稀奇又怪不好過的光來。在她們的背後，有許多手指輕輕的戳點。

大赤包和招弟感覺到了那些眼光與手指，而更加多了出來的次數。大赤包打扮得更紅艷，把頭揚得高高的，向「輿論」挑戰。招弟也打扮得更漂亮，小臉兒上增加了光彩與勇敢，有說有笑的隨著媽媽遊行。

曉荷呢，天天總要上街。出去的時候，他走得相當的快，彷彿要去辦一件要事。回來，他手中總拿著一點東西，走得很慢；遇到熟人，他先輕歎一聲，像是很疲倦的樣子，而後報告給人們：「唉！為父母的對兒女，可真不容易！只好『盡心焉而已』吧！」

第四十五章　一步錯，步步錯

陳野求找不到姐丈錢默吟，所以他就特別的注意錢先生的孫子——錢少奶奶真的生了個男娃娃。自從錢少奶奶將要生產，野求就給買了催生的東西，親自送到金家去。他曉得金三爺看不起他，所以要轉一轉面子。在他的姐姐與外甥死去的時候，他的生活正極其困苦，拿不出一個錢來。現在，他是生活已大見改善，他決定教金三爺看看，他並不是不通人情的人。再說，錢少奶奶住在娘家，若沒有錢家這面的親戚來看看她，她必定感到難過，所以他願以舅公的資格給她點安慰與溫暖。小孩的三天十二天與滿月，他都抓著工夫跑來，帶著禮物與他的熱情。

他永遠不能忘記錢姐丈，無論姐丈怎樣的罵過他，甚至和他絕交。可是，他隨時隨地的留神，也找不著姐丈，他只好把他的心在這個小遺腹子身上表現出來。他知道姐丈若是看見孫子，應當怎樣的快樂；錢家已經差不多是同歸於盡，而現在又有了接續香煙的男娃娃。那麼，錢姐丈既然沒看到孫子，他——野求——就該代表姐丈來表示快樂。

還有，自從他給偽政府作事，他已經沒有了朋友。在從前，他的朋友多數是學術界的人。現在，那些人有的已經逃出北平，有的雖然仍在北平，可是隱姓埋名的閉戶讀書，不肯附逆。有的和他一樣，為了家庭的累贅，無法不出來掙錢吃飯。對於那不肯附逆的，他沒臉再去訪見，就是在街上偶然的遇到，他也低下頭去，不敢打招呼。對那與他一樣軟弱的老友，大家也斷絕了往來，因為見了面彼此難堪。自然，他有了新的同事。可是同事未必能成為朋友。再說，新的同事們裡面，最好的也不過是像他自己的這路人——雖然心中曉得是非善惡，而以小不忍亂了大謀，自動的塗上了三花臉。其餘的那些人，有的是渾水摸魚，乘機會弄個資格；他們沒有品行，沒有學識，在國家太平的時候，永遠沒有希望得到什麼優越的地位；現在，他們專憑鑽營與無恥，從日本人或大漢奸的手裡得到了意外的騰達。

有的是已經作了一二十年的小官兒，現在拚命的掙扎，以期保持住原來的地位，假若不能高昇一步的話；除了作小官兒，他們什麼也不會，「官」便是他們的生命，從誰手中得官，他們便無暇考慮，也不便考慮。這些人們一天到晚談的是「路線」、關係，與酬應。野求看不起他們，沒法子和他們成為朋友。他非常的寂寞。同時，他又想到烏鴉都是黑的，他既與烏鴉同群，還有什麼資格看不起他們呢？他又非常的慚愧。

好吧，即使老友都斷絕了關係，新朋友又交不來，他到底還有個既是親又是友的錢默吟啊。可是，默吟和他絕了交！北平城是多麼大，有多少人啊，他卻只剩下了個病包兒似的太太，與八個孩子，而沒有一個朋友！寂寞也是一種監獄！

他常常想起小羊圈一號來。院子裡有那麼多的花，屋中是那麼安靜寬闊，沒有什麼精心的佈置，而顯出雅潔。那裡的人是默吟與孟石，他們有的是茶、酒、書、畫，雖然也許沒有隔宿的糧米。在那裡談半天話是多麼快活的事，差不多等於給心靈洗了個熱水浴，使靈魂多出一點痛快的汗珠呀。可是，北平亡了，小羊圈一號已住上了日本人。日本人享受著那滿院的花草，而消滅了孟石、仲石，與他的胞姐。憑這一點，他也不該去從日本人手中討飯吃吧？

他吃上了鴉片，用麻醉劑抵消寂寞與羞慚。

為了吃煙，他須有更多的收入。好吧，兼事，兼事！他有真本事，那些只會渾水摸魚的人，摸到了魚而不曉得怎樣作一件像樣的公文，他們需要一半個像野求這樣的人。他們找他來，他願意多幫忙。在這種時節，他居然有一點得意，而對自己說：「什麼安貧樂道啊，我也得過且過的瞎混吧！」為了一小會兒的高興，人會忘了他的靈魂。

可是，不久他便低下頭去，高興變成了愧悔。在星期天，他既無事可作，又無朋友可訪，他便想起他的正氣與靈魂。假若孩子們吵得厲害，他便扔給他們一把零錢，大聲的嚷著：「都滾！滾！死在外邊也好！」孩子出去以後，他便躺在床上，向煙燈發楞。不久，他便後悔了那樣對待孩子們，自己嘀咕著：「還不是為了他們，我才——唉！失了節是八面不討好的！」於是，他就那麼躺一整天。他吸煙，他打盹兒，他作夢，他對自己叨嘮，他發楞。但是，無論怎著，他救不了自己的靈魂！他的床，他的臥室，他的辦公室，他的北平，都是他的地獄！

錢少奶奶生了娃娃，野求開始覺得心裡鎮定了一些。他自己已經有八個孩子，他並不怎麼稀罕娃娃。但是，錢家這個娃娃彷彿與眾不同——他是默吟的孫子。假若「默吟」兩個字永遠用紅筆寫在他的心上，這個娃娃也應如此。假若他丟掉了默吟，他卻得到了一個小朋友——默吟的孫子。假若默吟是詩人，畫家，與義士，這個小娃娃便一定不凡，值得敬愛，就像人們尊敬孔聖人的後裔似的。錢少奶奶本不過是個平庸的女人，可是自從生了這個娃娃，野求每一見到她，便想起聖母像來。

附帶使他高興的，是金三爺給外孫辦了三天與滿月，辦得很像樣子。在野求看，金三爺這樣肯為外孫子花錢，一定也是心中在思念錢默吟。那麼，金三爺既也是默吟的崇拜者，野求就必須和他成為朋友。友情的結合往往是基於一件偶然的事情與遭遇的。況且，在他到金家去過一二次之後，他發現了金三爺並沒有看不起他的表示。這也許是因為金三爺健忘，已經不記得孟石死去時的事了，或者也許是因為野求現在身上已穿得整整齊齊，而且帶來禮物？不管怎樣吧，野求的心中安穩了。他決定與金三爺成為朋友。

金三爺是愛面子的。不錯，他很喜歡這個外孫子。但是，假若這個外孫的祖父不是錢默吟，他或者不會花許多錢給外孫辦三天與滿月的。有這一點曲折在裡面，他就渴望在辦事的時候，錢親家公能夠自天而降，看看他是怎樣的義氣與慷慨。他可以拉住親家公的手說：「你看，你把媳婦和孫子託給了我，我可沒委屈了他們！你我是真朋友，你的孫子也就是我的孫子！」可是，錢親家公沒能自天而降的忽然來到。他的話沒有說出的機會。於是，求其次者，他想能有一個知道默吟所遭受的苦難的人，來看一看，也好替他證明他是怎樣的沒有忘記了朋友的囑託。野求來得正好，野求知道錢家的一切。金三爺，於是，忘了野求從前的沒出息，而把腹中藏著的話說給了野求。野求本來能說會道，乘機會誇讚了金三爺幾句，金三爺的紅臉上發了光。乘著點酒意，他坦白的告訴了野求：「我從前看不起你，現在我看你並不壞！」這樣，他們成了朋友。

假若金三爺能這樣容易的原諒了野求，那就很不難想到，他也會很容易原諒了日本人的。他，除了對於房產的買與賣，沒有什麼富裕的知識。對於處世作人，他不大知道其中的絕對的是與非，而只憑感情去瞎碰。誰是他的朋友，誰就「是」；誰不是他朋友，誰就「非」。一旦他為朋友動了感情，他敢去和任何人交戰。他幫助錢親家去打大赤包與冠曉荷，便是個好例子。同樣的，錢親家是被日本人毒打過，所以他也恨日本人，假若錢默吟能老和他在一塊兒，他大概就會永遠恨日本人，說不定他也許會殺一兩個日本人，而成為一個義士。不幸，錢先生離開了他。他的心又跳得平穩了。

不錯，他還時常的想念錢親家，但是不便因想念親家而也必須想起冠曉荷與日本人。他沒有那個義務。到時候，他經女兒的提醒，他給親家母與女婿燒化紙錢，或因往東城外去而順腳兒看看女婿的墳。這些，他覺得已經夠對得起錢家的了，不能再畫蛇添足的作些什麼特別的事。況且，近來他的生意很好啊。

假若一個最美的女郎往往遭遇到最大的不幸，一個最有名的城也每每受到最大的污辱。自從日本人攻陷了南京，北平的地位就更往下落了許多。明眼的人已經看出：日本本土假若是天字第一號，朝鮮便是第二號，滿洲第三，蒙古第四，南京第五——可憐的北平，落到了第六！儘管漢奸們拚命的抓住北平，想教北平至少和南京有同樣的份量，可是南京卻好歹的有個「政府」，而北平則始終是華北日軍司令的附屬物。北平的「政府」非但不能向「全國」發號施令，就是它權限應達到的地方，像河北、河南、山東、山西，也都跟它貌合心離，因為濟南、太原、開封，都各有一個日軍司令。每一個司令是一個軍閥。華北恢復了北伐以前的情形，所不同者，昔日是張宗昌們割據稱王，現在代以日本軍人。華北沒有「政治」，只有軍事佔領。北平的「政府」是個小玩藝兒。因此，日本人在別處打了勝仗，北平本身與北平的四圍，便更遭殃。日本在前線的軍隊既又建了功，北平的駐遣軍司令必然的也要在「後方」發發威。反之，日本人若在別處打了敗仗，北平與它的四圍也還要遭殃，因為駐遣軍司令要向已拴住了的狗再砍幾刀，好遮遮前線失利的醜。總之，日本軍閥若不教他自己的兵多死幾個，若不教已投降的順民時時嘗到槍彈，他便活不下去。殺人是他的「天職」。

因此，北平的房不夠用的了。一方面，日本人像蜂兒搬家似的，一群群的向北平來「採蜜」。另一方面，日本軍隊在北平四圍的屠殺，教鄉民們無法不放棄了家與田園，到北平城裡來避難。到了北平城裡是否就能活命，他們不知道。可是，他們準知道他們的家鄉有多少多少小村小鎮是被敵人燒平屠光了的。

這，可就忙了金三爺。北平的任何生意都沒有起色，而只興旺了金三爺這一行，與沿街打小鼓收買舊貨的。在從前的北平，「住」是不成問題的。北平的人多，房子也多。特別是在北伐成功，政府遷到南京以後，北平幾乎房多於人了。多少多少機關都搬到南京去，隨著機關走的不止是官吏與工友，而且有他們的家眷。像度量衡局，印鑄局等等的機關，在官吏而外，還要帶走許多的技師與工人。同時，像前三門外的各省會館向來是住滿了人——上「京」候差，或找事的閒人。政府南遷，北平成了文化區，這些閒人若仍在會館裡傻等著，便是沒有常識。他們都上了南京，去等候著差事與麵包。同時，那些昔日的軍閥、官僚、政客們，能往南去的，當然去到上海或蘇州，以便接近南京，便於活動；就是那些不便南下的，也要到天津去住；在他們看，只有個市政府與許多男女學生的北平等於空城。這樣，有人若肯一月出三四十元，便能租到一所帶花園的深宅大院，而在大雜院裡，三四十個銅板就是一間屋子的租金，連三等巡警與洋車伕們都不愁沒有地方去住。

現在，房子忽然成了每一個人都須注意的問題。租房住的人忽然得到通知——請另找房吧！那所房也許是全部的租給了日本人，也許是因為日本人要來租賃而房主決定把它出賣。假若與日本人無關，那就必定是房主的親戚或朋友由鄉下逃來，非找個住處不可。這樣一來，租房住的不免人人自危，而有房子的也並不安定——只要院中有間房，那怕是一兩間呢，親戚朋友彷彿就都注意到，不管你有沒有出租的意思。親友而外，還有金三爺這批人呢。他們的眼彷彿會隔著院牆看清楚院子裡有無空閒的屋子。一經他們看到空著的屋子，他們的本事幾乎和新聞記者差不多，無論你把大門關得怎樣嚴緊，他們也會闖進來的。同時，有些積蓄的人，既不信任偽幣，又無處去投資，於是就趕緊抓住了這個機會——買房！房，房，房！到處人們都談房，找房，買房，或賣房。房成了問題，成了唯一有價值的財產，成了日本人給北平帶來的不幸！

顯然的，日本人的小腦子裡並沒有考慮過這個問題，而只知道他們是戰勝者，理當像一群開了屏的孔雀似的昂步走進北平來。假若他們曉得北平人是怎樣看不起東洋孔雀，而躲開北平，北平人就會假裝作為不知道似的，而忘掉了日本的侵略。可是，日本人只曉得勝利，而且要將勝利像徽章似的掛在胸前。他們成群的來到北平，而後分開，散住在各胡同裡。只要一條胡同裡有了一兩家日本人，中日的仇恨，在這條胡同裡便要多延長幾十年。北平人準知道這些分散在各胡同裡的日本人是偵探，不管他們表面上是商人還是教師。北平人的恨惡日本人像貓與狗的那樣的相仇，不出於一時一事的牴觸與衝突，而幾乎是本能的不能相容。即使那些日本鄰居並不作偵探，而是天字第一號的好人，北平人也還是討厭他們。

一個日本人無論是在哪個場合，都會使五百個北平人頭疼。北平人所有的一切客氣、規矩、從容、大方、風雅，一見到日本人便立刻一乾二淨。北平人不喜歡笨狗與哈巴狗串秧兒的「板凳狗」——一種既不像笨狗那麼壯實，又不像哈巴狗那麼靈巧的，撅嘴，羅圈腿，姥姥不疼舅舅不愛的矮狗。他們看日本人就像這種板凳狗。他們也感到每個日本人都像個「孤哀子」。板凳狗與孤哀子的聯結，實在使北平人不能消化！

北平人向來不排外，但是他們沒法接納板凳狗與孤哀子。這是日本人自己的過錯，因為他們討厭而不自覺。他們以為自己是「最」字的民族，這就是說：他們的來歷最大，聰明最高，模樣最美，生活最合理——他們的一切都有個「最」字，所以他們最應霸佔北平、中國、亞洲，與全世界！假若他們屠殺北平人，北平人也許感到一點痛快。不，他們沒有洗城，而要來與北平人作鄰居；這使北平人頭疼、噁心、煩悶，以至於盼望有朝一日把孤哀子都趕盡殺絕。

日本人不攔阻城外的人往城內遷移，或者是因為他們想藉此可以增多城內繁榮的氣象。日本人的作風永遠是一面敲詐，一面要法律；一面燒殺，一面要繁榮。可是，虛偽永遠使他們自己顯露了原形。他們要繁榮北平，而北平人卻因城外人的遷入得到一些各處被燒殺的真消息。每一個逃難的永遠是獨立的一張小新聞紙，給人們帶來最正確的報導。大家在忙著租房、找房、勻房、賣房之際，附帶著也聽到了日本人的橫行霸道，而也就更恨日本人。

金三爺的心裡可沒理會這些拐彎抹角兒。他是一個心孔的人，看到了生意，他就作生意，顧不得想別的。及至生意越來越多，他不但忘了什麼國家大事，而且甚至於忘了他自己。他彷彿忽然落在了生意網裡，左顧右盼全是生意。他的紅臉亮得好像安上了電燈。他算計，他跑路，他交涉，他假裝著急，而狠心的不放價碼。他的心像上緊了的鐘弦，非走足了一天不能鬆散。有時候，摸一摸，他的荷包中已沒了葉子煙，也顧不得去買。有時候，太陽已偏到西邊去，他還沒吃午飯。他忘了自己。生意是生意，少吃一頓飯算什麼呢，他的身體壯，能夠受得住。到晚間，回到家中，他才覺出點疲乏，趕緊划摟三大碗飯，而後含笑的吸一袋煙，煙袋還沒離嘴，他已打上了盹；倒在床上，登時鼾聲像拉風箱似的，震動得屋簷中的家雀都患了失眠。

偶然有半天閒暇，他才想起日本人來，而日本人的模樣，在他心中，已經改變了許多。他的腦子裡只有幾個黑點，把兩點或三點接成一條線，便是他的思想。這樣簡單的畫了兩三次線條，他告訴自己：「日本人總算還不錯，他們給我不少的生意！日本人自己不是也得租房買房麼？他們也找過我呀！朋友！朋友！大家都是朋友，你佔住北平，我還作生意，各不相擾，就不壞！」

擰上一鍋子煙，他又細想了一遍，剛才的話一點破綻也沒有。於是他想到了將來：「照這麼下去，我也可以買房了。已經快六十了，買下它那麼兩三所小房，吃房租，房租越來越高呀！那就很夠咱一天吃兩頓白麵的了。白麵有了辦法，誰還幹這種營生？也該拉著外孫子，溜溜街呀，坐坐茶館吧！」

一個人有了老年的辦法才算真有了辦法。金三爺看準了自己的面前有了兩三所可以出白麵的房子，他的老年有了辦法！他沒法不欽佩自己。

且不要說將來吧，現在他的身分已經抬高了許多呀。以前，他給人家介紹房子，他看得出無論是買方還是賣方，都拿他當作一根火柴似的，用完了便丟在地上。他們看他不過比伸手白要錢的乞丐略高一點。現在可不同了，因為房屋的難找，他已變成相當重要的人。他扭頭一走，人們便得趕緊拉回他來，向他說一大片好話。他得到「佣錢」，而且也得到了尊嚴。這又得歸功於日本人。日本人若是不佔據著北平，哪會有這種事呢？好啦，他決定不再恨日本人，大丈夫應當恩怨分明。

小孩兒長得很好，不十分胖而處處都結實。金三爺說小孩子的鼻眼像媽媽，而媽媽一定以為不但鼻眼，連頭髮與耳朵都像孟石。自從一生下來到如今，（小孩已經半歲了）這個爭執還沒能解決。

另一不能解決的事是小孩的名字。錢少奶奶堅決的主張，等著祖父來給起名字，而金三爺以為馬上應當有個乳名，等錢先生來再起學名。乳名應當叫什麼呢？父女的意見又不能一致。金三爺一高興便叫「小狗子」或「小牛兒」，錢少奶奶不喜歡這些動物。她自己逗弄孩子的時候，一會兒叫「大胖胖」，一會兒叫「臭東西」，又遭受金三爺的反對：「他並不胖，也不臭！」意見既不一致，定名就非常的困難，久而久之，金三爺就直截了當的喊「孫子」，而錢少奶奶叫「兒子」。於是，小孩子一聽到「孫子」，或「兒子」，便都張著小嘴傻笑。這可就為難了別人，別人不便也喊這個小人兒孫子或兒子。

為了這點不算很大，而相當困難的問題，金家父女都切盼錢先生能夠趕快回來，好給小孩一個固定不移的名字。可是，錢先生始終不來。

野求非常喜歡這個無名的孩子——既是默吟的孫子，又是他與金三爺成為朋友的媒介。只要有工夫，他總要來看一眼。他準知道娃娃還不會吃東西，拿玩具，但是他不肯空著手來。每來一次，他必須帶來一些水果或花紅柳綠的小車兒小鼓兒什麼的。

「野求！」金三爺看不過去了：「他不會吃，不會耍，幹嗎糟蹋錢呢？下次別這麼著了！」

「小意思！小意思！」野求彷彿道歉似的說：「錢家只有這麼一條根！」在他心裡，他是在想：「我丟失了他的祖父，（我的最好的朋友！）不能再丟失了這個小朋友。小朋友長大，他會，我希望，親熱的叫舅爺爺，而不叫我別的難聽的名字！」

這一天，天已經黑了好久，野求拿著一大包點心到蔣養房來。從很遠，他就伸著細脖子往金家院子看，看還有燈光沒有；他知道金三爺和錢少奶奶都睡得相當的早。他希望他們還沒有睡，好把那包點心交出去。他不願帶回家去給自己的孩子吃，因為他看不起自己的孩子——爸爸沒出息，還有什麼好兒女呢！再說，若不是八個孩子死扯著他，他想他一定不會這樣的沒出息。沒有家庭之累，他一定會逃出北平，作些有人味的事。雖然孩子們並沒有罪過，他可是因為自己的難過與慚愧，不能不輕看他們。反之，他看默吟的孫子不僅是個孩子，而是一個什麼的象徵。這孩子的祖父是默吟，他的祖母、父親、叔父已都殉了國，他是英雄們的後裔，他代表著將來的光明——祖輩與父輩的犧牲，能教子孫昂頭立在地球上，作個有幸福有自由的國民！他自己是完了，他的兒女也許因為他自己的沒出息而也不成材料；只有這裡，金三爺的屋子裡，有一顆民族的明珠！

再走近幾步，他的心涼了，金家已沒有了燈光！他立住，跟自己說：「來遲了，吃鴉片的人沒有時間觀念，該死！」

他又往前走了兩步，他不肯輕易打回頭。他可又沒有去敲門的決心，為看看孩子而驚動金家的人，他覺得有點不大好意思。

離金家的街門只有五六步了，他看見一個人原在門垛子旁邊立著，忽然的走開，向和他相反的方向走，走得很慢。

野求並沒看清那是誰，但是像貓「感到」附近有老鼠似的，他渾身的感覺都幫助他，促迫他，相信那一定是錢默吟。他趕上前去。前面的黑影也走得快了，可是一拐一拐的，不能由走改為跑。野求開始跑。只跑了幾步，他趕上了前面的人。他的淚與聲音一齊放出來：「默吟！」

錢先生低下頭去，腿雖不方便，而仍用力加快的走。野求像喝醉了似的，不管別人怎樣，而只顧自己要落淚，要說話，要行動。一下子，他把那包點心扔在地上，順手就扯住了姐丈。滿臉是淚的，他抽搭著叫：「默吟！默吟！什麼地方都找到，現在我才看見了你！」

錢先生收住腳步，慢慢的走；快走給他苦痛。他依舊低著頭，一聲不出。

野求又加上了一隻手，扯住姐丈的胳膊。

「默吟，你就這麼狠心嗎？我知道，我承認，我是軟弱無能的混蛋！我只求你跟我說一句話，是，哪怕只是一句話呢！對！默吟，跟我說一句！不要這樣低著頭，你瞪我一眼也是好的呀！」

錢先生依然低著頭，一語不發。

這時候，他們走近一盞街燈。野求低下身去，一面央求，一面希望看到姐丈的臉。他看見了：姐丈的臉很黑很瘦，鬍子亂七八糟的遮住嘴，鼻子的兩旁也有兩行淚道子。

「默吟！你再不說話，我可就跪在當街了！」野求苦苦的央告。

錢先生歎了一口氣。

「姐丈！你是不是也來看那個娃娃的？」

默吟走得更慢了，低著頭，用手背抹去臉上的淚。「嗯！」

聽到姐丈這一聲嗯，野求像個小兒似的，帶著淚笑了。「姐丈！那是個好孩子，長得又俊又結實！」

「我還沒看見過他！」默吟低聲的說。「我只聽到了他的聲音。天天，我約摸著金三爺就寢了，才敢在門外站一會兒。聽到娃娃的哭聲，我就滿意了。等他哭完，睡去，我抬頭看看房上的星；我禱告那些星保佑著我的孫子！在危難中，人容易迷信！」

野求像受了催眠似的，抬頭看了看天上的星。他不知道再說什麼好。默吟也不再出聲。

默默的，他們已快走到蔣養房的西口。野求還緊緊的拉著姐丈的臂。默吟忽然站住了，奪出胳臂來。兩個人打了對臉。野求看見了默吟的眼，兩隻和秋星一樣亮的眼。他顫抖了一下。在他的記憶裡，姐丈的眼永遠是慈祥與溫暖的泉源。現在，姐丈的眼發著鋼鐵的光，極亮，極冷，怪可怕。默吟只看了舅爺那麼一眼，然後把頭轉開：「你該往東去吧？」

「我——」野求舐了舐嘴唇。

「你住在哪兒呢？」

「有塊不礙事的地我就可以睡覺！」

「咱們就這麼分了手嗎？」

「嗯——等國土都收復了，咱們天天可以在一塊兒！」

「姐丈！你原諒了我？」

默吟微微搖了搖頭：「不能！你和日本人，永遠得不到我的原諒！」

野求的貧血的臉忽然發了熱：「你詛咒我好了！只要你肯當面詛咒我，就是我的幸福！」

默吟沒回答什麼，而慢慢的往前邁步。

野求又扯住了姐丈。「默吟！我還有多少多少話要跟你談呢！」

「我現在不喜歡閒談！」

野求的眼珠定住。他的心中像煮沸的一鍋水那麼亂。隨便的他提出個意見：「為什麼咱們不去看看那個娃娃呢？也好教金三爺喜歡喜歡哪！」

「他，他和你一樣的使我失望！我不願意看到他。教他幹他的吧，教他給我看著那個娃娃吧！假若我有辦法，我連看看娃娃的責任都不託給他！我極願意看看我的孫子，但是我應當先給孫子打掃乾淨了一塊土地，好教他自由的活著！祖父死了，孫子或者才能活！反之，祖父與孫子都是亡國奴，那，那，」默吟先生笑了一下。他笑得很美。「家去吧，咱們有緣就再見吧！」

野求木在了那裡。不錯眼珠的，他看著姐丈往前走。那個一拐一拐的黑影確是他的姐丈，又不大像他的姐丈；那是一個永遠不說一句粗話的詩人，又是一個自動的上十字架的戰士。黑影兒出了胡同口，野求想追上去，可是他的腿酸得要命。低下頭，他長嘆了一聲。

野求沒有得到姐丈的原諒，心中非常的難過。他佩服默吟。因為佩服默吟，他才覺得默吟有裁判他的權威。得不到姐丈的原諒，在他看，就等於臉上刺了字——他是漢奸！他用手摸了摸自己的瘦臉，只摸到一點濕冷的淚。

他開始打回頭，往東走。又走到金家門口，他不期然而然的停住了腳步。小孩子哭呢。他想像著姐丈大概就是這樣的立在門外，聽著小孩兒啼哭。他趕緊又走開，那是多麼慘哪！祖父不敢進去看自己的孫子，而只立在門外聽一聽哭聲！他的眼中又濕了。

走了幾步，他改了念頭。他到底看見了姐丈。不管姐丈原諒他與否，到底這是件可喜的事。這回姐丈雖沒有寬恕他，可是已經跟他說了話；那麼，假若再遇上姐丈，他想，他也許就可以得到諒解了，姐丈原本是最慈善和藹的人哪！想到這裡，他馬上決定去看看瑞宣。他必須把看到了默吟這個好消息告訴給瑞宣，好教瑞宣也喜歡喜歡。他的腿不酸了，他加快了腳步。

瑞宣已經躺下了，可是還沒入睡。聽見敲門的聲音，他嚇了一跳。這幾天，因為武漢的陷落，日本人到處捉人。前線的勝利使住在北方的敵人想緊緊抓住華北，永遠不放手。華北，雖然到處有漢奸，可是漢奸並沒能替他們的主子得到民心。連北平城裡還有像錢先生那樣的人；城外呢，離城三四十里就還有用簡單的武器，與最大的決心的，與敵人死拚的武裝戰士。日本人必須肅清這些不肯屈膝的人們，而美其名叫作「強化治安」。即使他們拿不到真正的「匪徒」，他們也要捉一些無辜的人，去盡受刑與被殺的義務。他們捕人的時間已改在夜裡。像貓頭鷹捕麻雀那樣，東洋的英雄們是喜歡偷偷摸摸的幹事的。

瑞宣嚇了一跳。他曉得自己有罪——給英國人作事便是罪過。急忙穿上衣服，他輕輕的走出來。他算計好，即使真是敵人來捕他，他也不便藏躲。去給英國人作事並不足以使他有恃無恐，他也不願那麼狗仗人勢的有恃無恐。該他入獄，他不便躲避。對祖父，與一家子人，他已盡到了委屈求全的忍耐與心計，等到該他受刑了，他不便皺上眉。他早已盤算好，他既不能正面的赴湯蹈火的去救國，至少他也不該太怕敵人的刀斧與皮鞭。

院裡很黑。走到影壁那溜兒，他問了聲：「誰？」

「我！野求！」

瑞宣開開了門。三號的門燈立刻把光兒射進來。三號院裡還有笑聲。是的，他心裡很快的想到：三號的人們的無恥大概是這時代最好的護照吧？還沒等他想清楚，野求已邁進門檻來。

「喲！你已經睡了吧？真！吸煙的人沒有時間觀念！對不起，我驚動了你！」野求擦了擦臉上的涼汗。

「沒關係！」瑞宣淡淡的一笑，隨手又繫上個鈕釦。「進來吧！」

野求猶豫了一下。「太晚了吧？」可是，他已開始往院裡走。他喜歡和朋友閒談，一得到閒談的機會，他便把別的都忘了。

瑞宣開開堂屋的鎖。

野求開門見山的說出來：「我看見了默吟！」

瑞宣的心裡忽然一亮，亮光射出來，從眼睛裡慢慢的分散在臉上。「看見他了？」他笑著問。

野求一氣把遇到姐丈的經過說完。他只是述說，沒有加上一點自己的意見。他彷彿是故意的這樣辦，好教瑞宣自己去判斷；他以為瑞宣的聰明足夠看清楚：野求雖然沒出息，得不到姐丈的原諒，可是他還真心真意的佩服默吟，關切默吟，而且半夜裡把消息帶給瑞宣。

瑞宣並沒表示什麼。這時候，他顧不得替野求想什麼，而只一心一意的想看到錢先生。

「明天，」他馬上打定了主意，「明天晚上八點半鐘，咱們在金家門口見！」

「明天？」野求轉了轉眼珠：「恐怕他未必——」

以瑞宣的聰明，當然也會想到錢先生既不喜歡見金三爺與野求，明天——或者永遠——他多半不會再到那裡去。可是，他是那麼急切的願意看看詩人，他似乎改了常態：「不管！不管！反正我必去！」

第二天，他與野求在金家門外等了一晚上，錢先生沒有來。

「瑞宣！」野求哭喪著臉說：「我就是不幸的化身！我又把默吟來聽孫子的哭聲這點權利給

剝奪了！人別走錯一步！一步錯，步步錯！」

瑞宣沒說什麼，只看了看天上的星。

第四十六章　日本天皇特使

瑞宣想錯了，日本人捕人並不敲門，而是在天快亮的時候，由牆外跳進來。在大處，日本人沒有獨創的哲學、文藝、音樂、圖畫，與科學，所以也就沒有遠見與高深的思想。在小事情上，他們卻心細如髮，捉老鼠也用捉大象的力量與心計。小事情與小算盤作得周到詳密，使他們像猴子拿虱子似的，拿到一個便滿心歡喜。因此，他們忘了大事，沒有理想，而一天到晚苦心焦慮的捉虱子。在瑞宣去看而沒有看到錢先生的第三天，他們來捕瑞宣。他們捕人的方法已和捕錢先生的時候大不相同了。

瑞宣沒有任何罪過，可是日本人要捉他。捉他，本是最容易的事。他們只須派一名憲兵或巡警來就夠了。可是，他們必須小題大作，好表示出他們的聰明與認真。約摸是在早上四點鐘左右吧，一輛大卡車停在了小羊圈的口外，車上有十來個人，有的穿制服，有的穿便衣。卡車後面還有一輛小汽車，裡面坐著兩位官長。為捕一個軟弱的書生，他們須用十幾個人，與許多汽油。只有這樣，日本人才感到得意與嚴肅。日本人沒有幽默感。

車停住，那兩位軍官先下來視察地形，而後在胡同口上放了哨。他們拿出地圖，仔細的閱看。他們互相耳語，然後與卡車上輕輕跳下來的人們耳語。他們倒彷彿是要攻取一座堡壘或軍火庫，而不是捉拿一個不會抵抗的老實人。這樣，商議了半天，嘀咕了半天，一位軍官才回到小汽車上，把手交插在胸前，坐下，覺得自己非常的重要。另一位軍官率領著六七個人像貓似的輕快的往胡同裡走。沒有一點聲音，他們都穿著膠皮鞋。看到了兩株大槐，軍官把手一揚兩個人分頭爬上樹去，在樹叉上蹲好，把槍口對準了五號。軍官再一揚手，其餘的人——多數是中國人——爬牆的爬牆，上房的上房。軍官自己藏在大槐樹與三號的影壁之間。

天還沒有十分亮，星星可已稀疏。全胡同裡沒有一點聲音，人們還都睡得正香甜。一點曉風吹動著老槐的枝子。遠處傳來一兩聲雞鳴。一個半大的貓順著四號的牆根往二號跑，槐樹上與槐樹下的槍馬上都轉移了方向。看清楚了是個貓，東洋的武士才又聚精會神的看著五號的門，神氣更加嚴肅。瑞宣聽到房上有響動。他直覺的想到了那該是怎回事。他根本沒往鬧賊上想，因為祁家在這裡住過了幾十年，幾乎沒有鬧過賊。人緣好，在這條胡同裡，是可以避賊的。一聲沒出，他穿上了衣服。而後，極快的他推醒了韻梅：「房上有人！別大驚小怪！假若我教他們拿去，別著急，去找富善先生！」

韻梅似乎聽明白，又似乎沒有聽明白，可是身上已發了顫。「拿你？剩下我一個人怎麼辦呢？」她的手緊緊的扯住他的褲子。

「放開！」瑞宣低聲的急切的說：「你有膽子！我知道你不會害怕！千萬別教祖父知道了！你就說，我陪著富善先生下鄉了，過幾天就回來！」他一轉身，極快的下了地。

「你要不回來呢？」韻梅低聲的問。

「誰知道！」

屋門上輕輕的敲了兩下。瑞宣假裝沒聽見。韻梅哆嗦得牙直響。

門上又響了一聲。瑞宣問：「誰？」

「你是祁瑞宣？」門外輕輕的問。

「是！」瑞宣的手顫著，提上了鞋；而後，扯開屋門的閂。

幾條黑影圍住了他，幾個槍口都貼在他身上。一個手電筒忽然照在他的臉上，使他閉了一會兒眼。槍口戳了戳他的肋骨，緊跟著一聲：「別出聲，走！」

瑞宣橫了心，一聲沒出，慢慢往外走。

祁老人一到天亮便已睡不著。他聽見了一些響動。瑞宣剛走在老人的門外，老人先嗽了一聲，而後懶懶的問：「什麼呀！誰呀？有人鬧肚子啊？」

瑞宣的腳微微的一停，就接著往前走。他不敢出聲。他知道前面等著他的是什麼。有錢先生的受刑在前，他不便希望自己能倖而免。他也不便先害怕，害怕毫無用處。他只有點後悔，悔不該為了祖父，父母，妻子，而不肯離開北平。可是，後悔並沒使他怨恨老人們：聽到祖父的聲音，他非常的難過。他也許永遠看不見祖父了！他的腿有點發軟，可是依舊鼓著勇氣往外走。他曉得，假若他和祖父過一句話，他便再也邁不開步。到了棗樹旁邊，他往南屋看了一眼，心中叫了一聲「媽！」

天亮了一些。一出街門，瑞宣看到兩株槐樹上都跳下一個人來。他的臉上沒有了血色，可是他笑了。他很想告訴他們：「捕我，還要費這麼大的事呀？」他可是沒有出聲。往左右看了看，他覺得胡同比往日寬闊了許多。他痛快了一點。四號的門響了一聲。幾條槍像被電氣指揮著似的，一齊口兒朝了北。什麼也沒有，他開始往前走。到了三號門口，影壁後鑽出來那位軍官。兩個人回去了，走進五號，把門關好。聽見關門的微響，瑞宣的心中更痛快了些——家關在後面，他可以放膽往前迎接自己的命運了！

韻梅顧不得想這是什麼時間，七下子八下子的就穿上了衣服。也顧不得梳頭洗臉，她便慌忙的走出來，想馬上找富善先生去。她不常出門，不曉得怎樣走才能找到富善先生。但是，她不因此而遲疑。她很慌，可也很堅決；不管怎樣困難，她須救出她的丈夫來。為營救丈夫，她不惜犧牲了自己。在平日，她很老實；今天，她可下了決心不再怕任何人與任何困難。幾次，淚已到了眼中，她都用力的睜她的大眼睛，把淚截了回去。她知道落淚是毫無用處的。在極快的一會兒工夫，她甚至於想到瑞宣也許被殺。不過，就是不幸丈夫真的死了，她也須盡她所有的一點能力養活兒女，侍奉公婆與祖父。她的膽子不大，但是真面對面的遇見了鬼，她也只好闖上前去。

輕輕的關好了屋門，她極快的往外走。看到了街門，她也看到那一高一矮的兩個人。兩個都是中國人，拿著日本人給的槍。兩支槍阻住她的去路：「幹什麼？不准出去！」韻梅的腿軟了，手扶住了影壁。她的大眼睛可是冒了火：「躲開！就要出去！」

「誰也不准出去！」那個身量高的人說：「告訴你，去給我們燒點水，泡點茶；有吃的東西拿出點來！快回去！」

韻梅渾身都顫抖起來。她真想拚命，但是她一個人打不過兩個槍手。況且，活了這麼大，她永遠沒想到過和人打架鬥毆。她沒了辦法。但是，她也不甘心就這麼退回來。她明知無用而不能不說的問他們：「你們憑什麼抓去我的丈夫呢？他是頂老實的人！」這回，那個矮一點的人開了口：「別廢話！日本人要拿他，我們不曉得為什麼！快去燒開水！」

「難道你們不是中國人？」韻梅瞪著眼問。

矮一點的人發了氣：「告訴你，我們對你可是很客氣，別不知好歹！回去！」他的槍離韻梅更近了一些。

她往後退了退。她的嘴幹不過手槍。退了兩步，她忽然的轉過身來，小跑著奔了南屋去。她本想不驚動婆母，可是沒了別的辦法；她既出不去街門，就必須和婆母要個主意了。

把婆母叫醒，她馬上後了悔。事情是很簡單，可是她不知道怎麼開口好了。婆母是個病身子，她不應當大驚小怪的嚇唬她。同時，事情是這麼緊急，她又不該磨磨蹭蹭的繞彎子。進到婆母的屋中，她呆呆的楞起來。

天已經大亮了，南屋裡可是還相當的黑。天祐太太看不清楚韻梅的臉，而直覺的感到事情有點不大對：「怎麼啦？小順兒的媽！」

韻梅的憋了好久的眼淚流了下來。她可是還控制著自己，沒哭出聲來。

「怎麼啦？怎麼啦？」天祐太太連問了兩聲。

「瑞宣，」韻梅顧不得再思索了。「瑞宣教他們抓去了！」像有幾滴冰水落在天祐太太的背上，她顫了兩下。可是，她控制住自己。她是婆母，不能給兒媳一個壞榜樣。再說，五十年的生活都在戰爭與困苦中渡過，她知道怎樣用理智與心計控住感情。她用力扶住一張桌子，問了聲：「怎麼抓去的？」

極快的，韻梅把事情述說了一遍。快，可是很清楚，詳細。

天祐太太一眼看到生命的盡頭。沒了瑞宣，全家都得死！她可是把這個壓在了心裡，沒有說出來。少說兩句悲觀的話，便能給兒媳一點安慰。她楞住，她須想主意。不管主意好不好，總比哭泣與說廢話強。「小順兒的媽，想法子推開一塊牆，告訴六號的人，教他們給使館送信去！」老太太這個辦法不是她的創作，而是跟祁老人學來的。從前，遇到兵變與大的戰事，老人便杵開一塊牆，以便兩個院子的人互通消息，和討論辦法。這個辦法不一定能避免災患，可是在心理上有很大的作用，它能使兩個院子的人都感到人多勢眾，減少了恐慌。

韻梅沒加思索，便跑出去。到廚房去找開牆的傢伙。她沒想她有杵開界牆的能力，和杵開以後有什麼用處。她只覺得這是個辦法，並且覺得她必定有足夠的力氣把牆推開；為救丈夫，她自信能開一座山。

正在這個時候，祁老人起來了，拿著掃帚去打掃街門口。這是他每天必作的運動。高興呢，他便掃乾淨自己的與六號的門外，一直掃到槐樹根兒那溜兒，而後跺一跺腳，直一直腰，再掃院中。不高興呢，他便只掃一掃大門的台階，而後掃院內。不管高興與否，他永遠不掃三號的門外，他看不起冠家的人。這點運動使他足以給自己保險——老年人多動一動，身上就不會長疙疸與癰疽。此外，在他掃完了院子的時候，他還要拿著掃帚看一看兒孫，暗示給他們這就叫作勤儉成家！

天祐太太與韻梅都沒看見老人出去。

老人一拐過影壁就看到了那兩個人，馬上他說了話。這是他自己的院子，他有權利干涉闖進來的人。「怎麼回事？你們二位？」他的話說得相當的有力，表示出他的權威；同時，又相當的柔和，以免得罪了人——即使那兩個是土匪，他也不願得罪他們。等到他看見了他們的槍，老人決定不發慌，也不便表示強硬。七十多年的亂世經驗使他穩重，像橡皮似的，軟中帶硬。「怎嗎？二位是短了錢花嗎？我這兒是窮人家喲！」

「回去！告訴裏邊的人，誰也不准出來！」高個子說。

「怎麼？」老人還不肯動氣，可是眼睛瞇起來。「這是我的家！」

「囉嗦！不看你上了歲數，我給你幾槍把子！」那個矮子說，顯然的他比高個子的脾氣更壞一些。

沒等老人說話，高個子插嘴：「回去吧，別惹不自在！那個叫瑞宣的是你的兒子還是孫子？」

「長孫！」老人有點得意的說。

「他已經教日本人抓了走！我們倆奉命令在這兒把守，不准你們出去！聽明白了沒有？」

掃帚鬆了手。老人的血忽然被怒氣與恐懼咂淨，臉上灰了。「為什麼拿他呢？他沒有罪！」

「別廢話，回去！」矮子的槍逼近了老人。

老人不想搶矮子的槍，但是往前邁了一步。他是貧苦出身，年紀大了還有把子力氣；因此，他雖不想打架，可是身上的力氣被怒火催動著，他向前衝著槍口邁了步。「這是我的家，我要出去就出去！你敢把我怎樣呢？開槍！我決不躲一躲！拿去我的孫子，憑什麼？」在老人的心裡，他的確要央求那兩個人，可是他的怒氣已經使他的嘴不再受心的指揮。他的話隨便的，無倫次的，跑出來。話這樣說了，他把老命置之度外，他喊起來：「拿去我的孫子，不行！日本人拿去他，你們是幹什麼的？拿日本鬼子嚇唬我，我見過鬼子！躲開！我找鬼子去！老命不要了！」說著，他扯開了小襖，露出他的瘦而硬的胸膛。「你槍斃了我！來！」怒氣使他的手顫抖，可是把胸膛拍得很響。

「你嚷！我真開槍！」矮子咬著牙說。

「開！開！衝著這兒來！」祁老人用顫抖的手指戳著自己的胸口。他的小眼睛瞇成了一道縫子，挺直了腰，腮上的白鬍子一勁兒的顫動。

天祐太太首先來到。韻梅，還沒能杵開一塊磚，也跑了過來。兩個婦人一邊一個扯住老人的雙臂，往院子裏邊扯。老人跳起腳來，高聲的咒罵。他忘了禮貌，忘了和平，因為禮貌與和平並沒給他平安與幸福。

兩個婦人連扯帶央告的把老人拉回屋中，老人閉上了口，只剩了哆嗦。

「老爺子！」天祐太太低聲的叫，「先別動這麼大的氣！得想主意往出救瑞宣啊！」

老人噝了幾口氣，用小眼睛看了看兒媳與孫媳。他的眼很乾很亮。臉上由灰白變成了微紅。看完兩個婦人，他閉上了眼。是的，他已經表現了他的勇敢，現在他須想好主意。他知道她們婆媳是不會有什麼高明辦法的，他向來以為婦女都是沒有心路的。很快的，他想出來辦法：「找天祐去！」純粹出於習慣，韻梅微笑了一下：「咱們不是出不去街門嗎？爺爺！」

老人的心疼了一下，低下頭去。他自己一向守規矩，不招惹是非；他的兒孫也都老實，不敢為非作歹。可是，一家子人都被手槍給囚禁在院子裡。他以為無論日本鬼子怎樣厲害，也一定不會找尋到他的頭上來。可是，三孫子逃開，長孫被捕，還有兩支手槍堵住了大門。這是什麼世界呢？他的理想，他的一生的努力要強，全完了！他已是個被圈在自己家裡的囚犯！他極快的檢討自己一生的所作所為，他找不到一點應當責備自己的事情。雖然如此，他現在可是必須責備自己，自己一定是有許多錯誤，要不然怎麼會弄得家破人亡呢？在許多錯誤之中，最大的一個恐怕就是他錯看了日本人。他以為只要自己近情近理的，不招災惹禍的，過日子，日本人就必定會允許他享受一團和氣的四世同堂的幸福。他錯了。日本人是和任何中國人都勢不兩立的！想明白了這一點，他覺得他是白活了七十多歲。他不敢再信任自己，他的老命完全被日本人攥在手心裡，像被頑皮的孩子握住的一條槐樹蟲！

他沒敢摸他的鬍子。鬍子已不再代表著經驗與智慧，而只是老朽的標記。哼哼了一兩聲，他躺在了炕上。「你們去吧，我沒主意！」

婆媳楞了一會兒，慢慢的走出來。

「我還挖牆去！」韻梅兩隻大眼離離光光的，不知道看什麼好，還是不看什麼好。她心裡燃著一把火，可是還要把火壓住，好教老人們少著一點急。

「你等等！」天祐太太心中的火並不比兒媳的那一把少著火苗。可是她也必須鎮定，好教兒媳不太發慌。她已忘了她的病；長子若有個不幸，她就必得死，死比病更厲害。「我去央告央告那兩個人，教我出去送個信！」

「不用！他們不聽央告！」韻梅搓著手說。

「難道他們不是中國人？就不幫咱們一點兒忙？」韻梅沒回答什麼，只搖了搖頭。

太陽出來了。天上有點薄雲，而遮不住太陽的光。陽光射入薄雲裡，東一塊西一塊的給天上點綴了一些錦霞。婆媳都往天上看了看。看到那片片的明霞，她們覺得似乎像是作夢。

韻梅無可如何的，又回到廚房的北邊，拿起鐵通條。她不敢用力，怕出了響聲被那兩個槍手聽見。不用力，她又沒法活動開一塊磚。她出了汗。她一邊挖牆，一邊輕輕的叫：「文先生！文先生！」這裡離小文的屋子最近，她希望小文能聽見她的低叫。沒有用。她的聲音太低。她不再叫，而手上加了勁。半天，她才只活動開一塊磚。歎了口氣，她楞起來。小妞子叫她呢。她急忙跑到屋中。她必須囑咐小妞子不要到大門那溜兒去。

小妞子還不大懂事，可是從媽媽的臉色與神氣上看出來事情有點不大對。她沒敢掰開揉碎的細問，而只用小眼瞄著媽媽。等媽媽給她穿好衣服，她緊跟在媽媽後邊，不敢離開。她是祁家的孩子，她曉得害怕。

媽媽到廚房去升火，妞子幫著給拿火柴，找劈柴。她要表現出她很乖，不招媽媽生氣。這樣，她可以減少一點恐懼。

天祐太太獨自在院中立著。她的眼直勾勾的對著已落了葉的幾盆石榴樹，可是並沒有看見什麼。她的心跳得很快。她極想躺一躺去，可是用力的控制住自己。不，她不能再管自己的病；她必須立刻想出搭救長子的辦法來。忽然的，她的眼一亮。眼一亮，她差點要暈倒。她急忙蹲了下去。她想起來一個好主意。想主意是勞心的事，她感到眩暈。蹲了一小會兒，她的興奮勁兒慢慢退了下去。她極留神的往起立。立起來，她開足了速度往南屋走。在她的陪嫁的箱子裡，她有五六十塊現洋，都是「人頭」的。

她輕輕的開開箱子，找到箱底上的一隻舊白布襪子。她用雙手提起那只舊襪子，好不至於嘩啷嘩啷的響。手伸到襪子裡去，摸到那硬的涼的銀塊子。她的心又跳快了。這是她的「私錢」。每逢病重，她就必想到這幾十塊現洋；它們足以使她在想到死亡的時候得到一點安慰，因為它們可以給她換來一口棺材，而少教兒子們著一點急。

今天，她下決心改變了它們的用途；不管自己死去有無買棺材的現錢，她必須先去救長子瑞宣。瑞宣若是死在獄裡，全家就必同歸於盡，她不能太自私的還不肯動用「棺材本兒」！輕輕的，她一塊一塊的往外拿錢。每一塊都是晶亮的，上面有個胖胖的袁世凱。她永遠沒判斷過袁世凱，因為袁世凱在銀圓上是那麼富泰威武，無論大家怎樣說袁世凱不好，她總覺得他必是財神下界。現在她可是沒有閒心再想這些，而只覺得有這點錢便可以買回瑞宣的命來。

她只拿出二十塊來。她看不起那兩個狗仗人勢給日本人作事的槍手。二十塊，每人十塊，就夠收買他們的了。把其餘的錢又收好，她用手帕包好這二十塊，放在衣袋裡。而後，她輕輕的走出了屋門。走到棗樹下面，她立住了。不對！那兩個人既肯幫助日本人為非作歹，就必定不是好人。她若給了他們錢，而反倒招出他們的歹意來呢？他們有槍！他們既肯無故的捉人，怎麼知道不肯再見財起意，作明火呢？世界的確變了樣兒，連行賄都須特別的留神了！

立了許久，她打不定主意。她貧血，向來不大出汗，現在她的手心上濕了。為救兒子，她須冒險；可是白白冒了險，而再招出更多的麻煩，就不上算。她著急，但是她不肯因著急而像掉了頭的蒼蠅那樣去亂撞。

正在這麼左右為難，她聽到很響的一聲鈴——老二瑞豐來了！瑞豐有了包車，他每次來，即使大門開著，也要響一兩聲車鈴。鈴聲替他廣播著身分與聲勢。天祐太太很快的向前走了兩步。只是兩步，她沒再往前走。她必須教二兒子施展他的本領，而別因她的熱心反倒壞了事。她是祁家的婦人，她知道婦人的規矩——男人能辦的就交給男人，婦女不要不知分寸的跟著夾纏。

韻梅也聽到了鈴聲，急忙跑過來。看見婆母，她收住了腳步。她的大眼睛亮起來，可是把聲音放低，向婆母耳語：「老二！」

老太太點了點頭，嘴角上露出一點點笑意。

兩個婦人都不敢說什麼，而心中都溫暖了一點。不管老二平日對待她們怎樣的不合理，假若今天他能幫助營救瑞宣，她們就必會原諒他。兩個婦人的眼都亮起來，她們以為老二必會沒有問題的幫忙，因為瑞宣是他的親哥哥呀。

韻梅輕輕的往前走，婆母扯住了她。她給呼氣兒加上一丁點聲音：「我探頭看看，不過去！」說完，她在影壁的邊上探出頭去，用一隻眼往外看。

那兩個人都面朝了外。矮子開開門。

瑞豐的小乾臉向著陽光，額上與鼻子上都非常的亮。他的眼也很亮，兩腮上擺出點笑紋，像剛吃了一頓最滿意的早飯似的那麼得意。帽子在右手裡拿著，他穿著一身剛剛作好的藏青嗶嘰中山裝。胸前戴著教育局的證章，剛要邁門檻，他先用左手摸了摸它。一摸證章，他的胸忽然挺得更直一些。他得意，他是教育局的科長。今天他特別得意，因為他是以教育局的科長的資格，去見日本天皇派來的兩位特使。

武漢陷落以後，華北的地位更重要了。日本人可以放棄武漢，甚至於放棄了南京，而決不撒手華北。可是，華北的「政府」，像我們從前說過的，並沒有多少實權，而且在表面上還不如南京那麼體面與重要。因此，日本天皇派來兩位特使，給北平的漢奸們打打氣，同時也看看華北是否像軍人與政客所報告的那樣太平。今天，這兩位特使在懷仁堂接見各機關科長以上的官吏，向大家宣佈天皇的德意。

接見的時間是在早九點。瑞豐後半夜就沒能睡好，五點多鐘便起了床。他加細的梳頭洗臉，而後穿上修改過五次，一點缺陷也沒有的新中山裝。臨出門的時候，他推醒了胖菊子：「你再看一眼，是不是完全合適？我看袖子還是長了一點，長著一分！」菊子沒有理他，掉頭又睡著了。

他對自己笑了笑：「哼！我是在友軍入城後，第一個敢穿出中山裝去的！有點膽子！今天，居然能穿中山裝去見天皇的特使了！瑞豐有兩下子！真有兩下子！」

天還早，離見特使的時候還早著兩個多鐘頭。他要到家中顯露顯露自己的中山裝，同時也教一家老少知道他是去見特使——這就等於皇上召見啊，諸位！

臨上車，他教小崔把車再重新擦抹一遍。上了車以後，他把背靠在車箱上，而挺著脖子，口中含著那隻假象牙的煙嘴兒。曉風涼涼的拂著臉，剛出來的太陽照亮他的新衣與徽章。他左顧右盼的，感到得意。他幾次要笑出聲來，而又控制住自己，只許笑意輕輕的發散在鼻窪嘴角之間。看見一個熟人，他的脖子探出多長，去勾引人家的注意。而後，嘴撅起一點，整個的臉上都擰起笑紋，像被敲裂了的一個核桃。同時，雙手抱拳，放在左臉之旁，左肩之上。車走出好遠，他還那樣抱拳，表示出身分高而有禮貌。手剛放下，他的腳趕快去按車鈴，不管有無必要。他得意，彷彿偌大的北平都屬於他似的。

家門開了，他看見了那個矮子。他楞了一楞。笑意與亮光馬上由他的臉上消逝，他嗅到了危險。他的膽子很小。「進來！」矮子命令著。

瑞豐沒敢動。

高個子湊過來。瑞豐因為，近來交結了不少特務，認識高個子。像小兒看到個熟面孔，便把恐懼都忘掉那樣，他又有了笑容：「喲，老孟呀！」老孟只點了點頭。矮子一把將瑞豐扯進來。瑞豐的臉依然對著老孟：「怎麼回事？老孟！」

「抓人！」老孟板著臉說。

「抓誰？」瑞豐的臉白了一些。

「大概是你的哥哥吧！」

瑞豐動了心。哥哥總是哥哥。可是，再一想，哥哥到底不是自己。他往外退了一步，舐了舐嘴唇，勉強的笑著說：「嘔！我們哥兒倆分居另過，誰也不管誰的事！我是來看看老祖父！」

「進去！」矮子向院子裡指。

瑞豐轉了轉眼珠。「我想，我不進去了吧！」

矮子抓住瑞豐的腕子：「進來的都不准再出去，有命令！」是的，老孟與矮子的責任便是把守著大門，進來一個捉一個。「不是這麼說，不是這麼說，老孟！」瑞豐故意的躲著矮子。「我是教育局的科長！」他用下頦指了指胸前的證章，因為一手拿著帽子，一手被矮子攥住，都勻不出來。「不管是誰！我們只知道命令！」矮子的手加了勁，瑞豐的腕子有點疼。

「我是個例外！」瑞豐強硬了一些。「我去見天皇派來的特使！你要不放我，請你們去給我請假！」緊跟著，他又軟了些：「老孟，何苦呢，咱們都是朋友！」

老孟乾嗽了兩小聲：「祁科長，這可教我們倆為難！你有公事，我們這裡也是公事！我們奉命令，進來一個抓一個，現在抓人都用這個辦法。我們放了你，就砸了我們的飯鍋！」

瑞豐把帽子扣在頭上，伸手往口袋裡摸。慚愧，他只摸到兩塊錢。他的錢都須交給胖菊子，然後再向她索要每天的零花兒。手摸索著那兩張票子，他不敢往外拿。他假笑著說：「老孟！我非到懷仁堂去不可！這麼辦，我改天請你們二位吃酒！咱們都是一家人！」轉臉向矮子：「這位老哥貴姓？」

「郭！沒關係！」

韻梅一勁兒的哆嗦，天祐太太早湊過來，拉住兒媳的手，她也聽到了門內的那些使兒媳哆嗦的對話。忽然的，她放開兒媳的手，轉過了影壁去。

「媽！」瑞豐只叫出來半聲，唯恐因為證實了他與瑞宣是同胞兄弟而走不脫。

老太太看了看兒子，又看了看那兩個人，而後嚥了一口唾沫。慢慢的，她掏出包著二十塊現洋的手帕來。輕輕的，她打開手帕，露出白花花的現洋。六隻眼都像看變戲法似的瞪住了那雪白發亮的，久已沒看見過的銀塊子。矮子老郭的下巴垂了下來；他厲害，所以見了錢也特別的貪婪。「拿去吧，放了他！」老太太一手拿著十塊錢，放在他們的腳旁。她不屑於把錢交在他們手裡。

矮子放開瑞豐，極快的拾起錢來。老孟吸了口氣，向老太太笑了一下，也去揀錢。矮子挑選了一塊，對它吹了口氣，然後放在耳邊聽了聽。他也笑了一下：「多年不見了，好東西！」瑞豐張了張嘴，極快的跑了出去。

老太太拿著空手帕，往回走。拐過了影壁，她和兒媳打了對臉。韻梅的眼中含著淚，淚可是沒能掩蓋住怒火。到祁家這麼多年了，她沒和婆母鬧過氣。今天，她不能再忍。她的伶俐的嘴已不會說話，而只怒視著老太太。

老太太扶住了牆，低聲的說：「老二不是東西，可也是我的兒子！」

韻梅一下子坐在地上，雙手捧著臉低聲的哭起來。

瑞豐跑出來，想趕緊上車逃走。越想越怕，他開始哆嗦開了。小崔的車，和往日一樣，還是放在西邊的那棵槐樹下。瑞豐走到三號門外，停住了腳。他極願找個熟人說出他的受驚與冒險。他把大哥瑞宣完全忘掉，而只覺得自己受的驚險值得陳述，甚至於值得寫一部小說！他覺得只要進了冠家，說上三句哈哈，兩句笑話的，他便必定得到安慰與鎮定。不管瑞宣是不是下了地獄，他反正必須上天堂——冠家就是他的天堂。

在平日，冠家的人起不了這麼早。今天，大赤包也到懷仁堂去，所以大家都起了床。大赤包的心裡充滿高興與得意。可是心中越喜歡，臉上就越不便表示出來。她花了一個鐘頭的工夫去描眉搽粉抹口紅，而仍不滿意；一邊修飾，她一邊抱怨香粉不好，口紅不地道。頭部的裝修告一段落，選擇衣服又是個惱人的問題。什麼話呢，今天她是去見特使，她必須打扮得極精采，連一個鈕釦也不能稍微馬虎一點。箱子全打開了，衣服堆滿了床與沙發。她穿了又脫，換了又換，而始終不能滿意。「要是特使下個命令，教我穿什麼衣服，倒省了事！」她一邊照鏡子，一邊這麼嘮叨。

「你站定，我從遠處看一看！」曉荷走到屋子的盡頭，左偏一偏頭，右定一定眼，仔細的端詳。「我看就行了！你走兩步看！」

「走你媽的屎！」大赤包半惱半笑的說。

「唉！唉！出口傷人，不對！」曉荷笑著說：「今天咱可不敢招惹你，好傢伙，特使都召見你呀！好的很！好的很！」曉荷從心裡喜歡。「說真的，這簡直是空前，空前之舉！要是也有我的份兒呀，哼，我早就哆嗦上了！所長你行，真沉得住氣！別再換了，連我的眼都有點看花了！」

這時候，瑞豐走進來。他的臉還很白，可是一聽到冠家人們的聲音，他已經安靜了一些。

「看新中山裝喲！」曉荷一看見瑞豐，馬上這麼喊起來。「還是男人容易打扮！看，只是這麼一套中山裝，就教瑞豐年輕了十歲！」在他心裡，他實在有點隱痛：太太和瑞豐都去見特使，他自己可是沒有份兒。雖然如此，他對於太太的修飾打扮與瑞豐的穿新衣裳還是感到興趣。他，和瑞豐一樣，永遠不看事情本身的好壞，而只看事情的熱鬧不熱鬧。只要熱鬧，他便高興。

「了不得啦！」瑞豐故作驚人之筆的說，說完，他一下子坐在了沙發上。他需要安慰。因此，他忘了他的祖父，母親，與大嫂也正需要安慰。

「怎麼啦？」大赤包端詳著他的中山裝問。

「了不得啦！我就知道早晚必有這麼一場嗎！瑞宣，瑞宣，」他故意的要求效果。

「瑞宣怎樣？」曉荷懇切的問。

「掉下去了！」

「什麼？」

「掉——被抓去了！」

「真的？」曉荷倒吸了一口氣。

「怎麼抓去的？」大赤包問。

「糟透了！」瑞豐不願正面的回答問題，而只顧表現自己：「連我也差點兒教他們抓了走！

好傢伙，要不是我這身中山裝，這塊徽章，和我告訴他們我是去見特使，我準得也掉下去！真！我跟老大說過不止一次，他老不信，看，糟了沒有？我告訴他，別跟日本人犯彆扭，他偏要牛脖子；這可好，他抓去了，門口還有兩個新門神爺！」瑞豐說出這些，心中痛快多了，臉上慢慢的有了血色。

「這話對，對！」曉荷點頭咂嘴的說。「不用說，瑞宣必是以為仗著英國府的勢力，不會出岔子。他可是不知道，北平是日本人的，老英老美都差點勁兒！」這樣批評了瑞宣，他向大赤包點了點頭，暗示出只有她的作法才是最聰明的。

大赤包沒再說什麼。她不同情瑞宣，也有點看不起瑞豐。她看瑞豐這麼大驚小怪的，有點缺乏男兒氣。她把這件事推在了一旁，問瑞豐：「你是坐你的車走啊？那你就該活動著了！」

瑞豐立起來。「對，我先走啦。所長是僱汽車去？」

大赤包點了點頭：「包一上午汽車！」

瑞豐走了出去。坐上車，他覺得有點不是勁兒。大赤包剛才對他很冷淡啊。她沒安慰他一句，而只催他走；冷淡！嘔，對了！他剛由家中逃出來，就到三號去，大赤包一定是因為怕受連累而以為他太荒唐。對，準是這麼回事！瑞宣太胡鬧了，哼！你教人家抓去不要緊，連累得我老二也丟了人緣！這麼一盤算，他有點恨瑞宣了。

小崔忽然說了話，嚇了瑞豐一跳。小崔問：「先生，剛才你怎麼到了家，可不進去？」

瑞豐不想把事情告訴小崔。老孟老郭必定不願意他走漏消息。可是，他存不住話。像一般的愛說話的人一樣，他先囑咐小崔：「你可別對別人再說呀！聽見沒有？瑞宣掉下去了！」

「什麼？」小崔收住了腳步，由跑改為大步的走。

「千萬別再告訴別人！瑞宣教他們抓下去了！」

「那麼，咱們是上南海，還是——不是得想法趕緊救他嗎？」

「救他？連我還差點吃了掛誤官司！」瑞豐理直氣壯的說。

小崔的臉本來就發紅，變成了深紫的。又走了幾步，他放下了車。極不客氣的，他說：「下來！」

瑞豐當然不肯下車。「怎回事？」

「下來！」小崔非常的強硬。「我不伺候你這樣的人！那是你的親哥哥，喝，好，你就大撒巴掌不管？你還是人不是？」

瑞豐也掛了火。不管他怎樣懦弱，他也不能聽車伕的教訓。可是，他把火壓下去。今天他必須坐著包車到南海去。好嗎，多少多少人都有汽車，他若坐著僱來的車去，就太丟人了！他寧可吃小崔幾句閒話，也不能教自己在南海外邊去丟人！包車也是一種徽章！他假裝笑了：「算了，小崔！等我見完了特使，再給瑞宣想辦法，一定！」

小崔猶豫了一會兒。他很想馬上回去，給祁家跑跑腿。他佩服瑞宣，他應當去幫忙。可是，他也想到：他自己未必有多大的能力，倒不如督催著瑞豐去到處奔走。況且瑞宣到底是瑞豐的親哥哥，難道瑞豐就真能站在一旁看熱鬧？再說呢，等到瑞豐真不肯管這件事的時候，他會把他拉到個僻靜的地方，飽打一頓。什麼科長不科長的，揍！這樣想清楚，他又慢慢的抄起車把來。他本想再釘問一句，可是既有「揍」打底兒，他不便再費話了。

一路上，瑞豐沒再出一聲。小崔給了他個難題作。他決定不管瑞宣的事，可是小崔這小子要是死不放鬆，就有點麻煩。他不敢辭掉小崔，他知小崔敢動拳頭。他想不出辦法，而只更恨瑞宣。有瑞宣這樣的一個人，他以為，就足以使天下都不能安生！

快到南海了，他把心事都忘掉。看哪，軍警早已在路兩旁站好，裡外三層。左右兩行站在馬路邊上，槍上都上了刺刀，面朝著馬路中間。兩行站在人行道上，面也朝著馬路。在這中間又有兩行，端著槍，面朝著鋪戶。鋪戶都掛出五色旗與日本旗，而都上著板子。路中間除了赴會的汽車，馬車，與包月的人力車，沒有別的車，也沒有行人；連電車也停了。瑞豐看看路中心，再看看左右的六行軍警，心中有些發顫。同時，他又感到一點驕傲，交通已經斷絕，而他居然還能在馬路中間走，身分！幸而他處置的得當，沒教小崔在半途中跑了；好傢伙，要是坐著破車來，軍警準得擋住他的去路。他想蹬一下車鈴，可是急忙收住了腳。大街是那麼寬，那麼靜，假若忽然車鈴一響，也許招出一排槍來！他的背離了車箱，直挺挺的坐著，心揪成了一小團。連小崔也有點發慌了，他跑得飛快，而時時回頭看看瑞豐，瑞豐心中罵：「該死！別看我！招人家疑心，不開槍才怪！」

府右街口一個頂高身量的巡警伸出一隻手。小崔拐了彎。人力車都須停在南海的西牆外。這裡有二三十名軍警，手裡提著手槍，維持秩序。

下了車，瑞豐遇見兩個面熟的人，心中安靜了一點。他只向熟人點了點頭，湊過去和他們一塊走，而不敢說話。這整個的陣式已把他的嘴封嚴。那兩個人低聲的交談，他感到威脅，而又不便攔阻他們。及至聽到一個人說：「下午還有戲，全城的名角都得到！」他的話衝破了恐懼，他喜歡熱鬧，愛聽戲。「還有戲？咱們也可以聽？」

「那可就不得而知了，科長階級有資格聽戲沒有，還——」那個人想必也是什麼科長，所以慘笑了一下。

瑞豐趕緊運用他的腦子，他必須設法聽上戲，不管資格夠不夠。

在南海的大門前，他們被軍警包圍著，登記，檢查證章證件，並搜檢身上。瑞豐並沒感到侮辱，他覺得這是必須有的手續，而且只有科長以上的人才能「享受」這點「優遇」。別的都是假的，科長才是真調貨！

進了大門，一拐彎，他的眼前空曠了。但是他沒心思看那湖山宮宇之美，而只盼望趕快走到懷仁堂，那裡也許有很好的茶點——先啃它一頓兒再說！他笑了。

一眼，他看見了大赤包，在他前面大約有三箭遠。他要向前趕。兩旁的軍警是那麼多，他不敢快走。再說，他也有點嫉妒，大赤包是坐了汽車來的，所以遲起身而反趕到他前面。到底汽車是汽車！有朝一日，他須由包車階級升為汽車階級！大丈夫必須有志氣！

正在這麼思索，大門門樓上的軍樂響了。他的心跳起來，特使到了！軍警喝住他，教他立在路旁，他極規矩的服從了命令。立了半天，軍樂停了，四外一點聲音也沒有。他怕靜寂，手心上出了汗。

忽然的，兩聲槍響，很近，彷彿就在大門外。跟著，又響了幾槍。他慌了，不知不覺的要跑。兩把刺刀夾住了他，「別動！」

外面還不住的放槍，他的心跳到嗓子裡來。

他沒看見懷仁堂，而被軍警把他，和許多別的人，大赤包也在內，都圈在大門以內的一排南房裡。大家都穿著最好的衣服，佩著徽章，可是忽然被囚在又冷又濕的屋子裡，沒有茶水，沒有足夠用的椅凳，而只有軍警與槍刺。他們不曉得門外發生了什麼事，而只能猜測或者有人向特使行刺。瑞豐沒替特使擔憂，而只覺得掃興；不單看不上了戲，連茶點也沒了希望呀！人不為麵包而生，瑞豐也不是為麵包而活著的，假若麵包上沒有一點黃油的話。還算好，他是第一批被驅逐進來的，所以得到了一個椅子。後進來的有許多人只好站著。他穩穩的坐定，紋絲不動，生怕丟失了他的椅子。

大赤包畢竟有些氣派。她硬把一個人扒拉開，佔據了他的座位。坐在那裡，她還是大聲的談話，甚至於質問軍警們：「這是什麼事呢？我是來開會，不是來受罪！」

瑞豐的肚子報告著時間，一定是已經過午了，他的肚子裡餓得嘰哩咕嚕的亂響。他害怕起來，假若軍警老這麼圍著，不准出去吃東西，那可要命！他最怕餓！一餓，他就很容易想起「犧牲」，「就義」，與「死亡」等等字眼。

約摸著是下午兩點了，才來了十幾個日本憲兵。每個憲兵的臉上都像剛死了父親那麼難看。他們指揮軍警細細搜檢屋裡的人，不論男女都須連內衣也脫下來。瑞豐對此一舉有些反感，他以為鬧事的既在大門外，何苦這麼麻煩門內的人呢。可是，及至看到大赤包也打了赤背，露出兩個黑而大的乳房，他心平氣和了一些。

搜檢了一個多鐘頭，沒有任何發現，他們才看見一個憲兵官長揚了揚手。他們由軍警押著向中海走。走出中海的後門，他們吸到了自由的空氣。瑞豐沒有招呼別人，三步並作兩步的跑到西四牌樓，吃了幾個燒餅，喝了一大碗餛飩。肚子撐圓，他把剛才那一幕醜劇完全忘掉，只當那是一個不甚得體的夢。走到教育局，他才聽到：兩位特使全死在南海大門外。城門又關上，到現在還沒開。街上已不知捕去多少人。聽到這點情報，他對著胸前的徽章發開了楞：險哪！幸虧他是科長，有中山裝與徽章。好傢伙，就是當嫌疑犯拿去也不得了呀！他想，他應當去喝兩杯酒，慶祝自己的好運。科長給他的性命保了險！

下了班，他在局子門外找小崔。沒找到。他發了氣：「他媽的！天生來的不是玩藝兒，得偷懶就偷懶！」他步行回了家。一進門就問：「小崔沒回來呀？」沒有，誰也沒看到小崔。瑞豐心中打開了鼓：「莫非這小子真辭活兒不幹了？嘿，真他媽的邪門！我還沒為瑞宣著急，你著哪門子急呢？他又不是你的哥哥！」他冒了火，準備明天早上小崔若來到，他必厲厲害害的罵小崔一頓。

第二天，小崔還是沒露面。城內還到處捉人。「唉？」瑞豐對自己說：「莫非這小子教人家抓去啦？也別說，那小子長得賊眉鼠眼的，看著就像奸細！」

為給特使報仇，城內已捉去兩千多人，小崔也在內。各色各樣的人被捕，不管有無嫌疑，不分男女老少，一概受了各色各樣的毒刑。

真正的兇手可是沒有拿著。

日本憲兵司令不能再等，他必須先槍斃兩個，好證明自己的精明強幹。好嗎，捉不著行刺特使的人，不單交不了差事，對不起天皇，也被全世界的人恥笑啊！他從兩千多皮開肉綻的人裡選擇出兩個來：一個是四十多歲的姓馮的汽車伕，一個是小崔。

第三天早八點，姓馮的汽車伕與小崔，被綁出來，遊街示眾。他們倆都赤著背，只穿著一條褲子，頭後插著大白招子。他們倆是要被砍頭，而後將人頭號令在前門外五牌樓之上。馮汽車伕由獄裡一出來，便已搭拉了腦袋，由兩個巡警攙著他。他已失了魂。小崔挺著胸自己走。他的眼比臉還紅。他沒罵街，也不怕死，而心中非常的後悔，後悔他沒聽錢先生與祁瑞宣的勸告。他的年歲，身體，和心地，都夠與日本兵在戰場上拚個死活的，他有資格去殉國。可是，他就這麼不明不白的被拉出去砍頭。走幾步，他仰頭看看天，再低頭看看地。天，多麼美的北平的青天啊。地，每一寸都是他跑熟了的黑土地。他捨不得這塊天地，而這塊天地，就是他的墳墓。

兩面銅鼓，四隻軍號，在前面吹打。前後多少排軍警，都扛著上了刺刀的槍，中間走著馮汽車伕與小崔。最後面，兩個日本軍官騎著大馬，得意的監視著殺戮與暴行。

瑞豐在西單商場那溜兒，聽見了鼓號的聲音，那死亡的音樂。他飛跑趕上去，他喜歡看熱鬧，軍鼓軍號對他有特別的吸引力。殺人也是「熱鬧」，他必須去看，而且要看個詳細。「喲！」他不由的出了聲。他看見了小崔。他的臉馬上成了一張白紙，急忙退回來。他沒為小崔思想什麼，而先摸了摸自己的脖子——小崔是他的車伕呀，他是不是也有點危險呢？

他極快的想到，他必須找個可靠的人商議一下。萬一日本人來盤查他，他應當怎樣回話呢？他小跑著往北疾走，想找瑞宣大哥去談一談。大哥必定有好主意。走了有十幾丈遠，他才想起來，瑞宣不是也被捕了麼？他收住了腳，立定。恐懼變成了憤怒，他嘟囔著：「真倒霉！光是咱自己有心路也不行呀，看這群親友，全是不知死的鬼！早晚我是得吃了他們的虧！」

第四十七章 「完美的」監獄

程長順微微有點肚子疼，想出去方便方便。剛把街門開開一道縫，他就看見了五號門前的一群黑影。他趕緊用手托著門，把它關嚴。然後，他扒著破門板的一個不小的洞，用一隻眼往外看著。他的心似乎要跳了出來，忘了肚子疼。捕人並沒費多少工夫，可是長順等得發急。好容易，他又看見了那些黑影，其中有一個是瑞宣——看不清面貌，他可是認識瑞宣的身量與體態。他猜到了那是怎回事。他的一隻眼，因為用力往外看，已有點發酸。他的手顫起來。一直等到那些黑影全走淨，他還立在那裡。

他的呼吸很緊促，心中很亂。他只有一個念頭，去救祁瑞宣。怎麼去救呢？他想不出。他記得錢家的事。假若不從速搭救出瑞宣來，他以為，祁家就必定也像錢家那樣的毀滅！他著急，有兩顆急出來的淚在眼中盤旋。他想去告訴孫七，但是他知道孫七只會吹大話，未必有用。把手放在頭上，他繼續思索。把全胡同的人都想到了，他心中忽然一亮，想起李四爺來。他立刻去開門。可是急忙的收回手來。他須小心，他知道日本人的詭計多端。

他轉了身，進到院中。把一條破板凳放在西牆邊，他上了牆頭。雙手一叫勁，他的身子落在二號的地上。他沒想到自己會能這麼靈巧輕快。腳落了地，他彷彿才明白自己幹的是什麼。「四爺爺！四爺爺！」他立在窗前，聲音低切的叫。口中的熱氣吹到窗紙上，紙微微的作響。

李四爺早已醒了，可是還閉著眼多享受一會兒被窩中的溫暖。「誰呀？」老人睜開眼問。

「我！長順！」長順鳴囔著鼻子低聲的說。「快起來！祁先生教他們抓去了！」

「什麼？」李老人極快的坐起來，用手摸衣服。掩著懷，他就走出來：「怎回事？怎回事？」

長順搓著手心上的涼汗，越著急嘴越不靈便的，把事情說了一遍。

聽完，老人的眼瞇成了一道縫，看著牆外的槐樹枝。他心中極難過。他看明白：在胡同中的老鄰居里，錢家和祁家是最好的人，可是好人都保不住了命。他自信自己也是好人，照著好人都要受難的例子推測，他的老命恐怕也難保住。他看著那些被曉風吹動著的樹枝，說不出來話。

「四爺爺！怎麼辦哪？」長順扯了扯四爺的衣服。

「嘔！」老人顫了一下。「有辦法！有！趕緊給英國使館去送信？」

「我願意去！」長順眼亮起來。

「你知道找誰嗎？」老人低下頭，親熱的問。

「我——」長順想了一會兒，「我會找丁約翰！」

「對！好小子，你有出息！你去好，我脫不開身，我得偷偷的去告訴街坊們，別到祁家去！」

「怎麼？」

「他們拿人，老留兩個人在大門裡等著，好進去一個捉一個！他們還以為咱們不知道，其實，其實，」老人輕蔑的一笑，「他們那麼作過一次，咱們還能不曉得？」

「那麼，我就走吧？」

「走！由牆上翻過去！還早，這麼早出門，會招那兩個埋伏起疑！等太陽出來再開門！你認識路？」

長順點了點頭，看了看界牆。

「來，我托你一把兒！」老人有力氣。雙手一托，長順夠到了牆頭。

「慢著！留神扭了腿！」

長順沒出聲，跳了下去。

太陽不知道為什麼出來的那麼慢。長順穿好了大褂，在院中向東看著天。外婆還沒有起來。他唯恐她起來盤問他。假若對她說了實話，她一定會攔阻他——「小孩子！多管什麼事！」

天紅起來，長順的心跳得更快了。紅光透過薄雲，變成明霞，他跑到街門前。立定，用一隻眼往外看。胡同裡沒有一點動靜，只有槐樹枝上添了一點亮的光兒。他的鼻子好像已不夠用，他張開了嘴，緊促的，有聲的，呼吸氣。他不敢開門。他想像著，門一響就會招來槍彈！他須勇敢，也必須小心。他年輕，而必須老成。作一年的奴隸，會使人增長十歲。

太陽出來了！他極慢極慢的開開門，只開了夠他擠出去的一個縫子。像魚往水裡鑽似的，他溜出去。怕被五號的埋伏看見，他擦著牆往東走。走到「葫蘆肚」裡，陽光已把護國寺大殿上的殘破的琉璃瓦照亮，一閃一閃的發著光，他腳上加了勁。在護國寺街西口，他上了電車。電車只開到西單牌樓，西長安街今天斷絕交通。下了車，他買了兩塊滾熱的切糕，一邊走一邊往口中塞。舖戶的夥計們都正懸掛五色旗。他不曉得這是為了什麼，也不去打聽。掛旗的日子太多了，他已不感興趣；反正掛旗是日本人的主意，管它幹什麼呢。進不了西長安街，他取道順城街往東走。

沒有留聲機在背上壓著，他走得很快。他的走路的樣子可不大好看，大腦袋往前探著，兩隻手，因失去了那個大喇叭筒與留聲機片，簡直不知放在什麼地方好。腳步一快，他的手更亂了，有時候掄得很高，有時候忘了掄動，使他自己走著走著都莫名其妙了。

一看見東交民巷，他的腳步放慢，手也有了一定的律動。他有點害怕。他是由外婆養大的，外婆最怕外國人，也常常用躲避著洋人教訓外孫。因此，假若長順得到一支槍，他並不怕去和任何外國人交戰，可是，在初一和敵人見面，他必先楞一楞，而後才敢殺上前去。外婆平日的教訓使他必然的楞那麼一楞。

他跺了跺腳上的土，用手擦了擦鼻子上的汗，而後慢慢的往東交民巷裏邊走，他下了決心，必須闖進使館去，可是無意中的先跺了腳，擦去汗。看見了英國使館，當然也看見了門外站得像一根棍兒那麼直的衛兵。他不由的站住了。幾十年來人們懼外的心理使他不敢直入公堂的走過去。

不，他不能老立在那裡。在多少年的恐懼中，他到底有一顆青年的心。一顆日本人所不認識的心。他的血湧上了臉，面對著衛兵走了過去。沒等衛兵開口，他用高嗓音，為是免去嗚嗚囔囔，說：「我找丁約翰！」

衛兵沒說什麼，只用手往裡面一指。他奔了門房去。門房裡的一位當差的很客氣，教他等一等。他的湧到臉上的血退了下去。他沒覺得自己怎麼勇敢，也不再害怕，心中十分的平靜。他開始看院中的花木——一個中國人彷彿心中剛一平靜就能注意花木庭園之美。

丁約翰走出來。穿著漿洗得有稜有角的白衫，他低著頭，鞋底不出一點聲音的，快而極穩的走來，他的動作既表示出英國府的尊嚴，又露出他能在這裡作事的驕傲。見了長順，他的頭稍微揚起些來，聲音很低的說：「喲，你！」

「是我！」長順笑了一下。

「我家裡出了什麼事？」

「沒有！祁先生教日本人抓去了！」

丁約翰楞住了。他絕對沒想到日本人敢逮捕英國府的人！他並不是不怕日本人。不過，拿英國人與日本人比較一下，他就沒法不把英國加上個「大」字，日本加上個「小」字。這大小之間，就大有分寸了。他承認日本人的厲害，而永遠沒想像到過他們的厲害足以使英國府的人也下獄。他皺上了眉，發了怒——不是為中國人發怒，而是替英國府抱不平。「這不行！我告訴你，這不行！你等等，我告訴富善先生去！非教他們馬上放了祁先生不可！」彷彿怕長順跑了似的，他又補了句：「你等著！」

不大一會兒，丁約翰又走回來。這回，他走得更快，可也更沒有聲音。他的眼中發了光，穩重而又興奮的向長順勾了一勾手指。他替長順高興，因為富善先生要親自問長順的話。

長順傻子似的隨著約翰進到一間不很大的辦公室，富善先生正在屋中來回的走，脖子一伸一伸的像噎住了似的。富善先生的心中顯然的是很不安定。見長順進來，他立住，拱了拱手。他不大喜歡握手，而以為拱手更恭敬，也更衛生一些。對長順，他本來沒有拱手的必要，長順不過是個孩子。可是，他喜歡純粹的中國人。假若穿西裝的中國人永遠得不到他的尊敬，那麼穿大褂的，不論年紀大小，總被他重視。「你來送信，祁先生被捕了？」他用中國話問，他的灰藍色的眼珠更藍了一些，他是真心的關切瑞宣。「怎麼拿去的？」

長順結結巴巴的把事情述說了一遍。他永遠沒和外國人說過話，他不知道怎樣說才最合適，所以說得特別的不順利。

富善先生極注意的聽著。聽完，他伸了伸脖子，臉上紅起好幾塊來。「嗯！嗯！嗯！」他連連的點頭。「你是他的鄰居，唉？」看長順點了頭，他又「嗯」了一聲。「好！你是好孩子！我有辦法！」他挺了挺胸。「趕緊回去，設法告訴祁老先生，不要著急！我有辦法！我親自去把他保出來！」沉默了一會兒，他好像是對自己說：「這不是捕瑞宣，而是打老英國的嘴巴！殺雞給猴子看，哼！」

長順立在那裡，要再說話，沒的可說，要告辭又不好意思。他的心裡可是很痛快，他今天是作了一件「非常」的事情，足以把孫七的嘴堵住不再吹牛的事情！

「約翰！」富善先生叫。「領他出去，給他點車錢！」而後對長順：「好孩子。回去吧！別對別人說咱們的事！」

丁約翰與長順都極得意的走出來。長順攔阻丁約翰給他車錢：「給祁先生辦點事，還能——」

他找不著適當的言語表現他的熱心，而只傻笑了一下。

丁約翰塞到長順的衣袋裡一塊錢。他奉命這樣作，就非作不可。

出了東交民巷，長順真的僱了車。他必須坐車，因為那一元錢是富善先生給他僱車用的。坐在車上，他心中開了鍋。他要去對外婆、孫七、李四爺，和一切的人講說他怎樣闖進英國府。緊跟著，他就警告自己：「一聲都不要出，把嘴閉嚴像個蛤蜊！」同時，他又須設計怎樣去報告給祁老人，教老人放心，一會兒，他又想像著祁瑞宣怎樣被救出來，和怎樣感激他。想著想著，涼風兒吹低了他的頭。一大早上的恐懼，興奮，與疲乏，使他閉上了眼。

忽然的他醒了，車已經停住。他打了個極大的哈欠，像要把一條大街都吞吃了似的。回到家中，他編製了一大套謊言敷衍外婆，而後低著頭思索怎樣通知祁老人的妙計。

這時候，全胡同的人們已都由李四爺那裡得到了祁家的不幸消息。李四爺並沒敢挨家去通知，而只在大家都圍著一個青菜挑子買菜的時候，低聲的告訴了大家。得到了消息，大家都把街門打開，表示鎮定。他們的心可是跳得都很快。只是這麼一條小胡同裡，他們已看到錢家與祁家兩家的不幸。他們都想盡點力，幫忙祁家，可是誰也沒有辦法與能力。他們只能偷偷的用眼角瞭著五號的門。他們還照常的升火作飯，沏茶灌水，可是心裡都有一種說不出來的悲哀與不平。到了晌午，大家的心跳得更快了，這可是另一種的跳法。他們幾乎忘了瑞宣的事，因為聽到了兩個特使被刺身亡的消息。孫七連活都顧不得作了，他須回家喝兩口酒。多少日子了，他沒聽到一件痛快的事；今天，他的心張開了：「好！解恨！誰說咱們北平沒有英雄好漢呢！」他一邊往家走，一邊跟自己說。他忘了自己的近視眼，而把頭碰在了電線杆子上。摸著頭上的大包，他還是滿心歡喜：「是這樣！要殺就揀大個的殺！是！」

小文夫婦是被傳到南海唱戲的，聽到這個消息，小文發表了他的藝術家的意見：「改朝換代都得死人，有錢的，沒錢的，有地位的，沒地位的，作主人的，作奴隸的，都得死！好戲裡面必須有法場，行刺，砍頭，才熱鬧，才叫好！」說完，他拿起胡琴來，拉了一個過門。雖然他要無動於衷，可是琴音裡也不怎麼顯著輕快激壯。

文若霞沒說什麼，只低頭哼唧了幾句審頭刺湯。

李四爺不想說什麼，搬了個小板凳，坐在門外，面對著五號的門。秋陽曬在他的頭上，他覺得舒服。他心中的天平恰好兩邊一樣高了——你們拿去我們的瑞宣，我們結果了你們的特使。一號的小孩子本是去向特使行參見禮的，像兩個落在水裡的老鼠似的跑回家來。他倆沒敢在門外胡鬧，而是一直的跑進家門，把門關嚴。李四爺的眼角上露出一點笑紋來。老人一向不喜歡殺生，現在他幾乎要改變了心思——「殺」是有用處的，只要殺得對！

冠曉荷憋著一肚子話，想找個人說一說。他的眉頭皺著點，彷彿頗有所憂慮。他並沒憂慮大赤包的安全，而是發愁恐怕日本人要屠城。他覺得特使被刺，理當屠城。自然，屠城也許沒有他的事，因為冠家是日本人的朋友。不過，日本人真要殺紅了眼，殺瘋了心，誰準知道他們不迷迷糊糊的也給他一刀呢？過度害怕的也就是首先屈膝的，可是屈膝之後還時常打哆嗦。

一眼看見了李四爺，他趕了過來：「這麼鬧不好哇！」他的眉頭皺得更緊了一些。「你看，這不是太歲頭上動土嗎？」他以為這件事完全是一種胡鬧。

李四爺立起來，拿起小板凳。他最不喜歡得罪人，可是今天他的胸中不知哪兒來的一口壯氣，他決定得罪冠曉荷。正在這個時候，一個人像報喪似的奔了祁家去。到門外，他沒有敲門，而說了一個什麼暗號。門開了，他和裡面的人像螞蟻相遇那麼碰一碰鬚兒，裡面的兩個人便慌忙走出來。三個人一齊走開。

李四爺看出來：特使被刺，大概特務不夠用的了，所以祁家的埋伏也被調了走。他慢慢的走進家去。過了一小會兒，他又出來，看曉荷已不在外面，趕緊的在四號門外叫了聲長順。

長順一早半天並沒閒著，到現在還在思索怎麼和祁老人見面。聽見李四爺的聲音，他急忙跑出來。李四爺只一點手，他便跟在老人的身後，一同到祁家去。

韻梅已放棄了挖牆的工作，因為祁老人不許她繼續下去。老人的怒氣還沒消逝，聲音相當大的對她說：「幹嗎呀？不要再挖，誰也幫不了咱們的忙，咱們也別連累別人！這些老法子，全沒了用！告訴你，以後不要再用破缸頂街門！哼，人家會由房上跳進來！完了，完了！我白活了七十多歲！我的法子全用不上了！」是的，他的最寶貴的經驗都一個錢也不值了。他失去了自信。他像一匹被人棄捨了的老馬，任憑蒼蠅蚊子們欺侮，而毫無辦法。

小順兒和妞子在南屋裡偷偷的玩耍，不敢到院子裡來。偷偷的玩耍是兒童的很大的悲哀。韻梅給他們煮了點乾豌豆，使他們好佔住嘴，不出聲。

小順兒頭一個看見李四爺進來。他極興奮的叫了聲「媽！」院子裡已經安靜了一早半天，這一聲呼叫使大家都顫了一下。韻梅紅著眼圈跑過來。「小要命鬼！你叫喚什麼？」剛說完，她也看見了李四爺，顧不得說什麼，她哭起來。

她不是輕於愛落淚的婦人，可是這半天的災難使她沒法不哭了。丈夫的生死不明，而一家人在自己的院子裡作了囚犯。假若她有出去的自由，她會跑掉了鞋底子去為丈夫奔走，她有那麼點決心與勇氣。可是，她出不去。再說，既在家中出不去，她就該給老的小的弄飯吃，不管她心中怎麼痛苦，也不管他們吃不吃。可是，她不能到街上或門外去買東西。她和整個的世界斷絕了關係，也和作妻的，作母的，作媳婦的責任脫了節。雖然沒上鎖鐐，她卻變成囚犯。她著急，生氣，發怒，沒辦法。她沒聽說過，一人被捕，而全家也坐「獄」的辦法。只有日本人會出這種絕戶主意。現在，她才真明白了日本人，也才真恨他們。

「四爺！」祁老人驚異的叫。「你怎麼進來的？」

李四爺勉強的一笑：「他們走啦！」

「走啦？」天祐太太拉著小順兒與妞子趕了過來。「日本的特使教咱們給殺啦，他們沒工夫再守在這裡！」韻梅止住了啼哭。

「特使？死啦？」祁老人覺得一切好像都是夢。沒等李四爺說話，他打定了主意。「小順兒的媽，拿一股高香來，我給日本人燒香！」

「你老人家算了吧！」李四爺又笑了一下。「燒香？放槍才有用呢！」

「哼！」祁老人的小眼睛裡發出仇恨的光來。「我要是有槍，我就早已打死門口的那兩個畜生了！中國人幫著日本人來欺侮咱們，混帳！」

「算了吧，聽聽長順兒說什麼。」李四爺把立在他身後的長順拉到前邊來。

長順早已等得不耐煩了，馬上挺了挺胸，把一早上的英勇事蹟，像說一段驚險的故事似的，說給大家聽。當他初進來的時候，大家都以為他是來看看熱鬧，所以沒大注意他。現在，他成了英雄，連他的嗚囔嗚囔的聲音彷彿都是音樂。等他說完，祁老人歎了口氣：「長順，難為你！好孩子！好孩子！我當是老街舊鄰們都揣著手在一旁看祁家的哈哈笑呢，原來——」他不能再說下去。感激鄰居的真情使他忘了對日本人的憤怒，他的心軟起來，怒火降下去，他的肩不再挺著，而鬆了下去。摸索著，他慢慢的坐在了台階上，雙手捧住了頭。

「爺爺！怎麼啦？」韻梅急切的問。

老人沒抬頭，低聲的說：「我的孫子也許死不了啦！天老爺，睜開眼照應著瑞宣吧！」事情剛剛有點希望，他馬上又還了原，仍舊是個老實的，和平的，忍受患難與壓迫的老人。

天祐太太掙扎了一上午，已經感到疲乏，極想去躺一會兒。可是，她不肯離開李四爺與長順。她不便宣佈二兒瑞豐的醜惡，但是她看出來朋友們確是比瑞豐還更親近，更可靠。這使她高興，而又難過。把感情都壓抑住，她勉強的笑著說：「四大爺！長順！你們可受了累！」

韻梅也想道出心中的感激，可是說不出話來。她的心完全在瑞宣身上。她不敢懷疑富善先生的力量，可又不放心丈夫是不是可能的在富善先生去到以前，就已受了刑！她的心中時時的把錢先生與瑞宣合併到一塊兒，看見個滿身是血的瑞宣。

李四爺看看這個，看看那個，心中十分難過。眼前的男女老少都是心地最乾淨的人，可是一個個的都無緣無故的受到磨難。他幾乎沒有法子安慰他們。很勉強的，他張開了口：「我看瑞宣也許受不了多少委屈，都別著急！」他輕嗽了一下，他知道自己的話是多麼平凡，沒有力量。「別著急！也別亂吵嚷！英國府一定有好法子！長順，咱們走吧！祁大哥，有事只管找我去！」他慢慢的往外走。走了兩步，他回頭對韻梅說：「別著急！先給孩子們作點什麼吃吧！」

長順也想交代一兩句，而沒能想出話來。無聊的，他摸了摸小順兒的頭。小順兒笑了：「妹妹，我，都乖，聽話！不上門口去！」

他們往外走。兩個婦人像被吸引著似的，往外送。李四爺伸出胳臂來。「就別送了吧！」她們楞楞磕磕的站住。

祁老人還捧著頭坐在那裡，沒動一動。

這時候，瑞宣已在獄裡過了幾個鐘頭。這裡，也就是錢默吟先生來過的地方。這地方的一切設備可是已和默吟先生所知道的大不相同了。當默吟到這裡的時節，它的一切還都因陋就簡的，把學校變為臨時的監獄。現在，它已是一座「完美的」監獄，處處看得出日本人的「苦心經營」。任何一個小地方，日本人都花了心血，改造又改造，使任何人一看都得稱讚它為殘暴的結晶品。在這裡，日本人充分的表現了他們殺人藝術的造詣。是的，殺人是他們的一種藝術，正像他們喫茶與插瓶花那麼有講究。來到這裡的不只是犯人，而也是日本人折來的花草；他們必須在斷了呼吸以前，經驗到最耐心的，最細膩的藝術方法，把血一滴一滴的，緩慢的，巧妙的，最痛苦的，流盡。他們的痛苦正是日本人的欣悅。日本軍人所受的教育，使他們不僅要凶狠殘暴，而是吃進去毒狠的滋味，教殘暴變成像愛花愛鳥那樣的一種趣味。這所監獄正是這種趣味與藝術的試驗所。

瑞宣的心裡相當的平靜。在平日，他愛思索；即使是無關宏旨的一點小事，他也要思前想後的考慮，以便得到個最妥善的辦法。從七七抗戰以來，他的腦子就沒有閒著過。今天，他被捕了，反倒覺得事情有了個結束，不必再想什麼了。臉上很白，而嘴邊上掛著點微笑，他走下車來，進了北京大學——他看得非常的清楚，那是「北大」。

錢先生曾經住過的牢房，現在已完全變了樣子。樓下的一列房，已把前臉兒拆去，而安上很密很粗的鐵條，極像動物園的獸籠子。牢房改得很小，窄窄的分為若干間，每間裡只夠容納一對野豬或狐狸的。可是，瑞宣看清，每一間裡都有十個到十二個犯人。他們只能胸靠著背，嘴頂著腦勺兒立著，誰也不能動一動。屋裡除了人，沒有任何東西，大概犯人大小便也只能立著，就地執行。瑞宣一眼掃過去，這樣的獸籠至少有十幾間。他哆嗦了一下。籠外，只站著兩個日兵，六隻眼——兵的四隻，槍的兩隻——可以毫不費力的控制一切。瑞宣低下頭去。他不曉得自己是否也將被放進那集體的「站籠」去。假若進去，他猜測著，只須站兩天他就會斷了氣的。

可是，他被領到最靠西的一間牢房裡去，屋子也很小，可是空著的。他心裡說：「這也許是優待室呢！」小鐵門開了鎖。他大彎腰才擠了進去。三合土的地上，沒有任何東西，除了一片片的，比土色深的，發著腥氣的，血跡。他趕緊轉過身來，面對著鐵柵，他看見了陽光，也看見了一個兵。那個兵的槍刺使陽光減少了熱力。抬頭，他看見天花板上懸著一根鐵條。鐵條上纏著一團鐵絲，鐵絲中纏著一隻手，已經腐爛了的手。他收回來眼光，無意中的看到東牆，牆上舒舒展展的釘著一張完整的人皮。他想馬上走出去，可是立刻看到了鐵柵。既無法出去，他爽性看個周到，他的眼不敢遲疑的轉到西牆上去。牆上，正好和他的頭一邊兒高，有一張裱好的橫幅，上邊貼著七個女人的陰戶。每一個下面都用紅筆記著號碼，旁邊還有一朵畫得很細緻的小圖案花。

瑞宣不敢再看。低下頭，他把嘴閉緊。待了一會兒，他的牙咬出響聲來。他不顧得去想自己的危險，一股怒火燃燒著他的心。他的鼻翅撐起來，帶著響的出氣。

他決定不再想家裡的事。他看出來，他的命運已被日本人決定。那懸著的手，釘著的人皮，是特意教他看的，而他的手與皮大概也會作展覽品。好吧，命運既被決定，他就笑著迎上前去吧。他冷笑了一聲。祖父，父母，妻子——都離他很遠了，他似乎已想不清楚他們的面貌。就是這樣才好，死要死得痛快，沒有淚，沒有縈繞，沒有顧慮。

他呆呆的立在那裡，不知有多久；一點斜著來的陽光碰在他的頭上，他才如夢方醒的動了一動。他的腿已發僵，可是仍不肯坐下，倒彷彿立著更能多表示一點堅強的氣概。有一個很小很小的便衣的日本人，像一頭老鼠似的，在鐵柵外看了他一眼，而後笑著走開。他的笑容留在瑞宣的心裡，使瑞宣噁心了一陣。又過了一會兒，小老鼠又回來，向瑞宣惡意的鞠了一躬。小老鼠張開嘴，用相當好的中國話說：「你的不肯坐下，客氣，我請一位朋友來陪你！」說完，他回頭一招手。兩個兵抬過一個半死的人來，放在鐵柵外，而後搬弄那個人，使他立起來。那個人——

一個臉上全腫著，看不清有多大歲數的人——已不會立住。兩個兵用一條繩把他捆在鐵柵上。「好了！祁先生，這個人的不聽話，我們請他老站著。」小老鼠笑著說，說完他指了指那個半死的人的腳。瑞宣這才看清，那個人的兩腳十指是釘在木板上的。那個人東晃一下，西晃一下，而不能倒下去，因為有繩子攏著他的胸。他的腳指已經發黑。過了好大半天，那個人哎喲了一聲。一個兵極快的跑過來，用槍把子像舂米似的砸他的腳。已經腐爛的腳指被砸斷了一個。那個人像饑狼似的長嚎了一聲，垂下頭去，不再出聲。「你的喊！打！」那個兵眼看著瑞宣，罵那個人。然後，他珍惜的拾起那個斷了的腳指，細細的玩賞。看了半天，他用臂攏著槍，從袋中掏出張紙來，把腳指包好，記上號碼。而後，他向瑞宣笑了笑，回到崗位去。

過了有半個鐘頭吧，小老鼠又來到。看了看斷指的人，看了看瑞宣。斷指的人已停止了呼吸。小老鼠惋惜的說：「這個人不結實的，穿木鞋不到三天就死的！中國人體育不講究的！」一邊說，他一邊搖頭，好像很替中國人的健康擔憂似的。歎了口氣，他又對瑞宣說：「英國使館，沒有木鞋的？」瑞宣沒出聲，而明白了他的罪狀。

小老鼠板起臉來：「你，看起英國的，看不起大日本的！要悔改的！」說完，他狠狠的踢了死人兩腳。話從牙縫中濺出來：「中國人，一樣的！都不好的！」他的兩隻發光的鼠眼瞪著瑞宣。瑞宣沒瞪眼，而只淡淡的看著小老鼠。老鼠發了怒：「你的厲害，你的也會穿木鞋的！」說罷，他扯著極大的步子走開，好像一步就要跨過半個地球似的。

瑞宣呆呆的看著自己的腳。等著腳指上挨釘。他知道自己的身體並不十分強壯，也許釘了釘以後，只能活兩天。那兩天當然很痛苦，可是過去以後，就什麼也不知道了，永遠什麼也不知道了——無感覺的永生！他盼望事情就會如此的簡單，迅速。他承認他有罪，應當這樣慘死，因為他因循，苟安，沒能去參加抗戰。

兩個囚犯，默默的把死人抬了走。他兩個眼中都含著淚，可是一聲也沒出。聲音是「自由」的語言，沒有自由的只能默默的死去。

院中忽然增多了崗位。出來進去的日本人像螞蟻搬家那麼緊張忙碌。瑞宣不曉得南海外的刺殺，而只覺得那些亂跑的矮子們非常的可笑。生為一個人，他以為，已經是很可憐，生為一個日本人，把可憐的生命全花費在亂咬亂鬧上，就不但可憐，而且可笑了！

一隊一隊的囚犯，由外面像羊似的被趕進來，往後邊走。瑞宣不曉得外邊發生了什麼事，而只盼望北平城裡或城外發生了什麼暴動。暴動，即使失敗，也是光榮的。像他這樣默默的等著剝皮剁指，只是日本人手中玩弄著的一條小蟲，恥辱是他永遠的謚號！

第四十八章　一部激變中的近代史

瑞宣趕得機會好。司令部裡忙著審刺客，除了小老鼠還來看他一眼，戲弄他幾句，沒有別人來打擾他。第一天的正午和晚上，他都得到一個比地皮還黑的饅頭，與一碗白水。對著人皮，他沒法往下嚥東西。他只喝了一碗水。第二天，他的「飯」改了：一碗高粱米飯代替了黑饅頭。看著高粱米飯，他想到了東北。關內的人並不吃高粱飯。這一定是日本人在東北給慣了囚犯這樣的飯食，所以也用它來「優待」關內的犯人。

日本人自以為最通曉中國的事，瑞宣想，那麼他們就該知道北平人並不吃高粱。也許是日本人在東北作慣了的，就成了定例定法，適用於一切的地方。瑞宣，平日自以為頗明白日本人，不敢再那麼自信了。他想不清楚，日本人在什麼事情上要一成不變，在哪裡又隨地變動；和日本人到底明白不明白中國人與中國事。

對他自己被捕的這件事，他也一樣的摸不清頭腦。日本人為什麼要捕他呢？為什麼捕了來既不審問，又不上刑呢？難道他們只是為教他來觀光？不，不能！日本人不是最陰險，最詭秘，不願教人家知道他們的暴行的嗎？那麼，為什麼教他來看呢？假若他能幸而逃出去，他所看見的豈不就成了歷史，永遠是日本人的罪案麼？他們也許決不肯放了他，那麼，又幹嗎「優待」他呢？他怎想，怎弄不清楚。他不敢斷定，日本人是聰明，還是愚癡；是事事有辦法，還是隨意的亂搞。

最後，他想了出來：只要想侵略別人，征服別人，傷害別人，就只有亂搞，別無辦法。侵略的本身就是胡來，因為侵略者只看見了自己，而且順著自己的心思假想出被侵略者應當是什麼樣子。這樣，不管侵略者計算的多麼精細，他必然的遇到挫折與失算。為補救失算，他只好再順著自己的成見從事改正，越改也就越錯，越亂。小的修正與嚴密，並無補於大前提的根本錯誤。日本人，瑞宣以為，在小事情上的確是費了心機；可是，一個極細心捉虱子的小猴，永遠是小猴，不能變成猩猩。

這樣看清楚，他嘗了一兩口高粱米飯。他不再憂慮。不管他自己是生還是死，他看清日本人必然失敗。小事聰明，大事糊塗，是日本人必然失敗的原因。

假若瑞宣正在這麼思索大的問題，富善先生可是正想一些最實際的，小小的而有實效的辦法。瑞宣的被捕，使老先生憤怒。把瑞宣約到使館來作事，他的確以為可以救了瑞宣自己和祁家全家人的性命。可是，瑞宣被捕。這，傷了老人的自尊心。他準知道瑞宣是最規矩正派的人，不會招災惹禍。那麼，日本人捉捕瑞宣，必是向英國人挑戰。的確，富善先生是中國化了的英國人。可是，在他的心的深處，他到底隱藏著一些並未中國化了的東西。他同情中國人，而不便因同情中國人也就不佩服日本人的武力。因此，看到日本人在中國的殺戮橫行，他只能抱著一種無可奈何之感。他不是個哲人，他沒有特別超越的膽識，去斥責日本人。這樣，他一方面，深盼英國政府替中國主持正義，另一方面，卻又以為只要日本不攻擊英國，便無須多管閒事。他深信英國是海上之王，日本人決不敢來以卵投石。對自己的國力與國威的信仰，使他既有點同情中國，又必不可免的感到自己的優越。他決不幸災樂禍，可也不便見義勇為，為別人打不平。瑞宣的被捕，他看，是日本人已經要和英國碰一碰了。他動了心。他的同情心使他決定救出瑞宣來，他的自尊心更加強了這個決定。

他開始想辦法。他是英國人，一想他便想到辦公事向日本人交涉。可是，他也是東方化了的英國人，他曉得在公事遞達之前，瑞宣也許已經受了毒刑，而在公事遞達之後，日本人也許先結果了瑞宣的性命，再回覆一件「查無此人」的，客氣的公文。況且，一動公文，就是英日兩國間的直接牴觸，他必須請示大使。那麻煩，而且也許惹起上司的不悅。為迅速，為省事，他應用了東方的辦法。

他找到了一位「大哥」，給了錢（他自己的錢），託「大哥」去買出瑞宣來。「大哥」是愛面子而不關心是非的。他必須賣給英國人一個面子，而且給日本人找到一筆現款。錢遞進去，瑞宣看見了高粱米飯。

第三天，也就是小崔被砍頭的那一天，約摸在晚八點左右，小老鼠把前天由瑞宣身上搜去的東西都拿回來，笑得像個開了花的饅頭似的，低聲的說：「日本人大大的好的！客氣的！親善的！公道的！你可以開路的！」把東西遞給瑞宣，他的臉板起來：「你起誓的！這裡的事，一點，一點，不准說出去的！說出去，你會再拿回來的，穿木鞋的！」

瑞宣看著小老鼠出神。日本人簡直是個謎。即使他是全能的上帝，也沒法子判斷小老鼠到底是什麼玩藝兒！他起了誓。他這才明白為什麼錢先生始終不肯對他說獄中的情形。

剩了一個皮夾，小老鼠不忍釋手。瑞宣記得，裡面有三張一元的鈔票，幾張名片，和兩張當票。瑞宣沒伸手索要，也無意贈給小老鼠。小老鼠，最後，繃不住勁兒了，笑著問：「心交心交？」瑞宣點了點頭。他得到小老鼠的誇讚：「你的大大的好！你的請！」瑞宣慢慢的走出來。小老鼠把他領到後門。

瑞宣不曉得是不是富善先生營救他出來的，可是很願馬上去看他；即使富善先生沒有出力，他也願意先教老先生知道他已經出來，好放心。心裡這樣想，他可是一勁兒往西走。「家」吸引著他的腳步。他僱了一輛車。在獄裡，雖然挨了三天的餓，他並沒感到疲乏；怒氣持撐著他的精神與體力。現在，出了獄門，他的怒氣降落下去，腿馬上軟起來。坐在車上，他感到一陣眩暈，噁心。他用力的抓住車墊子，鎮定自己。昏迷了一下，出了滿身的涼汗，他清醒過來。待了半天，他才去擦擦臉上的汗。

三天沒盥洗，臉上有一層浮泥。閉著眼，涼風撩著他的耳與腮，他舒服了一點。睜開眼，最先進入他的眼中的是那些燈光，明亮的，美麗的，燈光。他不由的笑了一下。他又得到自由，又看到了人世的燈光。馬上，他可是也想起那些站在囚牢裡的同胞。那些人也許和他一樣，沒有犯任何的罪，而被圈在那裡，站著；站一天，兩天，三天，多麼強壯的人也會站死，不用上別的刑。「亡國就是最大的罪！」他想起這麼一句，反覆的念叨著。他忘了燈光，忘了眼前的一切。

那些燈，那些人，那些舖戶，都是假的，都是幻影。只要獄裡還站著那麼多人，一切就都不存在！北平，帶著它的湖山宮殿，也並不存在。存在的只有罪惡！

車伕，一位四十多歲，腿腳已不甚輕快的人，為掩飾自己的遲慢，說了話：「我說先生，你知道今兒個砍頭的拉車的姓什麼嗎？」

瑞宣不知道。

「姓崔呀！西城的人！」

瑞宣馬上想到了小崔。可是，很快的他便放棄了這個想頭。他知道小崔是給瑞豐拉包車，一定不會忽然的，無緣無故的被砍頭。再一想，即使真是小崔，也不足為怪；他自己不是無緣無故的被抓進去了麼？「他為什麼——」

「還不知道嗎，先生？」車伕看著左右無人，放低了聲音說：「不是什麼特使教咱們給殺了嗎？姓崔的，還有一兩千人都抓了進去；姓崔的掉了頭！是他行的刺不是，誰可也說不上來。反正咱們的腦袋不值錢，隨便砍吧！我日他奶奶的！」

瑞宣明白了為什麼這兩天，獄中趕進來那麼多人，也明白了他為什麼沒被審訊和上刑。他趕上個好機會，白揀來一條命。假若他可以「倖而免」，焉知道小崔不可以誤投羅網呢？國土被人家拿去，人的性命也就交給人家掌管，誰活誰死都由人家安排。他和小崔都想偷偷的活著，而偷生恰好是慘死的原因。他又閉上了眼，忘了自己與小崔，而想像著在自由中國的陣地裡，多少多少自由的人，自由的選擇好死的地方與死的目的。那些面向著槍彈走的才是真的人，才是把生命放在自己的決心與膽量中的。他們活，活得自由；死，死得光榮。他與小崔，哼，不算數兒！

車子忽然停在家門口，他楞磕磕的睜開眼。他忘了身上沒有一個錢。摸了摸衣袋，他向車伕說：「等一等，給你拿錢。」

「是了，先生，不忙！」車伕很客氣的說。

他拍門，很冷靜的拍門。由死亡裡逃出，把手按在自己的家門上，應當是動心的事。可是他很冷靜。他看見了亡國的真景象，領悟到亡國奴的生與死相距有多麼近。他的心硬了，不預備在逃出死亡而繼續去偷生搖動他的感情。再說，家的本身就是囚獄，假若大家只顧了油鹽醬醋，而忘了靈魂上的生活。

他聽到韻梅的腳步聲。她立住了，低聲的問「誰？」他只淡淡的答了聲「我！」她跑上來，極快的開了門。夫妻打了對臉。假若她是個西歐的女人，她必會急忙上去，緊緊的抱住丈夫。她是中國人，雖然她的心要跳出來，跳到丈夫的身裡去，她可是收住腳步，倒好像夫妻之間有一條什麼無形的牆壁阻隔著似的。她的大眼睛亮起來，不知怎樣才好的問了聲：「你回來啦？」

「給車錢！」瑞宣低聲的說。說完，他走進院中去。他沒感到夫妻相見的興奮與欣喜，而只覺得自己的偷偷被捉走，與偷偷的回來，是一種莫大的恥辱。假若他身上受了傷，或臉上刺了字，他必會驕傲的邁進門檻，笑著接受家人的慰問與關切。可是，他還是他，除了心靈上受了損傷，身上並沒一點血痕——倒好像連日本人都不屑於打他似的。當愛國的人們正用戰爭換取和平的時候，血痕是光榮的徽章。他沒有這個徽章，他不過只挨了兩三天的餓，像一條餓狗垂著尾巴跑回家來。

天祐太太在屋門口立著呢。她的聲音有點顫：「老大！」

瑞宣的頭不敢抬起來，輕輕的叫了聲：「媽！」小順兒與妞子這兩天都睡得遲了些，為是等著爸爸回來，他們倆笑著，飛快的跑過來：「爸！你回來啦？」一邊一個，他們拉住了爸的手。兩隻溫暖的小手，把瑞宣的心扯軟。天真純摯的愛把他的恥辱驅去了許多。

「老大！瑞宣！」祁老人也還沒睡，等著孫子回來，在屋中叫。緊跟著，他開開屋門：「老大，是你呀？」瑞宣拉著孩子走過來：「是我，爺爺！」

老人哆嗦著下了台階，心急而身體慢的跪下去：「歷代的祖宗有德呀！老祖宗們，我這兒磕頭了！」他向西磕了三個頭。

撒開小順兒與妞子，瑞宣趕緊去攙老祖父。老人渾身彷彿都軟了，半天才立起來。老少四輩兒都進了老人的屋中。天祐太太乘這個時節，在院中囑告兒媳：「他回來了，真是祖上的陰功，就別跟他講究老二了！是不是？」

韻梅眨了兩下眼，「我不說！」

在屋中，老人的眼盯住了長孫，好像多年沒見了似的。瑞宣的臉瘦了一圈兒。三天沒刮臉，短的，東一束西一根的鬍子，給他添了些病容。

天祐太太與韻梅也走進來，她們都有一肚子話，而找不到話頭兒，所以都極關心的又極愚傻的，看著瑞宣。「小順兒的媽！」老人的眼還看著孫子，而向孫媳說：「你倒是先給他打點水，泡點茶呀！」

韻梅早就想作點什麼，可是直到現在才想起來泡茶和打水。她笑了一下：「我簡直的迷了頭啦，爺爺！」說完，她很快的跑出去。

「給他作點什麼吃呀！」老人向兒媳說。他願也把兒媳支出去，好獨自佔有孫子，說出自己的勇敢與傷心來。天祐太太也下了廚房。

老人的話太多了，所以隨便的就提出一句來——話太多了的時候，是在哪裡都可以起頭的。

「我怕他們嗎？」老人的小眼瞇成了一道縫，把三天前的鬥爭場面重新擺在眼前：「我？哼！露出胸膛教他們放槍！他們沒——敢——打！哈哈！」老人冷笑了一聲。

小順兒拉了爸一把，爺兒倆都坐在炕沿上。小妞子立在爸的腿中間。他們都靜靜的聽著老人指手劃腳的說。瑞宣摸不清祖父說的是什麼，而只覺得祖父已經變了樣子。在他的記憶中，祖父的教訓永遠是和平、忍氣、吃虧，而沒有勇敢、大膽，與冒險。現在，老人說露出胸膛教他們放槍了！壓迫與暴行大概會使一隻綿羊也要向前碰頭吧？

天祐太太先提著茶壺回來。在公公面前，她不敢坐下。可是，儘管必須立著，她也甘心。她必須多看長子幾眼，還有一肚子話要對兒子說。

兩口熱茶喝下去，瑞宣的精神振作了一些。雖然如此，他還是一心的想去躺下，睡一覺。可是，他必須聽祖父說完，這是他的責任。他的責任很多，聽祖父說話兒，被日本人捕去，忍受小老鼠的戲弄——都是他的責任。他是盡責任的亡國奴。

好容易等老人把話說完，他知道媽媽必還有一大片話要說。可憐的媽媽！她的臉色黃得像一張舊紙，沒有一點光彩；她的眼陷進好深，眼皮是青的；她早就該去休息，可是還掙扎著不肯走開。

韻梅端來一盆水。瑞宣不顧得洗臉，只草草的擦了一把；坐獄使人記住大事，而把洗臉刷牙可以忽略過去。「你吃點什麼呢？」韻梅一邊給老人與婆母倒茶，一邊問丈夫。她不敢只單純的招呼丈夫，而忽略了老人們。她是妻，也是媳婦；媳婦的責任似乎比妻更重要。

「隨便！」瑞宣的肚中確是空虛，可是並不怎麼熱心張羅吃東西，他更需要安睡。

「揪點麵片兒吧，薄薄的！」天祐太太出了主意。等兒媳走出去，她才問瑞宣：「你沒受委屈啊？」

「還好！」瑞宣勉強的笑了一下。

老太太還有好多話要說，但是她曉得怎麼控制自己。她的話像滿滿的一杯水，雖然很滿，可是不會撒出來。她看出兒子的疲倦，需要休息。她最不放心的是兒子有沒有受委屈。兒子既說了「還好」，她不再多盤問。「小順兒，咱們睡覺去！」小順兒捨不得離開。

「小順兒，乖！」瑞宣懶懶的說。

「爸！明天你不再走了吧？」小順兒似乎很不放心爸爸的安全。

「嗯！」瑞宣說不出什麼來。他知道，只要日本人高興，明天他還會下獄的。

等媽媽和小順兒走出去，瑞宣也立起來。「爺爺，你該休息了吧？」

老人似乎有點不滿意孫子：「你還沒告訴我，你都受了什麼委屈呢！」老人非常的興奮，毫無倦意。他要聽聽孫子下獄的情形，好與自己的勇敢的行動合到一處成為一段有頭有尾的歷史。

瑞宣沒精神，也不敢，述說獄中的情形。他知道中國人不會保守秘密，而日本人又耳目靈通；假若他隨便亂說，他就必會因此而再下獄。於是，他只說了句「裏邊還好！」就拉著妞子走出來。

到了自己屋中，他一下子把自己扔在床上。他覺得自己的床比什麼都更可愛，它軟軟的托著他的全身，使身上一切的地方都有了著落，而身上有了靠頭，心裡也就得到了安穩與舒適。懲治人的最簡單，也最厲害的方法，便是奪去他的床！這樣想著，他的眼已閉上，像被風吹動著的燭光似的，半滅未滅的，他帶著未思索完的一點意思沉入夢鄉。

韻梅端著碗進來，不知怎麼辦好了。叫醒他呢，怕他不高興；不叫他呢，又怕麵片兒涼了。

小妞子眨巴著小眼，出了主意：「妞妞吃點？」

在平日，妞子的建議必遭拒絕；韻梅不許孩子在睡覺以前吃東西。今天，韻梅覺得一切都可以將就一點，不必一定都守規矩。她沒法表示出她心中的歡喜，好吧，就用給小女兒一點麵片吃來表示吧。她扒在小妞子的耳邊說：「給你一小碗吃，吃完乖乖的睡覺！爸回來好不好？」

「好！」妞子也低聲的說。

韻梅坐在椅子上看一眼妞子，看一眼丈夫。她決定不睡覺，等丈夫醒了再去另作一碗麵片。即使他睡一夜，她也可以等一夜。丈夫回來了，她的後半生就都有了依靠，犧牲一夜的睡眠算得了什麼呢。她輕輕的起來，輕輕的給丈夫蓋上了一床被子。

快到天亮，瑞宣才醒過來。睜開眼，他忘了是在哪裡，很快的，不安的，他坐起來。小妞子的小床前放著油燈，只有一點點光兒。韻梅在小床前一把椅子上打盹呢。

瑞宣的頭還有點疼，心中寡寡勞勞的像是餓，又不想吃，他想繼續睡覺。可是韻梅的徹夜不睡感動了他。他低聲的叫：「小順兒的媽！梅！你怎麼不睡呢？」

韻梅揉了揉眼，把燈頭捻大了點。「我等著給你作麵呢！什麼時候了？」

鄰家的雞聲回答了她的問題。

「喲！」她立起來，伸了伸腰，「快天亮了！你餓不餓？」瑞宣搖了搖頭。看著韻梅，他忽然的想說出心中的話，告訴她獄中的情形，和日本人的殘暴。他覺得她是他的唯一的真朋友，應當分擔他的患難，知道他一切的事情。可是，繼而一想，他有什麼值得告訴她的呢？他的軟弱與恥辱是連對妻子也拿不出來的呀！

「你躺下睡吧，別受了涼！」他只拿出這麼兩句敷衍的話來。是的，他只能敷衍。他沒有生命的真火與熱血，他只能敷衍生命，把生命的價值貶降到馬馬虎虎的活著，只要活著便是盡了責任。

他又躺下去，可是不能再安睡。他想，即使不都說，似乎也應告訴韻梅幾句，好表示對她的親熱與感激。可是，韻梅吹滅了燈，躺下便睡著了。她好像簡單得和小妞子一樣，只要他平安的回來，她便放寬了心；他說什麼與不說什麼都沒關係。她不要求感激，也不多心冷淡，她的愛丈夫的誠心像一顆燈光，只管放亮，而不索要報酬與誇讚。

早晨起來，他的身上發僵，好像受了寒似的。他可是決定去辦公，去看富善先生，他不肯輕易請假。

見到富善先生，他找不到適當的話表示感激。富善先生，到底是英國人，只問了一句「受委屈沒有」就不再說別的了。他不願意教瑞宣多說感激的話。英國人沉得住氣。他也沒說怎樣把瑞宣救出來的。至於用他個人的錢去行賄，他更一字不提，而且決定永遠不提。

「瑞宣！」老人伸了伸脖子，懇切的說：「你應當休息兩天，氣色不好！」

瑞宣不肯休息。

「隨你！下了班，我請你吃酒！」老先生笑了笑，離開瑞宣。

這點經過，使瑞宣滿意。他沒告訴老人什麼，老人也沒告訴他什麼，而彼此心中都明白：人既然平安的出來，就無須再去囉嗦了。瑞宣看得出老先生是真心的歡喜，老人也看得出瑞宣是誠心的感激，再多說什麼便是廢話。這是英國人的辦法，也是中國人的交友之道。

到了晌午，兩個人都喝過了一杯酒之後，老人才說出心中的顧慮來：

「瑞宣！從你的這點事，我看出一點，一點——噢，也許是過慮，我也希望這是過慮！我看哪，有朝一日，日本人會突擊英國的！」

「能嗎？」瑞宣不敢下斷語。他現在已經知道日本人是無可捉摸的。替日本人揣測什麼，等於預言老鼠在夜裡將作些什麼。

「能嗎？怎麼不能！我打聽明白了，你的被捕純粹因為你在使館裡作事！」

「可是英國有強大的海軍？」

「誰知道！希望我這是過慮！」老人呆呆的看著酒杯，不再說什麼。

喝完了酒，老人告訴瑞宣：「你回家吧，我替你請半天假。下午四五點鐘，我來看你，給老人們壓驚！要是不麻煩的話，你給我預備點餃子好不好？」

瑞宣點了頭。

冠曉荷特別注意祁家的事。瑞宣平日對他那樣冷淡，使他沒法不幸災樂禍。同時，他以為小崔既被砍頭，大概瑞宣也許會死。他知道，瑞宣若死去，祁家就非垮臺不可。祁家若垮了臺，便減少了他一些精神上的威脅——全胡同中，只有祁家體面，可是祁家不肯和他表示親善。再說，祁家垮了，他就應當買過五號的房來，再租給日本人。他的左右要是都與日本人為鄰，他就感到安全，倒好像是住在日本國似的了。

可是，瑞宣出來了。曉荷趕緊矯正自己。要是被日本人捉去而不敢殺，他想，瑞宣的來歷一定大得很！不，他還得去巴結瑞宣。他不能因為精神上的一點壓迫而得罪大有來歷的人。

他時時的到門外來立著，看看祁家的動靜。在五點鐘左右，他看到了富善先生在五號門外叩門，他的舌頭伸出來，半天收不回去。像暑天求偶的狗似的，他吐著舌頭飛跑進去：「所長！所長！英國人來了！」

「什麼？」大赤包驚異的問。

「英國人！上五號去了！」

「真的？」大赤包一邊問，一邊開始想具體的辦法。「我們是不是應當過去壓驚呢？」

「當然去！馬上就去，咱們也和那個老英國人套套交情！」曉荷急忙就要換衣服。

「請原諒我多嘴，所長！」高亦陀又來等晚飯，恭恭敬敬的對大赤包說。「那合適嗎？這年月似乎應當抱住一頭兒，不便腳踩兩隻船吧？到祁家去，倘若被暗探看見，報告上去，總——所長你說是不是？」

曉荷不加思索的點了頭。「亦陀你想的對！你真有思想！」

大赤包想了想：「你的話也有理。不過，作大事的人都得八面玲瓏。方面越多，關係越多，才能在任何地方，任何時候，都吃得開！我近來總算能接近些個大人物了，你看，他們說中央政府不好嗎？不！他們說南京政府不好嗎？不！他們說英美或德意不好嗎？不！要不怎麼成為大人物呢，人家對誰都留著活口兒，對誰都不即不離的。因此，無論誰上台，都有他們的飯吃，他們永遠是大人物！亦陀，你還有點所見者小！」

「就是！就是！」曉荷趕快的說：「我也這麼想！鬧義和拳的時候，你頂好去練拳；等到有了巡警，你就該去當巡警。這就叫作義和拳當巡警，隨機應變！好啦，咱們還是過去看看吧？」

大赤包點了點頭。

富善先生和祁老人很談得來。祁老人的一切，在富善先生眼中，都帶著地道的中國味兒，足以和他心中的中國人嚴密的合到一塊兒。祁老人的必定讓客人坐上座，祁老人的一會兒一讓茶，祁老人的謙恭與繁瑣，都使富善先生滿意。

天祐太太與韻梅也給了富善先生以很好的印象。她們雖沒有裹小腳，可是也沒燙頭髮與抹口紅。她們對客人非常的有禮貌，而繁瑣的禮貌老使富善先生心中高興。小順兒與妞子看見富善先生，既覺得新奇，又有點害怕，既要上前摸摸老頭兒的洋衣服，而只有點忸怩。這也使富善先生歡喜，而一定要抱一抱小妞子——「來吧，看看我的高鼻子和藍眼睛！」

由表面上的禮貌與舉止，和大家的言談，富善先生似乎一眼看到了一部歷史，一部激變中的中國近代史。祁老人是代表著清朝人的，也就是富善先生所最願看到的中國人。天祐太太是代表著清朝與民國之間的人的，她還保留著一些老的規矩，可是也攔不住新的事情的興起。瑞宣純粹的是個民國的人，他與祖父在年紀上雖只差四十年，而在思想上卻相隔有一兩世紀。小順兒與妞子是將來的人。

將來的中國人須是什麼樣子呢？富善先生想不出。他極喜歡祁老人，可是他攔不住天祐太太與瑞宣的改變，更攔不住小順子與妞子的繼續改變。他願意看見個一成不變的，特異而有趣的中國文化，可是中國像被狂風吹著的一隻船似的，順流而下。看到祁家的四輩人，他覺得他們是最奇異的一家子。雖然他們還都是中國人，可是又那麼複雜，那麼變化多端。最奇怪的是這些各有不同的人還居然住在一個院子裡，還都很和睦，倒彷彿是每個人都要變，而又有個什麼大的力量使他們在變化中還不至於分裂渙散。

在這奇怪的一家子裡，似乎每個人都忠於他的時代，同時又不激烈的拒絕別人的時代，他們把不同的時代揉到了一塊，像用許多味藥揉成的一個藥丸似的。他們都順從著歷史，同時又似乎抗拒著歷史。他們各有各的文化，而又彼此寬容，彼此體諒。他們都往前走又像都往後退。

這樣的一家人，是否有光明的前途呢？富善先生想不清楚了。更迫切的，這樣的一家人是否受得住日本人的暴力的掃蕩，而屹然不動呢？他看著小妞子與小順兒，心中有一種說不出的難過。他自居為中國通，可是不敢再隨便的下斷語了！他看見這一家子，像一隻船似的，已裹在颶風裡。他替他們著急，而又不便太著急；誰知道他們到底是一隻船還是一座山呢？為山著急是多麼傻氣呢！

大赤包與曉荷穿著頂漂亮的衣服走進來。為是給英國人一個好印象，大赤包穿了一件薄呢子的洋衣，露著半截胖胳臂，沒有領子。她的唇抹得極大極紅，頭髮捲成大小二三十個雞蛋捲，像個漂亮的妖精。

他們一進來，瑞宣就楞住了。可是，極快的他打定了主意。他是下過監牢，看過死亡與地獄的人了，不必再為這種妖精與人怪動氣動怒。假若他並沒在死亡之前給日本人屈膝，那就何必一定不招呼兩個日本人的走狗呢？他決定不生氣，不拒絕他們。他想，他應當不費心思的逗弄著他們玩，把他們當作小貓小狗似的隨意耍弄。

富善先生嚇了一跳。他正在想，中國人都在變化，可是萬沒想到中國人會變成妖精。他有點手足失措。瑞宣給他們介紹：「富善先生。冠先生、冠太太，日本人的至友和親信！」

大赤包聽出瑞宣的諷刺，而處之泰然。她尖聲的咯咯的笑了。「哪裡喲！日本人還大得過去英國人？老先生，不要聽瑞宣亂說！」

曉荷根本沒聽出來諷刺，而只一心一意的要和富善先生握手。他以為握手是世界上最文明的，最進步的禮節，而與一位西洋人握手差不多便等於留了十秒鐘或半分鐘的洋。

可是，富善先生不高興握手，而把手拱起來。曉荷趕緊也拱手：「老先生，了不得的，會拱手的！」他拿出對日本人講話的腔調來，他以為把中國話說得半通不通的就差不多是說洋話了。

他們夫婦把給祁瑞宣壓驚這回事，完全忘掉，而把眼、話、注意，都放在富善先生身上。大赤包的話像暴雨似的往富善先生身上澆。富善先生每回答一句就立刻得到曉荷的稱讚——「看！老先生還會說『豈敢』！」「看，老先生還知道炸醬麵！好的很！」

富善先生開始後悔自己的東方化。假若他還是個不折不扣的英國人，那就好辦了，他會板起面孔給妖精一個冷肩膀吃。可是，他是中國化的英國人，學會了過度的客氣與努力的敷衍。他不願拒人於千里之外。這樣，大赤包和冠曉荷可就得了意，像淘氣無知的孩子似的，得到個好臉色便加倍的討厭了。

最後，曉荷又拱起手來：「老先生，英國府方面還用人不用！我倒願意，是，願意——你曉得？哈哈！拜託，拜託！」

以一個英國人說，富善先生不應當扯謊，以一個中國人說，他又不該當面使人難堪。他為了難。他決定犧牲了餃子，而趕快逃走。他立起來，結結巴巴的說：「瑞宣，我剛剛想，啊，想起來，我還有點，有點事！改天，改天再來，一定，再來——」

還沒等瑞宣說出話來，冠家夫婦急忙上前擋住老先生。大赤包十二分誠懇的說：「老先生，我們不能放你走，不管你有什麼事！我們已經預備了一點酒菜，你一定要賞我們個面子！」「是的，老先生，你要是不賞臉，我的太太必定哭一大場！」曉荷在一旁幫腔。

富善先生沒了辦法——一個英國人沒辦法是「真的」沒有了辦法。

「冠先生，」瑞宣沒著急，也沒生氣，很和平而堅決的說：「富善先生不會去！我們就要吃飯，也不留你們二位！」富善先生噓了一口氣。

「好啦！好啦！」大赤包感歎著說。「咱們巴結不上，就別再在這兒討厭啦！這麼辦，老先生，我不勉強你上我們那兒去，我給你送過來酒和菜好啦！一面生，兩面熟，以後咱們就可以成為朋友了，是不是？」

「我的事，請你老人家還多分心！」曉荷高高的拱手。「好啦！瑞宣！再見！我喜歡你這麼乾脆嘹喨，西洋派兒！」大赤包說完，一轉眼珠，作為向大家告辭。曉荷跟在後面，一邊走一邊回身拱手。

瑞宣只在屋門內向他們微微一點頭。

等他們走出去，富善先生伸了好幾下脖子才說出話來：「這，這也是中國人？」

「不幸得很！」瑞宣笑了笑。「我們應當殺日本人，也該消滅這種中國人！日本人是狼，這些人是狐狸！」

第四十九章　變動

忽然的山崩地裂，把小崔太太活埋在黑暗中。小崔沒給過她任何的享受，但是他使她沒至於餓死，而且的確相當的愛她。不管小崔怎樣好，怎樣歹吧，他是她的丈夫，教她即使在挨著餓的時候也還有盼望，有依靠。可是，小崔被砍了頭。即使說小崔不是有出息的人吧，他可也沒犯過任何的罪，他不偷不摸，不劫不搶。只有在發酒瘋的時候，他才敢罵人打老婆，而撒酒瘋並沒有殺頭的罪過。況且，就是在喝醉胡鬧的時節，他還是愛聽幾句好話，只要有人給他幾句好聽的，他便乖乖的去睡覺啊。

她連怎麼哭都不會了。她傻了。她忽然的走到絕境，而一點不知道為了什麼。冤屈、憤怒、傷心，使她背過氣去。馬老太太、長順、孫七和李四媽把她救活。醒過來，她只會直著眼長嚎，嚎了一陣，她的嗓子就啞了。

她楞著。楞了好久，她忽然的立起來，往外跑。她的時常被飢餓困迫的瘦身子忽然來了一股邪力氣，幾乎把李四媽撞倒。

「孫七，攔住她！」四大媽喊。

孫七和長順費盡了力量，把她扯了回來。她的散開的頭髮一部分被淚黏在臉上，破鞋只剩了一隻，咬著牙，啞著嗓子，她說：「放開我！放開！我找日本人去，一頭跟他們碰死！」

孫七的近視眼早已哭紅，這時候已不再流淚，而只和長順用力揪著她的兩臂。孫七動了真情。平日，他愛和小崔拌嘴瞎吵，可是在心裡他的確喜愛小崔，小崔是他的朋友。

長順的鼻子一勁兒抽縱，大的淚珠一串串的往下流。他不十分敬重小崔，但是小崔的屈死與小崔太太的可憐，使他再也阻截不住自己的淚。

李四大媽，已經哭了好幾場，又重新哭起來。小崔不止是她的鄰居，而也好像是她自己的兒子。在平日，小崔對她並沒有孝敬過一個桃子、兩個棗兒，而她永遠幫助他，就是有時候她罵他，也是出於真心的愛他。她的擴大的母性之愛，對她所愛的人不索要任何酬報。她只有一個心眼，在那個心眼裡她願意看年輕的人都蹦蹦跳跳的真像個年輕的人。她萬想不到一個像歡龍似的孩子會忽然死去，而把年輕輕的女人剩下作寡婦。她不曉得，也就不關心，國事；她只知道人，特別是年輕的人，應當平平安安的活著。死的本身就該詛咒，何況死的是小崔，而小崔又是被砍了頭的呀！她重新哭起來。

馬老太太自己就是年輕守了寡的。看到小崔太太，她想當年的自己。真的，她不像李四媽那麼熱烈，平日對小崔夫婦不過當作偶然住在一個院子裡的鄰居，說不上友誼與親愛。可是，寡婦與寡婦，即使是偶然的相遇，也有一種不足為外人道的同情。她不肯大聲的哭，而老淚不住的往外流。

不過，比較的，馬老太太到底比別人都更清醒，冷靜一些。她的嘴還能說話：「想法子辦事呀，光哭有什麼用呢！人已經死啦！」她說出實話——人已經死啦！人死是哭不活的，她知道。她的丈夫就是年輕輕的離開了她的。她知道一個寡婦應當怎樣用狠心代替愛心。她若不狠心的接受命運，她早已就入了墓。

她的勸告沒有任何的效果。小崔太太彷彿是發了瘋，兩眼直勾勾的向前看著，好像看著沒有頭的小崔。她依舊掙扎，要奪出臂來：「他死得屈！屈！屈！放開我！」她啞著嗓子喊，嘴唇咬出血來。

「別放開她，長順！」馬老太太著急的說。「不能再惹亂子！連祁大爺，那麼老實的人，不是也教他們抓了去嗎！」

這一提醒，使大家——除了小崔太太——都冷靜了些。李四媽止住了哭聲。孫七也不敢再高聲的叫罵。長順雖然因闖入英國府而覺得自己有點英雄氣概，可是也知道他沒法子去救活小崔，而且看出大家的人頭都不保險，說不定什麼時候就掉下去。

大家都不哭不喊的，呆呆的看著小崔太太，誰也想不出辦法來。小崔太太還是掙扎一會兒，歇一會兒，而後再掙扎。她越掙扎，大家的心越亂。日本人雖只殺了小崔，而把無形的刀刺在他們每個人的心上。最後，小崔太太已經筋疲力盡，一翻白眼，又閉過氣去。大家又忙成了一團。

李四爺走進來。

「哎喲！」四大媽用手拍著腿，說：「你個老東西喲，上哪兒去嘍，不早點來！她都死過兩回去嘍！」

孫七、馬老太太，和長順，馬上覺得有了主心骨——李四爺來到，什麼事就都好辦了。

小崔太太又睜開了眼。她已沒有立起來的力量。坐在地上，看到李四爺，她雙手捧著臉哭起來。

「你看著她！」李四爺命令著四大媽。老人的眼裡沒有一點淚，他好像下了決心不替別人難過而只給他們辦事。他的善心不允許他哭，而哭只是沒有辦法的表示。「馬老太太、孫七、長順，都上這兒來！」他把他們領到了馬老太太的屋中。

「都坐下！」四爺看大家都坐下，自己才落座。「大家先別亂吵吵，得想主意辦事！頭一件，好歹的，咱們得給她弄一件孝衣。第二件，怎麼去收屍，怎麼抬埋——這都得用錢！錢由哪兒來呢？」

孫七揉了揉眼。馬老太太和長順彼此對看著，不出一聲。李四爺，補充上：「收屍，抬埋，我一個人就能辦，可是得有錢！我自己沒錢，也沒地方去弄錢！」

孫七沒錢，馬老太太沒錢，長順沒錢。大家只好呆呆的發楞。

「我不想活下去了！」孫七哭喪著臉說，「日本人平白無故的殺了人，咱們只會在這兒商量怎麼去收屍！真體面！收屍又沒有錢，咱們這群人才算有出息！真他媽的！活著，活著幹嗎呢？」

「你不能那麼說！」長順抗辯。

「長順！」馬老太太阻止住外孫的發言。

李四爺不願和孫七辯論什麼。他的不久就會停止跳動的心裡沒有傷感與不必要的閒話，他只求就事論事，把事情辦妥。他問大家：「給她募化怎樣呢？」

「哼！全胡同裡就屬冠家闊，我可是不能去手背朝下跟他們化緣，就是我的親爹死了，沒有棺材，我也不能求冠家去！什麼話呢，我不能上窯子裡化緣去！」

「我上冠家去！」長順自告奮勇。

馬老太太不願教長順到冠家去，可是又不便攔阻，她知道小崔的屍首不應當老扔在地上，說不定會被野狗咬爛。

「不要想有錢的人就肯出錢！」李四爺冷靜的說。「這麼辦好不好？孫七，你到街上的鋪戶裡伸伸手，不勉強，能得幾個是幾個。我和長順在咱們的胡同裡走一圈兒。然後，長順去找一趟祁瑞豐，小崔不是給他拉包月嗎？他大概不至於不肯出幾個錢。我呢，去找找祁天祐，看能不能要塊粗白布來，好給小崔太太做件孝袍子。馬老太太，我要來布，你分心給縫一縫。」

「那好辦，我的眼睛還看得見！」馬老太太很願意幫這點忙。

孫七不大高興去化緣。他真願幫忙，假若他自己有錢，他會毫不吝嗇的都拿出來；去化緣，他有點頭疼。但是，他沒敢拒絕；揉著眼，他走出去。

「咱們也走吧，」李四爺向長順說。「馬老太太，幫著四媽看著她，」他向小崔屋裡指了指，「別教她跑出去！」出了門，四爺告訴長順：「你從三號起，一號用不著去。我從胡同那一頭兒起，兩頭兒一包，快當點兒！不准動氣，人家給多少是多少，不要爭競。人家不給，也別抱怨。」說完，一老一少分了手。

長順還沒叫門，高亦陀就從院裡出來了。好像偶然相遇似的，亦陀說：「喲！你來幹什麼？」

長順裝出成年人的樣子，沉著氣，很客氣的說：「小崔不是死了嗎，家中很窘，我來跟老鄰居們告個幫！」他的嗚囔的聲音雖然不能完全去掉，可是言語的恰當與態度的和藹使他自己感到滿意。他覺得自從到過英國府，他忽然的長了好幾歲。他已不是孩子了，他以為自己滿有結婚的資格；假若真結了婚，他至少會和丁約翰一樣體面的。

高亦陀鄭重其事的聽著，臉上逐漸增多嚴肅與同情。聽完，他居然用手帕擦擦眼，拭去一兩點想像的淚。然後，他慢慢的從衣袋裡摸出十塊錢來。拿著錢，他低聲的，懇切的說：「冠家不喜歡小崔，你不用去碰釘子。我這兒有點特別費，你拿去好啦。這筆特別費是專為救濟貧苦人用的，一次十塊，可以領五六次。這，你可別對旁人說，因為款子不多，一說出去，大家都來要，我可就不好辦了。我準知道小崔太太苦得很，所以願意給她一份兒。你不用告訴她這筆錢是怎樣來的，以後你就替她來領好啦；這筆款都是慈善家捐給的，人家不願露出姓名來。你拿去吧！」他把錢票遞給了長順。

長順的臉紅起來。他興奮。頭一個他便碰到了財神爺！「噢，還有點小手續！」亦陀彷彿忽然的想起來。「人家託我辦事，我總得有個交代！」他掏出一個小本，和一支鋼筆來。「你來簽個字吧！一點手續，沒多大關係！」

長順看了看小本，上面只有些姓名，錢數，和簽字。他看不出什麼不對的地方來。為急於再到別家去，他用鋼筆簽上字。字寫得不很端正，他想改一改。

「行啦！根本沒多大關係！小手續！」亦陀微笑著把小本子與筆收回去。「好啦，替我告訴小崔太太，別太傷心！朋友們都願幫她的忙！」說完，他向胡同外走了去。長順很高興的向五號走。在門外立了會兒，他改了主意。他手中既已有了十塊錢，而祁家又遭了事，他不想去跟他們要錢。他進了六號。他知道劉師傅和丁約翰都不在家，所以一直去看小文；他不願多和太太們囉嗦。小文正在練習橫笛，大概是準備給若霞托崑腔。見長順進來，他放下笛子，把笛膽像條小蛇似的塞進去。「來，我拉，你唱段黑頭吧？」他笑著問。

「今天沒工夫！」長順對唱戲是有癮的，可是他控制住了自己；他已自居為成人了。他很簡單的說明來意。小文向裡間問：「若霞！咱們還有多少錢？」他是永遠不曉得家中有多少錢和有沒有錢的。

「還有三塊多錢。」

「都拿來。」

若霞把三塊四毛錢托在手掌上，由屋裡走出來。「小崔是真——」她問長順。

「不要問那個！」小文皺上點眉。「人都得死！誰準知道自己的腦袋什麼時候掉下去呢！」他慢慢的把錢取下來，放在長順的手中。「對不起，只有這麼一點點！」

長順受了感動。「你不是一共就有——我要是都拿走，你們——」

「那還不是常有的事！」小文笑了一下。「好在我的頭還連著脖子，沒錢就想法子弄去呀！小崔——」他的喉中噎了一下，不往下說了。

「小崔太太怎麼辦呢？」若霞很關切的問。

長順回答不出來。把錢慢慢的收在衣袋裡，他看了若霞一眼，心裡說：「小文要是被日本人殺了，你怎麼辦呢？」心中這樣嘀咕著，他開始往外走。他並無意詛咒小文夫婦，而是覺得死亡太容易了，誰敢說小文一定不挨刀呢。小文沒往外相送。

長順快走到大門，又聽到了小文的笛音。那不是笛聲，而是一種什麼最辛酸的悲啼。他加快了腳步，那笛聲要引出他的淚來。

他到了七號的門外，正遇上李四爺由裏邊出來。他問了聲：「怎麼樣，四爺爺？」

「牛宅給了十塊，這兒——」李四爺指了指七號，而後數手中的錢，「這兒大家都怪熱心的，可是手裡都不富裕，一毛，四毛——統共才湊了兩塊一毛錢。我一共弄了十二塊一，你呢？」

「比四爺爺多一點，十三塊四！」

「好！把錢給我，你找祁瑞豐去吧？」

「這還不夠？」

「要單是買一口狗碰頭，僱四個人抬抬，這點就夠了。可是這是收屍的事呀，不遞給地面上三頭兩塊的，誰准咱們挪動屍首呀？再說，小崔沒有墳地，不也得——」

長順一邊聽一邊點頭。雖然他覺得忽然的長了幾歲，可是他到底是個孩子，他的知識和經驗，比起李四爺來，還差得很遠很遠。他看出來，歲數是歲數，光「覺得」怎樣是不中用的。「好啦，四爺爺，我找祁二爺去！」他以為自己最拿手的還是跑跑路，用腦子的事只好讓給李四爺了。

教育局的客廳裡坐滿了人。長順找了個不礙事的角落坐下。看看那些出來進去的人，再看看自己鞋上的灰土，與身上的破大褂，他怪不得勁兒。這幾天來他所表現的勇敢、心路、熱誠，與他所得到的歲數、經驗，與自尊，好像一下子都離開了他，而只不折不扣的剩下個破鞋爛褂子的，平凡的，程長順。他不敢挺直了脖子，而半低著頭，用眼偷偷的瞭著那些人。那些人不是科長科員便是校長教員，哪一個都比他文雅，都有些派頭。只有他怯頭怯腦的像個鄉下佬兒。

他是個十八九歲的孩子，他的感情也正好像十八九歲的孩子那樣容易受刺激，而變化萬端。他，現在，摸不清自己到底是幹什麼的了。他有聰明，有熱情，有青春，假若他能按部就班的讀些書，他也會變成個體面的，甚至或者是很有學問的人。可是，他沒好好的讀過書。假若他沒有外婆的牽累，而逃出北平，他也許成為個英勇的抗戰青年，無名或有名的英雄。可是，他沒能逃出去。一切的「可能」都在他的心力上，身體上，他可是呆呆的坐在教育局的客廳裡，像個傻瓜。他覺到羞慚，又覺得自己應當驕傲；他看不起綢緞的衣服，與文雅的態度，可又有點自慚形穢。他只盼瑞豐快快出來，而瑞豐使他等了半個多鐘頭。

屋裡的人多數走開了，瑞豐才叼著假象牙的煙嘴兒，高揚著臉走進來。他先向別人點頭打招呼，而後才輕描淡寫的，順手兒的，看見了長順。

長順心中非常的不快，可是身不由己的立了起來。

「坐下吧！」瑞豐從假象牙煙嘴的旁邊放出這三個字來。長順傻子似的又坐下。

「有事嗎？」瑞豐板著面孔問。「嘔，先告訴你，不要沒事兒往這裡跑，這是衙門！」

長順想給瑞豐一個極有力的嘴巴。可是，他受人之託，不能因憤怒而忘了責任。他的臉紅起來，低聲忍氣的嗚囔：「小崔不是——」

「哪個小崔？我跟小崔有什麼關係？小孩子，怎麼亂拉關係呢？把砍了頭的死鬼，安在我身上，好看，體面？簡直是胡來嗎！真！快走吧！我不知道什麼小崔小孫，也不管他們的事！請吧，我忙得很！」說罷，他把煙嘴兒取下來，彈了兩下，揚著臉走出去。

長順氣得發抖，臉變成個紫茄子。平日，他和別的鄰居一樣，雖然有點看不起瑞豐，可是看他究竟是祁家的人，所以不好意思嚴格的批評，就彷彿十條王瓜中有一條苦的也就可以馬虎過去了。他萬沒想到瑞豐今天會這樣無情無義。是的，瑞豐是無情無義！若僅是教長順兒丟臉下不來台，長順倒也不十分計較；人家是科長，長順自己不過是背著留聲機，沿街賣唱的呀。長順惱的是瑞豐不該拒絕幫小崔的忙，小崔是長順的，也是瑞豐的，鄰居，而且給瑞豐拉過車，而且是被砍了頭，而且——長順越想越氣。

慢慢的他從客廳走出來。走到大門外，他不肯再走，想在門外等著瑞豐。等瑞豐出來，他要當著大家的面，扭住瑞豐的脖領，辱罵他一場。他想好了幾句話：「祁科長，怨不得你作漢奸呢！你敢情只管日本人叫爸爸，而忘了親戚朋友！你是他媽的什麼玩藝兒！」說過這幾句，長順想像著，緊跟著就是幾個又脆又響的大嘴巴，把瑞豐的假象牙的煙嘴打飛。他也想像到怎樣順手兒教訓教訓那些人模狗樣的科長科員們：「別看我的衣裳破，一肚子窩窩頭，我不給日本人磕頭請安！他媽的，你們一個個的皮鞋呢帽啷噹的，孫子，你們是孫子！聽明白沒有？你們是孫子，孫泥！」

這樣想好，他的頭抬起來，眼中發出亮光。他不自慚形穢了。他才是真正有骨頭，有血性的人。那些科長科員們還不配給他撣撣破鞋上的灰土的呢！

可是，沒有多大一會兒，他的心氣又平靜了。他到底是外婆養大的，知道怎樣忍氣。他須趕緊跑回家去，好教外婆放心。慘笑了一下，他嘟嘟囔囔的往回走。他氣憤，又不得不忍氣；他自傲，又不能不嚥下去恥辱；他既是孩子，又是大人；既是英雄，又是亡國奴。

回到家中，他一直奔了小崔屋中去。孫七和四大媽都在那裡。小崔太太在炕上躺著呢。聽長順進來，她猛孤丁的坐起來，直著眼看他。她似乎認識他，又似乎拿他作一切人的代表似的：「他死得冤！死得冤！死得冤！」四大媽像對付一個小娃娃似的，把她放倒：「乖啊！先好好的睡會兒啊！乖！」她又躺下去，像死去了似的一動也不動。

長順的鼻子又不通了，用手揉了揉。

孫七的眼還紅腫著，沒話找話的問：「怎樣？瑞豐拿了多少？」

長順的怒火重新燃起。「那小子一個銅板沒拿！甭忙。放著他的，擱著我的，多咱走單了，我會給他個厲害！我要不用沙子迷瞎他的眼，才怪！」

「該打的不止他一個人喲！」孫七慨歎著說：「我走了十幾家舖子，才弄來五塊錢！不信，要是日本人教他們上捐，要十個他們絕不敢拿九個半！為小崔啊，他們的錢彷彿都穿在肋條骨上了！真他媽的！」

「就別罵街了吧，你們倆！」馬老太太輕輕的走進來。「人家給呢是人情，不給是本分！」

孫七和長順都不同意馬老太太的話，可是都不願意和她辯論。

李四爺夾著塊粗白布走進來。「馬老太太，給縫縫吧！人家祁天祐掌櫃的真夠朋友，看見沒有，這麼一大塊白布，還另外給了兩塊錢！人家想的開：三個兒子，一個走出去，毫無音信，一個無緣無故的下了獄；錢算什麼呢！」

「真奇怪，瑞豐那小子怎麼不跟他爸爸和哥哥學一學！」孫七說，然後把瑞豐不肯幫忙的情形，替長順學說了一遍。

馬老太太抱著白布走出去，她不喜歡聽孫七與長順的亂批評人。在她想，瑞豐和祁掌櫃是一家人，祁掌櫃既給了布和錢，瑞豐雖然什麼都沒給，也就可以說得過去了；十個腳趾頭哪能一邊兒長呢。她的這種地道中國式的「辯證法」使她永遠能格外的原諒人，也能使她自己受了委屈還不動怒。她開始細心的給小崔太太剪裁孝袍子。

李四爺也沒給瑞豐下什麼斷語，而開始憂慮收屍的麻煩。小崔太太是哭主，當然得去認屍。看她的半死半活的樣子，他想起錢默吟太太來。假若小崔太太看到沒有腦袋的丈夫，而萬一也尋了短見，可怎麼辦呢？還有，小崔的人頭是在五牌樓上號令著的，怎麼往下取呢？誰知道日本人要號令三天，還是永遠掛在那裡，一直到把皮肉爛淨了呢？若是不管人頭而只把腔子收在棺材裡，又像什麼話呢？

在老人的一生裡，投河覓井的，上吊抹脖子的，他都看見過，也都抬埋過。他不怕死亡的醜陋，而總設法把醜惡裝入了棺材，埋在黃土裡，好使地面上顯著乾淨好看。他沒遇見過這麼難辦的事，小崔是按照著日本人的辦法被砍頭的，誰知道日本人的辦法是怎一回事呢？他不單為了難，而且覺得失去了自信——連替人世收拾流淨了血的屍身也不大好辦了，日本人真他媽的混帳！孫七只會發脾氣，而不會想主意。他告訴四爺：「不用問我，我的腦袋裏邊直嗡嗡的響！」長順很願告奮勇，同四爺爺一道去收屍。可是他又真有點害怕，萬一小崔冤魂不敢找日本人去，而跟了他來呢？那還了得！他的心中積存著不少外婆給他說的鬼故事。四大媽的心中很簡單：「你這個老東西，你坐在這兒發愁，就辦得了事啦？你走啊，看看屍首，定了棺材，不就行了嗎？」

李四爺無可如何的立起來。他的老伴兒的話裡沒有一點學問與聰明，可是頗有點智慧——是呀，坐著發愁有什麼用呢。人世間的事都是「作」出來的，不是「愁」出來的。

「四大爺！」孫七也立起來。「我跟你去！我抱著小崔的屍身哭一場去！」

「等你們回來，我再陪著小崔太太去收殮！有我，你們放心，她出不了岔子！」四大媽擠咕著大近視眼說。

前門外五牌樓的正中懸著兩個人頭，一個朝南，一個朝北。孫七的眼睛雖然有點近視，可是一出前門他就留著心，要看看朋友的人頭。到了大橋橋頭，他扯了李四爺一把：「四大爺，那兩個黑球就是吧？」

李四爺沒言語。

孫七加快了腳步，跑到牌樓底下，用力瞇著眼，他看清了，朝北的那個是小崔。小崔的扁倭瓜臉上沒有任何表情，閉著雙目，張著點嘴，兩腮深陷，像是作著夢似的，在半空中懸著；脖子下，只有縮緊了的一些黑皮。再往下看，孫七只看到了自己的影子，與朱紅的牌樓柱子。他抱住了牌樓最外邊的那根柱子，已經立不住了。

李四爺趕了過來，「走！孫七！」

孫七已不能動。他的臉上煞白，一對大的淚珠堵在眼角上，眼珠定住。

「走！」李四爺一把抓住孫七的肩膀。

孫七像醉鬼似的，兩腳拌著蒜，跟著李四爺走。李四爺抓著他的一條胳臂。走了一會兒，孫七打了個長嗝兒，眼角上的一對淚珠落下來。「四大爺，你一個人去吧！我走不動了！」他坐在了一家舖戶的門外。

李四爺只楞了一小會兒，沒說什麼，就獨自向南走去。

走到天橋，四爺和茶館裡打聽了一下，才知道小崔的屍身已被拉到西邊去。他到西邊去找，在先農壇的「牆」外，一個破磚堆上，找到了小崔的沒有頭的身腔。小崔赤著背，光著腳，兩三個腳趾已被野狗咬了去。四爺的淚流了下來。離小崔有兩三丈遠，立著個巡警。四爺勉強的收住淚，走了過去。

「我打聽打聽，」老人很客氣的對巡警說，「這個屍首能收殮不能？」

巡警也很客氣。「來收屍？可以！再不收，就怕教野狗吃了！那一位汽車伕的，已經抬走了！」

「不用到派出所裡說一聲？」

「當然得去！」

「人頭呢？」

「那，我可就說不上來了！屍身由天橋拖到這兒來，上邊並沒命令教我們看著。我們的巡官可是派我們在這兒站崗，怕屍首教野狗叼了走。咱們都是中國人哪！好嗎，人教他們給砍了，再不留個屍身，成什麼話呢？說到人頭，就另是一回事了。頭在五牌樓上掛著，誰敢去動呢？日本人的心意大概是只要咱們的頭，而不要身子。我看哪，老大爺，你先收了屍身吧；人頭——真他媽的，這是什麼世界！」

老人謝了謝警察，又走回磚堆那裡去。看一眼小崔，看一眼先農壇，他茫然不知怎樣才好了。他記得在他年輕的時候，這裡是一片荒涼，除了紅牆綠柏，沒有什麼人煙。趕到民國成立，有了國會，這裡成了最繁華的地帶。城南遊藝園就在壇園裡，新世界正對著遊藝園，每天都像過新年似的，鑼鼓，車馬，晝夜不絕。這裡有最華麗的飯館與綢緞莊，有最妖艷的婦女，有五彩的電燈。

後來，新世界與遊藝園全都關了門，那些議員與妓女們也都離開北平，這最繁鬧的地帶忽然的連車馬都沒有了。壇園的大牆拆去，磚瓦與土地賣給了民間。天橋的舊貨攤子開始擴展到這裡來，用喧嘩叫鬧與亂七八糟代替了昔日的華麗莊嚴。小崔佔據的那堆破磚，便是拆毀了的壇園的大牆所遺棄下的。

變動，老人的一生中看見了多少變動啊！可是，什麼變動有這個再大呢——小崔躺在這裡，沒有頭！壇裡的青松依然是那麼綠，而小崔的血染紅了兩塊破磚。這不是個惡夢麼？變動，誰能攔得住變動呢？可是，變動依然是存在；尊嚴的壇園可以變為稀髒烏亂的小市；而市場，不管怎麼污濁紛亂，總是生命的集合所在呀！今天，小崔卻躺在這裡，沒了命。北平不單是變了，而也要不復存在，因為日本人已經把小崔的和許多別人的腦袋殺掉。

越看，老人的心裡越亂。這是小崔嗎？假若他不準知道小崔被殺了頭，他一定不認識這個屍身。看到屍身，他不由的還以為小崔是有頭的，小崔的頭由老人心中跳到那醜惡黑紫的脖腔上去。及至仔細一看，那裡確是沒有頭，老人又忽然的不認識了小崔。小崔的頭忽有忽無，忽然有眉有眼，忽然是一圈白光，忽然有說有笑，忽然什麼也沒有。那位崗警慢慢的湊過來。「老大爺，你——」

老人嚇了一跳似的揉了揉眼。小崔的屍首更顯明瞭一些，一點不錯這是小崔，掉了頭的小崔。老人歎了口氣，低聲的叫：「小崔！我先埋了你的身子吧！」說完，他到派出所去見巡長，辦了收屍的手續。而後在附近的一家壽材舖定了一口比狗碰頭稍好一點的柳木棺材，託咐舖中的人給馬上去找槓夫與五個和尚，並且在壇西的亂死崗子給打一個坑。

把這些都很快的辦妥，他在天橋上了電車。電車開了以後，老人被搖動的有點發暈，他閉上眼養神。偶一睜眼，他看見車中人都沒有頭；坐著的立著的都是一些腔子，像躺在破磚堆上的小崔。他急忙的眨一眨眼，大家都又有了頭。他嘟囔著：「有日本人在這裡，誰的腦袋也保不住！」

到了家，他和馬老太太與孫七商議，決定了：孫七還得同他回到天橋，去裝殮和抬埋小崔。

孫七不願再去，可是老人以為兩個人一同去，才能心明眼亮，一切都有個對證。孫七無可如何的答應了。他們也決定了，不教小崔太太去，因為連孫七等見了人頭就癱軟在街上，小崔太太若見到丈夫的屍身，恐怕會一下子哭死的。至於人頭的問題，只好暫時不談。他們既不能等待人頭摘下來再入殮，也不敢去責問日本人為什麼使小崔身首分家，而且不准在死後合到一處。

把這些都很快的商量好，他們想到給小崔找兩件裝殮的衣服，小崔不能既沒有頭，又光著脊背入棺材。馬老太太拿出長順的一件白小褂，孫七找了一雙襪子和一條藍布褲子。拿著這點東西，李四爺和孫七又打回頭，坐電車到天橋去。

到了天橋，太陽已經平西了。李四爺一下電車便告訴孫七，「時候可不早了，咱們得麻利著點！」可是，孫七的腿又軟了。

李老人發了急：「你是怎回子事？」

「我？」孫七擠咕著近視眼。「我並不怕看死屍！我有點膽子！可是，小崔，小崔是咱們的朋友哇，我動心！」

「誰又不動心呢？光動心，腿軟，可辦不了事呀！」李老人一邊走一邊說。「硬正點，我知道你是有骨頭的人！」

經老人這麼一鼓勵，孫七加快了腳步，趕了上來。

老人在一個小鋪裡，買了點紙錢，燒紙，和香燭。

到了先農壇外，棺材，槓夫，和尚，已都來到。棺材鋪的掌櫃和李四爺有交情，也跟了來。

老人教孫七點上香燭，焚化燒紙，他自己給小崔穿上衣褲。孫七找了些破磚頭擠住了香燭，而後把燒紙燃著。他始終沒敢抬頭看小崔。小崔入了棺材，他想把紙錢撒在空中，可是他的手已抬不起來。蹲在地上，他哭得放了聲。李老人指揮著釘好棺材蓋，和尚們響起法器，棺材被抬起來，和尚們在前面潦草的，敷衍了事的，擊打著法器，小跑著往前走。棺材很輕，四個槓夫邁齊了腳步，也走得很快。李老人把孫七拉起來，趕上去。

「坑打好啦？」李四爺含著淚問那位掌櫃的。

「打好了！槓夫們認識地方！」

「那麼，掌櫃的請回吧！咱們舖子裡見，歸了包堆該給你多少錢，回頭咱們清賬！」

「就是了，四大爺！我沏好了茶等著你！」掌櫃的轉身回去。

太陽已快落山。帶著微紅的金光，射在那簡單的，沒有油漆的，像個大匣子似的，白棺材上。棺材走得很快，前邊是那五個面黃肌瘦的和尚，後邊是李四爺與孫七。沒有執事，沒有孝子，沒有一個穿孝衣的，而只有那麼一口白木匣子裝著沒有頭的小崔，對著只有一些陽光的，荒冷的，野地走去。幾個歸鴉，背上帶著點陽光，倦怠的，緩緩的，向東飛。看見了棺材，它們懶懶的悲叫了幾聲。

法器停住，和尚們不再往前送。李四爺向他們道了辛苦。棺材走得更快了。

一邊荒地，到處是破磚爛瓦與枯草，在瓦礫之間，有許多許多小的墳頭。在四五個小墳頭之中，有個淺淺的土坑，在等待著小崔。很快的，棺材入了坑。李四爺抓了把黃土，撒在棺材上：

「小崔，好好的睡吧！」

太陽落下去。一片靜寂。只有孫七還大聲的哭。

第五十章　由隱士變為戰士

天氣驟寒。

瑞宣，在出獄的第四天，遇見了錢默吟先生。他看出來，錢先生是有意的在他每日下電車的地方等著他呢。他猜的不錯，因為錢先生的第一句話就是：「你有資格和我談一談了，瑞宣！」

瑞宣慘笑了一下。他曉得老先生所謂的「資格」，必定是指入過獄而言。

錢先生的臉很黑很瘦，可是也很硬。從這個臉上，已經找不到以前的胖忽忽的，溫和惇厚的，書生氣。他完全變了，變成個癟太陽，噘腮梆，而稜角分明的臉。一些雜亂無章的鬍子遮住了嘴。一對眼極亮，亮得有力；它們已不像從前那樣淡淡的看人，而是像有些光亮的尖針，要釘住所看的東西。這已經不像個詩人的臉，而頗像練過武功的人的面孔，瘦而硬棒。

老先生的上身穿著件短藍布襖，下身可只是件很舊很薄的夾褲。腳上穿著一對舊布鞋，襪子是一樣一隻，一隻的確是黑的，另一隻似乎是藍的，又似乎是紫的，沒有一定的顏色。

瑞宣失去了平素的鎮定，簡直不知道怎樣才好了。錢先生是他的老鄰居與良師益友，又是愛國的志士。他一眼便看到好幾個不同的錢先生：鄰居、詩人、朋友、囚犯，和敢反抗敵人的英雄。從這許多方面，他都可以開口慰問，道出他心中的關切、想念、欽佩，與欣喜。可是，他一句話也說不出。錢先生的眼把他瞪呆了，就好像一條蛇會把青蛙吸住，不敢再動一動，那樣。

錢先生的鬍子下面發出一點笑意，笑得大方，美好，而且真誠。在這點笑意裡，沒有一點虛偽或驕傲，而很像一個健康的嬰兒在夢中發笑那麼天真。這點笑充分的表示出他的無憂無慮，和他的健康與勇敢。它像老樹開花那麼美麗，充實。瑞宣也笑了笑，可是他自己也覺出笑得很勉強，無力，而且帶著怯懦與羞愧。

「走吧，談談去！」錢先生低聲的說。

瑞宣從好久好久就渴盼和老人談一談。在他的世界裡，他只有三個可以談得來的人：瑞全、富善先生，和錢詩人。三個人之中，瑞全有時候很幼稚，富善先生有時候太強詞奪理，只有錢先生的態度與言語使人永遠感到舒服。

他們進了個小茶館。錢先生要了碗白開水。

「喝碗茶吧？」瑞宣很恭敬的問，搶先付了茶資。「士大夫的習氣須一律除去，我久已不喝茶了！」錢先生吸了一小口滾燙的開水。「把那些習氣剝淨，咱們才能還原兒，成為老百姓。你看，爬在戰壕裡打仗的全是不喫茶的百姓，而不是穿大衫，喝香片的士大夫。咱們是經過琢磨的玉，百姓們是璞。一個小玉戒指只是個裝飾，而一塊帶著石根子的璞，會把人的頭打碎！」

瑞宣看了看自己的長袍。

「老三沒信？」老人很關切的問。

「沒有。」

「劉師傅呢？」

「也沒信。」

「好！逃出去的有兩條路，不是死就是活。不肯逃出去的只有一條路——死！我勸過小崔，我也看見了他的頭！」老人的聲音始終是很低，而用眼光幫助他的聲音，在凡是該加重語氣的地方，他的眼就更亮一些。

瑞宣用手鼓逗著蓋碗的蓋兒。

「你沒受委屈？在——」老人的眼極快的往四外一掃。

瑞宣已明白了問題，「沒有！我的肉大概值不得一打！」

「打了也好，沒打也好！反正進去過的人必然的會記住，永遠記住，誰是仇人，和仇人的真面目！所以我剛才說：你有了和我談一談的資格。我時時刻刻想念你，可是我故意的躲著你，我怕你勸慰我，教我放棄了我的小小的工作。你入過獄了，見過了死亡，即使你不能幫助我，可也不會勸阻我了！勸阻使我發怒。我不敢見你，正如同我不敢去見金三爺和兒媳婦！」

「我和野求找過你，在金——」

老人把話搶過去：「別提野求！他有腦子，而沒有一根骨頭！他已經給自己挖了墳坑！是的，我知道他的困難，可是不能原諒他！給日本人作過一天事的，都永遠得不到我的原諒！我的話不是法律，但是被我詛咒的人大概不會得到上帝的赦免！」

這鋼鐵一般硬的幾句話使瑞宣微顫了一下。他趕快的發問：

「錢伯伯，你怎麼活著呢？」

老人微笑了一下。「我？很簡單！我按照著我自己的方法活著，而一點也不再管士大夫那一套生活的方式，所以很簡單！得到什麼，我就吃什麼；得到什麼，我就穿什麼；走到哪裡，我便睡在哪裡。整個的北平城全是我的家！簡單，使人快樂。我現在才明白了佛為什麼要出家，耶穌為什麼打赤腳。文化就是衣冠文物。有時候，衣冠文物可變成了人的累贅。現在，我擺脫開那些累贅，我感到了暢快與自由。剝去了衣裳，我才能多看見點自己！」

「你都幹些什麼呢？」瑞宣問。

老人喝了一大口水。「那，說起來可很長。」他又向前後左右掃了一眼。這正是吃晚飯的時節，小茶館裡已經很清靜，只在隔著三張桌子的地方還有兩個洋車伕高聲的談論著他們自己的事。「最初，」老人把聲音更放低一些，「我想藉著已有的組織，從新組織起來，作成個抗敵的團體。戰鬥，你知道，不是一個人能搞成功的。我不是關公，不想唱《單刀會》；況且，關公若生在今天，也準保不敢單刀赴會。你知道，我是被一個在幫的人救出獄來的？好，我一想，就想到了他們。他們有組織，有歷史，而且講義氣。我開始調查，訪問。結果，我發現了兩個最有勢力的，黑門和白門。白門是白蓮教的支流，黑門的祖師是黑虎玄壇。我見著了他們的重要人物，說明了來意。他們，他們，」老人扯了扯脖領，好像呼吸不甚舒暢似的。

「他們怎樣？」

「他們跟我講『道』！」

「道？」

「道！」

「什麼道呢？」

「就是嗎，什麼道呢？白蓮教和黑虎玄壇都是道！你信了他們的道，你就得到他們的承認，你入了門。入了門的就『享受』義氣。這就是說，你在道之外，還得到一種便利與保障。所謂便利，就是別人買不到糧食，你能買得到，和諸如此類的事。所謂保障，就是在有危難的時節，有人替你設法使你安全。我問他們抗日不呢？他們搖頭！他們說日本人很講義氣，沒有侵犯他們，所以他們也得講義氣，不去招惹日本人，他們的義氣是最實際的一種君子協定，在這個協定之外，他們無所關心——連國家民族都算在內。」

「他們把日本人的侵略看成一種危難，只要日本人的刀不放在他們的脖子上，他們便認為日本人很講義氣，而且覺得自己果然得到了保障。日本人也很精明，看清楚了這個，所以暫時不單不拿他們開刀，而且給他們種種便利，這樣，他們的道與義氣恰好成了抗日的阻礙！我問他們是否可以聯合起來，黑門與白門聯合起來，即使暫時不公開的抗日，也還可以集中了力量作些有關社會福利的事情。他們絕對不能聯合，因為他們各自有各自的道。道不同便是仇敵。」

「不過，這黑白兩門雖然互相敵視，可是也自然的互相尊敬，因為人總是一方面忌恨敵手，一方面又敬畏敵手的。反之他們對於沒有門戶的人，根本就不當作人待。當我初一跟他們來往的時候，以我的樣子和談吐，他們以為我也必定是門內的人。及至他們發現了，我只是赤裸裸的一個人，他們極不客氣的把我趕了出來。我可是並不因此而停止了活動，我還找他們去，我去跟他們談道，我告訴他們，我曉得一些孔孟莊老和佛與耶穌的道，我喜歡跟他們談一談。他們拒絕了我。他們的道才是道，世界上並沒有孔孟莊老與佛耶，彷彿是。他們又把我趕出來，而且警告我，假若我再去囉嗦，他們會結果我的性命！他們的道遮住了他們眼，不單不願看見真理，而且也拒絕了接受知識。對於我個人，他們沒有絲毫的敬意。我的年紀，我的學識，與我的愛國的熱誠，都沒有一點的用處，我不算人，因為我不信他們的道！」

老人不再說話，瑞宣也楞住。沉默了半天，老人又笑了一下。「不過，你放心，我可是並不因此而灰心。凡是有志救國的都不會灰心，因為他根本不考慮個人的生死得失，這個借用固有的組織的計劃既行不通，我就想結合一些朋友，來個新的組織。但是，我一共有幾個朋友呢？很少。我從前的半隱士的生活使我隔絕了社會，我的朋友是酒、詩、圖畫，與花草。再說，空組織起來，而沒有金錢與武器，又有什麼用呢？我很傷心的放棄了這個計劃。我不再想組織什麼，而赤手空拳的獨自去幹。」

「這幾乎近於愚蠢，現代的事情沒有孤家寡人可以成功的。可是，以我過去的生活，以北平人的好苟安偷生，以日本特務網的嚴密，我只好獨自去幹。我知道這樣幹永遠不會成功，我可也知道幹總比不幹強。我抱定幹一點是一點的心，儘管我的事業失敗，我自己可不會失敗：我決定為救國而死！儘管我的工作是沙漠上的一滴雨，可是一滴雨到底是一滴雨；一滴雨的勇敢就是它敢落在沙漠上！好啦，我開始作泥鰍。在魚市上，每一大盆鱔魚裡不是總有一條泥鰍嗎？牠好動，鱔魚們也就隨著動，於是不至於大家都靜靜的壓在一處，把自己壓死，北平城是個大盆，北平人是鱔魚，我是泥鰍。」

老人的眼瞪著瑞宣，用手背擦了擦嘴角上的白沫子。而後接著說：「當我手裡還有足夠買兩個餅子，一碗開水的錢的時候，我就不管明天，而先去作今天一天的事。我走到哪兒，哪兒便是我的辦公室。走到圖畫展覽會，我便把話說給畫家們聽。他們也許以為我是瘋子，但是我的話到底教他們發一下楞。發楞就好，他們再拿起彩筆的時候，也許就要想一想我的話，而感到羞愧。遇到青年男女在公園裡講愛情，我便極討厭的過去問他們，是不是當了亡國奴，戀愛也照樣是神聖的呢？」

「我不怕討厭，我是泥鰍！有時候，我也挨打；可是，我一說：『打吧！替日本人多打死一個人吧！』他們永遠就收回手去。在小茶館裡，我不只去喝水，而也抓住誰就勸誰，我勸過小崔，勸過劉師傅，勸過多少多少年輕力壯的人。這，很有效。劉師傅不是逃出去了麼？雖然不能在北平城裡組織什麼，我可是能教有血性的人逃出去，加入我們全國的抗日的大組織裡去！大概的說：苦人比有錢的人，下等人比穿長衫的人，更能多受感動，因為他們簡單真純。穿長衫的人都自己以為有知識，不肯聽別人的指導。他們的顧慮又很多，假若他們的腳上有個雞眼，他們便有充分的理由拒絕逃出北平！「當我實在找不到買餅子的錢了，我才去作生意。我存了幾張紙，和一些畫具。沒了錢，我便畫一兩張顏色最鮮明的畫去騙幾個錢。有時候，懶得作畫，我就用一件衣服押幾個錢，然後買一些薄荷糖之類的東西，到學校門口去賣。一邊賣糖，我一邊給學生們講歷史上忠義的故事，並且勸學生們到後方去上學。年輕的學生們當然不容易自己作主逃出去，但是他們至少會愛聽我的故事，而且受感動。我的嘴是我的機關鎗，話是子彈。」

老人一口把水喝淨，叫茶房給他再倒滿了杯。

「我還不只勸人們逃走，也勸大家去殺敵。見著拉車的，我會說：把車一歪，就摔他個半死；遇上喝醉了的日本人，把他摔下來，掐死他！遇見學生，我，我也狠心的教導：作手工的刀子照準了咽喉刺去，也能把日本教員弄死。你知道，以前我是個不肯傷害一個螞蟻的人；今天，我卻主張殺人，鼓勵殺人了。殺戮並不是我的嗜好與理想，不過是一種手段。只有殺，殺敗了敵人，我們才能得到和平。和日本人講理，等於對一條狗講唐詩；只有把刀子刺進他們的心窩，他們或者才明白別人並不都是狗與奴才。」

「我也知道，殺一個日本人，須至少有三五個人去抵償。但是，我不能只算計人命的多少，而使鱔魚們都腐爛在盆子裡。越多殺，仇恨才越分明；會恨，會報仇的人才不作亡國奴。北平沒有抵抗的丟失了，我們須用血把它奪回來。恐怖必須造成。這恐怖可不是只等著日本人屠殺我們，而是我們也殺他們。我們有一個敢舉起刀來的，日本人就得眨一眨眼，而且也教咱們的老實北平人知道日本人並不是鐵打的。多咱恐怖由我們造成，我們就看見了光明；刀槍的亮光是解放與自由閃電。前幾天，我們刺殺了兩個特使，你等著看吧，日本人將必定有更厲害的方法來對付我們；同時，日本人也必定在表面上作出更多中日親善的把戲；日本人永遠是一邊殺人，一邊給死鬼啐經的。只有殺，只有多殺，你殺我，我殺你，彼此在血水裡亂滾，我們的鱔魚才能明白日本人的親善是假的，才能不再上他們的當。為那兩個特使，小崔和那個汽車伕白白的喪了命，幾千人無緣無故的入了獄，受了毒刑。這就正是我們所希望的。從一個意義來講，小崔並沒白死，他的頭到今天還給日本人的『親善』與『和平』作反宣傳呢！我們今天唯一的標語應當是七殺碑，殺！殺！殺！——」

老人閉上眼，休息了一會兒。睜開眼，他的眼光不那麼厲害了。很溫柔的，幾乎是像從前那麼溫柔的，他說：「將來，假若我能再見太平，我必會懺悔！人與人是根本不應當互相殘殺的！現在，我可決不後悔。現在，我們必須放棄了那小小的人道主義，去消滅敵人，以便爭取那比婦人之仁更大的人道主義。我們須暫時都變成獵人，敢冒險，敢放槍，因為面對面的我們遇見了野獸。詩人與獵戶合併在一處，我們才會產生一種新的文化，它既愛好和平，而在必要的時候又會英勇剛毅，肯為和平與真理去犧牲。我們必須像一座山，既滿生著芳草香花，又有極堅硬的石頭。你看怎樣？瑞宣！」瑞宣點了點頭，沒有說什麼。他看錢伯伯就像一座山。在從前，這座山只表現了它的幽美，而今天它卻拿出它的寶藏來。他若泛泛的去誇讚兩句，便似乎是污辱了這座山。他說不出什麼來。

過了半天，他才問了聲：「你的行動，錢伯伯，難道不招特務們的注意嗎？」

「當然！他們當然注意我！」老人很驕傲的一笑。「不過，我有我的辦法。我常常的和他們在一道！你知道，他們也是中國人。特務是最時髦的組織，也是最靠不住的組織。同時，他們知道我身上並沒有武器，不會給他們闖禍。他們大概拿我當個半瘋子，我也就假裝瘋魔的和他們亂扯。我告訴他們，我入過獄，挺過刑，好教他們知道我並不怕監獄與苦刑。他們也知道我的確沒有錢，在我身上他們擠不出油水來。在必要的時候，我還嚇唬他們，說我是中央派來的。他們沒有多少國家觀念，可是也不真心信服日本人，他們渺渺茫茫的覺得日本人將來必失敗——他們說不上理由來，大概只因為日本人太討厭，所以連他們也盼望日本人失敗。（這是日本人最大的悲哀！）既然盼望日本人失敗，他們當然不肯真刀真槍的和中央派來的人蠻幹，他們必須給自己留個退步。」

「告訴你，瑞宣，死也並不容易，假若你一旦忘記了死的可怕。我不怕死，所以我在死亡的門前找到了許多的小活路兒。我一時沒有危險。不過，誰知道呢，將來我也許會在最想不到的地方與時間，忽然的死掉。管它呢，反正今天我還活著，今天我就放膽的工作！」

這時候，天已經黑了。小茶館裡點起一些菜油燈。「錢伯伯，」瑞宣低聲的叫。「家去，吃點什麼，好不好？」

老人毫不遲疑的拒絕了：「不去！見著你的祖父和小順子，我就想起我自己從前的生活來，那使我不好過。我今天正像人由爬行而改為立起來，用兩條腿走路的時候；我一鬆氣，就會爬下去，又成為四條腿的動物！人是脆弱的，須用全力支持自己！」

「那麼，我們在外邊吃一點東西？」

「也不！理由同上！」老人慢慢的往起立。剛立穩，他又坐下了。

「還有兩句話。你認識你們胡同裡的牛教授？」

「不認識。幹嗎？」

「不認識就算了。你總該認識尤桐芳嘍？」

瑞宣點點頭。

「她是有心胸的，你應該照應她一點！我也教給了她那個字——殺！」

「殺誰？」

「該殺的人很多！能消滅幾個日本人固然好，去殺掉幾個什麼冠曉荷、李空山、大赤包之類的東西也好。這次的抗戰應當是中華民族的大掃除，一方面須趕走敵人，一方面也該掃除清了自己的垃圾。我們的傳統的陞官發財的觀念，封建的思想——就是一方面想作高官，一方面又甘心作奴隸——家庭制度，教育方法，和苟且偷安的習慣，都是民族的遺傳病。這些病，在國家太平的時候，會使歷史無聲無色的，平凡的，像一條老牛似的往前慢慢的蹭；我們的歷史上沒有多少照耀全世界的發明與貢獻。及至國家遇到危難，這些病就像三期梅毒似的，一下子潰爛到底。大赤包們不是人，而是民族的髒瘡惡疾，應當用刀消割了去！不要以為他們只是些不知好歹，無足介意的小蟲子，而置之不理。他們是蛆，蛆會變成蒼蠅，傳播惡病。在今天，他們的罪過和日本人一樣的多，一樣的大。所以，他們也該殺！」

「我怎麼照應她呢？」瑞宣相當難堪的問。

「給她打氣，鼓勵她！一個婦人往往能有決心，而在執行的時候下不去手！」老人又慢慢的往起立。

瑞宣還不肯動。他要把想了半天的一句話——「對於我，你有什麼教訓呢？」——說出來。可是，他又不敢說。他知道自己的怯懦與無能。假若錢伯伯教他狠心的離開家庭，他敢不敢呢？他把那句話嚥了下去，也慢慢的立起來。

兩個人出了茶館，瑞宣捨不得和錢老人分手，他隨著老人走。走了幾步，老人立住，說：「瑞宣，送君千里終須別，你回家吧！」

瑞宣握住了老人的手。「伯父，我們是不是能常見面呢？你知道——」

「不便常見！我知道你想念我，我又何嘗不想念你們！不過，我們多見一面，便多耗費一些工夫；耗費在閒談上！這不上算。再說呢，中國人不懂得守秘密，話說多了，有損無益。我相信你是會守秘密的人，所以今天我毫無保留的把心中的話都傾倒出來。可是，就是你我也以少談心為是。甘心作奴隸的應當張開口，時時的喊主人。不甘心作奴隸的應當閉上嘴，只在最有用的時候張開——噴出仇恨與怒火。看機會吧，當我認為可以找你來的時候，我必找你來。你不要找我！你看，你和野求已經把我竊聽孫子的啼哭的一點享受也剝奪了！再見吧！問老人們好！」

瑞宣無可如何的鬆開手。手中像有一股熱氣流出去，他茫然的立在那裡，看著錢先生在燈影中慢慢的走去。一直到看不見老人了，他才打了轉身。

他一向渴盼見到錢先生。今天，他看到了老人，可是他一共沒有說了幾句話。羞愧截回去他的言語。論年歲，他比老人小著很多。論知識，他的新知識比錢詩人的豐富。論愛國心，他是新時代的人，理當至少也和錢伯伯有一樣多。可是，他眼看著錢伯伯由隱士變為戰士，而他還是他，他沒有絲毫的長進。他只好聽著老人侃侃而談，他自己張不開口。沒有行動，多開口便是無聊。這個時代本應當屬於他，可是竟自被錢老人搶了去。他沒法不覺得慚愧。

到了家，大家已吃過了晚飯。韻梅重新給他熱菜熱飯。她問他為什麼回來晚了，他沒有回答。隨便的扒摟了一碗飯，他便躺在床上胡思亂想。「到底錢伯伯怎樣看我呢？」他翻來覆去的想這個問題。一會兒，他覺得錢老人必定還很看得起他；要不然，老人為什麼還找他來，和他談心呢？一會兒，他又以為這純粹是自慰，他幹了什麼足以教老人看得起他的事呢？沒有，他沒作過任何有益於抗敵救國的事！那麼，老人為什麼還看得起他呢？不，不！老人不是因為看得起他，而只是因為想念他，才找他來談一談。

他想不清楚，他感到疲倦。很早的，他便睡了覺。

隨著第二天的朝陽，他可是看見了新的光明。他把自己放下，而專去想錢先生。他覺得錢先生雖然受盡苦處，可是還很健康，或者也很快活。為什麼？因為老人有了信仰，有了決心；信仰使他絕對相信日本人是可以打倒的，決心使他無顧慮的，毫不遲疑的去作打倒日本人的工作。信仰與決心使一個老詩人得到重生與永生。

看清楚這一點，瑞宣以為不管他的行動是否恰好配備著抗戰，他也應當在意志的堅定上學一學錢老人。他雖然沒拚著命去殺敵，可是他也決定不向敵人屈膝。這，在以前，他總以為是消極的，是不抵抗，是逃避，是可恥的事。因為可恥，所以他總是一天到晚的低著頭，不敢正眼看別人，也不敢對鏡子看自己。現在，他決定要學錢先生，儘管在行動上與錢先生不同，可是他也要像錢先生那樣的堅定，快樂。他的不肯向敵人屈膝不只是逃避，而是一種操守。堅持著這操守，他便得到一點兒錢先生的剛毅之氣。為操守而受苦，受刑，以至於被殺，都頂好任憑於它。他須為操守與苦難而打起精神活著，不應當再像個避宿的蝸牛似的，老把頭藏起去。是的，他須活著；為自己，為家庭，為操守，他須活著，而且是堂堂正正的，有說有笑的，活著。他應當放寬了心。不是像老二瑞豐那樣的沒皮沒臉的寬心，而是用信仰與堅決充實了自己，使自己像一座不可搖動的小山。他不應當再躲避，而反倒應該去看，去接觸，一切。他應當到冠家去，看他們到底腐爛到了什麼程度。他應當去看小崔怎樣被砍頭。他應當去看日本人的一切暴行與把戲。看過了，他才能更清楚，更堅定，說不定也許不期而然的狠一下心，去參加了抗戰的工作。人是歷史的，而不是夢的，材料。他無須為錢先生憂慮什麼，而應當傚法錢先生的堅強與無憂無慮。

早飯依然是昨晚剩下的飯熬的粥，和烤窩窩頭與老醃蘿蔔。可是，他吃得很香，很多。他不再因窩窩頭而替老人們與孩子們難過，而以為男女老幼都理應受苦；只有受苦才能使大家更恨敵人，更愛國家。這是懲罰，也是鞭策。

吃過飯，他忙著去上班。一出門，他遇上了一號的兩個日本人。他沒低下頭去，而昂首看著他們。他們，今天在他的眼中，已經不是勝利者，而是炮灰。他知道他們早晚會被徵調了去，死在中國的。

他擠上電車去。平日，擠電車是一種苦刑；今天他卻以為這是一種鍛鍊。想起獄中那群永遠站立的囚犯，和錢先生的瘸著腿奔走，他覺得他再不應為擠車而苦惱；為小事苦惱，會使人過度的悲觀。

這是星期六。下午兩點他就可以離開公事房。他決定去看看下午三時在太廟大殿裡舉行的華北文藝作家協會的大會。他要看，他不再躲避。

太廟自從闢為公園，始終沒有像中山公園那麼熱鬧過。它只有原來的古柏大殿，而缺乏著別的花木亭榭。北平人多數是喜歡熱鬧的，而這裡太幽靜。現在，已是冬天，這裡的遊人就更少了。瑞宣來到，大門外雖然已經掛起五色旗與日本旗，並且貼上了許多標語，可是裡外都清鍋冷灶的，幾乎看不到一個人。他慢慢的往園內走，把帽子拉到眉邊，省得教熟人認出他來。

他看見了老柏上的有名的灰鶴。兩隻，都在樹頂上立著呢。他立定，呆呆的看著牠們。從前，他記得，他曾帶著小順兒，特意來看牠們，可是沒有看到。今天，無意中的看到，他彷彿是被牠們吸住了，不能再動。據說，這裡的灰鶴是皇帝飼養著的，在這裡已有許多年代。瑞宣不曉得一隻鶴能活多少年，是否這兩隻曾經見過皇帝。他只覺得牠們，在日本人佔領了北平之後，還在這裡活著，有些不大對。牠們的羽毛是那麼光潔，姿態是那麼俊逸，再配上那紅的牆，綠的柏，與金瓦的宮殿，真是仙境中的仙鳥。可是，這仙境中的主人已換上了殺人不眨眼的倭寇；那仙姿逸態又有什麼用呢？說不定，日本人會用籠子把牠們裝起，運到島國當作戰利品去展覽呢！

不過，鳥兒到底是無知的。人呢？他自己為什麼只呆呆的看著一對灰鶴，而不去趕走那些殺人的魔鬼呢？他不想去看文藝界的大會了。灰鶴與他都是高傲的，愛惜羽毛的，而他與牠們的高傲只是一種姿態而已，沒有用，沒有任何的用！他想低著頭走回家去。

可是，極快的，他矯正了自己。不，他不該又這樣容易傷感，而把頭又低下去。傷感不是真正的，健康的，感情。由傷感而落的淚是露水，沒有甘霖的功用。他走向會場去。他要聽聽日本人說什麼，要看看給日本人作裝飾的文藝家的面目。他不是來看灰鶴。

會場裡坐著立著已有不少的人，可是還沒有開會。他在簽到簿上畫了個假名字。守著簽到簿的，和殿裡的各處，他看清，都有特務。自從被捕後，他已會由服裝神氣上認出他們來。他心中暗笑了一下。特務是最時髦的組織，可也是最靠不住的組織，他想起錢先生的話來。以特務支持政權，等於把房子建築在沙灘上。日本人很會建築房子，可惜沒看地基是不是沙子。

他在後邊找了個人少的地方坐下。慢慢的，他認出好幾個人來：那個戴瓜皮小帽，頭像一塊寶塔糖的，是東安市場專偷印淫書的藝光齋的老闆；那個一臉浮油，像火車一樣吐氣的胖子，是琉璃廠賣墨盒子的周四寶；那個圓眼胖臉的年輕人是後門外德文齋紙店跑外的小山東兒；那個滿臉煙灰，腮上有一撮毛的是說相聲的黑毛兒方六。除了黑毛兒方六（住在小羊圈七號）一定認識他，那三位可是也許認識他，也許不認識，因為他平日愛逛書舖與琉璃廠，而且常在德文齋買東西，所以慢慢的知道了他們，而他們不見得注意過他。

此外，他還看到一位六十多歲而滿臉搽著香粉的老妖精；想了半天，他才想起來，那是常常寫戲評的票友劉禹清；他在戲劇雜誌上看見過他的像片。在老妖精的四圍，立著的，坐著的，有好幾個臉上滿是笑容的人，看著都眼熟，他可是想不起他們都是誰。由他們的神氣與衣服，他猜想他們不是給小報報屁股寫文章的，便是小報的記者。由這個大致不錯的猜測，他想到小報上新出現的一些筆名——二傻子、大白薯、清風道士、反迅齋主、熱傷風——。把這些筆名放在面前那些發笑的人們身上，他覺得非常的合適，合適得使他要作嘔。

大赤包、招弟、冠曉荷，走了進來。大赤包穿著一件紫大緞的長袍，上面罩著件大紅繡花的斗篷，頭上戴著一頂大紅的呢洋帽，帽沿很窄，上面斜插二尺多長的一根野雞毛。她走得極穩極慢，一進殿門，她雙手握緊了斗篷，頭上的野雞毛從左至右畫了個半圓，眼睛隨著野雞毛的轉動，檢閱了全殿的人。這樣亮完了像兒，她的兩手鬆開，肩膀兒一拱，斗篷離了身，輕而快的落在曉荷的手中。而後，她扶著招弟，極穩的往前面走，身上紋絲不動，只有野雞毛微顫。全殿裡的人都停止了說笑，眼睛全被微顫的野雞毛吸住。走到最前排，她隨便的用手一推，像驅逐一個蟲子似的把中間坐著的人推開，她自己坐在那裡——正對著講台桌上的那瓶鮮花。招弟坐在媽媽旁邊。

曉荷把太太的斗篷搭在左臂上，一邊往前走，一邊向所有的人點頭打招呼。他的眼瞇著，嘴半張著，嘴唇微動，而並沒說什麼；他不費力的使大家猜想他必是和他們說話呢。這樣走了幾步，覺得已經對大家招呼夠了，他閉上了嘴，用小碎步似跳非跳的趕上太太，像個小哈巴狗似的同太太坐在一處。

瑞宣看到冠家夫婦的這一場，實在坐不住了；他又想回家。可是，這時候，門外響了鈴。冠曉荷半立著，雙手伸在頭上鼓掌。別人也跟著鼓掌。瑞宣只好再坐穩。

在掌聲中，第一個走進來的是藍東陽。今天，他穿著西服。沒人看得見他的領帶，因為他的頭與背都維持著鞠躬的姿式。他橫著走，雙手緊緊的貼在身旁，頭與背越來越低，像在地上找東西似的。他的後面是，瑞宣認得，曾經一度以宣傳反戰得名的日本作家井田。十年前，瑞宣曾聽過井田的講演。井田是個小個子，而肚子很大，看起來很像會走的一個泡菜罈子。他的肚子，今天，特別往外凸出；高揚著臉。他的頭髮已有許多白的。東陽橫著走，為是一方面盡引路之責，一方面又表示出不敢搶先的謙遜。他的頭老在井田先生的肚子旁邊，招得井田有點不高興，所以走了幾步以後，井田把肚子旁邊的頭推開，昂然走上了講台。他沒等別人上台，便坐在正中間。他的眼沒有往台下看，而高傲的看著彩畫的天花板。

第二，第三，第四，也都是日本人。他們的身量都不高，可是每個人都覺得自己是一座寶塔似的。日本人後面是兩個高麗人，高麗人後面是兩個東北青年。藍東陽被井田那麼一推，爽性不動了，就那麼屁股頂著牆，靜候代表們全走過去。都走完了，他依然保持著鞠躬的姿態，往台上走。走到台上，他直了直腰，重新向井田鞠躬。然後，他轉身，和台下的人打了對臉。他的眼珠猛的往上一吊，臉上的肌肉用力的一扯，五官全挪了地方，好像要把台下的人都吃了似的。

這樣示威過了，他挺著身子坐下。可是，屁股剛一挨椅子，他又立起來，又向井田鞠躬。井田還欣賞著天花板。這時候，冠曉荷也立起來，向殿門一招手。一個漂亮整齊的男僕提進來一對鮮花籃。曉荷把花籃接過來，恭敬的交給太太與女兒一人一隻。大赤包與招弟都立起來，先轉臉向後看了看，為是教大家好看清了她們，而後慢慢的走上台去。大赤包的花籃獻給東陽，招弟的獻給井田。井田把眼從天花板上收回，看著招弟；坐著，他和招弟握了握手。然後，母女立在一處，又教台下看她們一下。台下的掌聲如雷。她們下來，曉荷慢慢的走上了台，向每個人都深深的鞠了躬，口中輕輕的介紹自己：「冠曉荷！冠曉荷！」台下也給他鼓了掌。藍東陽宣佈開會：

「井田先生！」一鞠躬。「菊池先生！」一鞠躬。

他把台上的人都叫到，給每個人都鞠了躬，這才向台下一扯他的綠臉，很傲慢的叫了聲：「諸位文藝作家！」沒有鞠躬。叫完這一聲，他楞起來，彷彿因為得意而忘了他的開會詞。他的眼珠一勁兒往上吊。台下的人以為他是表演什麼功夫呢，一齊鼓掌。他的手顫著往衣袋裡摸，半天，才摸出一張小紙條來。他半身向左轉，臉斜對著井田，開始宣讀：「我們今天開會，因為必須開會！」他把「必須」唸得很響，而且把一隻手向上用力的一伸。台下又鼓了掌。他張著嘴等候掌聲慢慢的停止。而後再唸：

「我們是文藝家，天然的和大日本的文豪們是一家！」

台下的掌聲，這次，響了兩分鐘。在這兩分鐘裡，東陽的嘴不住的動，念叨著：「好詩！好詩！」掌聲停了，他把紙條收起去。「我的話完了，因為詩是語言的結晶，無須多說。現在，請大文豪井田先生訓話！井田先生！」又是極深的一躬。

井田挺著身，立在桌子的旁邊，肚子支出老遠。看一眼天花板，看一眼招弟，他不耐煩的一擺手，阻住了台下的鼓掌，而後用中國話說：「日本的是先進國，它的科學，文藝，都是大東亞的領導，模範。我的是反戰的，大日本的人民都是反戰的，愛和平的。日本和高麗的，滿洲國的，中國的，都是同文同種同文化的。你們，都應當隨著大日本的領導，以大日本的為模範，共同建設起大東亞的和平的新秩序的！今天的，就是這一企圖的開始，大家的努力的！」他又看了招弟一眼，轉身坐下了。

東陽鞠躬請菊池致詞。瑞宣在大家正鼓掌中間，溜了出來。

出來，他幾乎不認識了東西南北。找了棵古柏，他倚著樹身坐下去。他連想像也沒想像到過，世界上會能有這樣的無恥，欺騙，無聊，與戲弄。最使他難過的倒還不是藍東陽與大赤包，而是井田。他不單聽過井田從前的講演，而且讀過井田的文章。

井田，在十幾年前，的確是值得欽敬的一位作家。他萬沒想到，井田居然也會作了日本軍閥的走狗，來戲弄中國人，戲弄文藝，並且戲弄真理。由井田身上，他看到日本的整部的文化；那文化只是毒藥丸子上面的一層糖衣。他們的藝術、科學，與衣冠文物，都是假的，騙人的；他們的本質是毒藥。他從前信任過井田，佩服過井田，也就無可避免的認為日本自有它的特殊的文化。今天，看清井田不過是個低賤的小魔術家，他也便看見日本的一切都是自欺欺人的小把戲。

想到這裡，他沒法不恨自己，假若他有膽子，一個手榴彈便可以在大殿裡消滅了台上那一群無恥的東西，而消滅那群東西還不只是為報仇雪恨，也是為掃除真理的戲弄者。日本軍閥只殺了中國人，井田卻勒死了真理與正義。這是全人類的損失。井田口中的反戰、和平、文藝，與科學，不止是欺騙黑毛兒方六與周四寶，而也是要教全世界承認黑是白，鹿是馬。井田若成了功——也就是全體日本人成了功——世界上就須管地獄叫作天堂，把魔鬼叫作上帝，而井田是天使！

他恨自己。是的，他並沒給井田與東陽鼓掌。可是，他也沒伸出手去，打那些無恥的騙子。他不但不敢為同胞們報仇，他也不敢為真理與正義挺一挺身。他沒有血性，也沒有靈魂！

殿外放了一掛極長的爆竹。他無可如何的立起來，往園外走。兩隻灰鶴被爆竹驚起，向天上飛去。瑞宣又低下頭去。

第五十一章　以戰養戰

在日本人想：用武力劫奪了土地，而後用漢奸們施行文治，便可以穩穩的拿住土地與人民了。他們以為漢奸們的確是中國人的代表，所以漢奸一登台，人民必定樂意服從，而大事定矣。同時，他們也以為中國的多少次革命都是幾個野心的政客們耍的把戲，而人民一點也沒受到影響。因此，利用不革命的，和反革命的，漢奸們，他們計算好，必定得到不革命的，和反革命的人民的擁護與愛戴，而上下打成一片。

他們心目中的中國人還是五十年前的中國人。

以北平而言，他們萬沒想到他們所逮捕的成千論萬的人，不管是在黨的，還是與政黨毫無關係的，幾乎一致的恨惡日本人，一致的承認孫中山先生是國父。他們不能明白這是怎麼一回事，因為他們只以自己的狂傲推測中國人必定和五十年前一模一樣，而忽略了五十年來的真正的歷史。狂傲使他們變成色盲。

趕到兩個特使死在了北平，日本人開始有了點「覺悟」。

他們看出來，漢奸們的號召力並不像他們所想像的那麼大。他們應當改弦更張，去掉幾個老漢奸，而起用幾個新漢奸。新漢奸最好是在黨的，以便使尊孫中山先生為國父的人們心平氣和，樂意與日本人合作。假若找不到在黨的，他們就須去找一兩位親日的學者或教授，替他們收服民心。同時，他們也須使新民會加緊的工作，把思想統制起來，用中日滿一體與大東亞共榮，代替國民革命。同時，他們也必不能放棄他們最拿手的好戲——殺戮。他們必須恩威兼用，以殺戮配備「王道」。同時，戰爭已拖了一年多，而一點看不出速戰速決的希望，所以他們必須盡力的搜括，把華北所有的東西都拿了去，以便以戰養戰。這與「王道」有根本的衝突，可是日本人的心裡只會把事情分開，分成甲乙丙丁若干項目，每一項都須費盡心機去計劃，去實行，而不會高視遠矚的通盤計算一下。他們是一齣戲的演員，每個演員都極賣力氣的表演，而忘了整部戲劇的主題與效果。他們有很好的小動作，可是他們的戲失敗了。

已是深冬。祁老人與天祐太太又受上了罪。今年的煤炭比去冬還更缺乏。去年，各煤廠還有點存貨。今年，存貨既已賣完，而各礦的新煤被日本人運走，只給北平留下十分之一二。祁老人夜間睡不暖，早晨也懶得起來。日本人破壞了他的雞鳴即起的家風。他不便老早的起來，教瑞宣夫婦為難。

在往年，只要他一在屋中咳嗽，韻梅便趕快起床去升火，而他每日的第一件事便是看到一個火苗兒很旺的小白爐子放在床前。火光使老人的心裡得到安慰與喜悅。現在，他明知道家中沒有多少煤，他必須蜷臥在炕上，給家中省下一爐兒火。

天祐太太一向體貼兒媳，也自然的不敢喊冷。可是，她止不住咳嗽，而且也曉得她的咳嗽會教兒子兒媳心中難過。她只好用被子堵住口，減輕了咳嗽的聲音。

瑞宣自從看過文藝界協會開會以後，心中就沒得過片刻的安靜。他本想要學錢先生的堅定與快活，可是他既沒作出錢先生所作的事，他怎麼能堅定與快樂呢。行動是信仰的肢體。沒有肢體，信仰只是個遊魂！同時，他又不能視而不見，聽而不聞的，放棄行動，而仍自居清高。那是犬儒。

假若他甘心作犬儒，他不但可以對戰爭與國家大事都嗤之以鼻，他還可以把祖父，媽媽的屋中有火沒有也假裝看不見。可是，他不能不關心國事，也不能任憑老人們挨冷受凍而不動心。他沒法不惶惑，苦悶，甚至於有時候想自殺。

刮了一夜的狂風。那幾乎不是風，而是要一下子便把地面的一切掃淨了的災患。天在日落的時候已變成很厚很低很黃，一陣陣深黃色的「沙雲」在上面流動，發出使人顫抖的冷氣。日落了，昏黃的天空變成黑的，很黑，黑得可怕。高處的路燈像矮了好些，燈光在顫抖。上面的沙雲由流動變為飛馳，天空發出了響聲，像一群疾行的鬼打著胡哨。樹枝兒開始擺動。遠處的車聲與叫賣聲忽然的來到，又忽然的走開。

星露出一兩個來，又忽然的藏起去。一切靜寂。忽然的，門、窗、樹木，一齊響起來，風由上面，由側面，由下面，帶著將被殺的豬的狂叫，帶著黃沙黑土與雞毛破紙，掃襲著空中與地上。燈滅了，窗戶打開，牆在顫，一切都混亂，動搖，天要落下來，地要翻上去。人的心都縮緊，盆水立刻浮了一層冰。北平彷彿失去了堅厚的城牆，而與荒沙大漠打成了一片。

世界上只有飛沙與寒氣的狂舞，人失去控制自然的力量，連猛犬也不敢叫一聲。

一陣刮過去，一切都安靜下來。燈明了，樹枝由瘋狂的鞠躬改為緩和的擺動。天上露出幾顆白亮的星來。可是，人們剛要喘一口氣，天地又被風連接起，像一座沒有水的，沒有邊沿的，風海。

電車很早的停開，洋車伕餓著肚子空著手收了車，鋪戶上了板子，路上沒了行人。北平像風海裡的一個黑暗無聲的孤島。

祁老人早早的便躺下了。他已不像是躺在屋裡，而像飄在空中。每一陣狂風都使他感到渺茫，忘了方向，忘了自己是在哪裡，而只覺得有千萬個細小的針尖刺著他的全身。他辨不清是睡著，還是醒著，是作夢，還是真實。他剛要想起一件事來，一陣風便把他的心思颳走；風小了一下，他又找到自己，好像由天邊上剛落下來那樣。風把他的身與心都吹出去好遠，好遠，而他始終又老躺在冰涼的炕上，身子蜷成了一團。

好容易，風殺住了腳步。老人聽見了一聲雞叫。雞聲像由天上落下來的一個信號，他知道風已住了，天快明。伸手摸一摸腦門，他好似觸到一塊冰。他大膽的伸了伸疼疼的兩條老腿，趕快又蜷回來；被窩下面是個小的冰窖。屋中更冷了，清冷，他好像睡在河邊上或沙漠中的一個薄薄的帳棚裡，他與冰霜之間只隔了一層布。慢慢的，窗紙發了青。他忍了一個小盹。再睜開眼，窗紙已白；窗稜的角上一堆堆的細黃沙，使白紙上映出黑的小三角兒來。他老淚橫流的打了幾個酸懶的哈欠。他不願再忍下去，而狠心的坐起來。坐了一會兒，他的腿還是僵硬的難過，他開始穿衣服，想到院中活動活動，把血脈活動開。往常，他總是按照老年間的辦法，披上破皮袍，不繫鈕釦，而只用搭包鬆鬆的一攏；等掃完了院子，洗過臉，才繫好鈕釦，等著喝茶吃早點。今天，他可是一下子便把衣服都穿好，不敢再鬆攏著。

一開屋門，老人覺得彷彿是落在冰洞裡了。一點很尖很小很有力的小風像刀刃似的削著他的臉，使他的鼻子流出清水來。他的嘴前老有些很白的白氣。往院中一撒眼，他覺得院子彷彿寬大了一些。地上極乾淨，連一個樹葉也沒有。地是灰白的，有的地方裂開幾條小縫。空中什麼也沒有，只是那麼清涼的一片，像透明的一大片冰。天很高，沒有一點雲，藍色很淺，像洗過多少次的藍布，已經露出白色來。天、地，連空中，都發白，好似雪光，而哪裡也沒有雪。這雪光有力的聯接到一處，發射著冷氣，使人的全身都浸在寒冷裡，彷彿沒有穿著衣服似的。屋子、樹木、院牆，都靜靜的立著，都縮緊了一些，形成一個凝凍了的世界。老人不敢咳嗽；一點聲響似乎就能震落下一些冰來。

待了一會兒，天上，那凝凍了的天上，有了紅光。老人想去找掃帚，可是懶得由袖口裡伸出手來；再看一看地上，已經被狂風掃得非常的乾淨，無須他去費力，揣著手，他往外走。開開街門，胡同裡沒有一個人，沒有任何動靜。老槐落下許多可以當柴用的枯枝。老人忘了冷，伸出手來，去拾那些樹枝。抱著一堆乾枝，他往家中走。上了台階，他楞住了，在門神臉底下的兩個銅門環沒有了。「嗯？」老人出了聲。

這是他自己置買的房，他曉得院中每一件東西的變化與歷史。當初，他記得，門環是一對鐵的，鼓膨膨的像一對小乳房，上面生了銹。後來，為慶祝瑞宣的婚事，才換了一副黃銅的——門上有一對發光的門環就好像婦女戴上了一件新首飾。他喜愛這對門環，永遠不許它們生鏽。每逢他由外邊回來，看到門上的黃亮光兒，他便感到痛快。

今天，門上發光的東西好像被狂風颳走，忽然的不見了，只剩下兩個圓圓的印子，與釘子眼兒。門環不會被風颳走，他曉得；可是他低頭在階上找，希望能找到它們。台階上連一顆沙也沒有。把柴棍兒放在門檻裡，他到階下去找，還是找不到。他跑到六號的門外去看，那裡的門環也失了蹤。他忘了冷。很快的他在胡同裡兜了一圈，所有的門環都不見了。

「這鬧的什麼鬼呢？」老人用凍紅了的手，摸了摸鬍鬚，摸到了一兩個小冰珠。他很快的走回來，叫瑞宣。這是星期天，瑞宣因為天既冷，又不去辦公，所以還沒起床。老人本不想驚動孫子，可是控制不住自己。全胡同裡的門環在一夜的工夫一齊丟掉，畢竟是空前的奇事。

瑞宣一邊穿衣服，一邊聽祖父的話。他似乎沒把話都聽明白，楞眼巴睜的走出來，又楞眼巴睜的隨著老人往院外走。

看到了門環的遺蹟，他才弄清楚老人說的是什麼。他笑了，抬頭看了看天。天上的紅光已散，白亮亮的天很高很冷。

「怎回事呢？」老人問。

「夜裡風大，就是把街門搬了走，咱們也不會知道！進來吧，爺爺！這兒冷！」瑞宣替祖父把門內的一堆柴棍兒抱了進來。

「誰幹的呢？好大膽子！一對門環能值幾個錢呢？」老人一邊往院中走，一邊叨嘮。

「銅鐵都頂值錢，現在不是打仗哪嗎？」瑞宣搭訕著把柴火送到廚房去。

老人和韻梅開始討論這件事。瑞宣藏到自己的屋中去。屋中的暖而不大好聞的氣兒使他想再躺下睡一會兒，可是他不能再放心的睡覺，那對丟失了的門環教他覺到寒冷，比今天的天氣還冷。不便對祖父明說，他可是已從富善先生那裡得到可靠的情報，日本軍部已委派許多日本的經濟學家研究戰時的經濟——往真切裡說，便是研究怎樣搶劫華北的資源。日本攻陷了華北許多城市與地方，而並沒有賺著錢；現代的戰爭是誰肯多往外扔擲金錢，誰才能打勝的。不錯，日本人可以在攻陷的地帶多賣日本貨。可是，戰事影響到國內的生產，而運到中國來的貨物又恰好只能換回去他們自己發行的，一個銅板不值的偽鈔。況且，戰爭還沒有結束的希望，越打就越賠錢。所以他們必須馬上搶劫。他們須搶糧，搶煤，搶銅鐵，以及一切可以伸手就拿到的東西。儘管這樣，他們還不見得就能達到以戰養戰的目的，因為華北沒有什麼大的工業，也沒有夠用的技術人員與工人。他們打勝了仗，而賠了本兒。

因此，軍人們想起來經濟學家們，教他們給想點石成金的方法。

乘著一夜的狂風，偷去銅的和鐵的門環，瑞宣想，恐怕就是日本經濟學家的搶劫計劃的第一炮。這個想法若擱在平日，瑞宣必定以為自己是淺薄無聊。今天，他可是鄭重其事的在那兒思索，而絲毫不覺得這個結論有什麼可笑。他知道，日本的確有不少的經濟學家，但是，戰爭是消滅學術的，炮火的放射是把金錢打入大海裡的愚蠢的把戲。誰也不能把錢扔在海裡，而同時還保存著它。日本人口口聲聲的說，日本是「沒有」的國家，而中國是「有」的國家。這是最大的錯誤。不錯，中國的確是很大很大；可是它的人也特別多呀。它以農立國，而沒有夠用的糧食。中國「沒有」，日本「有」。不過，日本把它的「有」都玩了炮火，它便變成了「沒有」。於是，它只好搶劫「沒有」的中國。搶什麼呢？門環——門環也是好的，至少它們教日本的經濟學者交一交差。再說，學者們既在軍閥手下討飯吃，他們便也須在學術之外，去學一學那誇大喜功的軍人們——軍人們，那本來渺小而願裝出偉大的樣子的軍人們，每逢作一件事，無論是多麼小的事，都要有點戲劇性，好把屁大的事情弄得有聲有色。學者們也學會這招數，所以在一夜狂風裡，使北平的人們都失去了門環，而使祁老人驚訝稱奇。

這可並不只是可笑的事，瑞宣告訴自己。日本人既因玩弄炮火與戰爭，把自己由「有」而變為「沒有」，他們必會用極精密的計劃與方法，無微不至的去搶劫。他們的心狠，會颳去華北的一層地皮，會把成千論萬的人活活餓死。再加上漢奸們的甘心為虎作倀，日本人要五百萬石糧，漢奸們也許要搜括出一千萬石，好博得日本人的歡心。這樣，華北的人民會在不久就死去一大半！假若這成為事實，他自己怎麼辦呢？他不肯離開家，就是為養活著一家大小。可是，等到日本人的搶劫計劃施展開，他有什麼方法教他們都不至於餓死呢？

是的，人到了挨餓的時候就會拚命的。日本人去搶糧食，也許會引起人民的堅決的抵抗。那樣，淪陷了的地方便可以因保存糧食而武裝起來。這是好事。可是，北平並不產糧，北平人又寧可挨餓也不去拚命。北平只會陪著別人死，而決不掙扎。瑞宣自己便是這樣的人！

這時候，孩子們都醒了，大聲的催促媽媽給熬粥。天祐太太與祁老人和孩子們有一搭無一搭的說話兒。瑞宣聽著老少的聲音，就好像是一些毒刺似的刺著他的心。他們現在還都無可如何的活著，不久他們會無可如何的都死去——沒有掙扎，沒有爭鬥，甚至於沒有怒罵，就那麼悄悄的餓死！

太陽的光並不強，可是在一夜狂風之後，看著點陽光，大家彷彿都感到暖和。到八九點鐘，天上又微微的發黃，樹枝又間斷的擺動。

「風還沒完！」祁老人歎了口氣。

老人剛說完，外面砰，砰，響了兩聲槍。很響，很近，大家都一楞。

「又怎麼啦？」老人只輕描淡寫的問了這麼一句，幾乎沒有任何的表情。「各掃門前雪，休管他人瓦上霜」是他的處世的哲學，只要槍聲不在他的院中，他便犯不上動心。

「聽著像是後大院裡！」韻梅的大眼睜得特別的大，而嘴角上有一點笑——一點含有歉意的笑，她永遠怕別人嫌她多嘴，或說錯了話。她的「後大院」是指著胡同的葫蘆肚兒說的。

瑞宣往外跑。擱在平日，他也會像祖父那樣沉著，不管閒事。今天，在他正憂慮大家的死亡的時節，他似乎忘了謹慎，而想出去看看。

「爸！我也去！」小順兒的腳凍了一塊，一瘸一點的追趕爸爸。

「你幹嗎去？回來！」韻梅像老鷹抓小雞似的把小順兒抓住。

瑞宣跑到大門外，三號的門口沒有人，一號的門口站著那個日本老婆婆。她向瑞宣鞠躬，瑞宣本來沒有招呼過一號裡的任何人，可是今天在匆忙之間，他還了一禮。程長順在四號門外，想動而不敢動的聽著外婆的喊叫：「回來，你個王大膽！頂著槍子，上哪兒去！」見著瑞宣，長順急切的問：

「怎麼啦？」

「不知道！」瑞宣往北走。

小文揣著手，嘴唇上搭拉著半根菸卷，若無其事的在六號門口立著。「好像響了兩槍？或者也許是爆竹！」他對瑞宣說，並沒拿下煙捲來。

瑞宣點了點頭，沒說什麼，還往北走。他既羨慕，又厭惡，小文的不動聲色。

七號門外站了許多人，有的說話，有的往北看。

白巡長臉煞白的，由北邊跑來：「都快進去！待一會兒準挨家兒檢查！不要慌，也別大意！快進去！」說完，他打了轉身。

「怎麼回事？」大家幾乎是一致的問。

白巡長回過頭來：「我倒霉，牛宅出了事！」

「什麼事？」大家問。

白巡長沒再回答，很快的跑去。

瑞宣慢慢的往回走，口中無聲的嚼著：「牛宅！牛宅！」他猜想不到牛宅出了什麼事，可是想起錢先生前兩天的話來。錢先生不是問過他，認識不認識牛教授嗎？幹什麼這樣問呢？瑞宣想不明白。莫非牛教授要作漢奸？不能！不能！瑞宣雖然與牛教授沒有過來往，可是他很佩服教授的學問與為人。假若瑞宣也有點野心的話，便是作牛教授第二——有被國內外學者所推崇的學識，有那麼一座院子大，花草多的住宅，有簡單而舒適的生活，有許多圖書。這樣的一位學者，是不會作漢奸的。

回到家中，大家都等著他報告消息，可是他什麼也沒說。

過了不到一刻鐘，小羊圈已被軍警包圍住。兩株老槐樹下面，立著七八個憲兵，不准任何人出入。

祁老人把孩子們關在自己屋裡，連院中都不許他們去。無聊的，他對孩子們低聲的說：

「當初啊，我喜歡咱們這所房子的地點。它僻靜。可是，誰知道呢，現而今連這裡也不怎麼都變了樣兒。今天拿人，明兒個放槍，都是怎麼回事呢？」

小妞子回答不出，只用凍紅了的胖手指鑽著鼻孔。小順兒，正和這一代的小兒女們一樣，脫口而出的回答了出來：

「都是日本小鬼兒鬧的！」

祁老人知道小順兒的話無可反駁，可是他不便鼓勵小孩子們這樣仇恨日本人：「別胡說！」他低聲的說。說完，他的深藏著的小眼藏得更深了一點，好像有點對不起重孫子似的。

正在這個時節，走進來一群人，有巡警，有憲兵，有便衣，還有武裝的，小順兒深恨的，日本人。地是凍硬了的，他們的腳又用力的跺，所以呱噠呱噠的分外的響。小人物喜歡自己的響動大。兩個立在院中觀風，其餘的人散開，到各屋去檢查。

他們是剛剛由冠家來的，冠家給了他們香煙、熱茶、點心，和白蘭地酒，所以他們並沒搜檢，就被冠曉荷鞠著躬送了出來。祁家沒有任何東西供獻給他們，他們決定細細的檢查。

韻梅在廚房裡沒動。她的手有點顫，可是還相當的鎮定。

她決定一聲不出，而只用她的大眼睛看著他們。她站在菜案子前面，假若他們敢動她一動，她伸手便可以抓到菜刀。

天祐太太在剛能記事的時候，就遇上八國聯軍攻陷了北平。在她的差不多像一張白紙的腦子上，侵略與暴力便給她劃上了最深的痕記。她知道怎樣鎮定。一百年的國恥使她知道怎樣忍辱，而忍辱會產生報復與雪恥。日本的侵華，發動得晚了一些。她呆呆的坐在炕沿上，看看進來的人。她沒有打出去他們的力量，可也不屑於招呼他們。

小妞子一見有人進來，便藏在了太爺爺的身後邊。小順兒看著進來的人，慢慢的把一個手指含在口中。祁老人和藹了一世，今天可是把已經來到唇邊上的客氣話截在了口中，他不能再客氣。他好像一座古老的，高大的，城樓似的，立在那裡；他阻擋不住攻城的人，但是也不怕挨受攻擊的炮火。

可是，瑞宣特別的招他們的注意。他的年紀、樣子、風度，在日本人眼中，都彷彿必然的是嫌疑犯。他們把他屋中所有的抽屜、箱子、盒子，都打開，極細心的查看裏邊的東西。他們沒找到什麼，於是就再翻弄一過兒，甚至於把箱子底朝上，倒出裡面的東西。瑞宣立在牆角，靜靜的看著他們。

最後，那個日本人看見了牆上那張大清一統地圖。他向瑞宣點了點頭：「大清的，大大的好！」瑞宣仍舊立在那裡，沒有任何表示。日本人順手拿起韻梅自己也不大記得的一支鍍金的，鏨花的，短簪，放在袋中，然後又看了大清地圖一眼，依依不捨的走出去。

他們走後，大家都忙著收拾東西，誰都有一肚子氣，可是誰也沒說什麼。連小順兒也知道，這是受了侮辱，但是誰都沒法子去雪恥，所以只好把怨氣存在肚子裡。

一直到下午四點鐘，黃風又怒吼起來的時候，小羊圈的人們才得到出入的自由，而牛宅的事也開始在大家口中談論著。

除了牛教授受了傷，已被抬到醫院去這點事實外，大家誰也不準知道那是怎麼一回事。牛教授向來與鄰居們沒有什麼來往，所以平日大家對他家中的事就多半出於猜測與想像；今天，猜測與想像便更加活動。大家因為不確知那是什麼事，才更要說出一點道理來，據孫七說：日本人要拉牛教授作漢奸，牛教授不肯，所以他們打了他兩槍——一槍落了空，一槍打在教授的左肩上，不致有性命的危險。孫七相當的敬重牛教授，因為他曾給教授剃過一次頭。牛教授除了教課去，很少出門。他洗澡，剃頭，都在家裡。有一天，因為下雨，他的僕人因懶得到街上去叫理髮匠，所以找了孫七去。孫七的手藝雖不高，可是牛教授只剃光頭，所以孫七滿可以交差。牛教授是不肯和社會接觸，而又並不講究吃喝與別的享受的人。

只要他坐在家中，就是有人來把他的頭髮都拔了去，似乎也無所不可。在孫七看呢，教授大概就等於高官，所以牛教授才不肯和鄰居們來往。可是，他竟自給教授剃過頭，而且還和教授談了幾句話。這是一種光榮。當鋪戶中的愛體面的青年夥計埋怨他的手藝不高明的時候，他會沉住了氣回答：「我不敢說自己的手藝好，可是牛教授的頭也由我剃！」因此，他敬重牛教授。

程長順的看法和孫七的大不相同。他說：牛教授要作漢奸，被「我們」的人打了兩槍。儘管沒有打死，可是牛教授大概也不敢再惹禍了。長順兒的話不知有何根據，但是在他的心理上，他覺得自己的判斷是正確的。小羊圈所有的院子，他都進去過，大家都聽過他的留聲機。只有牛宅從來沒照顧過他。他以為牛教授不單不像個鄰居，也不大像人。人，據長順想，必定要和和氣氣，有說有笑。牛教授不和大家來往，倒好像是廟殿中的一個泥菩薩，永遠不出來玩一玩。他想，這樣的人可能的作漢奸。

這兩種不同的猜想都到了瑞宣的耳中。他沒法判斷哪個更近於事實。他只覺得很難過。假若孫七猜的對，他便看到自己的危險。真的，他的學識與名望都遠不及牛教授。可是，日本人也曾捉過他呀。誰敢保險日本人不也強迫他去下水呢？是的，假若他們用手槍來威脅他，他會為了氣節，挺起胸來吃一槍彈。不過，他閉上眼，一家老小怎麼辦呢？

反過來說，假若程長順猜對了，那就更難堪。以牛教授的學問名望而甘心附逆，這個民族可就真該滅亡了！

風還相當的大，很冷。瑞宣可是在屋中坐不住。揣著手，低著頭，皺著眉，他在院中來回的走。細黃沙漸漸的積在他的頭髮與眉毛上，他懶得去擦。凍紅了的鼻子上垂著一滴清水，他任憑它自己落下來，懶得去抹一抹。從失去的門環，他想像到明日生活的困苦，他看見一條繩索套在他的，與一家老幼的，脖子上，越勒越緊。從牛教授的被刺，他想到日本人會一個一個的強姦清白的人；或本來是清白的人，一來二去便失去堅強與廉恥，而自動的去作妓女。

可是，這一切只是空想。除非他馬上逃出北平去，他就沒法解決問題。但是，他怎麼逃呢？隨著一陣狂風，他狂吼了一聲。沒辦法！

第五十二章　世界上最偉大的政治家

牛教授還沒有出醫院，市政府已發表了他的教育局長。瑞宣聽到這個消息，心裡反倒安定了一些。他以為憑牛教授的資格與學識，還不至於為了個局長的地位就肯附逆；牛教授的被刺，他想，必是日本人幹的。教育局長的地位雖不甚高，可是實際上卻掌管著幾十所小學，和二十來所中學，日本人必須在小學生與中學生身上嚴格施行奴化教育，那麼，教育局長的責任就並不很小，所以他們要拉出一個有名望的人來負起這個重任。

這樣想清楚，他急切的等著牛教授出院的消息。假若，他想，牛教授出了院而不肯就職，日本人便白費了心機，而牛教授的清白也就可以大昭於世。反之，牛教授若是肯就職，那就即使是出於不得已，也會被世人笑罵。為了牛教授自己，為了民族的氣節，瑞宣日夜的禱告牛教授不要輕於邁錯了腳步！

可是，牛教授還沒有出院，報紙上已發表了他的談話：「為了中日的親善與東亞的和平，他願意擔起北平的教育責任；病好了他一定就職。」在這條新聞旁邊，還有一幅像片——他坐在病床上，與來慰看他的日本人握手；他的臉上含著笑。

瑞宣呆呆的看著報紙上的那幅照像。牛教授的臉是圓圓的，不胖不瘦；眉眼都沒有什麼特點，所以圓臉上是那麼平平的，光潤的，連那點笑容都沒有什麼一定的表情。是的，這一點不錯，確是牛教授。牛教授的臉頗足以代表他的為人，他的生活也永遠是那麼平平的，與世無爭，也與世無忤。

「你怎會也作漢奸呢？」瑞宣半瘋子似的問那張像片。無論怎麼想，他也想不透牛教授附逆的原因。在平日，儘管四鄰們因為牛教授的不隨和，而給他造一點小小的謠言，可是瑞宣從來沒有聽到過牛教授有什麼重大的劣跡。在今天，憑牛教授的相貌與為人，又絕對不像個利慾熏心的人。他怎麼會肯附逆呢？

事情決不很簡單，瑞宣想。同時，他切盼那張照像，正和牛教授被刺一樣，都是日本人耍的小把戲，而牛教授一定會在病好了之後，設法逃出北平的。

一方面這樣盼望，一方面他到處打聽到底牛教授是怎樣的一個人。在平日，他本是最不喜歡東打聽西問問的人；現在，他改變了態度。這倒並不是因他和牛教授有什麼交情，而是因為他看清楚牛教授的附逆必有很大的影響。牛教授的行動將會使日本人在國際上去宣傳，因為他有國際上的名望。他也會教那些以作漢奸為業的有詩為證的說：「看怎樣，什麼清高不清高的，老牛也下海了啊！清高？屁！」他更會教那些青年們把冒險的精神藏起，而「老成」起來：「連牛教授都肯這樣，何況我們呢？」牛教授的行動將不止毀壞了他自己的令名，而且會教別人壞了心術。瑞宣是為這個著急。

果然，他看見了冠曉荷夫婦和招弟，拿著果品與極貴的鮮花（這是冬天），去慰問牛教授。「我們去看看牛教授！」曉荷摸著大衣上的水獺領子，向瑞宣說：「不錯呀，咱們的胡同簡直是寶地，又出了個局長！我說，瑞宣，老二在局裡作科長，你似乎也該去和局長打個招呼吧？」

瑞宣一聲沒出，心中像挨了一刺刀那麼疼了一陣。

慢慢的，他打聽明白了：牛教授的確是被「我們」的人打了兩槍，可惜沒有打死。牛教授，據說，並沒有意思作漢奸，可是，當日本人強迫他下水之際，他也沒堅決的拒絕。

他是個科學家。他向來不關心政治，不關心別人的冷暖饑飽，也不願和社會接觸。他的腦子永遠思索著科學上的問題。極冷靜的去觀察與判斷，他不許世間庸俗的事情擾亂了他的心。他只有理智，沒有感情。他不吸煙，不吃酒，不聽戲，不看電影，而只在腦子疲乏了的時候種些菜，或灌灌花草。

種菜澆花只是一種運動，他並不欣賞花草的美麗與芬芳。他有妻，與兩個男孩；他可是從來不會為妻兒的福利想過什麼。妻就是妻，妻須天天給他三餐與一些開水。妻拿過飯來，他就吃；他不挑剔飯食的好壞，也不感謝妻的操心與勞力。對於孩子們，他彷彿只承認那是結婚的結果，就好像大狗應下小狗，老貓該下小貓那樣；他犯不上教訓他們，也不便撫愛他們。孩子，對於他，只是生物與生理上的一種事實。

對科學，他的確有很大的成就；以一個人說，他只是那麼一張平平的臉，與那麼一條不很高的身子。他有學問，而沒有常識。他有腦子與身體，而沒有人格。

北平失陷了，他沒有動心。南京陷落了，他還照常工作。他天天必匀出幾分鐘的工夫看看新聞紙，但是他只承認報紙上的新聞是一些客觀的事實，與他絲毫沒有關係。當朋友們和他談論國事的時候，他只仰著那平平的臉聽著，好像聽著講古代歷史似的。他沒有表示過自己的意見。假若他也有一點憂慮的話，那就是：不論誰和誰打仗，他只求沒有人來麻煩他，也別來踐踏他的花草，弄亂了他的圖書與試驗室。這一點要求若是能滿足，他就可以把頭埋在書籍與儀器中，即使誰把誰滅盡殺絕，他也不去過問。

這個態度，假若擱在一個和平世界裡，也未為不可。不幸，他卻生在個亂世。在亂世裡，花草是長不牢固的，假若你不去保護自己的庭園；書籍儀器是不會按秩序擺得四平八穩的，假若你不會攔阻強盜們闖進來。在亂世，你不單要放棄了自己家中的澡盆與沙發，而且應當根本不要求洗澡與安坐。一個學者與一個書記，一位小姐與一個女僕，都須這樣。在亂世，每一個國民的頭一件任務是犧牲自己，抵抗敵人。

可是，牛教授只看見了自己，與他的圖書儀器，他沒看見歷史，也不想看。他好像是忽然由天上掉下來的一個沒有民族，沒有社會的獨身漢。他以為只要自己有那點學問，別人就決不會來麻煩他。同時，用他的冷靜的，客觀的眼光來看，他以為日本人之所以攻打中國，必定因為中國人有該挨打的因由；而他自己卻不會挨打，因為他不是平常的中國人；他是世界知名的學者，日本人也知道，所以日本人也必不會來欺侮他。

日本人，為了收買人心，和威脅老漢奸們，想造就一批新漢奸。新漢奸的資格是要在社會上或學術上有相當高的地位，同時還要頭腦簡單。牛教授恰好有這兩種資格。他們三番五次的派了日本的學者來「勸駕」，牛教授沒有答應，也沒有拒絕。他沒有作官的野心，也不想發財。但是，日本學者的來訪，使他感到自己的重要。因而也就想到，假若一方面能保持住自己的圖書儀器，繼續作研究的工作，一方面作個清閒的官兒，也就未為不可。他願意作研究是個事實，日本人需要他出去作官也是個事實。那麼，把兩個事實能歸併到一處來解決，便是左右逢源。

他絲毫沒想到什麼羞恥與氣節，民族與國家。他的科學的腦子，只管觀察事實，與解決問題。他這個無可無不可的態度，使日本人更進一步的以恐嚇來催促他點頭。他們警告他，假若他不肯「合作」，他們會馬上抄他的家。他害了怕，他幾乎不會想像：丟失了他的圖書、儀器、庭院，與花木，他還怎麼活下去。對於他，上街去買一雙鞋子，或剃一剃頭，都是可怕的事，何況把他的「大本營」都毀掉了呢？生活的方式使他忘了後方還有個自由的中國，忘了他自己還有兩條腿，忘了別處也還有書籍與儀器。生活方式使他成了生活的囚犯。他寧可失去靈魂，而不肯換個地方去剃頭。

許多的朋友都對他勸告，他不駁辯，甚至於一語不發。他感到厭煩。錢默吟以老鄰居的資格來看過他，他心中更加膩煩。他覺得只有趕快答應了日本人的要求，造成既成事實，或許能心靜一些。

手槍放在他面前，緊跟著槍彈打在他的肩上，他害了怕，因害怕而更需要有人保護他。他不曉得自己為什麼挨槍，和闖進來的小夥子為什麼要打他。他的邏輯與科學方法都沒了用處，而同時他又不曉得什麼是感情，與由感情出發的舉動。日本人答應了保護他，在醫院病房的門口和他的住宅的外面都派了憲兵站崗。他開始感到自己與家宅的安全。他答應了作教育局長。

瑞宣由各方面打聽，得到上面所說的一些消息。他不肯相信那些話，而以為那只是大家的猜測。他不能相信一個學者會這樣的糊塗。可是，牛教授決定就職的消息天天登在報紙上，使他又無法不信任自己的眼睛。他恨不能闖進醫院去，把牛教授用繩子勒死。對那些老漢奸們，他可以用輕蔑與冷笑把他們放逐到地獄裡去，他可是不能這麼輕易的放過牛教授。牛教授的附逆關係著整個北平教育界的風氣與節操。可是，他不能去勒死牛教授。他的困難與顧忌不許他作任何壯烈的事。因此，他一方面恨牛教授，一方面也恨自己。

老二瑞豐回來了。自從瑞宣被捕，老二始終沒有來過。今天，他忽然的回來，因為他的地位已不穩，必須來求哥哥幫忙。他的小乾臉上不像往常那麼發亮，也沒有那點無聊的笑容。進了門，他繞著圈兒，大聲的叫爺爺、媽、哥哥、大嫂，好像很懂得規矩似的。叫完了大家，他輕輕的拍了拍小順兒與妞子的烏黑的頭髮，而後把大哥拉到一邊去，低聲的懇切的說：

「大哥！得幫幫我的忙！要換局長，我的事兒恐怕要吹！你認識，」

瑞宣把話搶過來：「我不認識牛教授！」

老二的眉頭兒擰上了一點：「間接的總——」

「我不能兜著圈子去向漢奸託情！」瑞宣沒有放高了聲音，可是每個字都帶著一小團怒火。

老二把假象牙的煙嘴掏出來，沒往上安煙捲，而只輕輕的用它敲打著手背。

「大哥！那回事，我的確有點不對！可是，我有我的困難！你不會記恨我吧？」

「哪回事？」瑞宣問。

「那回，那回，」老二舐了舐嘴唇，「你遭了事的那回。」

「我沒記恨你，過去的事還有什麼說頭呢？」

「噢！」老二沒有想到哥哥會這麼寬宏大量，小小的吃了一驚。同時，他的小乾臉上被一股笑意給弄活軟了一點。他以為老大既不記仇，那麼再多說上幾句好話，老大必會消了怒，而幫他的忙的。「大哥，無論如何，你也得幫我這點忙！這個年月，弄個位置不是容易的事！我告訴你，大哥，這兩天我愁得連飯都吃不下去！」

「老二，」瑞宣耐著性兒，很溫柔的說：「聽我說！假若你真把事情擱下，未必不是件好事。你只有個老婆，並無兒女，為什麼不跑出去，給咱們真正的政府作點事呢？」

老二乾笑了一下。「我，跑出去？」

「你怎麼不可以呢？看老三！」瑞宣把臉板起來。

「老三？誰知道老三是活著，還是死了呢？好，這兒有舒舒服服的事不作，偏到外邊瞎碰去，我不那麼傻！」

瑞宣閉上了口。

老二由央求改為恐嚇：「大哥，我說真話，萬一不幸我丟了差事，你可得養活著我！誰教你是大哥呢？」

瑞宣微笑了一下，不打算再說什麼。

老二又去和媽媽與大嫂嘀咕了一大陣，他照樣的告訴她們：「大哥不是不認識人，而是故意看我的哈哈笑！好，他不管我的事，我要是掉下來，就死吃他一口！反正弟弟吃哥哥，到哪裡也講得出去！」說完，他理直氣壯的，叼著假象牙煙嘴，走了出去。

兩位婦人向瑞宣施了壓力。瑞宣把事情從頭至尾細細的說了一遍，她們把話聽明白，都覺得瑞宣應當恨牛教授，和不該去為老二託情。可是，她們到底還不能放心：「萬一老二真回來死吃一口呢？」

「那，」瑞宣無可如何的一笑，「那就等著看吧，到時候再說！」

他知道，老二若真來死吃他一口，倒還真是個嚴重的問題。但是，他不便因為也許來也許不來的困難而先洩了氣。他既沒法子去勸死牛教授，至少他也得撐起氣，不去向漢奸求情。即使不幸而老二果然失了業，他還有個消極的辦法——把自己的飯分給弟弟一半，而他自己多勒一勒腰帶。這不是最好的辦法，但是至少能教他自己不輸氣。他覺得，在一個亡城中，他至少須作到不輸氣，假使他作不出爭氣的事情來。

沒到一個星期，瑞豐果然回來了。牛教授還在醫院裡，由新的副局長接收了教育局。瑞豐晝夜的忙了四五天。辦清了交代，並且被免了職。

牛教授平日的朋友差不多都是學者，此外他並不認識多少人。學者們既不肯來幫他的忙，而他認識的人又少，所以他只推薦了他的一個學生作副局長，替他操持一切；局裡其餘的人，他本想都不動。瑞豐，即使不能照舊作科長，也總可以降為科員，不致失業。但是，平日他的人緣太壞了，所以全局裡的人都乘著換局長之際，一致的攻擊他。新副局長，於是，就拉了自己的一個人來，而開掉了瑞豐。

瑞豐忽然作了科長，忘了天多高，地多厚。官架子也正像談吐與風度似的，需要長時間的培養。瑞豐沒有作過官，而想在一旦之間就十足的擺出官架子來，所以他的架子都不夠板眼。對於上司，他過分的巴結，而巴結得不是地方。這，使別人看不起他，也使被恭維的五脊子六獸[1]的難過。可是，當他喝了兩杯貓尿之後，他忘了上下高低，他敢和上司們挑戰划拳，而毫不客氣的把他們戰敗。對於比他地位低的，他的臉永遠是一塊硬的磚，他的眼是一對小槍彈，他的眉毛老像要擰出水來。可是，當他們跟他硬頂的時候，他又忽然的軟起來，甚至於給一個工友道歉。在無事可幹的時候，他會在公事房裡叼著假象牙的煙嘴，用手指敲著板，哼唧著京戲；或是自己對自己發笑，彷彿是告訴大家：「你看，我作了科長，真沒想到！」

對於買辦東西，他永遠親自出馬，不給科裡任何人以賺倆回扣的機會。大家都恨他。可是，他自己也並不敢公然的拿回扣，而只去敲掌櫃們一頓酒飯，或一兩張戲票。這樣，他時常的被舖戶中請去吃酒看戲，而且在事後要對同事們大肆宣傳：「昨天的戲好得很！和劉掌櫃一塊去的，那傢伙胖胖的怪有個意思！」或是：「敢情山西館子作菜也不壞呢！樊老西兒約我，我這是頭一

1. 五脊子六獸，形容心裡難受，渾身不是滋味。

回吃山西菜！」他非常得意自己的能白吃白喝，一點也沒注意同事們怎樣的瞪他。

是的，他老白吃白喝。他永遠不請客。他的錢須全數交給胖菊子，而胖菊子每當他暗示須請請客的時候總是說：「你和局長的關係，保你穩作一輩子科長，請客幹什麼？」老二於是就不敢再多說什麼，而只好向同事們發空頭支票。他對每一個同事都說過：「過兩天我也請客！」可是，永遠沒兌過現。「祁科長請客，永沒指望！」是同事們給他製造的一句歇後語。

對女同事們，瑞豐特別的要獻慇勤。他以為自己的小乾臉與刷了大量油的分頭，和齊整得使人怪難過的衣服鞋帽必定有很大的誘惑力，只要他稍微表示一點親密，任何女人都得拿他當個愛人。他時常送給她們一點他由舖戶中白拿來的小物件，而且表示他要請她們看電影或去吃飯。他甚至於大膽的和她們定好了時間地點。到時候，她們去了，可找不著他的影兒。第二天見面，他會再三再四的道歉，說他母親忽然的病了，或是局長派他去辦一件要緊的公事，所以失了約。慢慢的，大家都知道了他的母親與局長必會在他有約會的時候生病和有要事，也就不再搭理他，而他扯著臉對男同事們說：「家裡有太太，頂好別多看花瓶兒們！弄出事來就夠麻煩的！」他覺得自己越來越老成了。

一來二去，全局的人都摸到了他的作風，大家就一致的不客氣，說話就跟他瞪眼。儘管他沒心沒肺，可是釘子碰得太多了，不論怎樣也會落一兩個疤的。他開始思索對付的方法。他結識了不少的歪毛淘氣兒。這些傢伙之中有的真是特務，有的自居為特務。有了這班朋友，瑞豐在釘子碰得太疼的時候，便風言風語的示威：「別惹急了我喲！我會教你們三不知的去見閻王爺！」

論真的，他並沒賺到錢，而且對於公事辦得都相當的妥當。可是，他的浮淺、無聊，與擺錯了的官架子，結束了他的官運。

胖菊子留在娘家，而把瑞豐趕了出來。她的最後的訓令是：「你找到了官兒再回來；找不到，別再見我！就是科長太太，不是光桿兒祁瑞豐的老婆！」錢、東西，她全都留下，瑞豐空著手，只拿著那個假象牙煙嘴回到家來。

瑞宣見弟弟回來，決定不說什麼。無論如何，弟弟總是弟弟，他不便攔頭一槓子把弟弟打個悶弓。他理當勸告弟弟，但是勸告也不爭這一半天，日子還長著呢。

祁老人相當的喜歡。要擱在往年，他必會因算計過日子的困難而不大高興二孫子的失業回來。現在，他老了；所以只計算自己還能活上幾年，而忘了油鹽醬醋的價錢。在他死去之前，他願意兒孫們都在他的眼前。

天祐太太也沒說什麼，她的沉默是和瑞宣的差不多同一性質。

韻梅天然的不會多嘴多舌。她知道增加一口閒人，在這年月，是什麼意思。可是，她須把委屈為難藏在自己心裡，而不教別人難堪。

小順兒和妞子特別的歡迎二叔，出來進去的拉著他的手。他們不懂得別的，只知道二叔回來，多有一個人和他們玩耍。

見全家對他這番光景，瑞豐的心安下去。第二天，老早他就起來，拿了把掃帚，東一下子西一下子的掃院子。他永遠沒作過這種事；今天，為博得家人的稱讚，他咬上了牙。他並沒能把院子掃得很乾淨，可是祁老人看見孫子的努力，也就沒肯多加批評。

掃完了院子，他輕快的，含笑的，給媽媽打了洗臉水去，而且張羅著給小順兒穿衣服。吃過早飯，他到哥哥屋裡去拿筆墨紙硯，聲明他「要練練字。你看，大哥，我作了一任科長，什麼都辦得不錯，就是字寫得難看點！得練練！練好了，給舖戶寫寫招牌，也能吃飯！」然後，他警告孩子們：「我寫字的時候，可要躲開，不許來胡鬧！」

祁老人是自幼失學，所以特別尊敬文字，也幫著囑咐孩子們：「對了，你二叔寫字，不准去裹亂！」

這樣「戒嚴」之後，他坐在自己屋裡，開始聚精會神的研墨。研了幾下子，他想起一件事來：「大嫂！大嫂！上街的時候，別忘了帶包煙回來喲！不要太好的，也不要太壞的，中中兒的就行。」

「什麼牌子是中中兒的呀？」大嫂不吸煙，不懂得煙的好壞。

「算了，待一會兒，我自己去買。」他繼續的研墨，已經不像方纔那麼起勁了。聽到大嫂的腳步聲，他又想起一樁事來：「大嫂，你上街吧？帶點酒來喲！作了一任科長沒落下別的，只落下點酒癮！好在喝不多，而且有幾個花生米就行！」大嫂的話──白吃飯，還得預備煙酒哇？──已到唇邊，又嚥了下去。她不單給他打來四兩酒，還買來一包她以為是「中中兒」的香煙。

一直到大嫂買東西回來，老二一共寫了不到十個字。他安不下心去，坐不住。他的心裡像有一窩小老鼠，這個出來，那個進去，沒有一會兒的安靜。最後，他放下了筆，決定不再受罪。他沒有忍耐力，而且覺得死心塌地的用死工夫是愚蠢。人生，他以為，就是瞎混，而瞎混必須得出去活動，不能老悶在屋子裡寫字。只要出去亂碰，他想，就是瞎貓也會碰著死老鼠。

他用雙手托住後腦勺兒，細細的想：假若他去託一託老張呢，他也許能打入那麼一個機關？若是和老李說一說呢，他或者就能得到這麼個地位——。

他想起好多好多人來，而哪一個人彷彿都必定能給他個事情。他覺得自己必定是個有人緣，怪可愛的人，所以朋友們必不至於因為他失業而冷淡了他。他恨不能馬上去找他們，坐在屋裡是沒有一點用處的。可是，他手裡沒有錢呀！託朋友給找事，他以為，必須得投一點資：先給人家送點禮物啊，或是請吃吃飯啊，而後才好開口。友人呢，接收了禮物，或吃了酒飯，也就必然的肯賣力氣；禮物與酒食是比資格履歷更重要的。

今天，他剛剛回來，似乎不好意思馬上跟大哥要「資本」。是的，今天他不能出去。等一等，等兩天，他再把理論和大哥詳細的說出，而後求大哥給他一筆錢。他以為大哥必定有錢，要不怎麼他赤手空拳的回來，大哥會一聲不哼，而大嫂也說一不二的供給他煙酒呢？

他很想念胖菊子。但是，他必須撐著點勁兒，不便馬上去看她，教她看不起。只要大哥肯給他一筆錢，為請客之用，他就會很快的找到事作，而後夫婦就會言歸於好。胖菊子對他的冷酷無情，本來教他感到一點傷心。可是，經過幾番思索之後，他開始覺得她的冷酷正是對他的很好的鼓勵。為和她爭一口氣，他須不惜力的去奔走活動。

把這些都想停妥了之後，他放棄了寫字，把筆墨什麼的都送了回去。他看見了光明，很滿意自己的通曉人情世故。吃午飯的時候，他把四兩酒喝乾淨。酒後，他紅著臉，暈暈忽忽的，把他在科長任中的得意的事一一說給大嫂聽，好像講解著一篇最美麗的詩似的。

晚間，瑞宣回來之後，老二再也忍不住，把要錢的話馬上說了出來。瑞宣的回答很簡單：「我手裡並不寬綽。你一定用錢呢，我可以設法去借，可是我須知道你要謀什麼事！你要是還找那不三不四的事，我不能給你弄錢去！」

瑞豐不明白哥哥所謂的不三不四的事是什麼事，而橫打鼻梁的說：「大哥你放心，我起碼也得弄個科員！什麼話呢，作過了一任科長，我不能隨便找個小事，丟了咱們的臉面！」

「我說的不三不四的事正是科長科員之類的事。在日本人或漢奸手底下作小官還不如擺個香煙攤子好！」

瑞豐簡直一點也不能明白大哥的意思。他心中暗暗的著急，莫非大哥已經有了神經病，分不出好歹來了麼？他可也不願急扯白臉的和大哥辯論，而傷了弟兄的和睦。他只提出一點，懇求大哥再詳加考慮：「大哥，你看我要是光棍兒一個人，擺香煙攤子也無所不可。我可是還有個老婆呢！她不准我擺香煙攤子！除非我弄到個相當體面的差事，她不再見我！」說到這裡，老二居然動了感情，眼裡濕了一些，很有落下一兩顆淚珠的可能。

瑞宣沒再說什麼。他是地道的中國讀書人，永遠不肯趕盡殺絕的逼迫人，即使他知道逼迫有時候是必要的，而且是有益無損的。

老二看大哥不再說話，跑去和祖父談心，為是教老人向老大用一點壓力。祁老人明白瑞宣的心意，可是為了四世同堂的發展與繁榮，他又不能不同情二孫子。真要是為了孫子不肯給日本人作事，而把孫媳婦丟了，那才丟人丟得更厲害。是的，他的確不大喜歡胖菊子。可是，她既是祁家的人，死了也得是祁家的鬼，不能半途拆了伙。老人答應了給老二幫忙。

老二一得意，又去找媽媽說這件事。媽媽臉上沒有一點笑容，告訴他：「老二，你要替你哥哥想一想，別太為難了他！多咱你要是能明白了他，你就也能跟他一樣的有出息了！作媽媽的對兒女都一樣的疼愛，也盼望著你們都一樣的有出息！你哥哥，無論作什麼事，都四面八方的想到了；你呢，你只顧自己！我這樣的說你，你別以為我是怪你丟了事，來家白吃飯。說真的，你有事的時候，一家老小誰也沒沾過你一個銅板兒的好處！我是說，你現在要找事，就應當聽你哥哥的話，別教他又皺上眉頭；這一家子都仗著他，你知道！」

老二不大同意媽媽的話，可是也沒敢再說什麼。他搭訕著走出來，對自己說：「媽媽偏向著老大，我有什麼辦法呢？」第二天，他忘了練字，而偷偷的和大嫂借了一點零錢，要出去看親戚朋友。「自從一作科長，忙得連親友都沒工夫去看。乘這兩天閒著看他們一眼去！」他含著笑說。

一出門，他極自然的奔了三號去。一進三號的門，他的心就像春暖河開時的魚似的，輕快的浮了起來。冠家的人都在家，可是每個人的臉上都像掛著一層冰。曉荷極平淡的招呼了他一聲，大赤包和招弟連看也沒看他一眼。他以為冠家又在吵架拌嘴，所以搭訕著坐下了。坐了兩三分鐘，沒有人開腔。他們並沒有吵架拌嘴，而是不肯答理他。

他的臉發了燒，手心上出了涼汗。他忽然的立起來，一聲沒出，極快的走出去。他動了真怒。北平的陷落，小崔的被殺，大哥的被捕，他都沒動過心。今天，他感到最大的恥辱，比失去北平，屠殺百姓，都更難堪。因為這是傷了他自己的尊嚴。他自己比中華民國還更重要。出了三號的門，看看四下沒人，他咬著牙向街門說：「你們等著，二太爺非再弄上個科長教你們看看不可！再作上科長，我會照樣回敬你們一杯冰淇淋！」他下了決心，非再作科長不可。他挺起胸來，用力的跺著腳踵，怒氣沖沖的走去。

他氣昏了頭，不知往哪裡去好，於是就信馬由韁的亂碰。走了一二里地，他的氣幾乎完全消了，馬上想到附近的一家親戚，就奔了那裡去。到門口，他輕輕的用手帕撣去鞋上的灰土，定了定神，才慢條斯理的往裡走。他不能教人家由鞋上的灰土而看出他沒有坐著車來。見著三姑姑六姨，他首先聲明：「忙啊，忙得不得了，所以老沒能看你們來！今天，請了一天的假，特意來請安！」這樣，他把人們騙住，免得再受一次羞辱。大家相信了他的話，於是就讓煙讓茶的招待他，並且留他吃飯。他也沒太客氣，有說有笑的，把飯吃了。

這樣，他轉了三四家。到處他都先聲明他是請了假來看他們，也就到處都得到茶水與尊重。他的嘴十分的活躍，到處他總是拉不斷扯不斷的說笑，以至把小乾嘴唇都用得有些麻木。在從前，他的話多數是以家長裡短為中心；現在，他卻總談作官與作事的經驗與瑣事，使大家感到驚異，而佩服他見過世面。只有大家提到中日的問題，他才減少了一點熱烈，話來得不十分痛快。在他的那個小心眼裡，他實在不願意日本人離開北平，因為只有北平在日本人手裡，他才有再作科長的希望。但是，這點心意又不便明說出來，他知道大家都恨日本人。在這種時節，他總是含糊其詞的敷衍兩句，而後三轉兩轉不知怎麼的又把話引到別處去，而大家也就又隨著他轉移了方向。他很滿意自己這點小本事，而歸功於「到底是作了幾天官兒，學會了怎樣調動言語！」

天已經很黑了，他才回到家來。他感覺得有點疲乏與空虛。打了幾個無聊的哈欠以後，他找了大嫂去，向她詳細的報告親友們的狀況。為了一家人的吃喝洗作，她很難得勻出點工夫去尋親問友，所以對老二的報告她感到興趣。祁老人上了年紀，心中不會想什麼新的事情，而總是關切著老親舊友；只要親友們還都平安，他的世界便依然是率由舊章，並沒有發生激劇的變動。因此，他也來聽取瑞豐的報告，使瑞豐忘了疲乏與空虛，而感到自己的重要。

把親戚都訪看得差不多了，大家已然曉得他是失了業而到處花言巧語的騙飯吃，於是就不再客氣的招待他。假若大家依舊的招待他，他滿可以就這麼天天和大嫂要一點零錢，去逛訪九城。他覺得這倒也怪無拘無束的悠閒自在。可是大家不再尊重他，不再熱茶熱飯的招待他，他才又想起找事情來。是的，他須馬上去找事，好從速的「收復」胖菊子，好替——替誰呢？——作點事情。管他呢，反正給誰作事都是一樣，只要自己肯去作事便是有心胸。他覺得自己很偉大。「大嫂！」他很響亮的叫。「大嫂！從明天起，我不再去散逛了，我得去找事！你能不能多給我點錢呢？找事，不同串門子看親戚；我得多帶著幾個錢，好應酬應酬哇！」

大嫂為了難。她知道錢是好的，也知道老二是個會拿別人的錢不當作錢的人。假若她隨便給他，她就有點對不起丈夫與老人們。看吧，連爺爺還不肯吃一口喝一口好的，而老二天天要煙要酒。這已經有點不大對，何況在煙酒而外，再要交際費呢。再說，她手裡實在並不寬裕呀。可是，不給他吧，他一鬧氣，又會招得全家不安。雖然祁家的人對她都很好，可是他們到底都是親骨肉，而她是外來的。那麼，大家都平平靜靜的也倒沒有什麼，趕到鬧起氣來，他們恐怕就會拿她當作禍首了。

她當然不能把這點難處說出來。她只假裝的發笑，好拖延一點時間，想個好主意。她的主意來得相當的快——一個中國大家庭的主婦，儘管不大識字，是世界上最偉大的政治家。「老二，我偷偷的給你當一票當去吧？」

去當東西，顯然的表示出她手裡沒錢。從祁老人的治家的規條來看呢，出入典當舖是不體面的事；老二假若也還有人心的話，他必會攔阻大嫂進當舖。假若老二沒心沒肺的贊同此意呢，她也會只去此一遭，下不為例。

老二向來不替別人想什麼，他馬上點了頭：「也好！」

大嫂的怒氣像山洪似的忽然衝下來。但是，她的控制自己的力量比山洪還更厲害。把怒氣壓回去，她反倒笑了一笑。「不過，現在什麼東西也當不出多少錢來！大傢伙兒都去當，沒多少人往外贖啊！」

「大嫂你多拿點東西！你看，沒有應酬，我很難找到事！得，大嫂，我給你行個洋禮吧！」老二沒皮沒臉的把右手放在眉旁，給大嫂敬禮。

湊了一點東西，她才當回兩塊二毛錢來。老二心裡不甚滿意，可是沒表示出來。他接過錢去，又磨著大嫂給添了八毛，湊足三塊。

拿起錢，他就出去了。他找到了那群歪毛兒淘氣兒，鬼混了一整天。晚間回來，他向大嫂報告事情大有希望，為是好再騙她的錢。他留著心，沒對大嫂說他都和誰鬼混了一天，因為他知道大嫂的嘴雖然很嚴密，向來不愛拉舌頭扯簸箕，可是假若她曉得他去交結歪毛淘氣兒，她也會告訴大哥，而大哥會又教訓他的。

就是這樣，他天天出去，天天說事情有希望。而大嫂須天天給他買酒買菸，和預備交際費。她的手越來越緊，老二也就越來越會將就，三毛五毛，甚至幾個銅板，他也接著。在十分困難的時候，他不惜偷盜家中一件小東西，拿出去變賣。有時候，大嫂太忙，他便獻殷勤，張羅著上街去買東西。他買來的油鹽醬醋等等，不是短著份量，便是忽然的又漲了價錢。

在外邊呢，他雖然因為口袋裡寒傖，沒能和那些歪毛淘氣兒成為莫逆之交，可是他也有他的一些本領，教他們無法不和他交往。第一，他會沒皮沒臉的死膩，對他們的譏誚與難聽的話，他都作為沒聽見。第二，他的教育程度比他們的高，字也認識得多，對他們也不無用處。這樣，不管他們待他怎樣。他可是認定了他是他們的真朋友和「參謀」。於是，他們聽戲——自然是永遠不打票——他必定跟著。他們敲詐來了酒肉，他便跟著吃。他甚至於隨著那真作特務的去捕人。這些，都使他感到興奮與滿意。他是走進了一個新的世界，看見了新的東西，學來了新的辦法。他們永遠不講理，而只講力；他們永遠不考慮別人怎樣，而只管自己合適不合適；他們永遠不說瑞宣口中的話，而只說那誇大得使自己都嚇一跳的言語。瑞豐喜歡這些辦法。跟他們混了些日子，他也把帽子歪戴起來，並且把一條大毛巾塞在屁股上，假裝藏著手槍。他的五官似乎都離了原位：嘴角老想越過耳朵去；鼻孔要朝天，像一雙高射炮炮口；眼珠兒一刻不停的在轉動，好像要飛出來，看看自己的後腦勺兒。

在說話與舉動上，他也學會了張嘴就橫著來，說話就瞪眼，可是等到對方比他更強硬，他會忽然變成羊羔一般的溫柔。在起初，他只在隨著他們的時候，才敢狐假虎威的這樣作。慢慢的，他獨自也敢對人示威，而北平人又恰好是最愛和平，寧看拉屎，不看打架的，所以他的蠻橫居然成功了幾次。這越發使他得意，增加了自信。他以為不久他就會成為跺跺腳便山搖地動的大瓢把子的。

不過，每逢看見了家門，他便趕緊把帽子拉正，把五官都復原。他的家教比他那點拿文憑混畢業的學校教育更有效一點，更保持得長遠一點：他還不敢向家裡的人瞪眼撇嘴。家，在中國，是禮教的堡壘。

有一天，可是，他喝多了酒，忘了這座堡壘。兩眼離離光光的，身子東倒西歪的，嘴中唱唱咧咧的，他闖入了家門。一進門，他就罵了幾聲，因為門垛子碰了他的帽子。他的帽子不僅是歪戴著，而是在頭上亂轉呢。拐過了影壁，他又像哭又像笑的喊大嫂：

「大嫂！哈哈！給我沏茶喲！」

大嫂沒應聲。

他扶著牆罵開了：「怎麼，沒人理我？行！我×你媽！」

「什麼？」大嫂的聲音都變了。她什麼苦都能吃，只是不能受人家的侮辱。

天祐正在家裡，他頭一個跑了出來。「你說什麼？」他問了一句。這個黑鬍子老頭兒不會打人，連自己的兒子也不會去打。

祁老人和瑞宣也出來看。

老二又罵了一句。

瑞宣的臉白了，但是當著祖父與父親，他不便先表示什麼。

祁老人過去細看了看孫子。老人是最講規矩的，看明白瑞豐的樣子，他的白鬍子抖起來。老人是最愛和平的，可是他自幼是寒苦出身，到必要時，他並不怕打架。他現在已經老了，可還有一把子力氣。他一把抓住了瑞豐的肩頭，瑞豐的一隻腳已離了地。

「你怎樣？」瑞豐撇著嘴問祖父。

老人一聲沒出，左右開弓的給瑞豐兩個嘴巴。瑞豐的嘴裡出了血。

天祐和瑞宣都跑過來，拉住了老人。

「罵人，撒野，就憑你！」老人的手顫著，而話說得很有力。是的，假若瑞豐單單是吃醉了，老人大概是不會動氣的。瑞豐罵了人，而且罵的是大嫂，老人不能再寬容。不錯，老人的確喜歡瑞豐在家裡，儘管他是白吃飯不幹活。可是，這麼些日子了，老人的眼睛也並不完全視而不見的睜著，他看出來瑞豐的行動是怎樣的越來越下賤。他愛孫子，他可是也必須管教孫子。對於一個沒出息的後輩，他也知道恨惡。「拿棍子來！」老人的小眼睛盯著瑞豐，而向天祐下命令：「你給我打他！打死了，有我抵償！」

天祐很沉靜，用沉靜壓制著為難。他並不心疼兒子，可是非常的怕家中吵鬧。同時，他又怕氣壞了老父親。他只緊緊的扶著父親，說不出話來。

「瑞宣！拿棍子去！」老人把命令移交給長孫。

瑞宣真厭惡老二，可是對於責打弟弟並不十分熱心。他和父親一樣的不會打人。

「算了吧！」瑞宣低聲的說：「何必跟他動真氣呢，爺爺！把自己氣壞了，還了得！」

「不行！我不能饒了他！他敢罵嫂子，瞪祖父，好嗎！難道他是日本人？日本人欺侮到我頭上來，我照樣會拚命！」老人現在渾身都哆嗦著。

韻梅輕輕的走到南屋去，對婆婆說：「你老人家去勸勸吧！」雖然挨老二的罵的是她，她可是更關心祖父。

祖父，今天在她眼中，並不只是個老人，而是維持這一家子規矩與秩序的權威。祖父向來不大愛發脾氣，可是一發起脾氣來就會教全家的人，與一切邪魔外道，都感到警戒與恐懼。天祐太太正摟著兩個孩子，怕他們嚇著。聽到兒媳的話，她把孩子交過去，輕輕的走出來。走到瑞豐的跟前，她極堅決的說：「給爺爺跪下！跪下！」

瑞豐挨了兩個嘴巴，酒已醒了一大半，好像無可奈何，又像莫名其妙的，倚著牆呆呆的立著，倒彷彿是看什麼熱鬧呢。聽到母親的話，他翻了翻眼珠，身子晃了兩晃，而後跪在了地上。

「爺爺，這兒冷，進屋裡去吧！」天祐太太的手顫著，而臉上陪著笑說。

老人又數嘮了一大陣，才勉強的回到屋中去。

瑞豐還在那裡跪著。大家都不再給他講情，都以為他是罪有應得。

在南屋裡，婆媳相對無言。天祐太太覺得自己養出這樣的兒子，實在沒臉再說什麼。韻梅曉得發牢騷和勸慰婆母是同樣的使婆母難過，所以閉上了嘴。兩個孩子不知道為了什麼，而只知道出了亂子，全眨巴著小眼不敢出聲，每逢眼光遇到了大人的，他們搭訕著無聲的笑一下。

北屋裡，爺兒三個談得很好。祁老人責打過了孫子，心中覺得痛快，所以對兒子與長孫特別的親熱。天祐呢，為博得老父親的歡心，只揀老人愛聽的話說。瑞宣看兩位老人都已有說有笑，也把笑容掛在自己的臉上。

說了一會兒話，他向兩位老人指出來：「假若日本人老在這裡，好人會變壞，壞人會變得更壞！」這個話使老人們沉思了一會兒，而後都歎了口氣。乘著這個機會，他給瑞豐說情：「爺爺，饒了老二吧！天冷，把他凍壞了也麻煩！」

老人無可如何的點了頭。

第五十三章　兩面漢奸

尤桐芳的計劃完全失敗。她打算在招弟結婚的時候動手，好把冠家的人與道賀來的漢奸，和被邀來的日本人，一網打盡。茫茫人海，她沒有一個知己的人；她只掛唸著東北，她的故鄉，可是東北已丟給了日本，而千千萬萬的東北人都在暴政與毒刑下過著日子。為了這個，她應當報仇。或者，假若高第肯逃出北平呢，她必會跟了走。可是，高第沒有膽子。桐芳不肯獨自逃走，她識字不多，沒有作事的資格與知識。她的唯一的出路好像只有跑出冠家，另嫁個人。

嫁人，她已看穿：憑她的年紀，出身，與逐漸衰老的姿貌，她已不是那純潔的青年人所願意追逐的女郎。要嫁人，還不如在冠家呢。冠曉荷雖然沒什麼好處，可是還沒虐待過她。不過，冠家已不能久住，因為大赤包口口聲聲要把她送進窯子去。她沒有別的辦法，只好用死結束了一切。她可是不能白白的死，她須教大赤包與成群的小漢奸，最好再加上幾個日本人，與她同歸於盡。在結束她自己的時候，她也結束了壓迫她的人。

她時常碰到錢先生。每逢遇見他一次，她便更堅決了一些，而且慢慢的改變了她的看法。錢先生的話教她的心中寬闊了許多，不再只想為結束自己而附帶的結束別人。錢先生告訴她：這不是為結束自己，而是每一個有心胸有靈魂的中國人應當去作的事。鋤奸懲暴是我們的責任，而不是無可奈何的「同歸於盡」。錢先生使她的眼睜開，看到了她——儘管是個唱鼓書的，作姨太太的，和候補妓女——與國家的關係。她不只是個小婦人，而也是個國民，她必定能夠作出點有關於國家的事。

桐芳有聰明。很快的，她把錢先生的話，咂摸出味道來。她不再和高第談心了，怕是走了嘴，洩露了機關。她也不再和大赤包衝突，她快樂的忍受大赤包的逼迫與辱罵。她須拖延時間，等著下手的好機會。她知道了自己的重要，尊敬了自己，不能逞氣一時而壞了大事。她決定在招弟結婚的時候動手。

可是，李空山被免了職。刺殺日本特使與向牛教授開槍的兇犯，都漏了網。日本人為減輕自己的過錯，一方面亂殺了小崔與其他的好多嫌疑犯，一方面免了李空山的職。他是特高科的科長，兇手的能以逃走是他的失職。他不單被免職，他的財產也被沒收了去。日本人鼓勵他貪污，在他作科長的時候；日本人拿去他的財產，當他被免職的時候。這樣，日本人賺了錢，而且懲辦了貪污。

聽到這消息，冠曉荷皺上了眉。不論他怎麼無聊，他到底是中國人，不好拿兒女的婚姻隨便開玩笑。他不想毀掉了婚約，同時又不願女兒嫁個無職無錢的窮光蛋。

大赤包比曉荷厲害的多，她馬上決定了悔婚。以前，她因為怕李空山的勢力，所以才沒敢和他大吵大鬧。現在，他既然丟掉了勢力與手槍，她不便再和他敷衍。她根本不贊成招弟只嫁個小小的科長，現在，她以為招弟得到了解放的機會，而且不應放過這個機會去。

招弟同意媽媽的主張。她與李空山的關係，原來就不怎麼穩定。她是要玩一玩，冒一冒險。把這個目的達到，她並不怎樣十分熱心的和李空山結婚。不過，李空山若是一定要她呢，她就作幾天科長太太也未為不可。儘管她不喜歡李空山的本人，可是科長太太與金錢，勢力，到底還是未便拒絕的。她的年紀還輕，她的身體與面貌比從前更健全更美麗，她的前途還不可限量，不管和李空山結婚與否，她總會認定了自己的路子，走進那美妙的浪漫的園地的。現在，李空山既已不再作科長，她可就不必多此一舉的嫁給他；她本只要嫁給一個「科長」的。李空山加上科長，等於科長；李空山減去科長，便什麼也不是了。她不能嫁給一個「零」。

在從前，她的心思與對一切的看法往往和媽媽的不大相同。近來，她越來越覺得媽媽的所作所為都很聰明妥當。媽媽的辦法都切於實際。在她破身以前，她總渺茫的覺得自己很尊貴，所以她的眼往往看到帶有理想的地方去。她彷彿是作著一個春夢，夢境雖然空虛渺茫，可是也有極可喜愛的美麗與詩意，現在，她已經變成個婦人，她不再作夢。她看到金錢、肉慾、享受的美麗——這美麗是真的，可以摸到的；假若摸不到，便應當設法把它牽過來，像牽過一條狗那樣。媽媽呢，從老早就是個婦人，從老早就天天設計把狗牽在身邊。

她認識了媽媽，佩服了媽媽。她也告訴了媽媽：「李空山現在真成了空山，我才不會跟他去呢！」

「乖！乖寶貝！你懂事，要不怎麼媽媽偏疼你呢！」大赤包極高興的說。

大赤包和招弟既都想放棄了李空山，曉荷自然不便再持異議，而且覺得自己過於講信義，缺乏時代精神了。

李空山可也不是好惹的。雖然丟了官，丟了財產，他可是照舊穿的很講究，氣派還很大。他赤手空拳的打下「天下」，所以在作著官的時候，他便是肆意橫行的小皇帝；丟了「天下」呢，他至多不過仍舊赤手空拳，並沒有損失了自己的什麼，所以準備捲土重來。他永遠不灰心，不悔過。他的勇敢與大膽是受了歷史的鼓勵。他是赤手空拳的抓住了時代。

人民——那馴順如羔羊，沒有參政權，沒有舌頭，不會反抗的人民——在他的腳前跪倒，像墊道的黃土似的，允許他把腳踩在他們的脖子上。歷代，在政府失去統制的力量，而人民又不會團結起來的時候，都有許多李空山出來興妖作怪。只要他們肯肆意橫行，他們便能赤手空拳打出一份兒天下。他們是中國人民的文化的鞭撻者。他們知道人民老實，所以他們連睡覺都瞪著眼。他們曉得人民不會團結，所以他們七出七入的敢殺個痛快。中國的人民創造了自己的文化，也培養出消滅這文化的魔鬼。

李空山在軍閥的時代已嘗過了「英雄」的酒食，在日本人來到的時候，他又看見了「時代」，而一手抓住不放。他和日本人恰好是英雄所見略同：日本人要來殺老實的外國人，李空山要殺老實的同胞。

現在，他丟了官與錢財，但是還沒丟失了自信與希望。他很糊塗，愚蠢，但是在糊塗愚蠢之中，他卻看見了聰明人所沒看到的。正因為他糊塗，他才有糊塗的眼光，正因為他愚蠢，所以他才有愚蠢的辦法。人民若沒法子保護莊稼，蝗蟲還會客氣麼？李空山認準了這是他的時代。只要他不失去自信，他總會諸事遂心的。丟了官有什麼關係呢，再弄一份兒就是了。在他的糊塗的腦子裡，老存著一個最有用處的字——混。只要打起精神鬼混，他便不會失敗，小小的一些挫折是沒大關係的。

戴著貂皮帽子，穿著有水獺領子的大衣，他到冠家來看「親戚」。他帶著一個隨從，隨從手裡拿著七八包禮物——盒子與紙包上印著的字號都是北平最大的商店的。

曉荷看看空山的衣帽，看看禮物上的字號，再看看那個隨從，（身上有槍！）他不知怎辦好了。怪不得到如今他還沒弄上一官半職呢；他的文化太高！日本人是來消滅文化的，李空山是幫兇。曉荷的膽子小，愛文雅，怕打架。從空山一進門，他便感到「大事不好了」，而想能讓步就讓步。他沒敢叫「姑爺」，可也不敢不顯出親熱來，他怕那支手槍。

脫去大衣，李空山一下子把自己扔在沙發上，好像是疲乏的不得了的樣子。隨從打過熱手巾把來，李空山用它緊捂著臉，好大半天才拿下來；順手在毛巾上淨了一下鼻子。擦了這把臉，他活潑了一些，半笑的說：「把個官兒也丟咧，×！也好，該結婚吧！老丈人，定個日子吧！」

曉荷回不出話來，只咧了一下嘴。

「跟誰結婚？」大赤包極沉著的問。

曉荷的心差點兒從口中跳了出來！

「跟誰？」空山的脊背挺了起來，身子好像忽然長出來一尺多。「跟招弟呀！還有錯兒嗎？」

「是有點錯兒！」大赤包的臉帶出點挑戰的笑來。「告訴你，空山，揀乾脆的說，你引誘了招弟，我還沒懲治你呢！結婚，休想！兩個山字落在一塊兒，你請出！」

曉荷的臉白了，搭訕著往屋門那溜兒湊，準備著到必要時好往外跑。

可是，空山並沒發怒；流氓也有流氓的涵養。他向隨從一擠眼。隨從湊過去，立在李空山的身旁。

大赤包冷笑了一下：「空山，別的我都怕，就是不怕手槍！手槍辦不了事！你已經不是特高科的科長了，橫是不敢再拿人！」

「不過，弄十幾個盒子來還不費事，死馬也比狗大點！」空山慢慢的說。

「論打手，我也會調十幾二十個來；打起來，不定誰頭朝下呢！你要是想和平了結呢，自然我也沒有打架的癮。」

「是，和平了結好！」曉荷給太太的話加上個尾巴。大赤包瞪了曉荷一眼，而後把眼中的餘威送給空山：「我雖是個老娘們，辦事可喜歡麻利，脆！婚事不許再提，禮物你拿走，我再送你二百塊錢，從此咱們一刀兩斷，誰也別麻煩誰。你願意上這兒來呢，咱們是朋友，熱茶香煙少不了你的。你不願意再來呢，我也不下帖子請你去。怎樣？說乾脆的！」

「二百塊？一個老婆就值那麼點錢？」李空山笑了一下，又縮了縮脖子。他現在需要錢。在他的算盤上，他這樣的算計：白玩了一位小姐，而還拿點錢，這是不錯的買賣。即使他沒把招弟弄到手，可是在他的一部玩弄女人的歷史裡，到底是因此而增多了光榮的一頁呀。況且，結婚是麻煩的事，誰有工夫伺候著太太呢。再說，他在社會上向來是橫行無阻，只要他的手向口袋裡一伸，人們便跪下，哪怕口袋裡裝著一個小木橛子呢。今天，他碰上了不怕他的人。他必須避免硬碰，而只想不卑不亢的多撈幾個錢。他不懂什麼是屈辱，他只知道「混」。

「再添一百，」大赤包拍出三百塊錢來。「行呢，拿走！不行，拉倒！」

李空山哈哈的笑起來，「你真有兩下子，老丈母娘！」這樣佔了大赤包一個便宜，他覺得應當趕緊下台；等到再作了官的時候，再和冠家重新算賬。披上大衣，他把桌上的錢抓起來，隨便的塞在口袋裡。隨從拿起來那些禮物。主僕二人吊兒啷噹的走了出去。

「所長！」曉荷親熱的叫。「你真行，佩服！佩服！」

「哼！要交給你辦，你還不白白的把女兒給了他？他一高興，要不把女兒賣了才怪！」

曉荷聽了，輕顫了一下；真的，女兒若真被人家給賣了，他還怎麼見人呢！

招弟，只穿著件細毛線的紅背心，外披一件大衣，跑了過來。進了屋門，嘴唇連串的響著：

「不嚕——！」而後跳了兩三步，「喝，好冷！」

「你這孩子，等凍著呢！」大赤包假裝生氣的說。「快伸上袖子！」

招弟把大衣穿好，手插在口袋中，挨近了媽媽，問：「他走啦？」

「不走，還死在這兒？」

「那件事他不提啦？」

「他敢再提，教他吃不了兜著走！」

「得！這才真好玩呢！」招弟撒著嬌說。

「好玩？告訴你，我的小姐！」大赤包故意沉著臉說：「你也該找點正經事作，別老招貓遞狗兒的給我添麻煩！」

「是的！是的！」曉荷板著臉，作出老父親教訓兒女的樣子。「你也老大不小的啦，應當，應當，」他想不起女兒應當去作些什麼。

「媽！」招弟的臉上也嚴肅起來。「現在我有兩件事可以作。一件是暫時的，一件是長久的。暫時的是去練習滑冰。」

「那——」曉荷怕溜冰有危險。

「別插嘴，聽她說！」大赤包把他的話截回去。「聽說在過新年的時候，要舉行滑冰大會，在北海。媽，我告訴你，你可別再告訴別人哪！我、勾瑪麗，還有朱櫻，我們三個打算表演個中日滿合作，看吧，準得叫好！」

「這想得好！」大赤包笑了一下。她以為這不單使女兒有點「正經」事作，而且還可以大出風頭，使招弟成為報紙上的資料與雜誌上的封面女郎。能這樣，招弟是不愁不惹起闊人與日本人的注意的。「我一定送個頂大頂大的銀杯去。我的銀杯，再由你得回來，自家便宜了自家，這才俏皮！」

「這想得更好！」曉荷誇讚了一聲。

「那個長久的，是這樣，等溜冰大會過去，我打算正正經經的學幾齣戲。」招弟鄭重的陳說：「媽，你看，人家小姐們都會唱，我有嗓子，閒著也是閒著，何不好好的學學呢？學會了幾齣，拍，一登台，多抖啊！要是唱紅了，我也上天津、上海、大連、青島，和東京！對不對？」

「我贊成這個計劃！」曉荷搶著說。「我看出來，現在幹什麼也不能大紅大紫，除了作官和唱戲！你看，坤角兒有幾個不一出來就紅的，只要行頭好，有人捧，三下兩下子就掛頭牌。講捧角，咱們內行！只要你肯下工夫，我保險你成功！」

「是呀！」招弟興高采烈的說：「就是說！我真要成了功，爸爸你拴個班子，不比老這麼閒著強？」

「的確！的確！」曉荷連連的點頭。

「跟誰去學呢？」大赤包問。

「小文夫婦不是很現成嗎？」招弟很有韜略似的說：「小文的胡琴是人所共知，小文太太又是名票，我去學又方便！媽，你聽著！」招弟臉朝了牆，揚著點頭，輕咳了一下，開始唱倒板：「兒夫一去不回還」她的嗓子有點悶，可是很有中氣。

「還真不壞！真不壞！應當學程硯秋，準成！」曉荷熱烈的誇讚。

「媽，怎樣？」招弟彷彿以為爸爸的意見完全不算數兒，所以轉過臉來問媽媽。

「還好！」大赤包自己不會唱，也不懂別人唱的好壞，可是她的氣派表示出自己非常的懂行。

「曉荷，我先囑咐好了你，招弟要是學戲去，你可不准往文家亂跑！」

曉荷本想藉機會，陪著女兒去多看看小文太太，所以極力的促成這件事。哪知道，大赤包，比他更精細。「我決不去裹亂，我專等著給我們二小姐成班子！是不是，招弟？」他扯著臉把心中的難過遮掩過去。

桐芳大失所望，頗想用毒藥把大赤包毒死，而後她自己也自盡。可是，錢先生的話還時常在她心中打轉，她不肯把自己的命就那麼輕輕的送掉。她須忍耐，再等機會。在等待機會的時節，她須向大赤包屈膝，好躲開被送進窯子去的危險。她不便直接的向大赤包遞降表，而決定親近招弟。她知道招弟現在有左右大赤包的能力。她陪著招弟去練習滑冰，在一些小小的過節上都把招弟伺候得舒舒服服。慢慢的，這個策略發生了預期的效果。招弟並沒有為她對媽媽求情，可是在媽媽要發脾氣的時候，總設法教怒氣不一直的衝到桐芳的頭上去。這樣，桐芳把自己安頓下，靜待時機。

高亦陀見李空山敗下陣去，趕緊打了個觔斗，拚命的巴結大赤包。倒好像與李空山是世仇似的，只要一說起話來，他便狠毒的咒詛李空山。

連曉荷都看出點來，亦陀是兩面漢奸，見風使舵。可是大赤包依然信任他，喜愛他。她的心術不正，手段毒辣，對誰都肯下毒手。但是，她到底是個人，是個婦人。在她的有毒汁的心裡，多少還有點「人」的感情，所以她也要表示一點慈愛與母性。她愛招弟和亦陀，她閉上眼愛他們，因為一睜眼她就也想陰狠的收拾他們了。因此，無論亦陀是怎樣的虛情假意，她總不肯放棄了他；無論別人怎樣說亦陀的壞話，她還是照舊的信任他。她這點拗勁兒恐怕也就是多少男女英雄失敗了的原因。她覺得自己非常的偉大，可是會被一條哈巴狗或一隻小花貓把她領到地獄裡去。

亦陀不單只是消極的咒罵李空山，也積極的給大赤包出主意。他很委婉的指出來：李空山和祁瑞豐都丟了官，這雖然是他們自己的過錯，可是多少也有點「伴君如伴虎」的意味在內。日本人小氣，不容易伺候。所以，他以為大赤包應當趕快的，加緊的，弄錢，以防萬一。大赤包覺得這確是忠告，馬上決定增加妓女們給她獻金的數目。高亦陀還看出來：現在北平已經成了死地，作生意沒有貨物，也賺不到錢，而且要納很多的稅。要在這塊死地上摳幾個錢，只有買房子，因為日本人來要住房，四郊的難民來也要住房。房租的收入要比將本圖利的作生意有更大的來頭。大赤包也接受了這個意見，而且決定馬上買過一號的房來——假若房主不肯出脫，她便用日本人的名義強買。

把這些純粹為了大赤包的利益的計劃都供獻出，亦陀才又提出有關他自己的一個建議。他打算開一家體面的旅館，由大赤包出資本，他去經營。旅館要設備得完美，專接貴客。在這個旅館裡，住客可以打牌聚賭，可以找女人——大赤包既是統制著明娼和暗娼，而高亦陀又是大赤包與娼妓們的中間人，他們倆必會很科學的給客人們找到最合適的「伴侶」。在這裡，住客還可以吸煙。煙、賭、娼，三樣俱備，而房間又雅緻舒服，高亦陀以為必定能生意興隆，財源茂盛。他負經營之責，只要個經理的名義與一份兒薪水，並不和大赤包按成數分賬。他只有一個小要求，就是允許他給住客們治花柳病和賣他的草藥——這項收入，大赤包也不得「抽稅」。

聽到這個計劃，大赤包感到更大的興趣，因為這比其他的事業更顯得有聲有色。她喜歡熱鬧。冠曉荷的口中直冒饞水，他心裡說：假若他能作這樣的旅館的經理，就是死在那裡，也自甘情願。但是，他並沒敢和亦陀競爭經理的職位，因為一來這計劃不是他出的，當然不好把亦陀一腳踢開；二來，作經理究竟不是作官，他是官場中人，不便輕於降低了身分。他只建議旅館裡還須添個舞廳，以便教高貴的女子也可以進來。

在生意經裡，「隔行利」是貪不得的。亦陀對開旅舍毫無經驗，他並沒有必能成功的把握與自信。他只是為利用這個旅館來宣傳他的醫道與草藥。假若旅館的營業失敗，那不過只丟了大赤包的錢。而他的專治花柳與草藥仍然會聲名廣播的。

大赤包是眼裡不揉沙子的人，向來不肯把金錢打了「水漂兒」玩。但是，現在她手裡有錢，她覺得只要有錢便萬事亨通，幹什麼都能成功。錢使她增多了野心，錢的力氣直從她的心裡往外頂，像蒸氣頂著壺蓋似的。她必須大鑼大鼓的幹一下。哼，煙、賭、娼、舞，集中到一處，不就是個「新世界」麼？國家已經改朝換代，她是開國的功臣，理應給人們一點新的東西看看，而且這新東西也正是日本人和中國人都喜歡要的。她覺得自己是應運而生的女豪傑，不單會賺錢，也會創造新的風氣，新的世界。她決定開辦這個旅館。

對於籌辦旅館的一切，冠曉荷都幫不上忙，可是也不甘心袖手旁觀。沒事兒他便找張紙亂畫，有時候是畫房間裡應當怎樣擺設桌椅床鋪，有時候是擬定旅舍的名字。「你們會跑腿，要用腦子可是還得找我來，」他微笑著對大家說。「從字號到每間屋裡的一桌一椅，都得要『雅』，萬不能大紅大綠的俗不可耐！名字，我已想了不少，你們挑選吧，哪一個都不俗。看，綠芳園、琴館、迷香雅室、天外樓——都好，都雅！」這些字號，其實，都是他去過的妓院的招牌。正和開妓院的人一樣，他要雅，儘管雅的後面是男盜女娼。「雅」是中國藝術的生命泉源，也是中國文化上最賤劣的油漆。曉荷是地道的中國人，他在摸不到藝術的泉源的時候會拿起一小罐兒臭漆。

在設計這些雅事而外，他還給招弟們想出化裝滑冰用的服裝。他告訴她們到那天必須和演話劇似的給臉上抹上油，眼圈塗藍，臉蛋擦得特別的紅。「你們在湖心，人們立在岸上看，非把眉眼畫重了不可！」她們同意這個建議，而把他叫作老狐狸精，他非常的高興。他又給她們琢磨出衣服來：招弟代表中國，應當穿鵝黃的綢衫，上邊繡綠梅；勾瑪麗代表滿洲，穿滿清時貴婦人的氅衣，前後的補子都繡東北的地圖；朱櫻代表日本，穿繡櫻花的日本衫子。三位小姐都不戴帽，而用髮辮，大拉翅，與東洋蓬頭，分別中日滿。三位小姐，因為自己沒有腦子，就照計而行。

一晃兒過了新年，正月初五下午一點，在北海舉行化裝滑冰比賽。

過度愛和平的人沒有多少臉皮，而薄薄的臉皮一旦被剝了去，他們便把屈服叫作享受，忍辱苟安叫作明哲保身。北平人正在享受著屈辱。有錢的，沒錢的，都努力的吃過了餃子，穿上最好的衣裳；實在找不到齊整的衣服，他們會去借一件；而後到北海——今天不收門票——去看昇平的景象。他們忘了南苑的將士，會被炸彈炸飛了血肉，忘記了多少關在監獄裡受毒刑的親友，忘記了他們自己脖子上的鐵索，而要痛快的，有說有笑的，飽一飽眼福。他們似乎甘心吞吃日本人給他們預備下的包著糖衣的毒丸子。

有不少青年男女分外的興高采烈。他們已經習慣了給日本人排隊遊行，看熟了日本教師的面孔，學會了幾句東洋話，看慣了日本人辦的報紙。他們年歲雖輕，而學會了得過且過，他們還記得自己是中國人，可是不便為這個而不去快樂的參加滑冰。

到十二點，北海已裝滿了人。新春的太陽還不十分暖，可是一片晴光增加了大家心中的與身上的熱力。「海」上的堅冰微微有些細碎的麻坑，把積下的黃土都弄濕，發出些亮的光來。背陰的地方還有些積雪，也被暖氣給弄出許多小坑，像些酒窩兒似的。除了松柏，樹上沒有一個葉子，而樹枝卻像柔軟了許多，輕輕的在湖邊上，山石旁，擺動著。天很高很亮，淺藍的一片，處處像落著小小的金星。這亮光使白玉石的橋欄更潔白了一些，黃的綠的琉璃瓦與建築物上的各種顏色都更深，更分明，像剛剛畫好的彩畫。小白塔上的金頂發著照眼的金光，把海中全部的美麗彷彿要都帶到天上去。

這全部的美麗卻都被日本人的血手握著，它是美妙絕倫的俘獲品，和軍械，旗幟，與帶血痕的軍衣一樣的擺列在這裡，記念著暴力的勝利。湖邊，塔盤上，樹旁，道路中，走著沒有力量保護自己的人。他們已失去自己的歷史，可還在這美景中享受著恥辱的熱鬧。

參加比賽的人很多，十分之九是青年男女。他們是民族之花，現在變成了東洋人的玩具。只有幾個歲數大的，他們都是曾經在皇帝眼前溜過冰的人，現在要在日本人面前露一露身手，日本人是他們今天的主子。

五龍亭的兩個亭子作為化裝室，一個亭子作為司令台。也不是怎麼一來，大赤包，便變成女化裝室的總指揮。她怒叱著這個，教訓著那個，又鼓勵著招弟、勾瑪麗，與朱櫻。亭子裡本來就很亂，有的女郎因看別人的化裝比自己出色，哭哭啼啼的要臨時撤退，有的女郎因忘帶了東西，高聲的責罵著跟來的人，有的女郎因穿少了衣服，凍得一勁兒打噴嚏，有的女郎自信必得錦標，高聲的唱歌——再加上大赤包的發威怒吼，亭子裡就好像關著一群餓壞了的母豹子。冠曉荷知道這裡不許男人進來，就立在外邊，時時的開開門縫往裡看一眼，招得裏邊狼嚎鬼叫的咒罵，而他覺得怪有趣，怪舒服。

日本人不管這些雜亂無章。當他們要整齊嚴肅的時候，他們會用鞭子與刺刀把人們排成整齊的隊伍；當他們要放鬆一步，教大家「享受」的時候，他們會冷笑著像看一群小羊撒歡似的，不加以干涉。他們是貓，中國人是鼠，他們會在擒住鼠兒之後，還放開口，教牠再跑兩步看看。

集合了。男左女右排成行列，先在冰上遊行。女隊中，因為大赤包的調動，招弟這一組作了領隊。後邊的小姐們都撅著嘴亂罵。男隊裡，老一輩的看不起年輕的學生，而學生也看不起那些老頭子，於是彼此故意的亂撞，跌倒了好幾個。人到底還是未脫盡獸性，連這些以忍辱為和平的人也會你擠我，我碰你的比一比高低強弱，好教日本人看他們的笑話。他們給日本人證明了，凡是不敢殺敵的，必會自相踐踏。

冰上遊行以後，分組表演。除了那幾個曾經在御前表演過的老人有些真的工夫，耍了些花樣，其餘的人都只會溜來溜去，沒有什麼出色的技藝。招弟這一組，三位小姐手拉著手，晃晃悠悠的好幾次幾乎跌下去，所以只溜了兩三分鐘，便退了出來。

可是，招弟這一組得了頭獎，三位小姐領了大赤包所贈的大銀杯。那些老手沒有一個得獎的。評判員們遵奉著日本人的意旨，只選取化裝的「正合孤意」，所以第一名是「中日滿合作」，第二名是「和平之神」——一個穿白衣的女郎，高舉著一面太陽旗，第三名是「偉大的皇軍」。至於溜冰的技術如何，評判員知道日本人不高興中國人會運動，身體強壯，所以根本不去理會。

領了銀杯，冠曉荷、大赤包，與三位小姐，高高興興的照了像，而後由招弟抱著銀杯在北海走了一圈。曉荷給她們提著冰鞋。

在漪瀾堂附近，他們看見了祁瑞豐，他們把頭扭過去，作為沒看見。又走了幾步，他們遇見了藍東陽和胖菊子。東陽的胸前掛著評判的紅緞條，和菊子手拉著手。冠曉荷和大赤包交換了眼神，馬上迎上前去。曉荷提著冰鞋，高高的拱手。「這還有什麼說的，喝你們的喜酒吧！」

東陽扯了扯臉上的肌肉，露了露黃門牙。胖菊子很安詳的笑了笑。他們倆是應運而生的亂世男女，所以不會紅臉與害羞。日本人所倡導的是孔孟的仁義道德，而真心去鼓勵的是污濁與無恥。他們倆的行動是「奉天承運」。

「你們可真夠朋友，」大赤包故意板著臉開玩笑，「連我告訴都不告訴一聲！該罰！說吧，罰你們慰勞這三位得獎的小姐，每人一杯紅茶，兩塊點心，行不行？」可是，沒等他們倆出聲，她就改了嘴，她知道東陽吝嗇。「算了吧，那是說著玩呢，我來請你們吧！就在這裡吧，三位小姐都累了，別再跑路。」

他們都進了漪瀾堂。

第五十四章 離婚

瑞豐在「大酒缸」上喝了二兩空心酒，紅著眼珠子走回家來。嘮裡嘮叨的，他把胖菊子變了心的事，告訴了大家每人一遍，並且聲明：他不能當王八，必定要拿切菜刀去找藍東陽拚個你死我活。他向大嫂索要香煙、好茶，和晚飯；他是受了委屈的人，所以，他以為，大嫂應當同情他，優待他。大嫂呢反倒放了心，因為老二還顧得要煙要茶，大概一時不至於和藍東陽拚命去。

天祐太太也沒把兒子的聲明放在心裡，可是她很不好過，因為兒媳婦若在外邊胡鬧，不止丟瑞豐一個人的臉，祁家的全家也都要陪著丟人。她看得很清楚，假若老二沒作過那一任科長，沒搬出家去，這種事或許不至於發生。但是，她不願意責備，教誨，老二，在老二正在背運的時候。同時，她也不願意安慰他，她曉得他是咎由自取。

瑞宣回來，馬上聽到這個壞消息。和媽媽的心理一樣，他也不便表示什麼。他只知道老二並沒有敢去找藍東陽的膽子，所以一聲不出也不至於出什麼毛病。

祁老人可是真動了心。在他的心裡，孫子是愛的對象。對兒子，他知道嚴厲的管教勝於溺愛。但是，一想到孫子，他就覺得兒子應負管教他們的責任，而祖父只是愛護孫子的人。不錯，前些日子他曾責打過瑞豐；可是，事後他很後悔。雖然他不能向瑞豐道歉，他心裡可總有些不安。他覺得自己侵犯了天祐的權利，對孫子也過於嚴厲。他也想到，瑞全一去不回頭，是生是死全不知道；那麼，瑞豐雖然不大有出息，可究竟是留在家裡；難道他既丟失小三兒，還再把老二趕了出去麼？這麼想罷，他就時常的用小眼睛偷偷的看瑞豐。他看出瑞豐怪可憐。他不再追究瑞豐為什麼賦閒，而只咂摸：「這麼大的小夥子，一天到晚游游磨磨的沒點事作，也難怪他去喝兩盅兒酒！」

現在，聽到胖菊子的事，他更同情瑞豐了。萬一胖菊子要真的不再回來，他想，瑞豐既丟了差，又丟了老婆，可怎麼好呢？再說：祁家是清白人家，真要有個糊裡糊塗就跟別人跑了的媳婦，這一家老小還怎麼再見人呢？老人沒去想瑞豐為什麼丟失了老婆，更想不到這是乘著日本人來到而要渾水摸魚的人所必得到的結果，而只覺這全是胖菊子的過錯——她嫌貧愛富，不要臉；她背著丈夫偷人；她要破壞祁家的好名譽，她要拆散四世同堂！

「不行！」老人用力的擦了兩把鬍子：「不行！她是咱們明媒正娶的媳婦，活著是祁家的人，死了是祁家的鬼！她在外邊瞎胡鬧，不行！你去，找她去！你告訴她，別人也許好說話兒，爺爺可不吃這一套！告訴她，爺爺叫她馬上回來！她敢說個不字，我會敲斷了她的腿！你去！都有爺爺呢，不要害怕！」老人越說越掛氣。對外來的侵犯，假若他只會用破缸頂上大門，對家裡的變亂，他可是深信自己有控制的能力與把握。他管不了國家大事，他可是必須堅決的守住這四世同堂的堡壘。

瑞豐一夜沒睡好。他向來不會失眠，任憑世界快毀滅，國家快滅亡，只要他自己的肚子有食，他便睡得很香甜。今天，他可是真動了心。他本想忘掉憂愁，先休息一夜，明天好去找胖菊子辦交涉，可是，北海中的那一幕，比第一輪的電影片還更清晰，時時刻刻的映獻在他的眼前。菊子和東陽拉著手，在漪瀾堂外面走！這不是電影，而是他的老婆與仇人。他不能再忍，忍了這口氣，他就不是人了！他的心像要爆炸，心口一陣陣的刺著疼，他覺得他是要吐血。

他不住的翻身，輕輕的哼哼，而且用手撫摸胸口。明天，明天，他必須作點什麼，刀山油鍋都不在乎，今天他可得先好好的睡一大覺；養足了精神，明天好去衝鋒陷陣！可是，他睡不著。一個最軟柔的人也會嫉妒。他沒有後悔自己的行動，不去盤算明天他該悔過自新，作個使人敬重的人。他只覺得自己受了忍無可忍的侮辱，必須去報復。妒火使他全身的血液中了毒，他想起捉姦要成雙，一刀切下兩顆人頭的可怕的景象。嗑喳一刀，他便成了英雄，名滿九城！

這鮮血淋漓的景象，可是嚇了他一身冷汗。不，不，他下不去手。他是北平人，怕血。不，他先不能一上手就強硬，他須用眼淚與甜言蜜語感動菊子，教她悔過。他是寬宏大量的人，只要她放棄了東陽，以往的一切都能原諒。是的，他必須如此，不能像日本人似的不宣而戰。

假若她不接受這種諒解呢，那可就沒了法子，狗急了也會跳牆的！到必要時，他一定會拿起切菜刀的。他是個堂堂的男兒漢，不能甘心當烏龜！是的，他須堅強，可也要忍耐，萬不可太魯莽了。

這樣胡思亂想的到了雞鳴，他才昏昏的睡去，一直睡到八點多鐘。一睜眼，他馬上就又想起胖菊子來。不過，他可不再想什麼一刀切下兩個人頭來了。他覺得那只是出於一時的氣憤，而氣憤應當隨著幾句誇大的話或激烈的想頭而消逝。至於辦起真事兒來，氣憤是沒有什麼用處的。和平，好說好散，才能解決問題。據說，時間是最好的醫師，能慢慢治好了一切苦痛。對於瑞豐，這是有特效的，只需睡幾個鐘頭，他便把苦痛忘了一大半。他決定採取和平手段，而且要拉著大哥一同去看菊子，因為他獨自一個人去也許被菊子罵個狗血噴頭。平日，他就怕太太；今天，菊子既有了外遇，也許就更厲害一點。打虎親兄弟，上陣父子兵，他非求大哥幫幫忙不可。

可是，瑞宣已經出去了。瑞豐，求其次者，只好央求大嫂給他去助威。大嫂不肯去。大嫂是新時代的舊派女人，向來就看不上弟婦，現在更看不起她。瑞豐轉開了磨。他既不能強迫大嫂非同他去不可，又明知自己不是胖菊子的對手，於是只好沒話找話說的，和大嫂討論辦法。他是這樣的人——與他無關的事，不論怎麼重要，他也絲毫不關心；與他有關的事，他便拉不斷扯不斷的向別人討論，彷彿別人都應當把他的事，哪怕是像一個芝麻粒那麼大呢，當作第一版的新聞那樣重視。他向大嫂述說菊子的脾氣，和東陽的性格，倒好像大嫂一點也不知道似的。在述說的時候，他只提菊子的好處，而且把它們誇大了許多倍，彷彿她是世間最完美的婦人，好博得大嫂的同情。是的，胖菊子的好處簡直說不盡，所以他必須把她找回來；沒有她，他是活不下去的。他流了淚。大嫂的心雖軟，可是今天咬了咬牙，她不能隨著老二去向一個野娘們說好話，遞降表。

蘑菇了好久，見大嫂堅硬得像塊石頭，老二歎了口氣，回到屋中去收拾打扮。他細細的分好了頭髮，穿上最好的衣服，一邊打扮一邊揣摸：憑我的相貌與服裝，必會戰勝了藍東陽的。

他找到了胖菊子。他假裝不知道她與東陽的關係，而只說來看一看她；假若她願意呢，請她回家一會兒，因為爺爺、媽媽、大嫂，都很想念她。他是想把她誆回家去，好人多勢眾的向她開火；說不定，爺爺會把大門關好，不再放她出來的。

菊子可是更直截了當，她拿出一份文件來，教他簽字——離婚。

她近來更胖了。越胖，她越自信。摸到自己的肉，她彷彿就摸到自己的靈魂——那麼多，那麼肥！肉越多，她也越懶。她必須有個闊丈夫，好使她一動也不動的吃好的，穿好的，睏了就睡，睜眼就打牌，連逛公園也能坐汽車來去，而只在公園裡面稍稍遛一遛她的胖腿。她幾乎可以不要個丈夫，她懶，她愛睡覺。假若她也要個丈夫的話，那就必須是個科長，處長或部長。她不是要嫁給他，而是要嫁給他的地位。最好她是嫁給一根木頭。假若那根木頭能給她好吃好穿與汽車。

不幸，天下還沒有這麼一根木頭。所以，她只好求其次者，要瑞豐，或藍東陽。瑞豐呢，已經丟了科長，而東陽是現任的處長，她自然的選擇了東陽。論相貌，論為人，東陽還不如瑞豐，可是東陽有官職，有錢。在過去，她曾為瑞豐而罵過東陽；現在，東陽找了她來，她決定放棄了瑞豐。她一點也不喜歡東陽，但是他的金錢與地位替他說了好話。他便是那根木頭。她知道他很吝嗇，骯髒，可是她曉得自己會有本事把他的錢吸收過來；至於骯髒與否，她並不多加考慮；她要的是一根木頭，髒一點有什麼關係呢。

瑞豐的小乾臉白得像了一張紙。離婚？好嗎，這可真到了拿切菜刀的時候了！他曉得自己不敢動刀。就憑菊子身上有那麼多肉，他也不敢動刀；她的脖子有多麼粗哇，切都不容易切斷！

只有最軟弱的人，才肯丟了老婆而一聲不哼。瑞豐以為自己一定不是最軟弱的人。丟了什麼也不要緊，只是不能丟了老婆。這關係著他的臉面！

動武，不敢。忍氣，不肯。他怎麼辦呢？怎麼辦呢？胖菊子又說了話：「快一點吧！反正是這麼一回事，何必多饒一面呢？離婚是為有個交代，大家臉上都好看。你要不願意呢，我還是跟了他去，你不是更——」

「難道，難道，」瑞豐的嘴唇顫動著，「難道你就不念其夫婦的恩情——」

「我要怎麼著，就決不聽別人的勸告！咱們在一塊兒的時候，不是我說往東，你不敢說往西嗎？」

「這件事可不能！」

「不能又怎麼樣呢？」

瑞豐答不出話來。想了半天，他想起來：「即使我答應了，家裡還有別人哪！」

「當初咱們結婚，你並沒跟他們商議呀！他們管不著咱們的事！」

「你容我兩天，教我細想想，怎樣？」

「你永遠不答應也沒關係，反正東陽有勢力，你不敢惹他！惹惱了他，他會教日本人懲治你！」

瑞豐的怒氣衝上來，可是不敢發作。他的確不敢惹東陽，更不敢惹日本人。日本人給了他作科長的機會，現在日本人使他丟了老婆。他不敢細想此中的來龍去脈，因為那麼一來，他就得恨惡日本人，而恨惡日本人是自取滅亡的事。一個不敢抗敵的人，只好白白的丟了老婆。他含著淚走出來。

「你不簽字呀？」胖菊子追著問。

「永遠不！」瑞豐大著膽子回答。

「好！我跟他明天就結婚，看你怎樣！」

瑞豐箭頭似的跑回家來。進了門，他一頭撞進祖父屋中去，喘著氣說：「完啦！完啦！」然後用雙手捧住小乾臉，坐在炕沿上。

「怎麼啦？老二！」祁老人問。

「完啦！她要離婚！」

「什麼？」

「離婚！」

「離——」離婚這一名詞雖然已風行了好多年，可是在祁老人口中還很生硬，說不慣。「她提出來的？新新！自古以來，有休妻，沒有休丈夫的！這簡直是胡鬧！」老人，在日本人打進城來，也沒感覺到這麼驚異與難堪。「你對她說了什麼呢？」

「我？」瑞豐把臉上的手拿下來。「我說什麼，她都不聽！好的歹的都說了，她不聽！」

「你就不會把她扯回來，讓我教訓教訓她嗎？你也是糊塗鬼！」老人越說，氣越大，聲音也越高。「當初，我就不喜歡你們的婚姻，既沒看看八字兒，批一批婚，又沒請老人們相看相看；這可好，鬧出毛病來沒有？不聽老人言，禍患在眼前！這簡直把祁家的臉丟透了！」

老人這一頓吵嚷，把天祐太太與韻梅都招了來。兩個婦人沒開口問，心中已經明白了個大概。天祐太太心中極難過：說話吧，沒的可說；不說吧，又解決不了問題。責備老二吧，不忍；安慰他吧，又不甘心。教兒子去打架吧，不好；教他忍氣吞聲，答應離婚，又不大合理。看看這個，又看看那個，她心中愁成了一個疙疸。同時，在老公公面前，她還不敢愁眉苦眼的；她得設法用笑臉掩蓋起心中的難過。

韻梅呢，心中另有一番難過。她怕離婚這兩個字。祁老人也不喜歡聽這兩個字，可是在他心裡，這兩個字之所以可怕到底是渺茫的，抽象的，正如同他常常慨歎「人心不古」那麼不著邊際。他的怕「離婚」，正像他怕火車一樣，雖然他永沒有被火車碰倒的危險。韻梅的怕「離婚」，卻更具體一些。自從她被娶到祁家來，她就憂慮著也許有那麼一天，瑞宣會跑出去，不再回來，而一來二去，她的命運便結束在「離婚」上。她並不十分同情老二，而且討厭胖菊子。若單單的就事論事說，她會很爽快的告訴大家：「好說好散，教胖菊子幹她的去吧！」可是，她不敢這麼說。假若她贊成老二離婚，那麼，萬一瑞宣也來這麼一手呢？她想了半天，最好是一言不發。

兩位婦人既都不開口，祁老人自然樂得的順口開河的亂叨嘮。老人的叨嘮就等於年輕人歌唱，都是快意的事體。一會兒，他主張「教她滾！」一會兒，他又非把她找回來，好好圈她兩個月不可！他是獨力成家的人，見事向來不迷頭。現在，他可是老了，所遇到的事是他一輩子沒有處理過的，所以他沒了一定的主意。說來說去呢，他還是不肯輕易答應離婚，因為那樣一來，他的四世同堂的柱子就拆去一大根。

瑞豐的心中也很亂，打不定主意。他只用小眼向大家乞憐，他覺得自己是受了委屈的好人，所以大家理應同情他，憐愛他。他一會兒要落淚，一會兒又要笑出來，像個小三花臉。

晚間，瑞宣回來，一進門便被全家給包圍住。他，身子雖在家裡，心可是在重慶。在使館裡，他得到許多外面不曉得的情報。他知道戰事正在哪裡打得正激烈，知道敵機又在哪裡肆虐，知道敵軍在海南島登陸，和蘭州的空戰我們擊落了九架敵機，知道英國借給我們五百萬鎊，知道——知道的越多，他的心裡就越七上八下的不安。得到一個好消息，他就自己發笑，同時厭惡那些以為中國已經亡了，而死心踏地想在北平鬼混的人們。得到個壞消息，他便由厭惡別人而改為厭惡自己，他自己為什麼不去為國效力呢。

在他的心中，中國不僅沒有亡，而且還正拚命的掙扎奮鬥；中國不單是活著，而且是表現著活的力量與決心。這樣下去，中國必不會死亡，而世界各國也決不會永遠袖手旁觀。像詩人會夢見柳暗花明又一村似的，因為他關心國家，也就看見了國家的光明。因此，對於家中那些小小的雞毛蒜皮的事，他都不大注意。他的耳朵並沒有聾，可是近來往往聽不見家人說的話。他好像正思索著一道算術上的難題那樣的心不在焉。即使他想到家中的事，那些事也不會單獨的解決了，而須等國事有了辦法，才能有合理的處置。

比如說：小順兒已經到了入學的年齡，可是他能教孩子去受奴化的教育嗎？不入學吧，他自己又沒工夫教孩子讀書識字。這便是個無可解決的問題，除非北平能很快的光復了。在思索這些小問題的時候，他才更感到一個人與國家的關係是何等的息息相關。人是魚，國家是水；離開水，只有死亡。

對瑞豐的事，他實在沒有精神去管。在厭煩之中，他想好一句很俏皮的話：「我不能替你去戀愛，也管不著你離婚！」可是，他不肯說出來。他是個沒出息的國民，可得充作「全能」的大哥。他是中國人，每個中國人都須負起一些無可奈何的責任，即使那些責任等於無聊。他細心的聽大家說，而後很和悅的發表了意見，雖然他準知道他的意見若被採納了，以後他便是「禍首」，誰都可以責備他。

「我看哪，老二，好不好冷靜一會兒，再慢慢的看有什麼發展呢？她也許是一時的衝動，而東陽也不見得真要她。暫時冷靜一點，說不定事情還有轉圜。」

「不！大哥！」老二把大哥叫得極親熱。「你不懂得她，她要幹什麼就一定往牛犄角裡鑽，決不回頭！」

「要是那樣呢？」瑞宣還婆婆媽媽的說，「就不如乾脆一刀兩斷，省得將來再出麻煩。你今天允許她離異，是你的大仁大義；等將來她再和東陽散了伙呢，你也就可以不必再管了！在混亂裡發生的事，結果必還是混亂，你看是不是？」

「我不能這麼便宜了藍東陽！」

「那麼，你要怎辦呢？」

「我沒主意！」

「老大！」祁老人發了話：「你說的對，一刀兩斷，幹她的去！省得日後搗麻煩！」老人本來不贊成離婚，可是怕將來再搗亂，所以改變了心意。「可有一件，咱們不能聽她怎麼說就怎麼辦，咱們得給她休書；不是她要離婚，是咱們休了她！」老人的小眼睛裡射出來智慧，覺得自己是個偉大的外交家似的。

「休她也罷，離婚也罷，總得老二拿主意！」瑞宣不敢太冒失，他知道老二丟了太太，會逼著哥哥替他再娶一房的。「休書，她未必肯接受。離婚呢，必須登報，我受不了！好嗎，我正在找事情作，人家要知道我是活王八，誰還肯幫我的忙？」老二頗費了些腦子，想出這些顧慮來。他的時代，他的教育，都使他在正經事上，不會思索，而在無聊的問題上，頗肯費一番心思。他的時代，一會兒尊孔，一會兒打倒孔聖人；一會兒提倡自由結婚，一會兒又恥笑離婚；一會兒提倡白話文，一會又說白話詩不算詩；所以，他既沒有學識，也就沒有一定的意見，而只好東一杓子撈住孔孟，西一杓子又撈到戀愛自由，而最後這一杓子撈到了王八。他是個可憐的陀螺，被哪條時代的鞭子一抽，他都要轉幾轉；等到轉完了，他不過是一塊小木頭。

「那麼，咱們再慢慢想十全十美的辦法吧！」瑞宣把討論暫時作個結束。

老二又和祖父去細細的究討，一直談到半夜，還是沒有結果。

第二天，瑞豐又去找胖菊子。她不見。瑞豐跑到城外去，順著護城河慢慢的遛。他想自殺。走幾步，他立住，呆呆的看著一塊墳地上的幾株松樹。四下無人，這是上吊的好地方。看著看著，他害了怕。松樹是那麼黑綠黑綠的，四下裡是那麼靜寂，他覺得孤單單的吊死在這裡，實在太沒趣味。樹上一隻老鴉呱的叫了一聲，他嚇了一跳，匆匆的走開，頭髮根上冒了汗，怪癢癢的。

河上的冰差不多已快化開，在冰窟窿的四圍已陷下許多，冒出清涼的水來。他在河坡上找了塊乾鬆有乾草的地方，墊上手絹兒，坐下。他覺得往冰窟窿裡一鑽，也不失為好辦法。可是，頭上的太陽是那麼晴暖，河坡上的草地是那麼鬆軟，小草在乾草的下面已發出極嫩極綠的小針兒來，而且發著一點香氣。他捨不得這個冬盡春來的世界。他也想起遊藝場，飯館，公園，和七姥姥八姨兒，心中就越發難過。淚成串的流下來，落在他的胸襟上。他沒有結束自己性命的勇氣，也沒有和藍東陽決一死戰的骨頭，他怕死。想來想去，他得到了中國人的最好的辦法：好死不如癩活著。他的生命只有一條，不像小草似的，可以死而復生。他的生命極可寶貴。他是祖父的孫子，父母的兒子，大哥的弟弟，他不能拋棄了他們，使他們流淚哭嚎。是的，儘管他已不是胖菊子的丈夫，究竟還是祖父的孫子，和——他死不得！況且，他已經很勇敢的想到自殺，很冒險的來到墳墓與河坡上，這也就夠了，何必跟自己太過不去呢！

淚流乾了，他還坐在那裡，怕萬一遇見人，看見他的紅眼圈。約摸著大概眼睛已復原了，他才立起來，還順著河邊走。在離他有一丈多遠的地方，平平正正的放著一頂帽子，他心中一動。既沒有自殺，而又拾一頂帽子，莫非否極泰來，要轉好運麼？他湊近了幾步，細看看，那還是一頂八成新的帽子，的確值得拾起來。往四外看了一看，沒有一個人。他極快的跑過去，把帽子抓到手中。下邊，是一顆人頭！被日本人活埋了的。他的心跳到口中來，趕緊鬆了手。帽子沒正扣在人頭上。他跑了幾步，回頭看了一眼，帽子只罩住人頭的一半。像有鬼追著似的，他一氣跑到城門。

擦了擦汗，他的心定下來。他沒敢想日本人如何狠毒的問題，而只覺得能在這年月還活著，就算不錯。他決不再想自殺。好嗎，沒被日本人活埋了，而自己自動的鑽了冰窟窿，成什麼話呢！他心中還看得見那個人頭，黑黑的頭髮，一張怪秀氣的臉，大概不過三十歲，因為嘴上無鬚。那張臉與那頂帽子，都像是讀書人的。歲數，受過教育，體面，都和他自己差不多呀，他輕顫了一下。算了，算了，他不能再惹藍東陽；惹翻了東陽，他也會被日本人活埋在城外的。

受了點寒，又受了點驚，到了家他就發起燒來，在床上躺了好幾天。

在他害病的時候，菊子已經和東陽結了婚。

第五十五章　日本人最好的心理遊戲

這是藍東陽的時代。他醜，他髒，他無恥，他狠毒，他是人中的垃圾，而是日本人的寶貝。他已坐上了汽車。他忙著辦新民會的事，忙著寫作，忙著組織文藝協會及其他的會，忙著探聽消息，忙著戀愛。他是北平最忙的人。

當他每天一進辦公廳的時候，他就先已把眉眼扯成像天王腳下踩著的小鬼，狠狠的向每一個職員示威。坐下，他假裝的看公文或報紙，而後忽然的跳起來，撲向一個職員去，看看職員正在幹什麼。假若那個職員是在寫著一封私信，或看著一本書，馬上不是記過，便是開除。他以前沒作過官，現在他要把官威施展得像走歡了的火車頭似的那麼凶猛。

有時候，他來得特別的早，把職員們的抽屜上的鎖都擰開，看看他們私人的信件，或其他的東西。假若在私人信件裡發現了可疑的字句，不久，就會有人下獄。有時候，他來的特別的遲，大家快要散班，或已經散了班。他必定要交下去許多公事，教他們必須馬上辦理，好教他們餓得發慌。他喜歡看他們餓得頭上出涼汗。假若大家已經下了班，他會派工友找回他們來；他的時間才是時間，別人的時間不算數兒。特別是在星期天或休假的日子，他必定來辦公。他來到，職員也必須上班；他進了門先點名。點完名，他還要問大家：「今天是星期日，應當辦公不應當？」大家當然要答應：「應當！」而後，他還要補上幾句訓詞：「建設一個新的國家，必須有新的精神！什麼星期不星期，我不管！我只求對得起天皇！」

在星期天，他這樣把人們折磨個半死，星期一他可整天的不來。他也許是在別處另有公幹，也許是在家中睡覺。他不來辦公，大家可是也並不敢鬆懈一點，他已經埋伏下偵探，代他偵察一切。假若大家都怕他，他們也就都怕那個工友；在他不到班的時候，工友便是他的耳目。即使工友也溜了出去，大家彼此之間也還互相猜忌，誰也不曉得誰是朋友，誰是偵探。東陽幾乎每天要調出一兩個職員去，去開小組會議。今天他調去王與張，明天他調去丁與孫，後天——當開小組會議的時候，他並沒有什麼正經事和他們商議，而永遠提出下列的問題：「你看我為人如何？」

「某人對我怎樣？」

「某人對你不甚好吧？」

對於第一個問題，大家都知道怎樣回答——捧他。他沒有真正的學識與才幹，而只捉住了時機，所以他心虛膽小，老怕人打倒他。同時，他又喜歡聽人家捧他，捧得越肉麻，他心裡越舒服。聽到捧，他開始覺得自己的確偉大；而可以放膽胡作非為了。即使有人誇讚到他的眉眼，他都相信，而去多照一照鏡子。

對於第二個問題可就不易回答。大家不肯出賣朋友，又不敢替別人擔保忠心耿耿，於是只好含糊其詞。他們越想含糊閃躲，他越追究得厲害；到末了，他們只好說出同事的缺點與壞處。這可是還不能滿足他，因為他問的是：「某人對我怎樣？」被迫的沒了辦法，他們儘管是造謠，也得說：「某人對你不很好！」並且舉出事實。他滿意了，他們可是賣了友人。

第三個問題最厲害。他們是給日本人作事，本來就人人自危，一聽到某人對自己不好，他們馬上就想到監獄與失業。經過他這一問，朋友立刻變成了仇敵。

這樣，他的手下的人都多長出了一隻眼，一個耳，和好幾個新的心孔。他們已不是朋友與同事，而是一群強被圈在一塊兒的狼，誰都想冷不防咬別人一口。

東陽喜歡這種情形：他們彼此猜忌，就不能再齊心的反抗他。他管這個叫作政治手腕。他一會兒把這三個捏成一組，反對那四個；一會兒又把那四個叫來，反對另外的兩個。他的臉一天到晚的扯動，心中也老在鬧鬼。坐著坐著，因為有人咳嗽一聲，他就嚇一身冷汗，以為這是什麼暗號，要有什麼暴動。睡著睡著也時常驚醒，在夢裡他看見了炸彈與謀殺。他的世界變成了個互相排擠、暗殺、陞官、享受、害怕，所組成的一面蛛網，他一天到晚老忙著佈置那些絲，好不叫一個鳥兒衝破他的網，而能捉住幾個蚊子與蒼蠅。

對於日本人，他又另有一套。他不是冠曉荷，沒有冠曉荷那麼高的文化。他不會送給日本人一張名畫，或一對古瓶；他自己就不懂圖畫與磁器，也沒有審美的能力。他又不肯請日本人吃飯，或玩玩女人，他捨不得錢。他的方法是老跟在日本人的後面，自居為一條忠誠的癩狗。上班與下班，他必去給日本人鞠躬；在辦公時間內還要故意的到各處各科走一兩遭，專為給日本人致敬。物無大小，連下雨天是否可以打傘，他都去請示日本人。他一天不定要寫多少簽呈，永遠親自拿過去；日本人要是正在忙碌，沒工夫理會他，他就規規矩矩的立在那裡，立一個鐘頭也不在乎，而且越立得久越舒服。在日本人眼前，他不是處長，而是工友。他給他們點煙，倒茶，找雨傘，開汽車門。只要給他們作了一件小事，他立刻心中一亮：「陸官！」他寫好了文稿，也要請他們指正，而凡是給他刪改過一兩個字的人都是老師。

他給他們的禮物是情報。他並沒有什麼真實的，有價值的消息去報告，而只求老在日本人耳旁唧唧咕咕，好表示自己有才幹。工友的與同事們給他的報告，不論怎麼不近情理，他都信以為真，並且望風捕影的把它們擴大，交給日本人。工友與同事們貪功買好，他自己也貪功買好，而日本人又寧可屈殺多少人，也不肯白白的放過一個謠言去。

這樣，他的責任本是替日本人宣傳德政，可是變成了替日本人廣為介紹屈死鬼。在他的手下，不知屈死了多少人。日本人並不討厭他的囉嗦，反倒以為他有忠心，有才幹。日本人的心計、思想，與才力，都只在一顆顆的細數綠豆與芝麻上顯露出來，所以他們喜愛東陽的無中生有的，瑣碎的，情報。他的情報，即使在他們細心的研究了以後，證明了毫無根據，他們也還樂意繼續接受他的資料，因為它們即使毫無用處，也到底足以使他們運用心計，像有回事兒似的研究一番。白天見鬼是日本人最好的心理遊戲。

藍東陽，這樣，成了個紅人。

他有了錢，坐上了汽車，並且在南長街買了一處宅子。可是，他還缺少個太太。

他也曾追逐過同事中的「花瓶」，但是他的臉與黃牙，使稍微有點人性的女子，都設法躲開他。他三天兩頭的鬧失戀。一失戀，他便作詩。詩發表了之後，得到稿費，他的苦痛便立刻減輕；錢是特效藥。這樣，他的失戀始終沒引起什麼嚴重的，像自殺一類的，念頭。久而久之，他倒覺得失戀可以換取稿費，也不無樂趣。

因為常常召集伶人們，給日本人唱戲，他也曾順手兒的追逐過坤伶。但是，假若他的面貌可憎，他的手就更不得人緣；他的手不肯往外掏錢。不錯，他會利用他的勢力與地位壓迫她們，可是她們也並不好欺負，她們所認識的人，有許多比他更有勢力，地位也更高；還有認識日本人的呢。他只好暗中詛咒她們，而無可如何。及至想到，雖然在愛情上失敗，可是保住了金錢，他的心也就平靜起來。

鬧來鬧去，他聽到瑞豐丟了官，也就想起胖菊子來。當初，他就很喜歡菊子，因為她胖，她像個肥豬似的可愛。他的斜眼分辨不出什麼是美，什麼是醜。他的貪得的心裡，只計算斤量；菊子那一身肉值得重視。

同時，他恨瑞豐。瑞豐打過他一拳。瑞豐沒能替他運動上中學的校長。而且，瑞豐居然能作上科長。作科長與否雖然與他不相干，可是他心中總覺得不舒泰。現在，瑞豐丟了官。好，東陽決定搶過他的老婆來。這是報復。報復是自己有能力的一個證明。菊子本身就可愛，再加上報仇的興奮與快意，他覺得這個婚姻實在是天作之合，不可錯過。

他找了菊子去。坐下，他一聲不出，只扯動他的鼻子眼睛，好像是教她看看他像個處長不像。坐了一會兒，他走出去。上了汽車，他把頭伸出來，表示他是坐在汽車裡面的。第二天，他又去了，只告訴她：我是處長，我有房子，我有汽車，大概是教她揣摩揣摩他的價值。

第三天，他告訴她：我還沒有太太。

第四天，他沒有去，好容些工夫教她咂摸他的「詩」的語言，與戲劇的行動中的滋味。

第五天，一進門他就問：「你想出處長太太的滋味來了吧？」說完，他便拉住她的胖手，好像抓住一大塊紅燒蹄膀似的，他的心跳得很快，他報了仇！從她的胖臉上，他看見瑞豐的失敗與自己的勝利；他的臉上微微紅了一點。

她始終沒有說什麼，而只把處長太太與汽車印在了心上。她曉得東陽比瑞豐更厲害，她可是毫無懼意。憑她的一身肉，說翻了的時候，一條胖腿便把他壓個半死！她怎樣不怕瑞豐，便還可以怎樣不怕東陽，他們倆都沒有大丈夫的力量與氣概。

她也預料到這個婚姻也許長遠不了。不過，誰管那些個呢。她現在是由科長太太升為處長太太，假若再散了伙，她還許再高昇一級呢。一個婦人，在這個年月，須抓住地位。只要能往高處爬，你就會永遠掉不下來。看人家大赤包，那麼大的歲數，一臉的雀斑，人家可也挺紅呀。她曾經看見過一位極俊美的青年娶了一個五十多歲，面皮都皺皺了的，暗娼。這個老婆婆的綽號是「佛動心」。憑她的綽號，雖然已經滿臉皺紋，還一樣的嫁給最漂亮的人。以此為例，胖菊子決定要給自己造個像「佛動心」的名譽。有了名，和東陽散了伙才正好呢。

三下五除二的，她和東陽結了婚。

在結婚的以前，他們倆曾拉著手逛過幾次公園，也狠狠的吵過幾回架。吵架的原因是：菊子主張舉行隆重的結婚典禮，而東陽以為簡簡單單的約上三四位日本人，吃些茶點，請日本人在婚書上的介紹人，證婚人項下簽字蓋章就行了。

菊子愛熱鬧，東陽愛錢。菊子翻了臉，給東陽一個下馬威。東陽也不便示弱，毫不退讓。吵著吵著，他們想起來祁瑞豐。菊子以為一定要先把離婚的手續辦清，因為離婚是件出風頭的事。東陽等不及，而且根本沒把瑞豐放在眼裡。他以為只要有日本人給他證婚，他便得到了法律上的保障，用不著再多顧慮別的。及至瑞豐拒絕了菊子的請求，東陽提議請瑞豐作介紹人，以便表示出趕盡殺絕。菊子不同意。在她心裡，她只求由科長太太升為處長太太，而並不希望把祁家的人得罪淨了。

誰知道呢，她想，瑞豐萬一再走一步好運，而作了比處長更大的官呢？東陽可以得意忘形，趕盡殺絕。她可必須留個後手兒。好吧，她答應下馬上結婚，而拒絕了請瑞豐作介紹人。對於舉行結婚典禮，她可是仍然堅持己見。東陽下了哀的美敦書：限二十四小時，教她答覆，如若她必定要浪費金錢，婚事著勿庸議！

她沒有答覆。到了第二十五小時，東陽來找她：他聲明：他收回「著勿庸議」的成命，她也要讓步一點，好趕快結了婚。婚姻──他琢磨出一句詩來──根本就是妥協。

她點了頭。她知道她會在婚後怎樣的收拾他。她已經收拾過瑞豐，她自信也必能教東陽腦袋朝下，作她的奴隸。

她們在一家小日本飲食店裡，定了六份兒茶點，慶祝他們的百年和好。四個日本人在他們的證書上蓋了仿細明體的圖章。

事情雖然辦得很簡單，東陽可是並沒忘了擴大宣傳。他自己擬好了新聞稿，交到各報館去，並且囑告登在顯明的地位。

在日本人來到以前，這種事是不會發生在北平的。假若發生了，那必是一件奇聞，使所有的北平人都要拿它當作談話的資料。今天，大家看到了新聞，並沒感到怎麼奇怪，大家彷彿已經看明白：有日本人在這裡，什麼怪事都會發生，他們大可不必再用以前的道德觀念批判什麼。

關心這件事的只有瑞豐、冠家，和在東陽手下討飯吃的人。

瑞豐的病更重了。無論他怎樣沒心沒肺，他也受不住這麼大的恥辱與打擊。按照他的半流氓式的想法，他須挺起脊骨去報仇雪恥。可是，日本人給東陽證了婚，他只好低下頭去，連咒罵都不敢放高了聲音。他不敢恨日本人，雖然日本人使他丟了老婆。只想鬼混的人，沒有愛，也沒有恨。得意，他揚著臉鬼混。失意，他低著頭鬼混。現在，他決定低下頭去，而且需要一點病痛遮一遮臉。

冠家的人欽佩菊子的大膽與果斷。同時也有點傷心——菊子，不是招弟，請了日本人給證婚。而且，東陽並沒約請他們去參加結婚典禮，他們也感到有失尊嚴。但是，他們的傷心只是輕微的一會兒，他們不便因傷心而耽誤了「正事」。大赤包與冠曉荷極快的預備了很多的禮物，坐了汽車去到南長街藍宅賀喜。

已經十點多鐘，新夫婦還沒有起來。大赤包與侍從丈夫闖進了新房。沒有廉恥的人永遠不怕討厭，而且只有討厭才能作出最無恥的事。

「胖妹子！」大赤包學著天津腔，高聲的叫：「胖妹子！可真有你的！還不給我爬起來！」

「哈哈！哈哈！好！好得很！」曉荷眉開眼笑的讚歎。

東陽把頭藏起去。菊子露出點臉來，楞眼巴睜的想笑一笑，而找不到笑的地點。「我起！你們外屋坐！」

「怕我幹什麼？我也是女人！」大赤包不肯出去。

「我雖然是男人，可是東陽和我一樣啊！」曉荷又哈哈了一陣。哈哈完了，他可是走了出去。他是有「文化」的中國人。

東陽還不肯起床。菊子慢慢的穿上衣服，下了地。大赤包張羅著給菊子梳頭打扮：「你要知道，你是新娘子，非打扮得漂漂亮亮的不可！」

等到東陽起來，客廳裡已擠滿了人——他的屬員都來送禮道喜。東陽不屑於招待他們，曉荷自動的作了招待員。

菊子沒和東陽商議，便把大家都請到飯館去，要了兩桌酒席。東陽拒絕參加，而且暗示出他不負給錢的責任。菊子招待完了客人，摘下個金戒指押給飯館，而後找到新民會去。在那裡，她找到了東陽，當著眾人高聲的說：「給我錢，要不然我會在這裡鬧一整天，連日本人鬧得都辦不下公去！」東陽沒了辦法，乖乖的給了錢。

沒到一個星期，菊子把東陽領款用的圖章偷了過來。東陽所有的稿費和薪金，都由她去代領。領到錢，她便馬上買了金銀首飾，存在娘家去。她不像大赤包那樣能摟錢，能揮霍；她是個胖大的撲滿，只吞錢，而不往外拿。她算計好：有朝一日，她會和東陽吵散，所以她必須趕快摟下老本兒，使自己經濟獨立。況且，手中有了積蓄，也還可以作為釣別的男人的餌，假若她真和東陽散了伙。有錢的女人，不論長得多麼難看，年紀多大，總會找到丈夫的，她知道。

東陽感覺出來，自己是頭朝了下。可是，他並不想放棄她。他好容易抓到一個女人，捨不得馬上丟開。再說，假若他攆走菊子，而去另弄個女人，不是又得花一份精神與金錢麼？還有菊子風言風語的已經暗示給他：要散夥，她必要一大筆錢；嫁給他的時候，她並沒索要什麼；散夥的時候，她可是不能隨便的，空著手兒走出去。他無可如何的認了命。

對別人，他一向毒狠，不講情理。現在，他碰到個吃生米的，在無可如何之中，他反倒覺得怪有點意思。他有了金錢、地位、名望、權勢，而作了一個胖婦人的奴隸。把得意變成愁苦，他覺出一些詩意來。亡了國，他反倒得意起來；結了婚，他反倒作了犬馬。他是被壓迫者，他必須道出他的委屈——他的詩更多了。他反倒感到生活豐富了許多，而且有詩為證。不，他不能和菊子散夥。散了伙，他必感到空虛、寂寞、無聊，或者還落個江郎才盡，連詩也寫不出了。

同時，每一想起胖菊子的身體，他就不免有點迷惘。不錯，丟了金錢是痛心的；可是女人又有她特具的價值與用處；沒有女人也許比沒有金錢更不好受。

「好吧，」他想清楚之後，告訴自己：「只拿她當作妓女好啦！嫖妓女不也要花錢麼？」慢慢的，他又給自己找出生財之道。他去敲詐老實人們，教他們遞包袱。這種金錢的收入，既不要收據，也不用簽字蓋章，菊子無從知道。而且，為怕菊子翻他的衣袋，他得到這樣的錢財便馬上用個假名存在銀行裡去，決不往衣袋裡放。

這樣，他既有了自己的錢，又不得罪菊子，他覺得自己的確是個天才。

第五十六章　風雲萬變的夏天

正是芍藥盛開的時節，汪精衛到了上海。瑞宣得到這個消息，什麼也幹不下去了。對牛教授的附逆，他已經難受過好多天。可是，牛教授只是個教授而已。誰能想得到汪精衛也肯賣國求榮呢？他不會，也不肯，再思索。萬也想不到的事居然會實現了，他的腦中變成了一塊空白。昏昏忽忽的，他只把牙咬得很響。

「你看怎樣？」富善先生扯動了好幾下脖子，才問出來。老先生同情中國人，可是及至聽到汪逆的舉止與言論，他也沒法子不輕看中國人了。

「誰知道！」瑞宣躲開老先生的眼睛。他沒臉再和老人說話。對中國的屢吃敗仗，軍備的落後，與人民的缺欠組織等等，他已經和富善先生辯論過不止一次。在辯論之中，他並不否認中國人的缺陷，可是他也很驕傲的指出來：只要中國人肯抱定寧為玉碎，不求瓦全的精神抵抗暴敵，中國就不會滅亡。現在，他沒話再講，這不是吃敗仗，與武器欠精良的問題，而是已經有人，而且是有過革命的光榮與歷史的要人，洩了氣，承認了自己的軟弱，而情願向敵人屈膝。這不是問題，而是甘心失節。問題有方法解決，失節是無須解決什麼，而自己願作犬馬。

「不過，也還要看重慶的態度。」老人看出瑞宣的難堪，而自己打了轉身。

瑞宣只嘻嘻了兩聲，淚開始在眼眶兒裡轉。

他知道，只要士氣壯，民氣盛，國家是絕不會被一兩個漢奸賣淨了的。雖然如此，他可是還極難過。他想不通一個革命的領袖為什麼可以搖身一變就變作賣國賊。假若革命本是假的，那麼他就不能再信任革命，而把一切有地位與名望的人都看成變戲法的。這樣，革命只污辱了歷史，而志士們的熱血不過只培養出幾個漢奸而已。

在日本人的廣播裡，汪精衛是最有眼光，最現實的大政治家。瑞宣不能承認汪逆有眼光，一個想和老虎合作的人根本是糊塗鬼。他也不能承認汪逆最現實，除非現實只指伸手抓地位與金錢而言。他不能明白以汪逆的名望與地位，會和冠曉荷李空山藍東陽們一樣的去想在敵人手下取得金錢與權勢。汪逆已經不是人，而且把多少愛國的男女的臉丟淨。他的投降，即使無礙於抗戰，也足以教全世界懷疑中國人，輕看中國人。汪逆，在瑞宣心裡，比敵人還更可恨。

在恨惡汪逆之中，瑞宣也不由的恨惡他自己。汪逆以前的一切，由今天看起來，都是假的。他自己呢，明知道應該奔赴國難，可是還安坐在北平；明知道應當愛國，而只作了愛家的小事情；豈不也是假的麼？革命、愛國，要到了中國人手裡都變成假的，中國還有多少希望呢？要教國際上看穿中國的一切都是假的，誰還肯來援助呢？他覺得自己也不是人了，他只是在這裡變小小的戲法。

在這種心情之下，他得到敵機狂炸重慶，鄂北大捷，德意正式締結同盟，和國聯通過援華等等的消息。可是，跟往日不同，那些消息都沒給他高度的興奮；他的眼似乎盯住了汪精衛。汪精衛到了日本，汪精衛回到上海──直到中央下了通緝汪逆的命令，他才吐了一口氣。他知道，在日本人的保護下，通緝令是沒有什麼用處的，可是他覺得痛快。這道命令教他又看清楚了黑是黑，白是白；抗戰的立在一邊，投降的立在另一邊。中央政府沒有變戲法，中國的抗戰絕對不是假的。他又敢和富善先生談話，辯論了。

牡丹、芍藥都開過了，他彷彿都沒有看見。他忽然的看見了石榴花。

在石榴花開放以前，他終日老那麼昏昏糊糊的。他沒有病，而沒有食慾。飯擺在面前，他就扒摟一碗，假若不擺在面前，他也不會催促，索要。有時候，他手裡拿著一件東西，而還到處去找它。

對家裡的一切，他除了到時候把錢交給韻梅，什麼也不過問。他好像是在表示，這都是假的，都是魔術，我和汪精衛沒有多少分別！

瑞豐的病已經被時間給醫治好。他以為大哥的迷迷糊糊是因為他的事。大哥是愛體面的人，當然吃不消菊子的沒離婚就改嫁。因此，他除了磨煩大嫂，給他買菸打酒之外，他還對大哥特別的客氣，時常用：「我自己還不把它放在心裡，大哥你就更無須磨不開臉啦！」一類的話安慰老大。聽到這些安慰的話，瑞宣只苦笑一下，心裡說：「菊子也是汪精衛！」

除了在菊子也是汪精衛的意義之外，瑞宣並沒有感到什麼恥辱。他是新的中國人，他一向不過度的重視男女間的結合與分散。何況，他也看得很明白：舊的倫理的觀念並阻擋不住暴敵的侵襲，而一旦敵人已經進來，無論你怎樣的掙扎，也會有丟了老婆的危險。侵略的可怕就在於它不單傷害了你的身體財產，也打碎了你的靈魂。因此，他沒把菊子的改嫁看成怎麼稀奇，也沒覺得這是祁家特有的恥辱，而以為這是一種對北平人普遍的懲罰，與勢有必至的變動。

老人們當然動了心。祁老人和天祐太太都許多日子沒敢到門口去，連小順兒和妞子偶爾說走了嘴，提到胖嬸，老人的白鬍子下面都偷偷的發紅。老人找不到話安慰二孫子，也找不到話安慰自己。憑他一生的為人處世，他以為絕不會受這樣的惡報。他極願意再多活幾年，現在他可是時常閉上小眼睛裝死。只有死去，他才可以忘了這家門的羞恥。

瑞宣一向細心，善於察言觀色。假若不是汪精衛橫在他心裡，他必會掰開揉碎的安慰老人們。他可是始終沒有開口，不是故意的冷淡，而是實在沒有心程顧及這點小事。在老人們看呢，他們以為瑞宣必定也動了心，所以用沉默遮掩住難堪。於是，幾隻老眼老盯著他，深怕他因為這件事而積鬱成病。結果，大家都不開口，而心中都覺得難過。有時候，一整天大家相對無言，教那恥辱與難堪蕩漾在空中。

日本人，在這時候，開始在天津和英國人搗亂。富善先生的脖子扯動得更厲害了。他開始看出來，日本人不僅是要滅亡中國，而且要把西洋人在東方的勢力一掃而光。他是東方化了的英國人，但是他沒法不關切英國。他知道英國在遠東的權勢有許多也是用侵略的手段得來的，但是他也不甘心就把那果實拱手讓給日本人。在他的心裡，他一方面同情中國，一方面又願意英日仍然能締結同盟。現在，日本人已毫不客氣的開始挑釁，英日同盟恐怕已經沒了希望。怎辦呢？英國就低下頭去，甘受欺侮嗎？還是幫著一個貧弱的中國，共同抗日呢？他想不出妥當的辦法來。

他極願和瑞宣談一談。可是他又覺得難以開口。英國是海上的霸王，他不能表示出懼怕日本的意思來。他也不願對瑞宣表示出，英國應當幫助中國，因為雖然他喜愛中國人，可是也不便因為個人的喜惡而隨便亂說。他並無心作偽，但是在他的心的深處，他以為只有個貧弱而相當太平的中國，才能給他以瀟灑恬靜的生活。

他不希望中國富強起來，誰知道一個富強了的中國將是什麼樣子呢？同時，他也不喜歡日本人用武力侵略中國，因為日本人佔據了中國，不單他自己會失去最可愛的北平，恐怕所有的在中國的英國人與英國勢力都要同歸於盡。這些話，存在他心中，他感到矛盾與難過；說出來，就更不合體統。戰爭與暴力使個人的喜惡與國家的利益互相衝突，使個人的心中也變成了個小戰場。他相當的誠實，而缺乏大智大勇的人的超越與勇敢。他不敢公然道出他完全同情中國，又不敢公然的說出對日本的恐懼。他只覺得已失去了個人的寧靜，而被捲在無可抵禦的混亂中。他只能用灰藍色的眼珠偷偷的看瑞宣，而張不開口。

看出富善先生的不安，瑞宣不由的有點高興。他絕不是幸災樂禍，絕不是對富善先生個人有什麼蒂芥。他純粹是為了戰爭與國家的前途。在以前，他總以為日本人既詭詐，又聰明，必會適可而止的結束了戰爭。現在，他看出來日本人只有詭詐，而並不聰明。他們還沒有征服中國，就又想和英美結仇作對了。這是有利於中國的。英美，特別是英國，即使要袖手旁觀，也沒法子不露一露顏色，當日本人把髒水潑在他們的頭上的時候。有力氣的蠢人是會把自己毀滅了的。他可是只把高興藏在心裡，不便對富善先生說道什麼。這樣，慢慢的，兩個好友之中，好像遮起一張障幕。誰都想說出對友人的同情來，而誰都又覺得很難調動自己的舌頭。

瑞宣剛剛這樣高興一點，汪精衛來到了北平。他又皺緊了眉頭。他知道汪精衛並發生不了什麼作用，可是他沒法因相信自己的判斷而去掉臉上的羞愧。汪精衛居然敢上北平來，來和北平的漢奸們稱兄喚弟，人的不害羞還有個限度沒有呢？汪逆是中國人，有一個這樣的無限度不害羞的中國人便是中國歷史上永遠的恥辱。

街上掛起五色旗來。瑞宣曉得，懸掛五色旗是北平的日本人與漢奸對汪逆不合作的表示；可是，汪逆並沒有因吃了北方漢奸的釘子而碰死啊。不單沒有碰死，他還召集了中學與大學的學生們訓話。瑞宣想像不到，一個甘心賣國的人還能有什麼話說。他也為那群去聽講的青年人難過，他覺得他們是去接受姦污。

連大赤包與藍東陽都沒去見汪精衛。大赤包撇著大紅嘴唇在門外高聲的說：「哼，他！重慶吃不開了，想來搶我們的飯，什麼東西！」藍東陽是新民會的重要人物，而新民會便是代替「黨」的。他絕對不能把自己的黨放下，而任著汪精衛把偽國民黨搬運到北平來。

這樣，汪逆便乘興而來，敗興而去。他的以偽中央、偽黨，來統轄南京與華北的野心，已經碰回去一半。瑞宣以為汪逆回到南京，又應當碰死在中山陵前，或偷偷的跑到歐美去。可是，他並不去死，也不肯逃走。他安坐在了南京。無恥的人大概是不會動感情的，哪怕只是個馬桶呢，自己坐上去總是差足自慰的。

汪逆沒得到「統一」，而反促成了分裂。北平的漢奸們，在汪逆回到南方去以後，便拿出全副精神，支持與維持華北的特殊的政權。汪逆的威脅越大，他們便越努力巴結，討好，華北的日本軍閥，而華北的日本軍閥又恰好樂意割據一方，唯我獨尊。於是，徐州成了南北分界的界限，華北的偽鈔過不去徐州，南京的偽幣也帶不過來。

「這到底是怎回事呢？」連不大關心國事的祁老人都有點難過了。「中央？中央不是在重慶嗎？怎麼又由汪精衛帶到南京去？既然到了南京，咱們這兒怎麼又不算中央？」瑞宣只好苦笑，沒法回答祖父的質問。

物價可是又漲了許多。無恥的汪逆只給人們帶來不幸。徐州既成了「國」界，南邊的物資就都由日本人從海裡運走，北方的都由鐵路運到關外。這樣各不相礙的搬運，南方北方都成了空的，而且以前南北相通的貨物都不再互相往來。南方的茶、磁、紙、絲，與大米，全都不再向北方流。華北成了死地。南方的出產被日本人搬空。

這是個風雲萬變的夏天，北平的報紙上的論調幾乎是一天一變。當汪逆初到上海的時候，報紙上一律歡迎他，而且以為只要汪逆肯負起責任，戰爭不久就可以結束。及至汪逆到了北平，報紙對他又都非常的冷淡，並且透露出小小的諷刺。同時，報紙上一致的反英美，倒彷彿中國的一切禍患都是英美人給帶來的，而與日本人無關。日本人是要幫助中國復興，所以必須打出英美人去。不久，報紙上似乎又忘記了英美，而忽然的用最大的字揭出「反蘇」的口號來；日本軍隊開始襲擊蘇聯邊境的守軍。

可是，無敵的皇軍，在諾蒙坎吃了敗仗。這消息，北平人無從知道。他們只看到反共反蘇的論調，天天在報紙上用大字登出來。

緊跟著，德國三路進攻波蘭，可是蘇日反倒成立了諾蒙坎停戰協定。緊跟著，德蘇發表了聯合宣言，互不侵犯。北平的報紙停止了反蘇的論調。

這一串的驚人的消息，與忽來忽止的言論，使北平人莫名其妙，不知道世界將要變成什麼樣子。可是，聰明一點的人都看出來，假若他們自己莫名其妙，日本人可也夠愚蠢的；假若他們自己迷惘惶惑，日本人可也舉棋不定，手足無措。同時，他們也看清，不管日本人喊打倒誰，反對誰，反正真正倒霉的還是中國人。

果然，在反英美無效，反蘇碰壁之後，日本人開始大舉進攻湘北。這已經到了秋天。北平的報紙隨著西風落葉沉靜下來。他們不能報導日本人怎樣在諾蒙坎吃敗仗，也不便說那反共最力的德國怎麼會和蘇聯成立了和平協定，更不肯說日本人無可如何只好進攻長沙。他們沒的可說，而只報導一些歐戰的消息，在消息之外還作一些小文，說明德國的攻取華沙正用的日本人攻打台兒莊的戰術，替日本人遮一遮羞。瑞宣得到的消息，比別人都更多一些。他興奮，他憤怒，他樂觀，他又失望，他不知怎樣才好。一會兒，他覺得英美必定對日本有堅決的表示；可是，英美人只說了一些空話。他失望。在失望之中，他再細細玩味那些空話——它們到底是同情中國與公理的，他又高了興。而且，英國還借給中國款項啊。一會兒，他極度的興奮，因為蘇日已經開了火。他切盼蘇聯繼續打下去，解決了關東軍。可是，蘇日停了戰。他又低下頭去。一會兒，聽到歐戰的消息，他極快的把二加到二上，以為世界必從此分為兩大陣營，而公理必定戰勝強權。可是，再一想，以人類的進化之速，以人類的多少世紀的智慧與痛苦的經驗，為什麼不用心智與同情去協商一切，而必非互相殘殺不可呢？他悲觀起來。聰明反被聰明誤，難道是人類的最終的命運麼？

他想不清楚，不敢判斷什麼。他只感到自己像渾水中的一條魚，四面八方全是泥沙。他沒法不和富善先生談一談心了。可是，富善先生也不是什麼哲人，也說不上來世界要變成什麼樣子。因為惶惑迷惘，老人近來的脾氣也不甚好，張口就要吵架。這樣，瑞宣只好把話存儲在自己心裡，不便因找痛快而反和老友拌嘴。那些話又是那樣的複雜混亂，存在心中，彷彿像一團小蟲，亂爬亂擠，使他一刻也不能安靜。

夏天過去了，他幾乎沒有感覺到那是夏天。個人的，家庭的，國家的，世界的，苦難，彷彿一總都放在他的背上，他已經顧不得再管天氣的陰晴與涼暖了。他好像已經失去了感覺，除了腦與心還在活動，四肢百體彷彿全都麻木了。入了十月，他開始清醒了幾天。街上已又搭好綵牌坊，等著往上貼字。他想像得到，那些字必是：慶祝長沙陷落。他不再想世界問題了，長沙陷落是切身之痛。而且，日本人一旦打粵漢路，就會直接運兵到南洋去，而中國整個的被困住。每逢走到綵牌樓附近，他便閉上眼不敢看。他的心揪成了一團。他告訴自己：不要再管世界吧，自己連國難都不能奔赴，解救，還說什麼呢？

可是，過了兩天，綵牌坊被悄悄的拆掉了。報紙上什麼消息也沒有，只在過了好幾天才在極不重要的地方，用很小的字印出來：皇軍已在長沙完成使命，依預定計劃撤出。同時，在另一角落，他看到個小小的消息：學生應以學業為重，此外遇有慶祝會及紀念日，學生無須參加遊行——半年來的苦悶全都被這幾行小字給趕了走，瑞宣彷彿忽然由惡夢中醒過來。他看見了北平的晴天、黃葉、菊花，與一切色彩和光亮。他的心裡不再存著一團小蟲。他好像能一低眼就看見自己的心，那裡是一片清涼光潔的秋水。只有一句像帶著花紋的，晶亮的，小石卵似的話，在那片澄清的秋水中：「我們打勝了！」

把這句話唸過不知多少回，他去請了兩小時的假。出了辦公室，他覺得一切都更明亮了。來到街上，看到人馬車輛，他覺得都可愛——中國人不都是亡國奴，也有能打勝仗的。他急忙的去買了一瓶酒，一些花生米和香腸，跑回了家中。日本人老教北平人慶祝各地方的失陷，今天他要慶祝中國人的勝利。

他失去了常態，忘了謹慎，一進街門便喊起來：「我們打勝了！」拐過影壁，他碰到了小順兒和妞子，急忙把花生米塞在他們的小手中，他們反倒嚇楞了一會兒。他們曾經由爸爸手中得到過吃食，而沒有看見過這麼快活的爸爸。「喝酒！喝酒！爺爺，老二，都來喝酒啊！」他一邊往院裡走，一邊喊叫。

全家的人都圍上了他，問他為什麼要喝酒。他楞了一會兒，看看這個，再看看那個，似乎又說不出話來了。淚開始在他的眼眶中轉，他把二年多的一切都想了起來。他沒法子再狂喜，而反覺得應當痛哭一場。把酒瓶交與老二，他忸怩的說了聲：「我們在長沙打了大勝仗！」

「長沙？」老祖父想了想，知道長沙確是屬於湖南。「離咱們這兒遠得很呢！遠水解不了近渴呀！」

是的，遠水解不了近渴。什麼時候，什麼時候，北平人才能協助著國軍，把自己的城池光復了呢？瑞宣不再想喝酒了；熱情而沒有行動配備著，不過是冒冒熱氣而已。

不過，酒已經買來，又不便放棄。況且，能和家裡的人吃一杯，使大家的臉上都發起紅來，也不算完全沒有意義。他勉強的含著笑，和大家坐在一處。

祁老人向來不大能吃酒。今天，看長孫面上有了笑容，他不便固執的拒絕。喝了兩口之後，他想起來小三兒、錢先生、孟石、仲石、常二爺、小崔。他老了，怕死。越怕死，他便越愛想已經過去了的人，和消息不明的人——消息不明也就是生死不明。他很想控制自己不多發牢騷，免得招兒孫們討厭他。但是，酒勁兒催著他說話；而老人的話多數是淚的結晶。

瑞宣已不想狂飲，而只陪一陪祖父。祖父的牢騷並沒招起他的厭煩，因為祖父說的是真話；日本人在這二年多已經把多少多少北平人弄得家破人亡。

老二見了酒，忘了性命。他既要在祖父與哥哥面前逞能，又要乘機會發洩發洩自己心中的委屈。他一口一杯，而後把花生米嚼得很響。「酒很不壞，大哥！」他的小瘦乾臉上發了光，倒好像他不是誇讚哥哥會買酒，而是表明自己的舌頭高明。不久，他的白眼珠橫上了幾條鮮紅的血絲，他開始念叨菊子，而且聲明他須趕快再娶一房。「好傢伙，老打光棍兒可受不了！」他毫不害羞的說。

祁老人贊同老二的意見。小三兒既然消息不明，老大又只有一兒一女，老二理應續娶，好多生幾個胖娃娃，擴大了四世同堂的聲勢。老人深恨胖菊子的給祁家丟人，同時，在無可如何之中去找安慰，他覺得菊子走了也好——她也許因為品行不端而永遠不會生孩子的。老人只要想到四世同堂，便忘了考慮別的。他忘了老二的沒出息，忘了日本人佔據著北平，忘了家中經濟的困難，而好像牆陰裡的一根小草似的，不管環境如何，也要努力吐個穗兒，結幾個子粒。在這種時候，他看老二不是個沒出息的人，而是個勞苦功高的，會生娃娃的好小子。在這一意義之下，瑞豐在老人眼中差不多是神聖的。

「唉！唉！」老人點頭咂嘴的說；「應該的！應該的！可是，這一次，你可別自己去瞎碰了！聽我的，我有眼睛，我去給你找！找個會操持家務的，會生兒養女的，好姑娘；像你大嫂那麼好的好姑娘！」

瑞宣不由的為那個好姑娘痛心，可是沒開口說什麼。

老二不十分同意祖父的意見，可是又明知道自己現在赤手空拳，沒有戀愛的資本，只好點頭答應。他現實，知道白得個女人總比打光棍兒強。再說，即使他不喜愛那個女人，至少他還會愛她所生的胖娃娃，假若她肯生娃娃的話。還有，即使她不大可愛，等到他自己又有了差事，發了財的時節，再弄個小太太也還不算難事。他答應了服從祖父，而且覺得自己非常的聰明，他是把古今中外所有的道理與方便都能一手抓住，而隨機應變對付一切的天才。

喝完了酒，瑞宣反倒覺得非常的空虛，無聊。在燈下，他也要學一學祖父與老二的方法，抓住現實，而忘了遠處的理想與苦痛。他勉強的和兩個孩子說笑，告訴他們長沙打了勝仗。

小孩們很願意聽日本人吃了敗仗。興奮打開了小順兒的想像：

「爸！你，二叔，小順兒，都去打日本人好不好？我不怕，我會打仗！」

瑞宣又楞起來。

第五十七章　有錢出錢，沒錢出鐵

瑞宣的歡喜幾乎是剛剛來到便又消失了。為抵抗汪精衛，北平的漢奸們死不要臉的向日本軍閥獻媚，好鞏固自己的地位。日本人呢，因為在長沙吃了敗仗，也特別願意牢牢的佔據住華北。北平人又遭了殃。「強化治安」，「反共剿匪」，等等口號都被提了出來。西山的炮聲又時常的把城內震得連玻璃窗都嘩啦嘩啦的響。

城內，每條胡同都設了正副里長，協助著軍警維持治安。全北平的人都須重新去領居住證。在城門、市場、大街上，和家裡，不論什麼時候都可以遭到檢查，忘帶居住證的便被送到獄裡去。中學、大學，一律施行大檢舉，幾乎每個學校都有許多教員與學生被捕。被捕去的青年，有被指為共產黨的，有被指為國民黨的，都隨便的殺掉，或判長期的拘禁。有些青年，竟自被指為汪精衛派來的，也受到苦刑或殺戮。

同時，新民會成了政治訓練班，給那些功課壞，心裡糊塗，而想陞官發財的青年闢開一條捷徑。他們去受訓，而後被派在各機關去作事。假若他們得到日本人的喜愛，他們可以被派到偽滿、朝鮮，或日本去留學。在學校裡，日本教官的勢力擴大，他們不單管著學生，也管著校長與教員。

學生的課本一律改換。學生的體育一律改為柔軟操。學生課外的讀物只是淫蕩的小說與劇本。

新民會成立了劇團，專上演日本人選好的劇本。電影園不准再演西洋片子，日本的和國產的《火燒紅蓮寺》之類的影片都天天「獻映」。

舊劇特別的發達，日本人和大漢奸們都願玩弄女伶，所以隔不了三天就捧出個新的角色來。市民與學生們因為無聊，也爭著去看戲，有的希望看到些忠義的故事，滌除自己一點鬱悶，有的卻為去看淫戲與海派戲的機關佈景。淫戲，像《殺子報》、《紡棉花》、《打櫻桃》等等都開了禁。機關佈景也成為號召觀眾的法寶。戰爭毀滅了藝術。

從思想，從行動，從社會教育與學校教育，從暴刑與殺戮，日本沒打下長沙，而把北平人收拾得像避貓鼠。北平像死一般的安靜，在這死屍的上面卻插了一些五光十色的紙花，看起來也頗鮮艷。

瑞宣不去看戲，也停止了看電影，但是他還看得見報紙上戲劇與電影的廣告。那些廣告使他難過。他沒法攔阻人們去娛樂，但是他也想像得到那去娛樂的人們得到的是什麼。精神上受到麻醉的，他知道，是會對著死亡還吃吃的笑的。

他是喜歡逛書攤的。現在，連書攤他也不敢去看了。老書對他毫無用處。不單沒有用處，他以為自己許多的觀念與行動還全都多少受了老書的惡影響，使他遇到事不敢說黑就是黑，白就是白，而老那麼因循徘徊，像老書那樣的字不十分黑，紙不完全白。可是，對於新書，他又不敢翻動。新書不是色情的小說劇本，便是日本人的宣傳品。他不能甘心接受那些毒物。他極盼望能得到一些英文書，可是讀英文便是罪狀；他已經因為認識英文而下過獄。對於他，精神的食糧已經斷絕。他可以下決心不接受日本人的宣傳品，卻沒法子使自己不因缺乏精神食糧而仍感到充實。他是喜愛讀書的人。讀書，對於他，並不簡單的只是消遣，而是一種心靈的運動與培養。他永遠不抱著書是書，他是他的態度去接近書籍，而是想把書籍變成一種汁液，吸收到他身上去，榮養自己。

他不求顯達，不求富貴，書並不是他的干祿的工具。他是為讀書而讀書。讀了書，他才會更明白，更開擴，更多一些精神上的生活。他極怕因為沒有書讀，而使自己「貧血」。他看見過許多三十多歲，精明有為的人，因為放棄了書本，而慢慢的變得庸俗不堪。然後，他們的年齡加增，而只長多了肉，肚皮支起多高，脖子後邊起了肉枕。他們也許萬事亨通的作了官，發了財，但是變成了行屍走肉。瑞宣自己也正在三十多歲。這是生命過程中最緊要的關頭。假若他和書籍絕了緣，即使他不會走入官場，或去作買辦，他或者也免不了變成個抱孩子，罵老婆，喝兩盅酒就瑣碎嘮叨的人。他怕他會變成老二。

可是，日本人所需要的中國人正是行屍走肉。

瑞宣已經聽到許多消息——日本人在強化治安、控制思想、「專賣」圖書、派任里長等設施的後面，還有個更毒狠的陰謀：他們要把北方人從各方面管治得伏伏貼貼，而後從口中奪去食糧，身上剝去衣服，以饑寒活活掙死大家。北平在不久就要計口授糧，就要按月獻銅獻鐵，以至於獻泡過的茶葉。

瑞宣打了哆嗦。精神食糧已經斷絕，肉體的食糧，哼，也會照樣的斷絕。以後的生活，將是只顧一日三餐，對付著活下去。他將變成行屍走肉，而且是面黃肌瘦的行屍走肉！

他所盼望的假若常常的落空，他所憂慮的可是十之八九能成為事實。小羊圈自成為一里，已派出正副里長。

小羊圈的人們還不知道里長究竟是幹什麼的。他們以為里長必是全胡同的領袖，協同著巡警辦些有關公益的事。所以，眾望所歸，他們都以李四爺為最合適的人。他們都向白巡長推薦他。

李四爺自己可並不熱心擔任里長的職務。由他的二年多的所見所聞，他已深知日本人是什麼東西。他不願給日本人辦事。

可是，還沒等李四爺表示出謙讓，冠曉荷已經告訴了白巡長，里長必須由他充任。他已等了二年多，還沒等上一官半職，現在他不能再把作里長的機會放過去。雖然里長不是官，但是有個「長」字在頭上，多少也過點癮。況且，事在人為，誰準知道作里長就沒有任何油水呢？

這本是一樁小事，只須他和白巡長說一聲就夠了。可是，冠曉荷又去託了一號的日本人，替他關照一下。慣於行賄託情，不多說幾句好話，他心裡不會舒服。

白巡長討厭冠曉荷，但是沒法子不買這點賬。他只好請李四爺受點屈，作副里長。李老人根本無意和冠曉荷競爭，所以連副里長也不願就。可是白巡長與鄰居們的「勸進」，使他無可如何。白巡長說得好：「四大爺，你非幫這個忙不可！誰都知道姓冠的是吃裡爬外的混球兒，要是再沒你這個公正人在旁邊看一眼，他不定幹出什麼事來呢！得啦，看在我，和一群老鄰居的面上，你老人家多受點累吧！」

好人禁不住幾句好話，老人的臉皮薄，不好意思嚴詞拒絕：「好吧，幹幹瞧吧！冠曉荷要是胡來，我再不幹就是了。」

「有你我夾著他，他也不敢太離格兒了！」白巡長明知冠曉荷不好惹，而不得不這麼說。

老人答應了以後，可並不熱心去看冠曉荷。在平日，老人為了職業的關係，不能不聽曉荷的支使。現在，他以為正副里長根本沒有多大分別，他不能先找曉荷去遞手本。

冠曉荷可是急於擺起里長的架子來。他首先去印了一盒名片，除了一大串「前任」的官銜之外，也印上了北平小羊圈里正里長。印好了名片，他切盼副里長來朝見他，以便發號施令。李老人可是始終沒露面。他趕快的去作了一面楠木本色的牌子，上刻「里長辦公處」，塗上深藍的油漆，掛在了門外。他以為李四爺一看見這面牌子必會趕緊來叩門拜見的。李老人還是沒有來。他找了白巡長去。

白巡長準知道，只要冠曉荷作了里長，就會憑空給他多添許多麻煩。可是，他還須擺出笑容來歡迎新里長；新里長的背後有日本人啊。

「我來告訴你，李四那個老頭子是怎麼一回事，怎麼不來見我呢？我是『正』里長，難道我還得先去拜訪他不成嗎？那成何體統呢！」

白巡長沉著了氣，話軟而氣兒硬的說：「真的，他怎麼不去見里長呢？不過，既是老鄰居，他又有了年紀，你去看看他大概也不算什麼丟臉的事。」

「我先去看他？」曉荷驚異的問。「那成什麼話呢？告訴你，就是正里長，只能坐在家裡出主意，辦公；跑腿走路是副里長的事。我去找他，新新！」

「好在現在也還無事可辦。」白巡長又冷冷的給了他一句。

曉荷無可奈何的走了出來。他向來看不起白巡長，可是今天白巡長的話相當的硬，所以他不便發威。只要白巡長敢說硬話，他以為，背後就必有靠山。他永遠不幹硬碰硬的事。

白巡長可是沒有說對，里長並非無公可辦。冠曉荷剛剛走，巡長便接到電話，教里長馬上切實辦理，每家每月須獻二斤鐵。聽完電話，白巡長半天都沒說上話來。別的他不知道，他可是準知道銅鐵是為造槍炮用的。日本人拿去北平人的鐵，還不是去造成槍炮再多殺中國人？假若他還算個中國人，他就不能去執行這個命令。

可是，他是亡了國的中國人。掙人錢財，與人消災。他不敢違抗命令，他掙的是日本人的錢。像有一塊大石頭壓著他的脊背似的，他一步懶似一步的，走來找李四爺。

「噢！敢情里長是幹這些招罵的事情啊？」老人說：「我不能幹！」

「那可怎辦呢？四大爺！」白巡長的腦門上出了汗。「你老人家要是不出頭，鄰居們準保不往外交鐵，咱們交不上鐵，我得丟了差事，鄰居們都得下獄，這是玩的嗎？」

「教冠曉荷去呀！」老人絕沒有為難白巡長的意思，可是事出無奈的給了朋友一個難題。

「無論怎樣，無論怎樣，」白巡長的能說慣道的嘴已有點不俐落了，「你老人家也得幫這個忙！我明知道這是混帳事，可是，可是——」

看白巡長真著了急，老人又不好意思了，連連的說：「要命！要命！」然後，他歎了口氣：「走！找冠曉荷去！」

到了冠家，李老人決定不便分外的客氣。一見冠曉荷要擺架子，他就交代明白：「冠先生，今天我可是為大家的事來找你，咱們誰也別擺架子！平日，你出錢，我伺候你，沒別的話可說。今天，咱們都是替大家辦事，你不高貴，我也不低搭。是這樣呢，我願意幫忙；不這樣，我也有個小脾氣，不管這些閒事！」

交代完了，老人坐在了沙發上；沙發很軟，他又不肯靠住後背，所以晃晃悠悠的反覺得不舒服。

白巡長怕把事弄僵，趕快的說：「當然！當然！你老人家只管放心，大家一定和和氣氣的辦好了這件事。都是多年的老鄰居了，誰還能小瞧誰？冠先生根本也不是那種人！」

曉荷見李四爺來勢不善，又聽見巡長的賣面子的話，連連的眨巴眼皮。然後，他不卑不亢的說：「白巡長、李四爺，我並沒意思作這個破里長。不過呢，胡同裡住著日本朋友，我怕別人辦事為難，所以我才肯出頭露面。再說呢，我這兒茶水方便，桌兒凳兒的也還看得過去，將來哪怕是日本官長來看看咱們這一里，咱們的辦公處總不算太寒傖。我純粹是為了全胡同的鄰居，絲毫沒有別的意思！李四爺你的顧慮很對，很對！在社會上作事，理應打開鼻子說亮話。我自己也還要交代幾句呢：我呢，不怕二位多心，識幾個字，有點腦子，願意給大家拿個主意什麼的。至於跑跑腿呀，上趟街呀，恐怕還得多勞李四爺的駕。咱們各抱一角，用其所長，準保萬事亨通！二位想是也不是？」

白巡長不等老人開口，把話接了過去：「好的很！總而言之，能者多勞，你兩位多操神受累就是了！冠先生，我剛接到上邊的命令，請兩位趕緊辦，每家每月要獻二斤鐵。」

「鐵？」曉荷好像沒聽清楚。

「鐵！」白巡長只重說了這一個字。

「幹什麼呢？」曉荷眨巴著眼問。

「造槍炮用！」李四爺簡截的回答。

曉荷知道自己露了醜，趕緊加快的眨眼。他的確沒有想起鐵是造槍炮用的，因為他永遠不關心那些問題。聽到李老人的和鐵一樣硬的回答，他本想說：造槍炮就造吧，反正打不死我就沒關係。可是，他又覺得難以出口，他只好給日本人減輕點罪過，以答知己：「也不一定造槍炮，不一定！作鏟子、鍋、水壺，不也得用鐵麼？」

白巡長很怕李老人又頂上來，趕快的說：「管它造什麼呢，反正咱們得交差！」

「就是！就是！」曉荷連連點頭，覺得白巡長深識大體。「那麼，四爺你就跑一趟吧，告訴大家先交二斤，下月再交二斤。」

李四爺瞪了曉荷一眼，氣得沒說出話來。

「事情恐怕不那麼簡單！」白巡長笑得怪不好看的說：「第一，咱們不能冒而咕咚去跟大家要鐵。你們二位大概得挨家去說一聲，教大傢伙兒都有個準備，也順手兒教他們知道咱們辦事是出於不得已，並非瞪著眼幫助日本人。」

「這話對！對的很！咱們大家是好鄰居，日本人也是大家的好朋友！」曉荷嚼言咂字的說。

李四爺晃搖了一下。

「四爺，把脊樑靠住，舒服一點！」曉荷很體貼的說。

「第二，鐵的成色不一樣，咱們要不要個一定的標準呢？」白巡長問。

「當然要個標準！馬口鐵恐怕就——」

「造不了槍炮！」李四爺給曉荷補足了那句話。

「是，馬口鐵不算！」白巡長心中萬分難過，而不得不說下去。他當慣了差，他知道怎樣壓制自己的感情。他須把歹事當作好事作，還要作得周到細膩，好維持住自己的飯碗。

「生鐵熟鐵分不分呢？」

曉荷半閉上了眼，用心的思索。他覺得自己很有腦子，雖然他的腦子只是一塊軟白的豆腐。他不分是非，不辨黑白，而只人模狗樣的作出一些姿態來。想了半天，他想出句巧妙的話來：「你看分不分呢？白巡長！」

「不分了吧？四大爺！」白巡長問李老人。

老人只「哼」了一聲。

「我看也不必分得太清楚了！」曉荷隨著別人想出來主意。「事情總是籠統一點好！還有什麼呢？」

「還有！若是有的人交不出鐵來，怎麼辦？是不是可以折合現錢呢？」

素來最慈祥和藹的李老人忽然變成又倔又硬：「這件事我辦不了！要鐵已經不像話，還折錢？金錢一過手，無弊也是有弊。我活了七十歲了，不能教老街舊鄰在背後用手指頭戳打我！折錢？誰給定價兒？要多了，大家紛紛議論；要少了，我賠墊不起！乾脆，你們二位商議，我不陪了！」老人說完就立了起來。

白巡長不能放走李四爺，一勁兒的央告：「四大爺！四大爺！沒有你，簡直什麼也辦不通！你說一句，大家必點頭，別人說破了嘴也沒有用！」

曉荷也幫著攔阻李老人。聽到了錢，他那塊像豆腐的腦子馬上轉動起來。這是個不可放過的機會。是的，定價要高，一轉手，就是一筆收入。他不能放走李四爺，教李四爺去收錢，而後由他自己去交差；罵歸老人，錢入他自己的口袋。他急忙攔住李四爺。看老人又落了座，他聚精會神的說：「大概誰家也不見得就有二斤鐵，折錢，我看是必要的，必要的！這麼辦，我自己先獻二斤鐵，再獻二斤鐵的錢，給大家作個榜樣，還不好嗎？」

「算多少錢一斤呢？」白巡長問。

「就算兩塊錢一斤吧。」

「可是，大家要都按兩塊錢一斤折獻現錢，咱們到哪兒去買那麼多的鐵呢？況且，咱們一收錢，它準保漲價，說不定馬上就漲到三塊，誰負責賠墊上虧空呢？」白巡長說完，直不住的搓手。

「那就乾脆要三元一斤！」曉荷心中熱了一下。

「三塊一斤？」李四爺沒有好氣兒的說：「就是兩塊一斤，有多少人交得起呢？想想看，就按兩塊錢一斤說，憑空每家每月就得拿出四塊錢來，且先不用說三塊一斤了。一個拉車的一月能拉多少錢呢？白巡長，你知道，一個巡警一月掙幾張票子呢？一要就是四塊，六塊，不是要大家的命嗎？」

白巡長皺上了眉。他知道，他已經是巡長，每月才拿四十塊偽鈔，獻四元便去了十分之一！

冠曉荷可沒感到問題的嚴重，所以覺得李四爺是故意搗亂。「照你這麼說，又該怎辦呢？」他冷冷的問。

「怎麼辦？」李四爺冷笑了一下。「大家全聯合起來，告訴日本人，鐵沒有，錢沒有，要命有命！」

冠曉荷嚇得跳了起來。「四爺！四爺！」他央告著：「別在我這兒說這些話，成不成？你是不是想造反？」

白巡長也有點發慌。「四大爺！你的話說得不錯，可是那作不到啊！你老人家比我的年紀大，總該知道咱們北平人永遠不會造反！還是心平氣和的想辦法吧！」

李四爺的確曉得北平人不會造反，可是也真不甘心去向大家要鐵。他慢慢的立起來：「我沒辦法，我看我還是少管閒事的好！」

白巡長還是不肯放老人走，可是老人極堅決：「甭攔我了，巡長！我願意幹的事，用不著人家說勸；我不願幹的事，說勸也沒有用！」老人慢慢的走出去。

曉荷沒有再攔阻李四爺，因為第一他不願有個嚷造反的人坐在他的屋中，第二他以為老頭子不愛管事，也許他更能得手一些，順便的弄兩個零錢花花。

白巡長可是真著了急。急，可是並沒使他心亂。他也趕緊告辭，不願多和曉荷談論。他準備著晚半天再去找李四爺；非到李四爺點了頭，他決不教冠曉荷出頭露面。

新民會在遍街上貼標語：「有錢出錢，沒錢出鐵！」這很巧妙：他們不提獻鐵，而說獻金；沒有錢，才以鐵代。這樣，他們便無須解釋要鐵去幹什麼了。

同時，錢默吟先生的小傳單也在晚間進到大家的街門裡：「反抗獻鐵！敵人用我們的鐵，造更多的槍炮，好再多殺我們自己的人！」

白巡長看到了這兩種宣傳。他本想在晚間再找李四爺去，可是決定了明天再說。他須等等看，看那反抗獻錢的宣傳有什麼效果。為他自己的飯碗打算，他切盼這宣傳得不到任何反應，好平平安安的交了差。但是，他的心中到底還有一點熱氣，所以他也盼望那宣傳發生些效果，教北平因反抗獻鐵而大亂起來。是的，地方一亂，他首先要受到影響，說不定馬上就砸了飯鍋；可是，誰管得了那麼多呢；北平人若真敢變亂起來，也許大家都能抬一抬頭。

他又等了一整天，沒有，沒有人敢反抗。他只把上邊的電話等了來：「催里長們快辦哪！上邊要的緊！」聽完，他歎息著對自己說：北平人就是北平人！

他強打精神，又去找冠里長。

大赤包在娘家住了幾天。回來，她一眼便看見了門口的楠木色的牌子，順手兒摘下來，摔在地上。

「曉荷！」她進到屋中，顧不得摘去帶有野雞毛的帽子，就大聲的喊：「曉荷！」

曉荷正在南屋裡，聽到喊叫，心裡馬上跳得很快，不知道所長又發了什麼脾氣。整了一下衣襟，把笑容合適的擺在臉上，他輕快的跑過來。「喝，回來啦？家裡都好？」

「我問你，門口的牌子是怎回事？」

「那，」曉荷噗哧的一笑，「我當了里長啊！」

「嗯！你就那麼下賤，連個里長都稀罕的了不得？去，到門口把牌子揀來，劈了燒火！好嗎，我是所長，你倒弄個里長來丟我的人，你昏了心啦吧？沒事兒，弄一群臭巡警，和不三不四的人到這兒來亂吵嚷，我受得了受不了？你作事就不想一想啊？你的腦子難道是一團兒棉花？五十歲的人啦，白活！」大赤包把帽子摘下來，看著野雞毛輕輕的顫動。

「報告所長，」曉荷沉住了氣，不卑不亢的說：「里長實在不怎麼體面，我也曉得。不過，其中也許有點來頭，所以我——」

「什麼來頭？」大赤包的語調降低了一些。

「譬如說，大家要獻鐵，而家中沒有現成的鐵，將如之何呢？」曉荷故意的等了一會兒，看太太怎樣回答。大赤包沒有回答，他講了下去：「那就只好折合現錢吧。那麼，實價比如說是兩塊錢一斤，我硬作價三塊。好，讓我數數看，咱們這一里至少有二十多戶，每月每戶多拿兩塊，一月就是五十來塊，一個小學教員，一星期要上三十個鐘頭的課，也不過才掙五十塊呀！再說，今天要獻鐵，明天焉知不獻銅，錫，鉛呢？有一獻，我來它五十塊，有五獻，我就弄二百五十塊。

一個中學教員不是每月才掙一百二十塊嗎？想想看！況且，」

「別說啦！別說啦！」大赤包截住了丈夫的話，她的臉上可有了笑容。「你簡直是塊活寶！」

曉荷非常的得意，因為被太太稱為活寶是好不容易的。他可是沒有把得意形諸於色。他要沉著穩健，表示出活寶是和聖賢豪傑一樣有涵養的。他慢慢的走了出去。

「幹嗎去？」

「我，把那塊牌子再掛上！」

曉荷剛剛把牌子掛好，白巡長來到。

有大赤包在屋裡，白巡長有點坐立不安了。當了多年的警察，他自信能對付一切的人——可只算男人，他老有些怕女人，特別是潑辣的女人。他是北平人，他知道尊敬婦女。因此，他會把一個男醉鬼連說帶嚇唬的放在床上去睡覺，也會把一個瘋漢不費什麼事的送回家去，可是，遇上一個張口就罵，伸手就打的女人，他就感到了困難：他既不好意思耍硬的，又不好意思耍嘴皮子，他只好甘拜下風。

他曉得大赤包不好惹，而大赤包又是個婦人。一看見她，他就有點手足無措。三言兩語的，他把來意說明。果然，大赤包馬上把話接了過去：「這點事沒什麼難辦呀！跟大家去要，有敢不交的帶了走，下監！乾脆嘹喨！」

白巡長十分不喜歡聽這種話，可是沒敢反駁；好男不跟女鬥，他的威風不便對個婦人拿出來。他提起李四爺。大赤包又發了話：

「叫他來！跑腿是他的事！他敢不來，我會把他們老兩口子都交給日本人！白巡長，我告訴你，辦事不能太心慈面善了。反正咱們辦的事，後面都有日本人兜著，還怕什麼呢！」大赤包稍稍停頓了一下，而後氣派極大的叫：「來呀！」男僕恭敬的走進來。

「去叫李四爺！告訴他，今天他不來，明天我請他下獄！聽明白沒有？去！」

李四爺一輩子沒有低過頭，今天卻低著頭走進了冠家。錢先生、祁瑞宣，他知道，都入過獄。小崔被砍了頭。他曉得日本人厲害，也曉得大赤包確是善於狐假虎威，欺壓良善。他在社會上已經混了幾十年，他知道好漢不要吃眼前虧。他的剛強、正直、急公好義，到今天，已經都沒了用。他須低頭去見一個臭婦人，好留著老命死在家裡，而不在獄裡挺了屍。他憤怒，但是無可如何。

一轉念頭，他又把頭稍稍抬高了一點。有他，他想，也許多少能幫助大家一些，不致完全抿耳受死的聽大赤包擺佈。

沒費話，他答應了去斂鐵。可是，他堅決的不同意折合現錢的辦法。「大家拿不出鐵來，他們自己去買；買貴買賤，都與咱們不相干。這樣，錢不由咱們過手，就落不了閒話！」

「要是那樣，我就辭職不幹了！大家自己去買，何年何月才買得來呢？耽誤了期限，我吃不消！」曉荷半惱的說。白巡長為了難。

李四爺堅決不讓步。

大赤包倒拐了彎兒：「好，李四爺你去辦吧。辦不好，咱們再另想主意。」在一轉眼珠之間，她已想好了主意：趕快去大量的收買廢鐵爛銅，而後提高了價錢，等大家來買。可是，她得到消息較遲。高亦陀，藍東陽們早已下了手，收買了碎銅爛鐵。

李四爺相當得意的由冠家走出來，他覺得他是戰勝了大赤包與冠曉荷。他通知了全胡同的人，明天他來收鐵。大家一見李老人出頭，心中都感到舒服。雖然獻鐵不是什麼好事，可是有李老人出來辦理，大家彷彿就忘了它本身的不合理。錢先生的小傳單所發生的效果只是教大家微微難過了一會兒而已。北平人是不會造反的。

祁老人和韻梅把家中所有的破鐵器都翻拾出來。每一件都沒有用處，可是每一件都好像又有點用處；即使有一兩件真的毫無用處，他們也從感情上找到不應隨便棄捨了的原因。他們選擇，比較，而決定不了什麼。因為沒有決議，他們就談起來用鐵去造槍炮的狠毒與可惡。可是，談過之後，他們並沒有因憤恨而想反抗。相對歎了口氣，他們選定了一個破鐵鍋作為犧牲品。他們不單可惜這件曾經為他們服務過的器皿，而且可憐它，它是將要被改造為砲彈的。至於它變成了砲彈，把誰的腦袋打掉，他們就沒敢再深思多慮，而只由祁老人說了句：「連鐵鍋都別生在咱們這個年月呀！」作為結論。

全胡同裡的每一家都因了此事發生一點小小的波動。北平人彷彿又有了生氣。這點生氣並沒表現在憤怒與反抗上，而只表現了大家的無可奈何。大致的說，大家一上手總是因自家獻鐵，好教敵人多造些槍炮，來屠殺自家的人，而表示憤怒。過了一會兒，他們便忘了憤怒，而顧慮不交鐵的危險。於是，他們，也像祁老人似的，從家中每個角落，去搜揀那可以使他們免受懲罰的寶物。在搜索的時節，他們得到一些想不到的小小的幽默與慘笑，就好像在立冬以後，偶然在葦子梗裡發現了一個還活著的小蟲子似的。有的人明明記得在某個角落還有件鐵東西，及至因找不到而剛要發怒，才想起恰恰被自己已經換了梨膏糖吃。有的人找到了一把破菜刀，和現在手下用的那把一比，才知道那把棄刀的鋼口更好一些，而把它又官復原職。這些小故典使他們忘了憤怒，而啼笑皆非的去設法找鐵；他們開始承認了這是必須作的事，正如同日本人命令他們領居住證，或見了日本軍人須深深鞠躬，一樣的理當遵照辦理。

在七號的雜院裡，幾乎沒有一家能一下子就湊出二斤鐵來的。在他們的屋子裡，幾乎找不到一件暫時保留的東西——有用的都用著呢，沒用的早已賣掉。收買碎銅爛鐵的販子，每天要在他們門外特別多吆喝幾聲。他們連炕洞搜索過了，也湊不上二斤鐵。他們必須去買。他們曉得李四爺的公正無私，不肯經手收錢。可是，及至一打聽，鐵價已在兩天之內每斤多漲了一塊錢，他們的心都發了涼。

同時，他們由正里長那裡聽到，正里長本意教大家可以按照兩塊五一斤獻錢，而副里長李四爺不同意。李四爺害了他們。一會兒的工夫，李四爺由眾望所歸變成了眾怒所歸的人。他們不去考慮冠曉荷是否有意挑撥是非，也不再想李老人過去對他們的好處，而只覺得用三塊錢去換一斤鐵——也許還買不到——純粹是李四爺一個人造的孽！他們對日本人的一點憤怒，改了河道，全向李四爺衝蕩過來。有人公然的在槐樹下面咒罵老人了。

聽到了閒言閒語與咒罵，老人沒敢出來聲辯。他知道自己的確到了該死的時候了。他鬧不過日本人，也就鬧不過冠曉荷與大赤包，而且連平日的好友也向他翻了臉。坐在屋中，他只盼望出來一兩位替他爭理說話的人，一來是別人的話比自己的話更有力，二來是有人出來替他爭氣，總算他過去的急公好義都沒白費，到底在人們心中種下了一點根兒。

他算計著，孫七必定站在他這邊。不錯，孫七確是死恨日本人與冠家。可是孫七膽子不大，不敢惹七號的人。他盼望程長順會給他爭氣，而長順近來忙於辦自己的事，沒工夫多管別人的閒篇兒。小文為人也不錯，但是他依舊揣著手不多說多道。

盼來盼去，他把祁老人盼了來。祁老人拿著破鐵鍋，進門就說：「四爺，省得你跑一趟，我自己送來了。」

李四爺見到祁老人，像見了親弟兄，把前前後後，始末根由，一口氣都說了出來。

聽完李四爺的話，祁老人沉默了半天才說：「四爺，年月改了，人心也改了！別傷心吧，你我的四隻老眼睛看著他們的，看誰走的長遠！」

李四爺感慨著連連的點頭。

「大風大浪我們都經過，什麼苦處我們都受過，我們還怕這點閒言閒語？」祁老人一方面安慰著老朋友，一方面也表示出他們二老的經驗與身分。然後，兩個老人把多年的陳穀子爛芝麻都由記憶中翻拾出來，整整的談了一個半鐘頭。

四大媽由兩位老人在談話中才聽到獻鐵，與由獻鐵而來的一些糾紛。她是直筒子脾氣。假如平日對鄰居的求援，她是有求必應，現在聽到他們對「老東西」的攻擊，她也馬上想去聲討。她立刻要到七號去責罵那些忘恩負義的人。她什麼也不怕，只怕把「理」委屈在心裡。

兩位老人說好說歹的攔住了她。她只在給他們弄茶水的當兒，在院中高聲罵了幾句，像軍隊往遠處放炮示威那樣；燒好了水，她便進到屋中，參加他們的談話。

這時候，七號的，還有別的院子的人，都到冠家去獻金，一來是為給李四爺一點難堪，二來是冠家只按兩塊五一斤收價。

冠曉荷並沒有賠錢，雖然外邊的鐵價已很快的由三塊漲到三塊四。大赤包按著高亦陀的脖子，強買——仍按兩塊錢一斤算——過來他所囤積的一部分鐵來。

「得！賺得不多，可總算開了個小小利市！」冠曉荷相當得意的說。

第五十八章　把靈魂交給了魔鬼

招弟才只學會了兩齣戲，一齣《汾河灣》，一齣《紅鸞禧》。她相當的聰明，但是心像一條小死魚似的，有一陣風兒便順流而下，跑出好遠。她不肯死下工夫學習一樣事。她的總目的是享受。享受恰好是沒有邊際的：吃是享受，喝也是享受；戀愛是享受，唱幾句戲，得點虛榮，也是享受。她要全享受一下。別人去溜冰，她沒有去，她便覺得委屈了自己，而落幾個小眼淚。可是，她又不能參加一切的熱鬧，她第一沒有分身術，第二還沒征服了時間，能教時間老等著她。於是，她只能儘可能的把自己分配在時間裡，像鐘錶上的秒針似的一天到晚不閒著。

這樣，她可又招來許多小小的煩惱。她去溜冰，便耽誤了學戲。而且，若是在冰場上受了一點寒，嗓子就立刻發啞，無論胡琴怎麼低，她也夠不上調，急得遍體生津。同樣的，假若三個男朋友一個約她看電影，一個約她看戲，一個約她逛公園吃飯，她就不能同時分身到三處去，而一定感到困難。若是辭謝兩個吧，便得罪了兩個朋友。若是只看半場電影，然後再看一齣戲，最後去吃飯吧，便又須費許多唇舌，扯許多的謊，而且還許把三個朋友都得罪了。況且，這麼匆匆的跑來跑去也太勞苦。愛的享受往往是要完全佔有，而不是東撲一下，西撲一下呀。它有時候是要在僻靜的地方，閉著眼欣賞，而不是鑼鼓喧天的事呀。她有時候幾乎想到斷絕了看電影、聽戲、逛公園、吃飯館，而只專愛一個男友，把戀愛真作成個樣子，不要那麼擺成一座愛的八陣圖。可是，她又捨不得那些熱鬧。那些熱鬧到底給她一些刺激。假若她被圈在西山碧雲寺，沒有電影、戲劇、鑼鼓、叫囂，儘管身邊有個極可愛的愛人，恐怕她也會發瘋的，她想。

過多的享受會使享受變成刺激，而刺激是越來越粗暴的。以聽戲說，她慢慢的能欣賞了小生，因為小生的尖嗓比青衣的更直硬一些，更刺耳一些。她也愛聽了武戲，而且不是楊小樓的武戲文唱的那一種，她喜歡了《紅門寺》、《鐵公雞》、《青石洞》一類的，毫無情節，而專表現武工的戲。鑼鼓越響，她才感到一點愉快；遇到《綵樓配》與《祭塔》什麼的唱工戲，她會打起瞌睡來。連電影也是如此，她愛看那些無情無理的，亂打亂鬧的片子。只有亂打亂鬧，才能給她一點印象，她需要強烈的刺激。

對於男朋友們，她也往往感到厭煩。他們總不約而同的耍那套不疼不癢的小把戲。他們之中沒有一個李空山。因為厭煩他們，她時時的想念李空山。李空山不會溫柔體貼，可是給了她一些刺激。她可也不敢由他們之中，選擇出一個，製造成個李空山。她須享受，可也得留神；一有了娃娃便萬事皆休。再說，專愛一個男人，別的男人就一定不再送給她禮物，這也是損失。她只好昏昏糊糊的鬼混，她得到了一切，又似乎沒得到一切，連她自己也弄不清到底是怎回事。在迷迷糊糊之中，有時候很偶然的她看出來，她是理應如此，因為她是負著什麼一種使命，一種從日本人佔據了北平後所得來的使命。她自己願意這樣，朋友們願意她這樣，她的父母也願意她這樣；

這不是使命還是什麼呢？

在她的一些男友之中，較比的倒是新交的幾個伶人還使她滿意。他們的身體強，行動輕佻，言語粗俗。和他們在一處，她幾乎可以忘了她是個女人，而誰也不臉紅的把村話說出來。她覺得這頗健康。

男人捧女伶，女人捧男伶，已經成為風氣，本來不足為奇。不過，她的朋友們往往指摘她不該結交男伶。這又給她不少的苦痛。凡是別人可以作的，她也都可以作，她是負有「使命」的人，不能甘居人後的落伍。她為什麼不可以與男伶為友呢？同時，她又不敢公然的和朋友們開火，絕對不接受他們的批評。她是有「使命」的人，她須到處受人歡迎，好把自己老擺在社會的最前面。她不能隨便得罪人，以至招出個倒彩來。

她忙碌、迷糊、勞累；又須算計，又不便多算計；既須大膽，又該留神；感到茫然，又似乎不完全茫然；有了刺激，又仍然空虛。她不知道怎樣才好，又覺得怎樣都好。她瘦了。在不搽粉的時候，她的臉上顯著黃暗，眼睛四圍有個黑圈兒。她有時候想休息休息，而又不能休息，事情逼著她去活動。她不知道自己有病沒有，而只感到有時候是在霧裡飄動。等到搽胭脂抹粉的打扮完了，她又有了自信，她還是很強壯，很漂亮，一點都不必顧慮什麼健康不健康。她學會了吸香煙，也敢喝兩杯強烈的酒。她已找不到了自己的青春，可也並不老蒼。她正好是個有精力，有使命，有人緣，有福氣的小婦人。

在這麼奔忙、勞碌、迷惘、得意、痛苦、快樂之中，她只無意中的作了一件好事，她救了桐芳。

為避免，或延緩，墮入煙花的危險，桐芳用盡心計抓住了二小姐，她並不十分的恨惡招弟，也不想因鼓勵招弟去胡搞而毀滅了招弟。她是被人毀害過了的女人，她不忍看任何的青春女子變成她自己的樣子。她只深恨大赤包與日本人。她不能坐候大赤包把她驅逐到妓院去，一入妓院，她便無法再報仇。所以，她抓住了招弟作為自己的掩蔽。在掩蔽的後面，她只能用力推著它，還給它時時的添加一點土，或幾根木頭，加強它的抵禦力。她不能冷水澆頭的勸告招弟，引起招弟的不快；招弟一討厭了她，她便失去了掩蔽，而大赤包的槍彈隨時可以打到她。

招弟年輕，喜歡人家服從她，諂媚她。在最初，她似乎也看出來，桐芳的親善是一種政略。可是，過了幾天，以桐芳的能說會道，多知多懂，善於察言觀色，她感到了舒服，也就相信桐芳是真心和她交好了。又過了些日子。她不知不覺的信任了桐芳，而對媽媽漸次冷淡起來。不錯，她知道媽媽真的愛她；但是，她已經不是三歲的小娃子，她願意自己也可以拿一個半個主意，不能諸事都由媽媽替她決定。她不願永遠作媽媽的附屬物。

拿件小事情來說：她與媽媽一同出去的時候，就是遇上她自己的青年朋友，他們也必先招呼媽媽，而後才招呼她。她在媽媽旁邊，彷彿只是媽媽的成績展覽品；她的美麗恰好是媽媽的功勞，她自己好像沒有獨自應得的光榮。反之，她若跟桐芳在一起呢，她便是主，而桐芳是賓，她是太陽，而桐芳是月亮了。她覺得舒服。她的話，對桐芳，可以成為命令。她拿不定主意的時候，可以向桐芳商議，而這種商談只顯出親密，與接受命令大不相同。和桐芳在一起，她的光榮確乎完全是她自己的了。而且，桐芳的年紀比媽媽小得多，相貌也還看得過去，所以跟桐芳一塊兒出來進去，她就感到她是初月，而桐芳是月鉤旁的一顆小星，更足以使畫面美麗。跟媽媽在一道呢，人們看一眼老氣橫秋的媽媽，再看一眼美似春花的她，就難免不發笑，像看一張滑稽影片似的。這每每教她面紅過耳。

大赤包的眼睛是不揉沙子的。她一眼便看明白桐芳的用意。可是眼睛不揉沙子的人，心裡可未必不容納幾個沙子。她認準了招弟是異寶奇珍，將來一定可以變成楊貴妃或西太后。一方面她須控制住這個寶貝，一方面也得討小姐的喜歡。假若母女之間為桐芳而發生了衝突，女兒一氣而嫁個不三不四的，長像漂亮而家裡沒有一斗白米的兔蛋，豈不是自己打碎了自己的瑪瑙盤子翡翠碗麼？

不，她不能不網開一面，教小姐在小處得到舒服，而後在大事上好不得不依從媽媽。再說，女兒花是開不久的，招弟必須在全盛時代出了嫁。女兒出嫁後，她再收拾桐芳。不管，不管怎樣，不管到什麼時候，她必須收拾了桐芳；就是到了七老八十，眼看要入墓了，她也得先收拾了桐芳，而後才能死得瞑目。

在這種新的形勢下，卻只苦了高第。她得不到媽媽的疼愛，看不上妹妹的行為，又失去了桐芳的友情。不錯，她瞭解桐芳的故意冷淡她，但是理智並不能夠完全戰勝了感情。她是個女孩子，她需要戀愛或憐愛。她現在是住在冰窖裡，到處都是涼的，她受不了。她有時候恨自己，為什麼不放開膽子，闖出北平。

有時候，她也想到用結婚結束了這冰窖裡的生活。但是，嫁給誰呢？想到結婚，她便也想到危險，因為結婚並不永遠像吃魚肝油精那麼有益無損。她在家，便感到冷氣襲人；出去，又感到茫茫不知所歸。浪漫吧，怕危險；老實吧，又無聊。她不知怎樣才好。她時常發脾氣，甚至於對桐芳發怒。但是，脾氣越壞，大家就越不喜歡她，只落個自討無趣。不發脾氣吧，人們也並不就體貼她。她變成個有父母姐妹的孤女。有時候，她還到什麼慈善團體去，聽聽說經，隨緣禮拜。可是這也並沒使她得到寧靜與解脫。反之，在鐘磬香燭的空氣裡冷靜一會兒之後，她就更盼望得到點刺激，很像吃了冷酒之後想喝熱茶那樣。無可如何，她只能偷偷的落幾個淚。

天冷起來。買不到煤。每天，街上總有許多凍死的人。日本人把煤都運了走，可是還要表示出他們的善心來。他們發動了冬季義賑遊藝大會，以全部收入辦理粥廠，好教該凍死的人在一息尚存的時節感激日本人。在這意義之外，他們也就手兒又教北平人多消遣一次；消遣便是麻醉。該凍死的總要凍死，他們可是願意看那些還不至於被凍死的聽到鑼鼓，看到熱鬧，好把心靈凍上。對於這次義賑遊藝，他們特別鼓勵青年們加入，能唱的要出來唱，能耍的要出來耍；青年男女若注意到唱與耍，便自然的忘了什麼民族與國家。

藍東陽與胖菊子親自來請招弟小姐參加遊藝。冠家的人們馬上感到興奮，心都跳得很快。冠曉荷心跳著而故作鎮定的說：

「小姐，小姐！時機到了，這回非唱它一兩齣不可！」招弟立刻覺得嗓子有點發乾，撒著嬌兒說：「那不行啊！又有好幾天沒吊嗓子啦，詞兒也不熟。上台？我不能丟那個人去！我還是溜冰吧！」

「丟人？什麼話！咱們冠家永遠不作丟人的事，我的小姐！誰的嗓子也不是鐵的，都有個方便不方便。只要你肯上台，就是放個屁給他們聽聽，也得紅！反正戲票是先派出去的，咱們唱好了，是他們的造化；唱不好，活該！」曉荷興奮得幾乎忘了文雅，目光四射的道出他的「不負責主義」的真理。

「是要唱一回！」大赤包氣派極大的說：「學了這麼多的日子，花了那麼多的錢，不露一露算怎麼回事呢？」然後轉向東陽：「東陽，事情我們答應下了！不過，有一個條件：招弟必須唱壓軸！不管有什麼角色，都得讓一步兒！我的女兒不能給別人墊戲！」

東陽對於辦義務戲已經有了點經驗。他知道招弟沒有唱壓軸的資格，但是也知道日本人喜歡約出新人物來。扯了扯綠臉，他答應了條件。雖然這裡面有許多困難，他可是曉得在辦不通的時候可以用勢力——日本人的勢力——去強迫參加的人。於是他也順手兒露一露自己的威風：「我教誰唱開場，誰就得唱開場；教誰壓台誰就壓台；不論什麼資格，本事！不服？跟日本人說去呀！敢去才怪！」

「行頭怎辦呢？我反正不能隨便從『箱』裡提溜出一件就披在身上！要玩，就得玩出個樣兒來！」招弟一邊說，一邊用手心輕輕的拍著臉蛋。

高亦陀從外面進來，正聽到招弟的話，很自然的把話接過去：「找行頭，小姐？交給我好啦！要什麼樣的，全聽小姐一聲吩咐，保管滿意！」他今天打扮得特別乾淨整齊，十分像個「跟包」的。

打量了亦陀一眼，招弟笑了笑。「好啦，我派你作跟包的！」

「得令！」亦陀十分得意的答應了這個美差。

曉荷瞪了亦陀一眼。他自己本想給女兒跟包，好隨著她在後台擠出擠進，能多看看女角兒們。在她上台的時節，他還可以弄個小茶壺伺候女兒飲場，以便教台下的人都能看到他。誰知道，這麼好的差事又被亦陀搶了去！

「我看哪，」曉荷想減少一些亦陀報效的機會，「咱們楞自己作一身新的，不要去借。好財買臉的事，要作就作到了家！」

招弟拍開了手。她平日總以為爸爸不過是媽媽配角兒，平平穩穩的，沒有什麼大毛病，可也不會得個滿堂好兒。今天，爸爸可是像忽然有了腦子，說出她自己要說的話來。「爸爸！真的，自己作一身行頭，夠多麼好玩呀！是的，那夠多麼好玩呀！」她一點也沒想到一身行頭要用多少錢。大赤包也願意女兒把風頭出得十足，不過她知道一身行頭要花許多錢，而且除了在台上穿，別無用處。眨一眨眼，她有了主意：「招弟，你老誇嘴，說你的朋友多，現在到用著他們的時候了，看看他們有沒有替你辦點事兒的本事！」

招弟又得到了靈感：「對！對！我告訴他們去，我要唱戲，作行頭，看他們肯掏掏腰包不肯。他們要是不肯呀，從此我連用眼角都不再看他們一眼。我又不是他媽的野丫頭，賤骨頭，隨便白陪著他們玩！」把村話說出來，她覺得怪痛快，而且彷彿有點正義感似的。

「小姐！小姐！」曉荷連連的叫：「你的字眼兒可不大文雅！」

「還有頭面呢！」亦陀失去代借行頭的機會，趕快想出補救的辦法來。「要是一身新行頭，配上舊頭面，那才難看得要命。我去借，要點翠的，十成新的，準保配得上新行頭！」

把行頭與頭面的問題都討論得差不多了，大赤包主張馬上叫來小文給招弟過一過戲。「光有好行頭，好頭面，而一聲唱不出來，也不行吧？小姐，你馬上就得用功喲！」她派人去叫小文。

小文有小文的身分。你到他家去，他總很客氣的招待；你叫他帶著胡琴找你來，他伺候不著。

大赤包看叫不來小文，立刻變了臉。東陽的臉也扯得十分生動，很想用他的片子把小文「傳」來。倒是招弟攔住了他們：「別胡鬧！人家小文是北平數一數二的琴師！你們殺了他，他也不會來！只要有他，我就砸不了；沒他呀，我準玩完！算了吧，咱們先打幾圈吧！」

東陽還有事，大赤包還有事，胖菊子也還有事。可是中國人的事一遇見麻雀也不怎麼就變成了沒事，大家很快的入了座。

亦陀在大赤包背後看了兩把歪脖子胡，輕輕的溜出去。他去找程長順。

生活的困苦會強迫著人早熟。長順兒長了一點身量，也增長了更多的老氣，看著很像個成人了。自從小崔死後，他就跟丁約翰合作，作了個小生意。這個小生意很奇特而骯髒。丁約翰是發現者。在英國府，他常看到街上一大車一大車的往日本使館和兵營拉舊布的軍服。軍服分明是棉的，因為上下身都那麼厚墩墩的。可是，份量很輕，每一車都堆得很高，而拉車的人或馬似乎並不很吃力。這引起他的好奇心。他找了個在日本軍營作工友的打聽打聽。那個工友是他的朋友——在使館區作工友的都自成一幫——可是不肯痛痛快快的告訴他那到底是怎回事。丁約翰，身為英國府的擺台的，當然有些看不起在日本軍營作工友的朋友，本想揚著臉走開，不再探問。可是，福至心靈，他約那個朋友去喝兩杯酒。以一個世襲基督教徒而言，他向來反對吃酒；但是，為了滿足自己的好奇心，他只好對上帝告個便。

酒果然有靈驗，三杯下去，那個朋友口吐了真言。那是這樣一回事：日本在華北招收了許多偽軍，到了冬天當然要給他們每人一身棉軍衣。可是，華北的棉花已都被日本人運回國去，不能為偽軍再運回來。於是日本的策士們埋頭研究了許多日子，發明了一種代用品。這種代用品無須用機器造，也無須在上海或天津定做，而只需要一些破布與爛紙就能作成。這就是丁約翰所看到的一車一車的軍衣。這種軍衣一碰就破，一濕就癱；就是在最完好的時候，穿上也不擋寒。雖然如此，偽軍可是到底得著了軍衣——日本人管它叫作軍衣，它便是軍衣。

這批軍衣的承做者是個日本人。日本人使館的工友們賄賂了這日本人，取得了特權去委託他們自己的親友製作。那位朋友也便是得到特權的一個。

丁約翰向來看不起日本人，不為別的，而只為他自己是在英國府作事——他以為英國府的一個僕人也比日本使館的參贊或秘書還要高貴的多。對於這件以爛紙破布作軍服的事，從他的基督徒的立場來說，也是違反上帝的旨意的，因為這是欺騙。無論從哪方面看吧，他都應該對這件事不發生興趣，而只付之一笑。但是，他到底是個人；人若見了錢而還不忘了英國府與上帝，還成為人麼？他決定作個人，即便是把靈魂交給了魔鬼。況且他覺得這樣賺幾個錢，並不能算犯罪，因為他賺的是日本人的錢。至於由他手裡製造出那種軍服的代用品，是否對得起那些兵士們，他以為無須考慮，因為偽軍都是中國人，而他是向來不把中國人放在心上的。

整花了十天的工夫，他和那個朋友變成了莫逆。凡是該往冠家送的黃油，罐頭，與白蘭地，都送到那個朋友的家中去。這樣，他分到了一小股特權，承辦一千套軍衣。得到這點特權之後，他十分虔敬的作了禮拜，領了聖餐，並且獻了五角錢，（平日作禮拜，他只獻一角，）感謝上帝。然後，他決定找長順合作，因為在全胡同之中只有長順最誠實，而且和他有來往。

約翰的辦法是這樣的：他先預支一點錢，作為資本。然後，他教長順去收買破布，破衣服，和爛紙。破衣服若是棉的，便將棉花抽出來，整理好再賣出去。賣舊棉花的利錢，他和長順三七分賬；他七成，長順三成。這不大公平，但是他以為長順既是個孩子，當然不能和一個成人，況且是世襲基督徒，平分秋色。

把破布破衣服買來，須由長順洗刷乾淨，而後拼到一塊——「你的外婆總會作這個的，找小崔寡婦幫幫忙也行；總之，這是你的事，你怎辦怎好。」拼好了破布，把爛紙絮在裡面——「紙不要弄平了，那既費料子，又顯著單薄，頂好就那麼團團著放進去，好顯出很厚實；份量也輕，省腳力。」絮好，粗枝大葉的一縫，再橫豎都「行」上幾道，省得用手一提，紙就都往下面墜，變成了破紙口袋。

「這些，」約翰懇切的囑咐：「都由你作。你跑路，用水，用針線，幹活兒，我都不管；每套作成，我給你一塊錢。一千套就是一千塊呀！你可是得有賬。我交給你多少錢，用了多少錢——只算買材料喲，車錢，水錢什麼的，都不算喲！——你每天要報賬；我不在家，你報給我太太聽。賬目清楚，軍衣作得好，我才能每套給你一塊錢；哪樣有毛病，我都扣你的錢，聽明白了沒有？我是基督徒，作事最清楚公道，親是親，財是財，要分得明明白白！你懂？」這末兩個字是用英文說的，以便增加言語的威力。

沒詳細考慮，程長順一下子都答應了。他顧不得計算除了車錢，水錢，燈油錢，針線錢，一塊錢還能剩下多少。他顧不得盤算，去收買，去整理，去洗刷，去拼湊，去縫起，去記賬，要出多少勞力，費多少時間。他只看見了遠遠的那一千元。他只覺得這可以解決了他與外婆的生活問題。自從留聲機沒人再聽，外婆的法幣丟掉之後，他不單失了業，而且受到饑寒的威脅。他久想作個小生意，可是一來沒有資本，二來對什麼都外行，他不肯冒險去借錢作生意，萬一捨了本兒，他怎麼辦呢？他是外婆養大的，知道謹慎小心。可是，閒著又沒法兒得到吃食，他著急。半夜裡聽到外婆的長吁短歎，他往往蒙上頭偷偷的落淚。他對不起外婆，外婆白養起他來，外婆只養大了一個廢物！

他想不到去計算，或探聽，丁約翰空手抓餅，不跑一步路，不動一個手指，乾賺多少錢。他只覺得應該感激約翰。約翰有個上帝，所以約翰應當發財。長順也得到了個上帝，便是丁約翰！他須一秉忠心的去作，一個銅板的詭病不能有，一點也不偷懶，好對起外婆與新來的上帝！

長順忙了起來。一黑早他便起來，到早市上去收買破布爛紙，把它們背了回來。那些破爛的本身雖然沒有很大的份量，可是上面的泥污增加了它們的斤兩，他咬著牙背負它們，非至萬不得已，決不僱車，他的汗濕透了他的衣褲。他可是毫無怨言，這是求生之道，這也是孝敬外婆的最好的表示。

把東西死扯活掖的弄到家中，他須在地上蹲好大半天才能直起腰來。他本當到床上躺一會兒，可是他不肯，他不能教外婆看出他已筋疲力盡，而招她傷心。

這些破東西，每一片段都有它特立獨行的味道；合在一起，那味道便無可形容，而永遠使人噁心要吐。因此，長順不許外婆動手，而由他自己作第一遍的整理。他曉得外婆愛乾淨。

第一，他須用根棍子敲打它們一遍，把浮土打起來。第二，他再逐一的撿起來，抖一抖，抖去沙土，也順手兒看看，哪一塊上的污垢是非過水不能去掉的。第三，他須把應洗刷的浸在頭號的大瓦盆裡。第四，把髒布都浸透，他再另用一大盆清水，刷洗它們。而後，第五，他把大塊的小塊的，長的短的，年齡可是都差不多的，搭在繩索上，把它們曬乾。

這打土與抖土的工作，使四號的小院子馬上變成一座沙陣，對面不見人，像有幾匹野馬同時在土窩裡打滾似的。灰土遮住了一切，連屋脊上門樓上都沙霧迷茫，把簷下的麻雀都害得不住的咳嗽而搬了家。這沙陣不單濃厚，而且腥臭，連隔壁的李四大媽的鼻子都懷疑了自己，一勁兒往四處探索，而斷定不了到底那是什麼味道。打完一陣，細的灰沙極其逍遙自在的在空中搖盪，而後找好了地方，落在人的頭髮上、眉毛上、脖領裡、飯碗上、衣縫中，使大家證明自己的確是「塵世間」的人物。等灰土全慢慢的落下去，長順用棍子抽打抽打自己的身上，馬上院中就又起了一座規模較小，而照樣惱人的，灰陣。他的牙上都滿是細——可是並非不臭——的沙子。

馬老太太，因為喜歡乾淨，實在受不住外孫這樣天天設擺迷魂陣。她把門窗都堵得嚴嚴的，可是臭灰依然落在她的頭上、眉上、衣服上，與一切傢俱上。可是，她不能攔阻外孫，更不肯責備他。他的確是要強，為養活她才起早睡晚的作這個髒臭的營生。她只好用手帕把頭包起來，隨手的擦抹桌凳。聽著外孫抖完了那些髒布，她趕快扯下來頭上的手帕，免得教外孫看見而多心。

小崔太太當然也躲不開這個災難，她可是也一聲不出。她這些日子的生活費是長順給她弄來的。她只能感激他，不能因為一些臭灰沙而說閒話。金錢而外，她需要安慰與愛護，而馬老太太與長順是無微不至的體貼她，幫助她。

她睜開眼，世上已沒有一個親人。她雖有個親哥哥，可是他不大要強。他什麼事都作，只是不作好事。假若他知道了她每月能由高亦陀那裡領十塊錢，他必會來擠去三四塊；他只認識錢，不管什麼叫同胞手足。近來，她聽說，他已經給日本人作了事。她恨日本人，日本人無緣無故的砍去了她丈夫的頭。因此，她更不願意和給日本人作事的哥哥有什麼來往。兄妹既斷絕了往來，她的世界上只剩了她自己，假若沒有馬老太太與長順，她實在不曉得自己怎麼活下去。不，她決定不能嫌憎那些臭灰。反之，她須幫助長順去工作。長順給她工錢呢，她接著；不給呢，也沒多大關係。

在小崔被李四爺抬埋了以後，她病了一大場。她不吃不喝，而只一天到晚的昏睡，有時候發高燒。在發燒的時節，她喊叫小崔，或破口罵日本人。燒過去了一陣，她老實了，鼻翅搧動著，昏昏的睡去。馬老太太，在小崔活著的時候，並不和小崔太太怎樣親近，一來是因為小崔好罵人，她聽不慣；二來是小崔夫婦總算是一家人，而她自己不過是個老寡婦，也不便多管閒事。及至小崔太太也忽然的變成寡婦，馬老太太很自然的把同情心不折不扣的都拿出來。她時時的過來，給小崔太太倒碗開水，或端過一點粥來，在小崔太太亂嚷亂叫的時節，老太太必定過來拉著病人的手。趕到她鬧得太凶了，老太太才把李四媽請過來商議辦法。等她昏昏的睡去，老太太還不時的到窗外，聽一聽動靜。此外，老太太還和李四媽把兩個人所有的醫藥知識湊在一處，斟酌點草藥或偏方，給小崔太太吃。

時間、偏方、與情義，慢慢的把小崔太太治好。她還忘不了小崔，但是時間把小崔與她界劃得十分清楚了，小崔已死，她還活著——而且還須活下去。

在她剛剛能走路的時候，她力逼著李四大爺帶她去看看小崔的墳。穿上孝袍，拿著二角錢的燒紙，她滴著淚，像一頭剛會走路的羊羔似的跟在四大爺的後邊，淚由家中一直滴到先農壇的西邊。在墳上，她哭得死去活來。

淚灑淨了，她開始注意到吃飯喝水和其他的日常瑣事。她的身體本來不壞，所以恢復得相當的快。由李四媽陪伴著，她穿著孝衣，在各家門口給幫過她忙與錢的鄰居都道了謝。這使她又來到世界上，承認了自己是要繼續活下去的。

李四爺和孫七、長順，給募的那點錢，並沒用完，老人對著孫七與長順，把餘款交給了她。長順兒又每月由高亦陀那裡給她領十元的「救濟費」。她一時不至於挨餓受凍。

慢慢的，她把屋子整理得乾乾淨淨，不再像小崔活著的時候那麼亂七八糟了。她開始明白馬老太太為什麼那樣的喜清潔——馬老太太是寡婦，喜清潔會使寡婦有點事作。把屋子收拾乾淨，她得到一點快樂，雖然死了丈夫，可是屋中倒有了秩序。不過，在這有秩序的屋子中坐定，她又感到空虛。不錯，那點兒破桌子爛板凳確是被她擦洗得有了光澤，甚至於像有了生命；可是它們不會像小崔那樣歡蹦亂跳，那樣有火力。對著靜靜的破桌椅，她想起小崔的一切。小崔的愛，小崔的汗味，小崔的亂說，小崔的胡鬧，都是好的；無論如何，小崔也比這些死的東西好。屋中越有秩序，屋子好像就越空闊，屋中的四角彷彿都加寬了許多，哪裡都可以容她立一會兒，或坐一會兒，可是不論是立著還是坐著，她都覺得冷靜寂寞，而沒法子不想念小崔。小崔，在活著的時候，也許進門就跟她吵鬧一陣，甚至於打她一頓。但是，那會使她心跳，使她忍受或反抗，那是生命。現在，她的心無須再跳了，可是她喪失了生命；小崔完全死了，她死了一半。

她的身上也比從前整齊了好多。她有工夫檢點自己，和照顧自己了。以前，她彷彿不知道有自己，而只知道小崔。她須作好了飯——假若有米的話——等著小崔，省得小崔進門就像餓狼似的喊餓。假若作好了飯，而他還沒有回來，她得設法保持飯菜的熱氣，不能給他冷飯吃。他的衣服，當天換上，當天就被汗漚透，非馬上洗滌不可，而他的衣服又是那麼少，遇上陰天或落雨就須設法把它們烘乾。他的鞋襪是那麼容易穿壞，彷彿腳上有幾個鋼齒似的。一眨眼就會鑽幾個洞。她須馬不停蹄的給他縫補，給他製做。

她的工夫完全用在他的身上，顧不得照顧她自己。現在，她開始看她自己了，不再教褂子露著肉，或襪子帶著窟窿。身上的整潔恢復了她的青春，她不再是個受氣包兒與小泥鬼，而是個相當體面的小婦人了。可是，青春只回來一部分，她的心裡並沒感到溫暖。她的臉上只是那麼黃黃的很乾淨，而沒有青春的血色。她不肯愁眉皺眼的，一天到晚的長吁短歎，可是有時候發呆，楞著看她自己的褂子或布鞋。她彷彿不認識了自己。這相當體面，潔淨的她，倒好像是另一個人。她還是小崔太太，又不是小崔太太。她不知到底自己是誰。楞著，楞著，她會不知不覺的自言自語起來。及至意識到自己是在說話，她忽然的紅了臉，閉緊了嘴，而想趕快找點事作。但是，幹什麼呢？她想不出。小崔若活著，她老有事作；現在，沒有了小崔，她也就失去了生活的發動機。她還年輕，可是又彷彿已被黃土埋上了一半。

無論怎樣無聊，她也不肯到街門口去站立一會兒。非至萬不得已，她也不到街上去；買塊豆腐，或打一兩香油什麼的，她會懇託長順給捎來。她是寡婦，不能隨便的出頭露面，給小崔丟人。就是偶然的上一趟街，她也總是低著頭，直來直去，不敢貪熱鬧。憑她的年齡，她應當蹦蹦跳跳的，但是，她必須低著頭；她已不是她自己，而是小崔的寡婦。她的低頭疾走是對死去的丈夫負責，不是心中有什麼對不起人的事。

一個寡婦的責任是自己要活著，還要老背著一塊棺材板。這，她才明白了馬老太太為什麼那樣的謹慎，沉穩。對她，小崔的死亡，差不多是一種新的教育與訓練。她必須非常的警覺，把自己真變成個寡婦。以前，她幾乎沒有考慮過，她有什麼人格，和應當避諱什麼。她就是她，她是小崔的老婆。小崔拉她出來，在門外打一頓，就打一頓；她能還手，就還給他幾拳，或咬住他的一塊肉；這都沒有什麼可恥的地方。小崔給她招來恥辱，也替她撐持恥辱。她的褂子露著一塊肉，就露著一塊肉，沒關係；小崔會，彷彿是，遮住那塊肉，不許別人多看她一眼。如今，她可須知道恥辱，須遮起她的身體。她是寡婦，也就必須覺到自己是個寡婦。寡婦的世界只是一間小小的黑暗的牢房，她須自動的把自己鎖在那裡面。

因此，她不單不敢抱怨長順兒擺起灰沙陣，而且覺得從此可以不再寂寞。她願意幫馬老太太的忙。長順兒自然不肯教她白幫忙，他願出二角錢，作為縫好一身「軍衣」的報酬；針線由他供給，小崔太太沒有謝絕這點報酬，也沒有嫌少；她一撲納心的去操作。這樣，她可以不出門，而有點收入與工作，恰好足以表示出她是安分守己的，不偷懶的寡婦。

孫七，也是愛潔淨的人，沒法忍受這樣的烏煙瘴氣。他發了脾氣。「我說長順兒，這是怎回事？你老大不少的了，怎麼才學會了撒土攘煙兒呀？這成什麼話呢，你看看，」他由耳中掏出一小塊泥餅來，「你看看，連耳朵裡都可以種麥子啦！還腥臭啊！灰土散了之後，可倒好，你又開了小染房，花紅柳綠的掛這麼一院子破布條！我頂討厭這濕渌渌的東西碰我的腦袋！」

長順確是老練多了。擱在往日，他一定要和孫七辯論個水落石出；他一來看不起孫七，二來是年輕氣壯，不惜為辯論而辯論的作一番舌戰。今天，他可是閉住了嘴，決定一聲不響。第一，他須保守秘密，不能山嚷鬼叫的宣佈自己的「特權」；好傢伙，要教別人都知道了，自己的一千元不就動搖了麼？第二，他以為自己已是興家創業的人，差不多可以與祁老人和李四爺立在一塊兒了，怎好因並不住嘴而耽誤了工夫呢？孫七說閒話，由他說去吧；掙錢是最要緊的事。是的，他近來連打日本人的事都不大關心了，何況是孫七這點閒話呢。他沉住了氣，連看孫七一眼也沒看。反正，他知道，自己賣力氣掙錢，養活外婆，總不是丟臉的事；幹嗎辯論呢？可是，他越不出聲，孫七就越沒結沒完。孫七喜歡拌嘴；假若長順能和他粗著脖子紅著筋的亂吵一陣，他或者可以把這場破布官司忘掉，而從爭辯中得到點愉快。長順的一語不發，對於他，是最慘酷的報復。

幸而，馬老太太與小崔太太，一老一少兩位寡婦，出來給他道歉，他才鳴金收兵。

這樣對付了孫七，長順暗中非常得意。他有了自信心。他不單已經不是個只會背著留聲機在小胡同裡亂轉，時常被人取笑的孩子，而且變成個有辦法，有心路，有志氣的青年。什麼孫七孫八的，他才不惹閒氣。有一千元到手，他將是個——是個什麼呢？他想不出。可是，他總會變成比今天更好的人是不會錯的。

高亦陀找了他來。他完了。他對付不了高亦陀。他不單還是個孩子，而且是個傻蛋！他失去了自信。

第五十九章　胸前的紅字

天祐老頭兒簡直不知道怎麼辦好了。他是掌櫃的，他有權調動，處理，鋪子中的一切。但是，現在他好像變成毫無作用，只會白吃三頓飯的人。冬天到了，正是大家添冬衣的時節，他卻買不到棉花，買不到布匹。買不進來，自然就沒有東西可賣，十個照顧主兒進來，倒有七八個空手出去的。

當初，他是在北平學的徒；現在，他是在北平領著徒。他所學的，和所教給別人的，首要的是規矩客氣，而規矩客氣的目的是在使照顧主兒本想買一個，而買了兩個或三個；本想買白的，而也將就了灰的。顧客若是空著手出去，便是鋪子的失敗。現在，天祐天天看見空手出去的人，而且不止一個。他沒有多少東西可賣。即使人家想多買，他也拿不出來。即使店夥的規矩客氣，可以使買主兒活了心，將就了顏色與花樣，他也沒有足以代替的東西；白布或者可以代替灰布，但是白布不能代替青緞。他的規矩客氣已失去了作用。

鋪中只有那麼一些貨，越賣越少，越少越顯著寒傖。在往日，他的貨架子上，一格一格的都擺著折得整整齊齊的各色的布，藍的是藍的，白的是白的，都那麼厚厚的，嶄新的，安靜的，溫暖的，擺列著；有的發著點藍靛的溫和的味道，有的發著些悅目的光澤。天祐坐在靠進鋪門的，覆著厚藍布棉墊子的大凳上，看著格子中的貨，聞著那點藍靛的味道，不由的便覺到舒服，愉快。那是貨物，也便是資本；那能生利，但也包括著信用、經營、規矩等等。即使在狂風暴雨的日子，一天不一定有一個買主，也沒有多大關係。貨物不會被狂風吹走，暴雨衝去；只要有貨，遲早必遇見識貨的人，用不著憂慮。在他的大凳子的盡頭，總有兩大席簍子棉花，雪白，柔軟，暖和，使他心裡發亮。

一斜眼，他可以看到內櫃的一半。雖然他的主要的生意是布匹，他可是也有個看得過眼的內櫃，陳列著綾羅綢緞。這些細貨有的是用棉紙包著斜立在玻璃櫥裡，有的是折好平放在矮玻璃櫃子裡的。這裡，不像外櫃那樣樸素，而另有一種情調，每一種貨都有它的光澤與尊嚴，使他想像到蘇杭的溫柔華麗，想像到人生的最快樂的時刻——假若他的老父親慶八十大壽，不是要做一件紫的或深藍或古銅色的，大緞子夾袍麼？哪一對新婚夫婦不要穿上件絲織品的衣服呢？一看到內櫃，他不單想到豐衣足食，而且也想到昇平盛世，連鄉下聘姑娘的也要用幾匹綢緞。

一年三百六十五天，他幾乎老在鋪子裡，從來也沒討厭過他的生活與那些貨物。他沒有野心，不會胡思亂想，他像一條小魚，只要有清水與綠藻便高興的游泳，不管那是一座小湖，還是一口磁缸子。

現在，兩簍棉花早已不見了，只剩下空簍子在後院裡扔著。外櫃的格子，空了一大半。最初，天祐還叫夥計們把貨匀一匀，儘管都擺不滿，可也沒有完全空著的。漸漸的，匀也匀不及了；空著的只好空著。在自己的舖子裡，天祐幾乎不敢抬頭，那些空格子像些四方的，沒有眼珠的眼睛，晝夜的瞪著他，嘲弄他。沒法子，他只好把空格用花紙糊起來。但是，這分明是自欺；難道糊起來便算有貨了麼？

格子多一半糊起來，櫃檯裡只坐著一個老夥計——其餘的人都辭退了。老夥計沒事可作，只好打盹兒。這不是生意，而是給作生意的丟人呢！內櫃比較的好看一些，但是看著更傷心。綢緞，和婦女的頭髮一樣，天天要有新的花樣。擱過三個月，就沒有再賣出的希望；半年就成了古董——最不值錢的古董。綢緞比布匹剩的多，也就是多剩了賠錢貨。內櫃也只剩下一個夥計，他更沒事可作。無可如何，他只好勤擦櫥子與櫃子上的玻璃。玻璃越明，舊綢緞越顯出暗淡，白的發了黃，黃的發了白。天祐是不愛多說話的人，看著那些要同歸於盡的，用銀子買來的細貨，他更不肯張嘴了。他的口水都變成了苦的，一口一口的嚥下去。他的體面、忠實、才能、經驗、尊嚴，都忽然的一筆勾消。他變成了一籌莫展，和那些舊貨一樣的廢物。

沒有野心的人往往心路不寬。天祐便是這樣。表面上，他還維持著鎮定，心裡可像有一群野蜂用毒刺螫著他。他偷偷的去看鄰近的幾家舖戶。點心舖，因為缺乏麵粉，也清鍋子冷灶。茶葉舖因為交通不便，運不來貨，也沒有什麼生意好作。豬肉舖裡有時候連一塊肉也沒有。看見這種景況，他稍為鬆一點心：是的，大家都是如此，並不是他自己特別的沒本領，沒辦法。這點安慰可僅是一會兒的。在他坐定細想想之後，他的心就重新縮緊，比以前更厲害，他想，這樣下去，各種營業會一齊停頓，豈不是將要一齊凍死餓死麼？那樣，整個的北平將要沒有布，沒有茶葉，沒有麵粉，沒有豬肉，他與所有的北平人將怎樣活下去呢？想到這裡，他不由的想到了國家。國亡了，大家全得死；千真萬確，全得死！想到國家，他也就想起來三兒子瑞全。老三走得對，對，對！他告訴自己。不用說老父親，就是他自己也毫無辦法，毫無用處了。哼，連長子瑞宣——那麼有聰明，有人格的瑞宣——也沒多大的辦法與用處！北平完了，在北平的人當然也跟著完蛋。只有老三，只有老三，逃出去北平，也就有了希望。中國是不會亡的，因為瑞全還沒投降。這樣一想，天祐才又挺一挺腰板，從口中吐出一股很長的白氣來。

不過，這也只是一點小小的安慰，並解救不了他目前的困難。不久，他連這點安慰也失去，因為他忙起來，沒有工夫再想念兒子。他接到了清查貨物的通知。他早已聽說要這樣辦，現在它變成了事實。每家舖戶都須把存貨查清，極詳細的填上表格。天祐明白了，這是「奉旨抄家」。等大家把表格都辦好，日本人就清清楚楚的曉得北平還一共有多少物資，值多少錢。北平將不再是有湖山宮殿之美的，有悠久歷史的，有花木魚鳥的，一座名城，而是有了一定價錢的一大塊產業。這個產業的主人是日本人。

舖中的人手少，天祐須自己動手清點貨物，填寫表格。不錯，貨物是不多了，但是一清點起來，便並不十分簡單。他知道日本人都心細如髮，他若粗枝大葉的報告上去，必定會招出麻煩來。他須把每一塊布頭兒都重新用尺量好，一寸一分不差的記下來，而後一分一釐不差的算好它們的價錢。

這樣的連夜查點清楚，計算清楚，他還不敢正式的往表上填寫。他不曉得應當把貨價定高，還是定低。他知道那些存貨的一多半已經沒有賣出去的希望，那麼若是定價高了，貨賣不出去，而日本人按他的定價抽稅，怎樣辦呢？反之，他若把貨價定低，賣出去一定賠錢，那不單他自己吃了虧，而且會招同業的指摘。他皺上了眉頭。他只好到別家布商去討教。他一向有自己的作風與辦法，現在他須去向別人討教。他還是掌櫃的，可是失去了自主權。

同業們也都沒有主意。日本人只發命令，不給誰詳細的解說。命令是命令，以後的辦法如何，日本人不預先告訴任何人。日本人征服了北平，北平的商人理當受盡折磨。

天祐想了個折衷的辦法，把能賣的貨定了高價，把沒希望賣出的打了折扣，他覺得自己相當的聰明。把表格遞上去以後，他一天到晚的猜測，到底第二步辦法是什麼。他猜不出，又不肯因猜不出而置之不理；他是放不下事的人。他煩悶，著急，而且感覺到這是一種污辱——他的生意，卻須聽別人的指揮。他的已添了幾根白色的鬍子常常的豎立起來。

等來等去，他把按照表格來查貨的人等了來——有便衣的，也有武裝的，有中國人，也有日本人。這聲勢，不像是查貨，而倒像捉捕江洋大盜。日本人喜歡把一粒芝麻弄成地球那麼大。天祐的體質相當的好，輕易不鬧什麼頭疼腦熱。今天，他的頭疼起來。查貨的人拿著表格，他拿著尺，每一塊布都須重新量過，看是否與表格上填寫的相合。老人幾乎忘了規矩與客氣，很想用木尺敲他們的嘴巴，把他們的牙敲掉幾個。這不是辦事，而是對口供；他一輩子公正，現在被他們看作了詭弊多端的慣賊。

這一關過去了，他們沒有發現任何弊病。但是，他缺少了一段布。那是昨天賣出去的。他們不答應。老人的臉已氣紫，可是還耐著性兒對付他們。他把流水賬拿出來，請他們過目，甚至於把那點錢也拿出來：「這不是？原封沒動，五塊一角錢！」不行，不行！他們不能承認這筆賬！這一案還沒了結，他們又發現了「弊病」。為什麼有一些貨物定價特別低呢？他們調出舊賬來：「是呀，你定的價錢，比收貨時候的價錢還低呀！怎回事？」

天祐的鬍子嘴顫動起來。嗓子裡噎了好幾下才說出話來：「這是些舊貨，不大能賣出去，所以——」不行，不行！這分明是有意搗亂，作生意還有願意賠錢的麼？

「可以不可以改一改呢？」老人強擠出一點笑來。

「改？那還算官事？」

「那怎麼辦呢？」老人的頭疼得像要裂開。

「你看怎麼辦呢？」

老人像一條野狗，被人們堵在牆角上，亂棍齊下。

大夥計過來，向大家敬煙獻茶，而後偷偷的扯了扯老人的袖子：「遞錢！」

老人含著淚，承認了自己的過錯，自動的認罰，遞過五十塊錢去。他們無論如何不肯收錢，直到又添了十塊，才停止了客氣。

他們走後，天祐坐在椅子上，只剩了哆嗦。在軍閥內戰的時代，他經過許多不近情理的事。但是，那時候總是由商會出頭，按戶攤派，他既可以根據商會的通知報賬，又不直接的受軍人的辱罵。今天，他既被他們叫作奸商，而且拿出沒法報賬的錢。他一方面受了污辱與敲詐，還沒臉對任何人說。沒有生意，鋪子本就賠錢，怎好再白白的丟六十塊呢？

呆呆的坐了好久，他想回家去看看。心中的委屈不好對別人說，還不可以對自己的父親，妻，兒子，說麼？他離開了鋪子。可是，只走了幾步，他又打了轉身。算了吧，自己的委屈最好是存在自己心中，何必去教家裡的人也跟著難過呢。回到鋪中，他把沒有上過幾回身的，皮板並不十分整齊的，狐皮袍找了出來。是的，這件袍子還沒穿過多少次，一來因為他是作生意的，不能穿得太闊氣了，二來因為上邊還有老父親，他不便自居年高，隨便穿上狐皮——雖然這是件皮板並不十分整齊值錢的狐皮袍。拿出來，他交給了大夥計：「你去給我賣了吧！皮子並不怎麼出色，可還沒上過幾次身兒；面子是真正的大緞子。」

「眼看就很冷了，怎麼倒賣皮的呢？」大夥計問。

「我不愛穿它！放著也是放著，何不換幾個錢用？乘著正要冷，也許能多賣幾個錢。」

「賣多少呢？」

「瞧著辦，瞧著辦！五六十塊就行！一買一賣，出入很大；要賣東西就別想買的時候值多少錢，是不是？」天祐始終不告訴大夥計，他為什麼要賣皮袍。

大夥計跑了半天，四十五塊是他得到的最高價錢。

「就四十五吧，賣！」天祐非常的堅決。

四十五塊而外，又東拼西湊的弄來十五塊，他把六十元還給櫃上。他可以不穿皮袍，而不能教櫃上白賠六十塊。他應當，他想，受這個懲罰；誰教自己沒有時運，生在這個倒霉的時代呢。

時運雖然不好，他可是必須保持住自己的人格，他不能毫不負責的給舖子亂賠錢。

又過了幾天，他得到了日本人給他定的物價表。老人細心的，一款一款的慢慢的看。看完了，他一聲沒出，戴上帽頭，走了出去，他出了平則門。城裡彷彿已經沒法呼吸，他必須找個空曠的地方去呼吸，去思索。日本人所定的物價都不列成本的三分之二，而且絕對不許更改；有擅自更改的，以抬高物價，擾亂治安論，槍斃！

護城河裡新放的水，預備著西北風到了，凍成堅冰，好打冰儲藏起來。水流得相當的快，可是在靠岸的地方已有一些冰凌。岸上與別處的樹木已脫盡了葉子，所以一眼便能看出老遠去。淡淡的西山，已不像夏天雨後那麼深藍，也不像春秋佳日那麼爽朗，而是有點發白，好像怕冷似的。陽光很好，可是沒有多少熱力，連樹影人影都那麼淡淡的，枯小的，像是被月光照射出來的。老人看一眼遠山，看一眼河水，深深的歎了口氣。

買賣怎麼作下去呢？貨物來不了。報歇業，不准。稅高。好，現在，又定了官價——不賣吧，人家來買呀；賣吧，賣多少賠多少。這是什麼生意呢？

日本人是什麼意思呢？是的，東西都有了一定的價錢，老百姓便可以不受剝削；可是作買賣的難道不是老百姓麼？作買賣的要都賠得一塌糊塗，誰還添貨呢？大家都不添貨，北平不就成了空城了麼？什麼意思呢？老人想不清楚。

呆呆的立在河岸上，天祐忘了他是在什麼地方了。他思索，思索，腦子裡像有個亂轉的陀螺。越想，心中越亂，他恨不能一頭扎在水裡去，結束了自己的與一切的苦惱。

一陣微風，把他吹醒。眼前的流水、枯柳、衰草，好像忽然更真切了一些。他無意的摸了摸自己的腮，腮很涼，可是手心上卻出著汗，腦中的陀螺停止了亂轉。他想出來了！很簡單，很簡單，其中並沒有什麼深意，沒有！那只是教老百姓看看，日本人在這裡，物價不會抬高。日本人有辦法，有德政。至於商人們怎麼活著，誰管呢！商人是中國人，餓死活該！商人們不再添貨，也活該！百姓們買不到布，買不到棉花，買不到一切，活該！反正物價沒有漲！日本人的德政便是殺人不見血。

想清楚了這一點，他又看了一眼河水，急快的打了轉身。他須去向股東們說明他剛才所想到的，不能糊糊塗塗的就也用「活該」把生意垮完，他須交代明白了。他的厚墩墩的腳踵打得地皮出了響聲，像奔命似的他進了城。他是心中放不住事的人，他必須馬上把事情搞清楚了，不能這麼半死不活的閉著眼混下去。

所有的股東都見到了，誰也沒有主意。誰都願意馬上停止營業，可是誰也知道日本人不准報歇業。大家都只知道買賣已毫無希望，而沒有一點挽救的辦法。他們只能對天祐說：「再說吧！你多為點難吧！誰教咱們趕上這個——」大家對他依舊的很信任，很恭敬，可是任何辦法也沒有。他們只能教他去看守那個空的蛤殼，他也只好點了頭。

無可如何的回到舖中，他只呆呆的坐著。又來了命令：每種布匹每次只許賣一丈，多賣一寸也得受罰。這不是命令，而是開玩笑。一丈布不夠作一身男褲褂，也不夠作一件男大衫的。日本人的身量矮，十尺布或者將就夠作一件衣服的；中國人可並不都是矮子。天祐反倒笑了，矮子出的主意，高個子必須服從，沒有別的話好講。

「這倒省事了！」他很難過，而假裝作不在乎的說：「價錢有一定，長短有一定，咱們滿可以把算盤收起去了！」說完，他的老淚可是直在眼圈裡轉。這算哪道生意呢！經驗、才力、規矩、計劃，都絲毫沒了用處。這不是生意，而是給日本人做裝飾——沒有生意的生意，卻還天天挑出幌子去，天天開著門！

他一向是最安穩的人，現在他可是不願再老這麼呆呆的坐著。他已沒了用處，若還像回事兒似的坐在那裡，充掌櫃的，他便是無聊，不知好歹。他想躲開鋪子，永遠不再回來。

第二天，他一清早就出去了。沒有目的，他信馬由韁的慢慢的走。經過一個小攤子，也立住看一會兒，不管值得看還是不值得看，他也要看，為是消磨幾分鐘的工夫。看見個熟人，他趕上去和人家談幾句話。他想說話，他悶得慌。這樣走了一兩個鐘頭，他打了轉身。不行，這不像話。他不習慣這樣的吊兒啷噹。他必須回去。不管鋪子變成什麼樣子，有生意沒有，他到底是個守規矩的生意人，不能這樣半瘋子似的亂走。在鋪子裡呆坐著難過，這樣的亂走也不受用；況且，無論怎樣，到底是在鋪子裡較比的更像個生意人。

回到鋪中，他看見櫃檯上堆著些膠皮鞋，和一些殘舊的日本造的玩具。

「這是誰的？」天祐問。

「剛剛送來的。」大夥計慘笑了一下。「買一丈綢緞的，也要買一雙膠皮鞋；買一丈布的也要買一個小玩藝兒；這是命令！」

看著那一堆單薄的，沒後程的日本東西，天祐楞了半天才說出話來：「膠皮鞋還可以說有點用處，這些玩藝兒算幹什麼的呢？況且還是這麼殘破，這不是硬敲買主兒的錢嗎？」

大夥計看了外邊一眼，才低聲的說：「日本的工廠大概只顧造槍炮，連玩藝兒都不造新的了，準的！」

「也許！」天祐不願意多討論日本的工業問題，而只覺得這些舊玩具給他帶來更大的污辱，與更多的嘲弄。他幾乎要發脾氣：「把它們放在後櫃去，快！多年的老字號了，帶賣玩藝兒，還是破的！趕明兒還得帶賣仁丹呢！哼！」

看著夥計把東西收到後櫃去，他泡了一壺茶，一杯一杯又一杯的慢慢喝。這不像是喫茶，而倒像拿茶解氣呢。看著杯裡的茶，他想起昨天看見的河水。他覺得河水可愛，不單可愛，而且彷彿能解決一切問題。他是心路不甚寬的人，不能把無可奈何的事就看作無可奈何，而付之一笑。他把無可奈何的事看成了對自己的考驗，若是他承認了無可奈何，便是承認了自己的無能，沒用。他應付不了這個局面，他應當趕快結束了自己——隨著河水順流而下，漂，漂，漂，漂到大河大海裡去，倒也不錯。心路窄的人往往把死看作康莊大道，天祐便是這樣。想到河，海，他反倒痛快一點，他看見了空曠，自由，無憂無慮，比這麼揪心扒肝的活著要好的多。剛剛過午，一部大卡車停在了舖子外邊。

「他們又來了！」大夥計說。

「誰？」天祐問。

「送貨的！」

「這回恐怕是仁丹了！」天祐想笑一笑，可是笑不出來。

車上跳下來一個日本人，三個中國人，如狼似虎的，他們闖進鋪子來。雖然只是四個人，可是他們的聲勢倒好像是個機關鎗連。

「貨呢，剛才送來的貨呢？」一個中國人非常著急的問。大夥計急忙到後櫃去拿。拿來，那個中國人劈手奪過去，像公雞掘土似的，極快而有力的數：「一雙，兩雙——」數完了，他臉上的肌肉放鬆了一些，含笑對那個日本人說：「多了十雙！我說毛病在這裡，一定是在這裡！」

日本人打量了天祐掌櫃一番，高傲而冷酷的問：「你的掌櫃？」

天祐點了點頭。

「哈！你的收貨？」

大夥計要說話，因為貨是他收下的。天祐可是往前湊了一步，又向日本人點了點頭。他是掌櫃，他須負責，儘管是夥計辦錯了事。

「你的大大的壞蛋！」

天祐嚥了一大口唾沫，把怒氣，像吃丸藥似的，衝了下去。依舊很規矩的，和緩的，他問：「多收了十雙，是不是？照數退回好了！」

「退回？你的大大的奸商！」冷不防，日本人一個嘴巴打上去。

天祐的眼中冒了金星。這一個嘴巴，把他打得什麼全不知道了。忽然的他變成了一塊不會思索，沒有感覺，不會動作的肉，木在了那裡。他一生沒有打過架，撒過野。他萬想不到有朝一日他也會挨打。他的誠實，守規矩，愛體面，他以為，就是他的鋼盔鐵甲，永遠不會教污辱與手掌來到他的身上。現在，他挨了打，他什麼也不是了，而只是那麼立著的一塊肉。

大夥計的臉白了，極勉強的笑著說：「諸位老爺給我二十雙，我收二十雙，怎麼，怎麼——」他把下面的話嚥了回去。

「我們給你二十雙？」一個中國人問。他的威風僅次於那個日本人的。「誰不知道，每一家發十雙！你乘著忙亂之中，多拿了十雙，還怨我們，你真有膽子！」

事實上，的確是他們多給了十雙。大夥計一點不曉得他多收了貨。為這十雙鞋，他們又跑了半座城。他們必須查出這十雙鞋來，否則沒法交差。查到了，他們不能承認自己的疏忽，而必把過錯派在別人身上。

轉了轉眼珠，大夥計想好了主意：「我們多收了貨，受罰好啦！」

這回，他們可是不受賄賂。他們必須把掌櫃帶走。日本人為強迫實行「平價」，和強迫接收他們派給的貨物，要示一示威。他們把天祐掌櫃拖出去。從車裡，他們找出預備好了的一件白布坎肩，前後都寫著極大的紅字——奸商。他們把坎肩扔給天祐，教他自己穿上。這時候，鋪子外邊已圍滿了人。渾身都顫抖著，天祐把坎肩穿上。他好像已經半死，看看面前的人，他似乎認識幾個，又似乎不認識。他似乎已忘了羞恥，氣憤，而只那麼顫抖著任人擺佈。

日本人上了車。三個中國人隨著天祐慢慢的走，車在後面跟著。上了馬路，三個人教給他：

「你自己說：我是奸商！我是奸商！我多收了貨物！我不按定價賣東西！我是奸商！說！」天祐一聲沒哼。

三把手槍頂住他的背。「說！」

「我是奸商！」天祐低聲的說。平日，他的語聲就不高，他不會粗著脖子紅著筋的喊叫。

「大點聲！」

「我是奸商！」天祐提高了點聲音。

「再大一點！」

「我是奸商！」天祐喊起來。

行人都立住了，沒有什麼要事的便跟在後面與兩旁。北平人是愛看熱鬧的。只要眼睛有東西可看，他們便看，跟著看，一點不覺得厭煩。他們只要看見了熱鬧，便忘了恥辱、是非，更提不到憤怒了。

天祐的眼被淚迷住。路是熟的，但是他好像完全不認識了。他只覺得路很寬，人很多，可是都像初次看見的。他也不知道自己是在作什麼。他機械的一句一句的喊，只是喊，而不知道喊的什麼。慢慢的，他頭上的汗與眼中的淚聯結在一處，他看不清了路、人，與一切東西。他的頭低下去，而仍不住的喊。

他用不著思索，那幾句話像自己能由口中跳出來。猛一抬頭，他又看見了馬路、車輛、行人，他也更不認識了它們，好像大夢初醒，忽然看見日光與東西似的。他看見了一個完全新的世界，有各種顏色，各種聲音，而一切都與他沒有關係。一切都那麼熱鬧而冷淡，美麗而慘酷，都靜靜的看著他。他離著他們很近，而又像很遠。他又低下頭去。

走了兩條街，他的嗓子已喊啞。他感到疲乏，眩暈，可是他的腿還拖著他走。他不知道已走在哪裡，和往哪裡走。低著頭，他還喊叫那幾句話。可是，嗓音已啞，倒彷彿是和自己叨嘮呢。一抬頭，他看見一座牌樓，有四根極紅的柱子。那四根紅柱子忽然變成極粗極大，晃晃悠悠的向他走來。四條扯天柱地的紅腿向他走來，眼前都是紅的，天地是紅的，他的腦子也是紅的。他閉上了眼。

過了多久，他不知道。睜開眼，他才曉得自己是躺在了東單牌樓的附近。卡車不見了，三個槍手也不見了，四圍只圍著一圈小孩子。他坐起來，楞著。楞了半天，他低頭看見了自己的胸。坎肩已不見了，胸前全是白沫子與血，還濕著呢。他慢慢的立起來，又跌倒，他的腿已像兩根木頭。掙扎著，他再往起立；立定，他看見了牌樓的上邊只有一抹陽光。

他的身上沒有一個地方不疼，他的喉中乾得要裂開。

一步一停的，他往西走。他的心中完全是空的。他的老父親、久病的妻、三個兒子、兒媳婦、孫男孫女，和他的舖子，似乎都已不存在。他只看見了護城河，與那可愛的水；水好像就在馬路上流動呢，向他招手呢。

他點了點頭。他的世界已經滅亡，他須到另一個世界裡去。在另一世界裡，他的恥辱才可以洗淨。活著，他只是恥辱的本身；他剛剛穿過的那件白布紅字的坎肩永遠掛在他身上，黏在身上，印在身上，他將永遠是祁家與舖子的一個很大很大的一個黑點子，那黑點子會永遠使陽光變黑，使鮮花變臭，使公正變成狡詐，使溫和變成暴厲。

他僱了一輛車到平則門。扶著城牆，他蹭出去。太陽落了下去。河邊上的樹木靜候著他呢。天上有一點點微紅的霞，像向他發笑呢。河水流得很快，好像已等他等得不耐煩了。水發著一點點聲音，彷彿向他低聲的呼喚呢。

很快的，他想起一輩子的事情；很快的，他忘了一切。漂，漂，漂，他將漂到大海裡去，自由、清涼、乾淨、快樂，而且洗淨了他胸前的紅字。

請續看《四代同堂》下

海明威經典代表作

文/海明威 25K (平裝)

戰爭、勇氣、死亡、搏鬥是海明威作品的恆常主題，而愛情則是他所嚮往的唯一救贖。海明威作品特色為：文字簡單，寓意深遠。不只風靡美國，也風靡全世界。與海明威同為廿世紀美國文學巨擘、也榮獲諾貝爾文學獎的福克納對他推崇備至，稱譽海明威的作品是「文學界的奇蹟」。

書目

戰地春夢 /280元
戰地鐘聲 /340元
老人與海·雪山·春潮 /180元
沒有女人的男人 /180元
尼克的故事 /280元
勝利者一無所獲 /180元

全套共6冊　原價1,440元
套書特價 1,224元

★ 輕薄短小的故事集 微經典西洋小說

集結眾多中外知名作家的短篇文集所成，包括日本諾貝爾文學獎得主川端康成、法國「短篇小說之王」莫泊桑以及美國的幽默大師馬克·吐溫等知名大師級的名作。看似微不足道的生活小事，卻隱藏著深刻的故事深意。透過作者精簡洗練的妙筆，發現你我身邊的細微末節，撲朔迷離的佈局、充滿疑竇的情節；不可思議的結果、人性真實的顯露，給你讚不絕口的全新感受！牽引你每一根神經，勾動你每一條心弦！

編譯/ 盛文林

書目 出乎意料的結局 / 花園裡的獨角獸 / 在一連串怪事的背後
貓兒眼 / 忠犬與狼王 / 金雕與獅王 / 航向不可知之境 / 遠征

名作經典推薦

白牙》是一部傑出的動物小說，多次被影視、畫界青睞的題材。白牙出生在冰天雪地的加拿西北原始荒野中，自母親傳承而來的四分之一的血液，使牠兼具狼的野性與狗的忠誠。 從人身上，白牙習得了憎恨與殘暴。生活只是不斷鬥的煉獄。但同樣地，白牙也從人的身上習得珍貴的愛，史考特付出的疼愛，讓白牙徹底改了，牠的生命不再是一連串的廝殺，而是有如暖花開的溫情。

書目 白牙 / 黑神駒 / 靈犬萊西 / 狗的天堂
白海豹 / 與象共舞 / 鹿苑長春
美麗鬥雞：大絕唱 / 美女與熊貓

老舍作品精選：3

四代同堂（中）【經典新版】

作者：老舍
發行人：陳曉林
出版所：風雲時代出版股份有限公司
地址：10576台北市民生東路五段178號7樓之3
電話：(02) 2756-0949
傳真：(02) 2765-3799
執行主編：劉宇青
美術設計：吳宗潔
行銷企劃：林安莉
業務總監：張瑋鳳

初版日期：2021年4月
ISBN：978-986-352-965-1

風雲書網：http://www.eastbooks.com.tw
官方部落格：http://eastbooks.pixnet.net/blog
Facebook：http://www.facebook.com/h7560949
E-mail：h7560949@ms15.hinet.net
劃撥帳號：12043291
戶名：風雲時代出版股份有限公司

風雲發行所：33373桃園市龜山區公西村2鄰復興街304巷96號
電話：(03) 318-1378
傳真：(03) 318-1378
法律顧問：永然法律事務所 李永然律師
　　　　　北辰著作權事務所 蕭雄淋律師

行政院新聞局局版台業字第3595號 營利事業統一編號22759935

定價：340元

國家圖書館出版品預行編目資料

老舍作品精選 3：四代同堂 / 老舍著. -- 臺北市：風雲時代出版股份有限公司, 2021.03　冊；　公分

ISBN 978-986-352-965-1 (中冊：平裝). --

857.7　　109021688